岩波文庫

32-273-2

新　編

イギリス名詩選

川本皓嗣編

岩波書店

Stevie Smith, 'Not Waving but Drowning,' from *Collected Poems and Drawings of Stevie Smith*, London: Faber and Faber, 2018.
Reprinted by permission of Faber and Faber.

Ted Hughes, 'The Jaguar,' from *Collected Poems of Ted Hughes*, London: Faber and Faber, 2003.
Reprinted by permission of Faber and Faber.

T. S. Eliot, 'The Love Song of J. Alfred Prufrock,' from *Collected Poems 1909–1962*, London: Faber and Faber, 2002.
Reprinted by permission of Faber and Faber.

Seamus Heaney, 'Digging,' from *Death of a Naturalist*, London: Faber and Faber, 2006.
Reprinted by permission of Faber and Faber.

Philip Larkin, 'Church Going,' from *The Complete Poems of Philip Larkin*, London: Faber and Faber, 2014.
Reprinted by permission of Faber and Faber.

Philip Larkin, 'Love Songs in Age,' from *The Complete Poems of Philip Larkin*, London: Faber and Faber, 2014.
Reprinted by permission of Faber and Faber.

W. H. Auden, 'Funeral Blues,' from *Selected Poems* by W. H. Auden, edited by Edward Mendelson, London: Faber and Faber, 2010.
Reprinted by permission of Curtis Brown, LTD.

W. H. Auden, 'Musée des Beaux Arts,' from *Collected Poems* by W. H. Auden, edited by Edward Mendelson, New York: Penguin Random House, 2007.
Copyright © 1940 and renewed 1968 by W. H. Auden
Reprinted in English by permission of Penguin Random House LLC and Curtis Brown, LTD. All rights reserved.
Reprinted in Japanese by permission of Curtis Brown, LTD.

まえがき

　本書のねらいは、イギリスの詩を原語で楽しみたいという読者や、英詩を日本語訳で味わいつつ、折に触れて原文を参照したいという読者のために、手ごろなサイズで読みやすい対訳アンソロジーを提供することだ。16世紀から20世紀後半までに作られた英詩の中で、最も愛され親しまれている名品92篇を選りすぐり(スコットランドとアイルランドの作品を含む)、原詩テクストに日本語訳と詳細な注釈・解説を付した。

　ひと昔前のように、もっぱら文字を通して英語を理解するのではなく、音声を通じてじかに英語でやり取りする人が圧倒的に増えた今こそ、英詩を英語で楽しむ絶好のチャンスではないか。なぜなら詩はとりわけ会話や談話など、生きた言葉の音やリズムのエッセンスを精妙に組み上げたものだからだ。

　「君、ぼくらは同じ巣で歌う小鳥の群れなんだ」Sir, we are a nest of singing birds——すぐれた詩人を輩出したオックスフォード大学のペンブルック・カレッジについて、ジョンソン博士が残した有名な言葉(ジェイムズ・ボズウェル『サミュエル・ジョンソン伝』)は、イギリス全土にも当てはまる。ざっと世界の文学を見わたしても、イギリスの詩ほど伝統豊かでバラエティに富み、母語で歌う詩人たちの喜びを読む者にまざまざと実感させる作品群は、他においそれとは見当たらない。ことによれば、語彙の多彩さ、母音や子音の豊富さと響きの強さ、起伏の鮮明さなど、英語という言語そのもののめざましい特性

が、とりわけ詩人たちの歌ごころを搔き立てやすいのかも知れない。

　上記の「最も愛され親しまれている名品」についての問題は、いったい誰に愛され、親しまれているのかという点だろう。すぐ思いつく答えは、「いまイギリスで詩を読む読者」だが、小説などの場合でも明らかなように、西洋の読者が高く評価する作品が日本でもそのまま受け入れられ、喜ばれるとは限らない。

　本書では、イギリスで広く読まれる指折りの名作は、できる限り漏らさないように努めたが、その一方で、余りに長いもの、極端に英語が難しいもの、テーマや題材が日本の読者には縁遠いと思われるものは避け、読者が楽しみながら読み進むことができそうな作品に的をしぼった。

　全92篇を便宜上、「ルネッサンス期」「王政復古から18世紀へ」「ロマン主義の時代」「ヴィクトリア時代」「モダニズム以降」の5章に分けた。16世紀のエドマンド・スペンサーとサー・フィリップ・シドニーの作品から始めたのは、読者が特別の訓練を受けることなく、膨大な注釈の助けを借りることもなく楽に読めそうなのは、その頃以後に書かれた詩だからだ。

　例えば、この2人の前に当然顔を出すべき大詩人チョーサーの傑作『カンタベリー物語』1万7000余行（14世紀末）は、次のように書き出される。

　　Whan that Aprill with his shoures soote
　　The droghte of March hath perced to the roote
これでは現代の読者にはほとんど意味が通じないばかりか、個々の語の発音も今日とは大きく異なっている。例えばAprillは[ɑːpril]、shoures soote(＝sweet showers)は[ʃuːrəs soːtə]

といった具合だ。

　同様に現代の詩についても、例えば英語表現そのものに華麗な技巧の冴えを見せるディラン・トマスの作品など、日本の一般読者との相性を考えて、あえて近づきやすい1作だけにしぼった場合もある。そして最終的な取捨選択には、編者自身の判断や好みが一枚加わっていることをお断りしたい。

　本書に先立つ平井正穂編『イギリス名詩選』（岩波文庫、1990）所収の詩100篇のうち、この『新編 イギリス名詩選』の92篇と重複するのは、わずか27篇にすぎない。選詩の尺度がこれほど食い違うのは、主として時の経過のせいだ。前者では、収録詩の半ば以上がパルグレイヴ編の詩選集『ゴールデン・トレジャリー』と共通している（彼の死後に出た詩を除く）。

　19世紀末に一世を風靡した『ゴールデン・トレジャリー』は、ヴィクトリア朝好みの英国の「歌と抒情詩」を（詩人テニソンの助言を得て）精選したものだが、20世紀に入ってから（ことにエズラ・パウンドやT・S・エリオットの出現以後）、人々の詩についての考え方や好みががらりと変わった。ひと言でいえば、抒情一筋ではなく、ルネッサンス後に失われたかに見える知と情の調和が求められるようになったのだ。

　日本の読者が西洋の詩に接して戸惑うことがあるとすれば、それはまずその長さと、そこに含まれる知的要素の多さのせいだろう。日本では和歌俳句に「理屈」がまじることを極度に嫌い、警戒する。それに対して西洋の詩では、説得的で才気に富む論の展開──意表を突く理屈や皮肉、話の面白さが重要な位置を占める。せいぜい17字や31字の詩句を、時間をかけてじっくり味わうという熟読玩味の姿勢では、1万行を超えるミ

ルトンの『失楽園』を通読しようという勇気は、到底出ないだろう。

　だから英詩の魅力になじむためには、詩句のこまやかな味わいはいったんさておき(それはあとあとの楽しみとして)、まず大まかな思考や話の筋道をたどり、その紆余曲折に身をゆだねるのが早道だろう。例えば、軽快なラヴ・ソング「行け、きれいなばらよ」(本書[**21**])を例に取ってみても、わずか20行の狭い枠内で、三段論法に近いひねった理屈が次から次へと繰り出されているのに気が付かれるだろう。その水際立った機知のひらめきが、今も多くの読者をひきつけるのだ。

　いずれにせよ、詩は一度か二度読んで「了解」し、それで事が終わるものではない。何度読んでもよくわからず、それでいて心惹かれるところ、想像力をかきたてられるところがあるのが詩の良さであり(この点で詩は音楽に似ている)、だから何度も繰り返して読み、楽しむことができるのだ。

　訳詩や注釈・解説の準備にあたっては、欧米および日本の膨大な数の詩集や研究書、論文や注釈書などのお世話になった。本書の性質上、いちいちその名を挙げることはできないので、ここでまとめて謝意を表しておきたい。とくに言及が必要なものについては、それぞれ適当な箇所に書名や論文名を記した。

原詩を読む前に

　英詩を原文で読み味わおうとする読者のために、その際できれば心得ておきたい点を、以下の5項目にざっとまとめておこう。

(1) 古風な文法
　すでに廃れてしまった古風な文法や語法が、一部でしばらく生き延びることがある。
① thou -(e)st
　現代英語では、2人称を表わすのに単数複数とも you(主格、目的格)、your(所有格)が用いられる。しかし、古くは2人称に単数と複数の区別があった：
　　2人称単数　thou(主格)、thy(所有格)／thine(母音の前)、thee(目的格)
　　2人称複数　ye／you(主格)、your(所有格)、ye(目的格)
　単数の thou は、11世紀のノルマン征服ののちフランス語の影響を受け、ほぼ14世紀以来、見下しや軽視、または(家族・友人や神などへの)深い親愛感を含意するようになった。そこで目上や同輩への敬意を示すため、相手が単数でも複数の ye や you が流用され始め、やがて2人称にはもっぱら you が用いられるようになった。
　thou は17世紀ごろ消滅したが、シェイクスピアの作品や欽定訳聖書(1611)などに時折使われることがある。

主語 thou に続く動詞の語尾には -est(-'st と記されることもある。e.g. climb'st)または -st が付く。

② he／she／it -(e)th

現代では、3人称の動詞単数現在形の語尾には -s(いわゆる3単現の -s)が付く。古くからの語尾は -(e)th で、-s が優勢になり始めたのは、16世紀あたりから。ただし hath[hǽθ]（= has）、doth[dʌ́θ]（does）はもっと後まで生き残った。

(2) 頭韻(alliteration)

同一の子音が付近で頻出すること(必ずしも語頭にくるとは限らない)。固有名詞や諺(ことわざ)、作品のタイトルなどに多い。

その効果は(1)語句の意味を音声面で補強する(一種の擬音効果)。(2)日本語の標語や CM が、七五調でぴたりと決まるように、同一子音の反復が形式感覚を満足させる。(3)(なくてもいいが、あれば)詩であるというしるし。いくつか例を挙げると、次のようなものがある。

Coca-Cola, Donald Duck, Mickey Mouse, Minnie Mouse, Mighty Mouse, Marilyn Monroe, Sweet Smell of Success(映画『成功の甘き香り』)、Seventy-Seven Sunset Strip(TV シリーズ『サンセット77』)、Time and tide(= time)wait for no man(諺「歳月人を待たず」)、Care killed the cat(諺「心配は猫も殺した→心配は身の毒」)、Lovers live by love as larks live on leeks(諺「恋する者は恋を食べて生きている、ひばりがニラを食べて生きているように」)。

(3) 韻律(meter)

詩のリズムのパターン(型)。和歌は57577音、俳句は575音など、日本の詩は音節数を問題にするが、(少なくとも表面では)音の強弱を区別しない。これに対して、英詩の韻律は音の強弱とその規則的反復を基本とする。

最も一般的なのは**弱強格**(iambus)。つまり1行の中で〈弱拍1＋強拍1〉の**脚**(foot)を何度か繰り返す韻律。シェリーの「オジマンディアス」(本書[**52**])第8行の韻律は、ぴったり**弱強5歩格**(iambic pentameter)の型にはまっている。すなわち、

The hánd | that mócked | them, ánd | the héart | that féd

この行内では「弱強格」の「脚」が5度繰り返されている(母音にアクセントが付いた音節が強拍、付かない音節が弱拍)。弱強の起伏は、単語の切れ目とは必ずしも一致しない。この行を朗誦すると、「ダダン、ダダン、ダダン、ダダン、ダダン」のようにひびき、当然ながら行内の音節数はほぼ10となる。

とはいえ、詩のどの行でも几帳面にこのパターンが繰り返されると、余りにも単調なので読者の退屈を誘う。そこで詩人はリズムに変化をつけるため、行内のところどころの脚で、臨時に格の異なる脚を代入する。

例えば多くの場合、弱強格の代わりに〈強拍1＋弱拍1〉の**強弱格**「ダンダ」(trochee、形容詞は trochaic)、あるいは〈弱拍2＋強拍1〉の**弱弱強格**「ダダダン」(anapaest)を置く。

そして時折〈強拍2〉の**強強格**「ダンダン」(spondee)や〈弱拍2〉の**弱弱格**「ダダ」(pyrrhic)(この2つは一対として、組み合わせて用いられることが多い)や、ごくまれには〈強拍1＋弱拍2〉の**強弱弱格**「ダンダダ」(dactyl)の脚を置くこともある(もの

ものしい脚の呼称は、音節の強弱ではなく長短に基づく古代ギリシャ・ラテン語詩の韻律名を重々しく借用したもの。必ずしも記憶する必要はない)。

同じ詩の第6行、

Téll that | its scúlp | tor wéll | thóse pás | sions réad

では、第1脚で弱強格の代わりに強弱格が入り(強弱が逆転する)、第4脚に強強格が入る。つまり第3脚の後半と第4脚とで強拍が3つ連続することになる。また第1行、

I mét | a tráv | eller fróm | an án | tique lánd

では、第3脚で弱弱強格が代入されている。どの脚も読まれる時間は同じ(2拍)なので、弱音節の数が増減しても、行全体のリズムは崩れない。

弱強格より作例は少ないが、強弱格または弱弱強格を主体とする韻律もある。

英詩では、強拍・弱拍の起伏が鮮明なリズムを刻んで、耳に快い。とはいえ、単純なパターンに従って機械的に読み進めるのでは趣きがないので、詩句の意味に応じて自然な抑揚をつけながら、つねに韻律の明確なパターンを意識しているのが良さそうだ。

今ではたいていの名作は、インターネットで朗読を聴くことができる。ユーチューブなどで詩の作者と題名、あるいは第1行を入力して、検索してみていただきたい。

(4) 脚韻(rhyme)

近接する複数の行で、行末の数音が一致(または類似)すること。ただし英詩では、ふつう考えられているように、ただ数音

が一致するだけでは脚韻と見なされず、そこには一定の条件がある。それを呑み込むためには、まず韻律のしくみを知っておく必要がある(➡**韻律**、p. 9)。

その上で、脚韻とは〈各行の最後の強拍(たとえば弱強5歩格の行ならば、第5脚の強拍)を担う母音〉と〈そのあとに続くすべての音〉が、付近の行の末尾で反復されることをいう。ただし最後の強拍の母音の直前の子音は、異なる行で互いに異なることが望ましい。

例えばバイロンの「セナケリブの破滅」(本書[**50**])の第1行と第2行、

The Assý | rian came dówn | like a wólf | on the fóld

And his có | horts were gléam | ing in púr | ple and góld

では、最終脚で強勢のある(アクセントの付いた)母音o[óu]と、それに続くすべての音[ld]とが共通している(直前の子音fとgは異なる)。これら2つの行は韻を踏んでいるのだ。同様に、第3行と第4行末尾のseaとGalileeは、éaとéeが韻を踏み、第5行と第6行末尾のgreenとseenは、共通するéenがたがいに押韻している。つまり第1-6行の脚韻構成はaabbccということになる。

*擬似韻(pseudo rhyme)

脚韻には、上記の諸条件を完全に満たすものばかりでなく、種々の「不完全な」脚韻がある。英語で韻を踏むのは比較的困難なので、おおむね許容される。

① 同音韻(identical rhyme)

複数行の〈強勢を持つ最後の母音〉の直前に同じ子音がくるもの。e.g. reply/lie, stream/scream, blue/blew, foul/fowl.

② 視覚韻(eye rhyme)

綴りが同じで発音が違うもの。e.g. w**atch**/m**atch**, g**one**/l**one**.

③ 近似韻(approximate rhyme)

上記の他、何かの条件を欠くもの。e.g. th**ough**t/n**o**t, pop**pies**/cop**pice**.

本書の注では細部に立ち入らず、①から③をまとめて擬似韻と呼ぼう。

＊古風な脚韻(obsolete rhyme)

シェイクスピアの「これまで何度見てきたことか」(本書[**7**])原詩第2行末のeyeと第4行末のalchem**y**は、今日の発音([ai]と[i])では押韻しないが、以前はりっぱな脚韻語として通用した(myとeyeは行最後の強拍の位置にある)。

すなわち17世紀前半ごろまで、al・che・myのmyは[mi]とも[mai]とも発音され、eyeと押韻することもできた。同世紀後半以降、[mai]のような発音は廃れたが、poetryとdieのような押韻は以後も時に用いられ、慣例として認められていた。ブレイクの「虎」(本書[**36**])の原詩 ll. 23-24 末尾、eye と symmetry の押韻を参照。

(5) ソネット(sonnet)

14行の抒情詩。西洋の定型詩として最も短いものの1つ。14世紀イタリアの人文学者・詩人フランチェスコ・ペトラルカのソネット連作『歌の本』*Canzoniere* がヨーロッパで大流行し、16世紀イギリスにも移入された。以後イギリスではごく大まかに、2種の型が定着した。

(1) イタリア風(ペトラルカ風)ソネット

　前半の8行連(4行連2つ)と後半の6行連(3行連2つ)からなる(4／4／3／3)。いわば漢詩絶句の起・承・転・結に似て、8行連のあとに発想上の「転じ」volta(= turn)がくる。

(2) イギリス風(シェイクスピア風)ソネット。

　4行連が3つ続き、「おち」のような2行連でしめくくられる(4／4／4／／2)。シェイクスピアなど。その変形としてスペンサー風ソネットがある。

　(1)(2)とも厳密な脚韻のパターンが重視される。詩の主題としては、多くはペトラルカに倣って恋心が歌われるが、後には信仰その他が題材になることもある。

＊ソネット連作

　ペトラルカ『歌の本』は、ラウラへの報われぬ純愛を366篇の(主として)ソネットに託して、ソネット連作大流行のきっかけを作った。

　発想には著しいパターン化が見られる。すなわち恋慕の相手はつねに身分の高い美しい女性で、純潔で誇り高く近寄りがたい。詩人は彼女に直接語りかける勇気もなく、3人称でひたすらあがめ讃美するのみだ。報われぬ思いや(時には)嫉妬に苦しみながらも、恋の成就を望んでいない。なぜなら女性の冷淡さは、魂の清らかさと善良さの証でもあるからだ。

　その後のイギリスのソネットには、ペトラルカ以来の紋切り型に従いつつも、テーマや発想などに斬新な工夫を加えようという努力が見られる。

凡　例

＊詩の題名

　タイトルのつき方には、ほぼ4種類がある。(1)作者自身によるもの。(2)後の編者によるもの、(3)次第にそう呼びならわされてきたもの、(4)適当な題名がないため、詩の第1行を代わりに用いるもの(和訳では一部を省略することもある)。本書では(1)–(3)のタイトルの語頭を大文字で記し、(4)には引用符(" "／「　」)を付した。

＊表記法

　語の綴りとテクストのパンクチュエーション(句読法：ピリオド、コンマ、ダッシュ、大文字・小文字、行頭の字下げなど)は、時代の流儀や編者の見識によって、さまざまに異なる。表記法には大きく分けて、(1)できる限り作者の意図した形に近づけようとするものと、(2)今日の読者が読みやすいように、必要に応じて古風な表記法を現代化するものとがある。(1)の原典(オリジナル)尊重主義は、専門家や英語を母語とする読者以外には、とくに興味を引かないと思われるので、(2)の現代化を原則とする(日本の文庫本などで、読者の便宜のため、古典のテクストを常用漢字や現代仮名遣いで表記するのと同様)。例えば lov'd を loved に、bright'ning を brightening に、thro' を through に、for ever を forever に改めるなど。なお、例えばブレイクの詩「虎」[**36**]の原タイトル Tyger なども、Tiger に書き換えるとブレイクらしさが失われそうだが、前者の y が

何か格別の意味を帯びているとは考えにくいので、単なる古風な綴りの一例として現代表記に改めた。

＊注釈の冒頭に挙げる原典
　作品が初めて世に出た新聞や雑誌の類いではなく、最初に収録された本格的な(信頼しうる)詩集のタイトルと刊行年を挙げる。

＊脚注と解説
　脚注では語義と文法、詩句の音とリズムの解明に力を注いだ。また**解説**では作者の略歴や詩の背景、詩としての味わいなどに重きを置いた。ただしスペース配分の都合上、厳密な区別はつけていない。

＊主な記号と略語
　➡＝本書の〜を見よ。e.g.＝「例えば」、cf.＝「〜を参照」、l.＝line(行)、ll.＝lines、ギ神＝ギリシャ神話、ロ神＝ローマ神話、「ルカによる福音書」17: 13＝『聖書』「ルカによる福音書」第17章13節。

Contents

I The Renaissance (1500–1660)

[1] Edmund Spenser: "One day I wrote her name upon the strand" — 32
[2] Sir Philip Sidney: "With how sad steps, O Moon, thou climb'st the skies!" — 34
[3] Christopher Marlowe: The Passionate Shepherd to His Love — 36
[4] William Shakespeare: "Shall I compare thee to a summer's day?" (sonnet 18) — 38
[5] William Shakespeare: "When in disgrace with fortune and men's eyes" (sonnet 29) — 40
[6] William Shakespeare: "When to the sessions of sweet silent thought" (sonnet 30) — 42
[7] William Shakespeare: "Full many a glorious morning have I seen" (sonnet 33) — 44
[8] William Shakespeare: "That time of year thou mayst in me behold" (sonnet 73) — 46

目　次

まえがき
原詩を読む前に
凡　例

I　ルネッサンス期

[1] エドマンド・スペンサー：「ある日私は浜辺の砂に」　33

[2] サー・フィリップ・シドニー：「なんと悲しげな足取りで、月よ」　35

[3] クリストファー・マーロウ：恋する羊飼いが恋人に言った　37

[4] ウィリアム・シェイクスピア：「君を夏の一日に比べてみようか」(ソネット18番)　39

[5] ウィリアム・シェイクスピア：「運にも世間の目からも見放されたとき」(ソネット29番)　41

[6] ウィリアム・シェイクスピア：「甘い無言のもの思いの法廷に」(ソネット30番)　43

[7] ウィリアム・シェイクスピア：「これまで何度見てきたことか」(ソネット33番)　45

[8] ウィリアム・シェイクスピア：「あなたの目に映る私の姿は」(ソネット73番)　47

[9] William Shakespeare: "Let me not to the marriage of true minds" (sonnet 116) ... 48
[10] Thomas Nashe: "Adieu, farewell earth's bliss" ... 50
[11] John Donne: The Good-morrow ... 54
[12] John Donne: The Sun Rising ... 58
[13] John Donne: The Flea ... 60
[14] John Donne: "Death, be not proud, though some have callèd thee" ... 64
[15] John Donne: "Batter my heart, three-personed God; for you" ... 66
[16] Ben Jonson: To Celia ... 68
[17] Ben Jonson: On My First Son ... 70
[18] Robert Herrick: To the Virgins, to Make Much of Time ... 70
[19] Robert Herrick: Upon Julia's Clothes ... 74
[20] George Herbert: Love ... 74
[21] Edmund Waller: "Go, lovely rose" ... 76
[22] John Milton: On His Blindness ... 80
[23] John Milton: On His Dead Wife ... 82
[24] John Milton: *Paradise Lost* (IV, ll. 73–113) ... 84
[25] Sir John Suckling: "Why so pale and wan, fond lover?" ... 88
[26] Andrew Marvell: To His Coy Mistress ... 90
[27] Kaherine Philips: A Married State ... 94

[9]	ウィリアム・シェイクスピア:「まことの心と心が結ばれるのに」(ソネット116番)	49
[10]	トマス・ナッシュ:「さらば、さようなら、地上の幸よ」	51
[11]	ジョン・ダン:おはよう	55
[12]	ジョン・ダン:日の出	59
[13]	ジョン・ダン:蚤	61
[14]	ジョン・ダン:「死よ、思い上がるな」	65
[15]	ジョン・ダン:「私の心を叩き壊してほしい、三位一体の神よ」	67
[16]	ベン・ジョンソン:シーリアに	69
[17]	ベン・ジョンソン:わが長男のこと	71
[18]	ロバート・ヘリック:乙女たちへ、時間を大切に	71
[19]	ロバート・ヘリック:ジュリアのドレスのこと	75
[20]	ジョージ・ハーバート:愛	75
[21]	エドマンド・ウォーラー:「行け、きれいなばらよ」	77
[22]	ジョン・ミルトン:わが失明のこと	81
[23]	ジョン・ミルトン:亡き妻のこと	83
[24]	ジョン・ミルトン:『失楽園』(第4巻第73-113行)	85
[25]	サー・ジョン・サックリング:「なぜそんなに窶れ蒼ざめているのか」	89
[26]	アンドルー・マーヴェル:おすまし屋の恋人に	91
[27]	キャサリン・フィリップス:結婚したら	95

II The Restoration and the Eighteenth Century (1660–1789)

[28] John Dryden: *Mac Flecknoe* (ll. 1–28) — 100

[29] Jonathan Swift: A Description of a City Shower — 102
[30] Alexander Pope: *An Essay on Criticism* (ll. 201–32) — 110
[31] Thomas Gray: Ode on the Death of a Favourite Cat, Drowned in a Tub of Gold Fishes — 112
[32] Thomas Gray: Elegy Written in a Country Churchyard — 118
[33] William Collins: Ode to Evening — 134

III The Romantic Period (1789–1830)

[34] William Blake: The Lamb — 142
[35] William Blake: The Sick Rose — 144
[36] William Blake: The Tiger — 144
[37] William Blake: London — 148
[38] Robert Burns: John Anderson My Jo — 150

[39] Robert Burns: A Red, Red Rose — 152
[40] Ballad: Sir Patrick Spens — 154
[41] Ballad: Lord Randal — 166
[42] William Wordsworth: "She dwelt among the untrodden ways" — 170

II 王政復古から18世紀へ

[28] ジョン・ドライデン:『マック・フレックノー』(第1-
28行) 101
[29] ジョナサン・スウィフト:シティのにわか雨風景 103
[30] アレグザンダー・ポープ:『批評論』(第201-32行) 111
[31] トマス・グレイ:金魚鉢で溺れ死んだペット猫のオー
ド 113
[32] トマス・グレイ:田舎の墓地で詠んだ哀歌 119
[33] ウィリアム・コリンズ:夕暮れへのオード 135

III ロマン主義の時代

[34] ウィリアム・ブレイク:小羊 143
[35] ウィリアム・ブレイク:病んだばら 145
[36] ウィリアム・ブレイク:虎 145
[37] ウィリアム・ブレイク:ロンドン 149
[38] ロバート・バーンズ:ジョン・アンダーソン、いとし
い人 151
[39] ロバート・バーンズ:真っ赤なばら 153
[40] バラッド:サー・パトリック・スペンス 155
[41] バラッド:ランドル卿 167
[42] ウィリアム・ワーズワス:「あの子は草深い田舎にいた」 171

[43] William Wordsworth: "A slumber did my spirit seal" 172
[44] William Wordsworth: "My heart leaps up when I behold" 172
[45] William Wordsworth: Composed upon Westminster Bridge, Sept. 3, 1802 174
[46] William Wordsworth: The Solitary Reaper 176
[47] William Wordsworth: "I wandered lonely as a cloud" 180
[48] Samuel Taylor Coleridge: Kubla Khan 182

[49] George Gordon Byron: She Walks in Beauty 188

[50] George Gordon Byron: The Destruction of Sennacherib 190
[51] George Gordon Byron: So We'll Go No More A-Roving 194
[52] Percy Bysshe Shelley: Ozymandias 196
[53] Percy Bysshe Shelley: To a Skylark 198
[54] Percy Bysshe Shelly: "One word is too often profaned" 210
[55] John Keats: On First Looking into Chapman's Homer 212
[56] John Keats: La Belle Dame sans Merci 214
[57] John Keats: Ode to a Nightingale 220
[58] John Keats: Ode on a Grecian Urn 228

- [43] ウィリアム・ワーズワス：「眠りが魂の目をふさいでいた」 … 173
- [44] ウィリアム・ワーズワス：「私の心は跳び上がる」 … 173
- [45] ウィリアム・ワーズワス：ウェストミンスター橋で、1802年9月3日 … 175
- [46] ウィリアム・ワーズワス：ひとり麦を刈る娘 … 177
- [47] ウィリアム・ワーズワス：「私はひとりさまよった」 … 181
- [48] サミュエル・テイラー・コールリッジ：クーブラ・カーン … 183
- [49] ジョージ・ゴードン・バイロン：かの人はうるわしく歩む … 189
- [50] ジョージ・ゴードン・バイロン：セナケリブの破滅 … 191
- [51] ジョージ・ゴードン・バイロン：ではこれ以上さまよい歩くのはやめよう … 195
- [52] パーシー・ビッシュ・シェリー：オジマンディアス … 197
- [53] パーシー・ビッシュ・シェリー：ひばりに … 199
- [54] パーシー・ビッシュ・シェリー：「ひどく安売りされているので」 … 211
- [55] ジョン・キーツ：初めてチャップマン訳のホメロスに接して … 213
- [56] ジョン・キーツ：非情の美女 … 215
- [57] ジョン・キーツ：ナイチンゲールへのオード … 221
- [58] ジョン・キーツ：ギリシャの壺に寄せるオード … 229

[59] John Keats: To Autumn　　　　　　　　　　　　　　　　234

Ⅳ　The Victorian Period (1830–1900)

[60] Elizabeth Barrett Browning: "How do I love thee?
　　　Let me count the ways"　　　　　　　　　　　　　　242
[61] Alfred Tennyson: Mariana　　　　　　　　　　　　　　244
[62] Alfred Tennyson: "Break, break, break"　　　　　　　252
[63] Alfred Tennyson: The Charge of the Light Brigade　　254
[64] Alfred Tennyson: Crossing the Bar　　　　　　　　　260
[65] Robert Browning: Porphyria's Lover　　　　　　　　　264
[66] Robert Browning: My Last Duchess　　　　　　　　　270
[67] Matthew Arnold: Dover Beach　　　　　　　　　　　276
[68] Christina Rossetti: Remember　　　　　　　　　　　280
[69] Christina Rossetti: A Birthday　　　　　　　　　　　282
[70] Thomas Hardy: The Darkling Thrush　　　　　　　　284
[71] Thomas Hardy: A Broken Appointment　　　　　　　288
[72] Gerard Manley Hopkins: The Windhover　　　　　　290
[73] Robert Louis Stevenson: Requiem　　　　　　　　　294
[74] A. E. Housman: "Loveliest of trees, the cherry now"　294
[75] A. E. Housman: To an Athlete Dying Young　　　　　296
[76] Rudyard Kipling: If —　　　　　　　　　　　　　　300

Ⅴ　Modernism and After (1900–)

[77] William Butler Yeats: The Lake Isle of Innisfree　　　308

目　次　25

[59]ジョン・キーツ：秋に寄せる　　　　　　　　　　　235

Ⅳ　ヴィクトリア時代

[60]エリザベス・バレット・ブラウニング：「あなたをど
　　んな風に愛しているか」　　　　　　　　　　　　　243
[61]アルフレッド・テニソン：マリアナ　　　　　　　　245
[62]アルフレッド・テニソン：「砕けよ、砕けよ、砕けよ」　253
[63]アルフレッド・テニソン：軽騎兵隊の突撃　　　　　255
[64]アルフレッド・テニソン：砂洲を越えるとき　　　　261
[65]ロバート・ブラウニング：ポーフィリアの恋人　　　265
[66]ロバート・ブラウニング：前の公爵夫人　　　　　　271
[67]マシュー・アーノルド：ドーヴァー海岸　　　　　　277
[68]クリスティーナ・ロセッティ：忘れないで　　　　　281
[69]クリスティーナ・ロセッティ：誕生日　　　　　　　283
[70]トマス・ハーディ：宵闇の鶫　　　　　　　　　　　285
[71]トマス・ハーディ：すっぽかし　　　　　　　　　　289
[72]ジェラード・マンリー・ホプキンズ：ハヤブサ　　　291
[73]ロバート・ルイ・スティーヴンソン：レクイエム　　295
[74]A・E・ハウスマン：「木の中でも一番きれいな木」　295
[75]A・E・ハウスマン：若くして逝く陸上選手に　　　297
[76]ラディヤード・キップリング：もし――　　　　　　301

Ⅴ　モダニズム以降

[77]ウィリアム・バトラー・イェイツ：湖の島イニスフリー　309

[78]	William Butler Yeats: When You Are Old	310
[79]	William Butler Yeats: The Wild Swans at Coole	312
[80]	William Butler Yeats: The Second Coming	316
[81]	William Butler Yeats: Sailing to Byzantium	318
[82]	Edward Thomas: Fifty Faggots	324
[83]	Wilfred Owen: Anthem for Doomed Youth	326
[84]	T. S. Eliot: The Love Song of J. Alfred Prufrock	328
[85]	Stevie Smith: Not Waving but Drowning	344
[86]	W. H. Auden: Funeral Blues	346
[87]	W. H. Auden: Musée des Beaux Arts	348
[88]	Dylan Thomas: "Do not go gentle into that good night"	350
[89]	Philip Larkin: Church Going	354
[90]	Philip Larkin: Love Songs in Age	360
[91]	Ted Hughes: The Jaguar	364
[92]	Seamus Heaney: Digging	366

[78]ウィリアム・バトラー・イェイツ：あなたが年老いて 311
[79]ウィリアム・バトラー・イェイツ：クールの野生の白鳥 313
[80]ウィリアム・バトラー・イェイツ：再臨 317
[81]ウィリアム・バトラー・イェイツ：ビザンチウムへの船出 319
[82]エドワード・トマス：五十本の粗朶 325
[83]ウィルフレッド・オーエン：悲運の若者たちへの讃歌 327
[84]T・S・エリオット：J・アルフレッド・プルーフロックの恋歌 329
[85]スティーヴィー・スミス：手を振ってなんかいない溺れてたんだ 345
[86]W・H・オーデン：葬送のブルース 347
[87]W・H・オーデン：美術館 349
[88]ディラン・トマス：「あの安らかな夜におとなしく」 351

[89]フィリップ・ラーキン：教会通い 355
[90]フィリップ・ラーキン：老後のラヴ・ソング 361
[91]テッド・ヒューズ：ジャガー 365
[92]シェイマス・ヒーニー：掘る 367

解　説　373
あとがき　425

新編　イギリス名詩選

I　ルネッサンス期
The Renaissance (1500−1660)

ウィリアム・シェイクスピア
(duncan1890 / iStockphoto)

[1] "One day I wrote her name upon the strand"
Edmund Spenser (?1552–99)

One day I wrote her name upon the strand;
But came the waves, and washèd it away:
Again, I wrote it with a second hand;
But came the tide, and made my pains his prey.
"Vain man," said she, "that dost in vain assay   5
A mortal thing so to immortalize;
For I myself shall like to this decay,
And eke my name be wipèd out likewise."
"Not so," quod I, "let baser things devise
To die in dust, but you shall live by fame: 10
My verse your virtues rare shall eternize,
And in the heavens write your glorious name.
Where, whenas death shall all the world subdue,
Our love shall live, and later life renew."

---

[1] *Amoretti* (1595). 題名 無題か不詳の場合、第1行を代用し、二重引用符を付す。**1–5** [ei]音の重出：*day, name*(l. 1), *came, waves, away*(l. 2), *Again*(l. 3), *came, made, pains, prey*(l. 4), *Vain, vain, assay*(l. 5). **1** *strand* =（文）shore. **2** *washèd*: 2音節で発音。**3** *with a second hand*:「手でもう一度」。**4** *tide* = water of the sea. *prey*:「戦利品」。[p]音の頭韻。**5** *Vain*:「思慮に欠ける」。*in vain*:「無駄に」。vain の掛詞。**6** *so*:「そのように」。*mortal* と *immortalize* は縁語。**7**

[1] 「ある日私は浜辺の砂に」

エドマンド・スペンサー

ある日私は浜辺の砂に、あの人の名を書いてみた。
だがそこへ波が来て、文字を洗い流してしまった。
そこで私はもう一度、名前を砂に書きつけた。
でもまた波が来て、苦労をふいにしてしまった。
「ばかな人」、と彼女は言った。「むだな努力で   5
限りあるものを永久に残そうだなんて。
だって私自身、この文字と同じように朽ち果てて、
悲しいことに、私の名もまた消されてしまうのに」。
「いや違う」、と私は言った。「たとえ質の劣るものは、
死んで塵になろうとも、あなたは名声に生きるはずだ。   10
私の詩があなたの類稀な美質を不滅にして、
あなたの輝かしい名を天上に書き記すだろう。
死がこの世のすべてを踏み従えようとも、
われらの恋は生き、なお生命を新たにするのだ」。

---

shall: 運命的必然。*like to* =(古)like. **8** *eke*[íːk] =(古)also. *be* = shall be. *wipèd* ➡ l. 2 注. **9** *quod* =(古)said. *let*:「させておけ」。*devise* = contrive「苦労して〜する→〜する羽目になる (to)」。**11** 古代ローマのホラチウスに倣って、ルネッサンスの詩人がよく漏らす自負。*eternize*[íːtənaiz] = eternalize. **13** *Where*:「天国では」。*whenas* = whereas「だとしても」。**14** *later life renew* = recover life later「後で再び命を取り戻す」。

[2] "With how sad steps, O Moon, thou climb'st the skies!"

Sir Philip Sidney (1554–86)

With how sad steps, O Moon, thou climb'st the skies!
How silently, and with how wan a face!
What! may it be that even in heavenly place
That busy archer his sharp arrows tries?
Sure, if that long-with-love-acquainted eyes   5
Can judge of love, thou feel'st a lover's case:
I read it in thy looks; thy languished grace
To me, that feel the like, thy state descries.
Then, even of fellowship, O Moon, tell me,
Is constant love deemed there but want of wit?   10
Are beauties there as proud as here they be?
Do they above love to be loved, and yet
Those lovers scorn whom that love doth possess?
Do they call virtue there ungratefulness?

---

[2] *Astrophil and Stella* (1591). **1** *O Moon*: 月に親しく語りかける口語調。ここでは月がローマ神話の月と狩りの女神ディアナのような若い女性ではなく、恋に悩み蒼ざめる若者に見立てられている。**4** *archer*: 人に矢をかけて恋心を掻き立てるキューピッド。**5** *if that* = (古) if. *long-with-love-acquainted eyes* = eyes long acquainted with love. **8** *the like* = something similar. *thy state descries* = (古) reveals thy state. 主語は *grace* (l. 7)。**9** *even* = (古) just. *of fellowship* = out of friendly

[2] 「なんと悲しげな足取りで、月よ」
サー・フィリップ・シドニー

なんと悲しげな足取りで、月よ、君は空に上(のぼ)るのか、
なんと無口で、なんと青白い顔で。
それでは天上でさえ、あの忙しい射手が
鋭い矢を試しているというのか。
もし恋とは付き合いの長いわが目には、恋の見分けが   5
つくとすれば、君の症例(ケース)はまさに恋する者のそれで、
顔つきからすぐ読み取れる。同じ思いの私には、
そのやつれた気品から、君の容体(ようだい)が見抜けるのだ。
ならば仲間のよしみだ、月よ、どうぞ聞かせてほしい、
そちらでも忠実な愛はただの無分別とされているか。   10
美女たちはこちらと同様、お高くとまっているか。
天上の女たちも愛されるのが大好きなくせに、
恋の虜(とりこ)になった男をあざ笑っているのか。
そちらでもつれない仕打ちを美徳と呼んでいるか。

---

feeling. **10** *but* = mere. *want* = lack. *wit*:「(古)知性、理解力」。**11** *beauties* = beautiful women. *be* = are (be の複数形として当時多用された)。**12** *they above*:「天上の美女たち」。*yet*: *wit* (l. 10) とは擬似韻。**13** = (Do they above) scorn those lovers whom love possesses? *whom that* = (古) whom (➡ l. 5 注)。**14** = Do they call ungratefulness "virtue" there?

[3] The Passionate Shepherd to His Love
Christopher Marlowe (1564–93)

Come live with me and be my love,
And we will all the pleasures prove
That hills and valleys, dales and fields,
And all the craggy mountains yields.

There we will sit upon the rocks,　　　　　　　　　　5
And see the shepherds feed their flocks,
By shallow rivers to whose falls
Melodious birds sing madrigals.

And I will make thee beds of roses
And a thousand fragrant posies,　　　　　　　　　　10
A cap of flowers, and a kirtle
Embroidered all with leaves of myrtle;

A gown made of the finest wool
Which from our pretty lambs we pull;
Fair linèd slippers for the cold,　　　　　　　　　　15

---

[3] *Passionate Pilgrim*(1599). 題名 *Passionate*:「(古)恋に落ちた」。
1–3 [l]音の頭韻。**1** *Come live with me* = come and live with me. 16–17世紀には、goやcomeの後に原形不定詞が続くのはふつう。*love*:「恋人(主に女性)」。**2** *And*: 命令文後の「そうすれば」。*prove* = try. **3** *dales* = (詩)valleys. **4** *craggy* = steep and rugged. *yields*:「もたらす、生む」。主語は直前の *hills and valleys...the craggy mountains* (ll. 3–4)。複数名詞の主語を3人称単数現在形の動詞で受ける例は珍しくなか

[3] 恋する羊飼いが恋人に言った
クリストファー・マーロウ

一緒に暮らそう、恋人どうし、
丘から谷間、谷から野原、
岩また岩の山駆(か)けめぐり、
たっぷり二人で娯(たの)しもう。

岩に坐って眺めよう、 5
群れに草やる羊飼いを。
浅い小川のせせらぎに
乗せて小鳥が歌い出す。

君には贈ろう、ばらの褥(しとね)、
千のかぐわしい花束を、 10
花の帽子を、ミルテの葉の
刺繍で飾った長衣(カートル)を。

かわいい小羊の毛でできた
極上ウールの化粧着を。
純金のバックルや、寒さを防ぐ 15

———

った。e.g. Untimely *storms* makes men expect a dearth(シェイクスピア『リチャード3世』ii. 3. 33), His *tears* runs down his beard like winter's drops(シェイクスピア『テンペスト』v. 1. 16). 後世の編者が修正する場合が多いが、ここは fields(l. 3)と押韻するため手直しできない。**7** *to*:「〜の伴奏に合わせて」。*falls*: いくつもの段差を流れ落ちる急流。**8** *madrigals*: 当時流行し始めた多声無伴奏の短い恋歌。**9** *beds of roses*: この詩から、安楽な暮らしや身分を意味するようになっ

With buckles of the purest gold;

A belt of straw and ivy buds,
With coral clasps and amber studs:
And if these pleasures may thee move,
Come live with me and be my love.　　　　　　　　　　　　20

The shepherds' swains shall dance and sing
For thy delight each May morning:
If these delights thy mind may move,
Then live with me and be my love.

[4]　"Shall I compare thee to a summer's day?"
（sonnet 18）

William Shakespeare（1564–1616）

Shall I compare thee to a summer's day?
Thou art more lovely and more temperate:
Rough winds do shake the darling buds of May,
And summer's lease hath all too short a date:
Sometime too hot the eye of heaven shines,　　　　　　　5

た。以下 *amber studs*（l. 18）まで、すべて *make*（l. 9）の目的語。**10** *posies* =（古）bouquets. **11** *cap*:「柔らかに頭を覆う縁なし帽」。*kirtle*:「ゆったりしたドレス」。**12** *myrtle*:「ミルテ」。ヴィーナスの神木で愛の象徴。**15** *linèd*: 2音節で発音。*slippers*:「（室内・ダンス用の）踵(かかと)の低い軽い上靴」。cf. シンデレラの glass slippers. **16** 都会風の贅沢な好みが入り混じる。**18** これも田舎らしくない豪奢なおしゃれ。**21** *swains* = boys. *shall*: 話者の意思を示す3人称の意志未来。語り手は他

裏地のきれいな上靴(うわぐつ)を。

藁(わら)と木蔦(きづた)のベルトには
珊瑚(さんご)の締め具、琥珀(こはく)の鋲(びょう)。
こんな娯(たの)しみでよかったら、
一緒に暮らそう、恋人どうし。 20

五月の朝には君のため
羊飼いに歌い踊らせよう。
こんな娯しみでよかったら、
一緒に暮らそう、恋人どうし。

[4] 「君を夏の一日に比べてみようか」
(ソネット18番)

ウィリアム・シェイクスピア

君を夏の一日に比べてみようか。
君のほうがもっときれいで、もっと穏やかだ。
五月のいとしい蕾(つぼみ)を手荒(てあら)な風が揺さぶることもあるし、
そもそも夏の寿命はあまりにも短すぎる。
天の目玉がぎらぎら灼(や)きつくこともあれば、 5

の羊飼いたちを従わせる力を持っているらしい。
[4] *Sonnets*(1609). **3** *do*:(強調)「意外にも」の意を含む。*darling* = best-loved. **4** *lease*:「(土地家屋の)貸借契約」。夏は天からの借り物。*date*:「有効期間」。**5** *Sometime* = (古)sometimes. *eye of heaven* = sun. **7** *fair*:「美しいもの」。*fair* = fairness. 形容詞 fair の特異な名詞的用法。*sometime* = 「やがて」(➡l.5注. 同語異義)。*declines* = falls. **8** *untrimmed* = stripped of ornament. **9** *shall*: 必然的な未来、または語り手の意志

And often is his gold complexion dimmed;
And every fair from fair sometime declines,
By chance, or nature's changing course untrimmed;
But thy eternal summer shall not fade,
Nor lose possession of that fair thou owest, 10
Nor shall death brag thou wanderest in his shade,
When in eternal lines to time thou growest;
   So long as men can breathe, or eyes can see,
   So long lives this, and this gives life to thee.

[5] **"When in disgrace with fortune and men's eyes"** (sonnet 29)

William Shakespeare

When in disgrace with fortune and men's eyes
I all alone beweep my outcast state,
And trouble deaf heaven with my bootless cries,
And look upon myself, and curse my fate,
Wishing me like to one more rich in hope, 5
Featured like him, like him with friends possessed,
Desiring this man's art, and that man's scope,

(〜させよう、させてみせる)。当時はどちらの意味もあり得た。**10** *fair* = fairness (→ l. 7 注). **11** cf. valley of the shadow of death「死の陰の谷」(「詩篇」23: 4)。**12** *to time thou growest* = you grow to time = you become an integral part of time「(枝が接ぎ木されるように)(あなたは)時と一体化する→永遠に生きる」。**14** 自分の作品は悠久の生命を保つだろうという自負(→[1] l. 11 注)。*this* = this poem.

[5] *Sonnets* (1609). **1** *When in disgrace* = When I am in disgrace. こ

黄金(おうごん)の顔色が曇ることも珍しくない。
何であれ美しいものは、偶然か自然の成り行きで
装いをはぎ取られて、美しさをなくすものだ。
だが君という永遠の夏は翳(かげ)ることもなく、
そなわった美を手放すこともない。 10
そして「死」も、君がその陰を歩むと誇れはしない——
君は不朽の詩のなかで、時とともに生きるのだから。
　人が息をする限り、目に物が見える限り、
　この詩は生き延びて、君に命を与えるだろう。

[5]　「運にも世間の目からも見放されたとき」
　　　（ソネット29番）

ウィリアム・シェイクスピア

運にも世間の目からも見放されたとき、
私は一人ぼっちで、のけ者にされた身の上を嘆き、
聞く耳もたない天を、甲斐(かい)のない泣き声でわずらわせ、
己(おのれ)をつくづくかえりみては、自分の運命をのろう。
もっと前途有望な誰かに成り代わりたいと願い、　　　　5
誰かの容姿、他の誰かの友人たちをほしがって、
この人の力量、あの人の見識を望みながら、

の when 節は第1行で終結する。**2** *beweep* = deplore. *state*:「境遇」。**3** *trouble* = disturb. *bootless* = useless. **4** *look upon* =（古）look at. **5** *me* = myself. *like to* =（古）like. *one* =（古）someone. *more rich*: 単音節の形容詞や副詞の比較級に、(-er でなく) more が用いられることがある。**6** *him* =（ここでは）someone else. *with...possessed* = possessing. **7** *art* = skill. *scope* = mental range. **8** = least contented with what I enjoy most. *enjoy* = possess to advantage. **9** *myself almost despising* = almost

With what I most enjoy contented least;
Yet in these thoughts myself almost despising,
Haply I think on thee, and then my state, 10
Like to the lark at break of day arising
From sullen earth, sings hymns at heaven's gate;
　　For thy sweet love remembered such wealth brings
　　That then I scorn to change my state with kings.

[6] **"When to the sessions of sweet silent thought"** (sonnet 30)

　　　　　　　　　　　　　　　　William Shakespeare

When to the sessions of sweet silent thought
I summon up remembrance of things past,
I sigh the lack of many a thing I sought,
And with old woes new wail my dear time's waste:
Then can I drown an eye, unused to flow, 5
For precious friends hid in death's dateless night,
And weep afresh love's long since cancelled woe,
And moan the expense of many a vanished sight:

---

despising myself.　**10** *Haply* = (古)by chance. *think on* = (古)think of.
11 初版ではこの行全体がカッコに入っていたのを修正した。　**12** *sullen* = dark.　**13** *thy sweet love remembered* = the recollection of your sweet love(*brings* の主語).　**14** *scorn* = disdain. *change* = exchange.
[6]　*Sonnets*(1609).　**1–2** [s]音の頭韻が静かな回想の印象を生む。
1 *sessions*:「法廷」。　**2** *summon*:「(法)召喚する」。*remembrance* = memory.　**3** *lack*:「(古)欠席」の意も。〈*many a*＋単数名詞〉= (古)

自分が何より恵まれているものには、何より不満を抱く。
だがそんな思案に暮れてほとほと自分がいやになるとき、
ふとあなたのことを思う。すると私の心は　　　　　　　10
夜明けに暗い地上から舞い上がるひばりのように、
天国の門で讃歌を歌い出す。
　あなたの素敵な愛を思い出すと、莫大な富が身に
　　　　　　　　　　　　　　　　集まるので、
　私の身分を王様と取り替えることさえ、真っ平ご免だ。

[6]　「甘い無言のもの思いの法廷に」
　　　（ソネット30番）
　　　　　　　　　ウィリアム・シェイクスピア

甘い無言のもの思いの法廷に
過ぎた事どもの記憶を呼び出すとき、私は自分の
欲しかった多くの物が欠けているのに溜息をつき、
貴重な時間を無駄にしたという古い悲しみを新たに嘆く。
そんな時私は死の永遠の闇に隠れた良き友たちを思って、　5
めったに流さない涙で目をぐっしょり濡らし、
とっくの昔に帳消しになった恋の嘆きを蒸し返しては、
消え去ったたくさんの面影の損失を悼(いた)む。

〈many＋複数名詞〉。**4** [w]音の頭韻。*new* = anew. *wail* = weep. **5** *can* = may possibly. *unused*:(1)[ʌnjúːst] = unaccustomed と、(2)[ʌnjúːzd] = not used のどちらの意味にもとれる。**6** *dateless*:「(会計)無期限の」。**7** *long since* = long ago. *cancelled*:「(会計)抹消された」。**8** *expense*:「(会計)出費」。**9** *foregone* = past. **10** *heavily* = sadly. *tell o'er*:「(会計)数え上げる」。**11** *account*:「(会計)勘定」。*fore-* = before. *bemoanèd* = lamented. *-èd* は1音節で発音。**12** *pay*: 会計用語。**13** *the*

Then can I grieve at grievances foregone,
And heavily from woe to woe tell o'er   10
The sad account of fore-bemoanèd moan,
Which I new pay as if not paid before.
　　But if the while I think on thee, dear friend,
　　All losses are restored and sorrows end.

[7]　**"Full many a glorious morning have I seen"**
　　　(sonnet 33)

　　　　　　　　　　　　　　　William Shakespeare

Full many a glorious morning have I seen
Flatter the mountain tops with sovereign eye,
Kissing with golden face the meadows green,
Gilding pale streams with heavenly alchemy;
Anon permit the basest clouds to ride   5
With ugly rack on his celestial face,
And from the forlorn world his visage hide,
Stealing unseen to west with this disgrace:
Even so my sun one early morn did shine
With all triumphant splendour on my brow;   10

---

while = meanwhile. *think on* =(古)think of. *friend*: 恋人や愛人にも用いる。**14** *losses*: 会計用語。
[**7**]　*Sonnets*(1609). **1–8** 堂々たる響きを帯びる1センテンス。**1** *Full* =(古)very. *many a* ➡[**6**]l. 3注。*morning*: (詩)曙光。**4** *Gilding*: gild 「(廃)(錬金術で液体を)金で満たす」。*alchemy*: *eye*(l. 2)との押韻 ➡**古風な脚韻**(p. 12)。**5** *Anon* =(古)soon. *basest*: base 「(1)粗悪な(卑金属など)。(2)下劣な。(3)(廃)暗い」。*ride*: 「(雲が)飛ぶ」。**6** *rack*: 「上

そんな時私は以前の苦しみをあらためて苦しみ、
心も重く、この悲嘆からあの悲嘆へと、   10
すでに悩みつくした悩みの惨めな勘定を繰り返しては、
まだ清算が済んでもいないように、また代金を支払う。
　だがそんな時でも、いとしい人よ、ふと君を思うと、
　欠損はすべて償(つぐな)われ、悲しみも消えるのだ。

[7]　「これまで何度見てきたことか」
　　　（ソネット33番）
　　　　　　　　　　ウィリアム・シェイクスピア

これまで何度見てきたことか——燦然(さんぜん)と輝く朝の光が
王者のまなざしを投げかけて山々の頂きを喜ばせ、
黄金(こがね)色の顔で緑の草原にキスを贈り、
青白い小川を天の錬金術で金に染めていたかと思うと、
たちまち卑しい黒雲が醜(みにく)いちぎれ雲で   5
その気高い面(おもて)を曇らせるに任せて面目を失い、
がっかりした世界に顔向けもならず、
こそこそと見苦しく西空に忍んで行くのを。
まさにそんな風に、私の太陽はある朝早く、
壮麗な輝きで私の額(ひたい)を照らした。   10

空で風に追われる雲」。**7** *fórlorn*:「(太陽がかげったので)惨めになった」(prolepsis「予期表示法」)。*visage* = face. **8** [s]の頭韻。*disgrace*: disfigurement の意も。**9** *Even* = (古) just. *morn* = (詩) morning. **10** *all* = quite. *triumphant* = (廃) glorious. **11** *out alack* = (古) alas「ああ悲しい」。*but* = only. **12** *region cloud* = cloud in the sky. **13** *for*: 理由。*no whit* = not at all. **14** [s]の頭韻。*Suns*: suns「太陽」と sons「息子」をかける。

But out alack, he was but one hour mine,
The region cloud hath masked him from me now.
　Yet him for this, my love no whit disdaineth:
　Suns of the world may stain, when heaven's sun
　　　　staineth.

[8]　**"That time of year thou mayst in me behold"**
　　（sonnet 73）

William Shakespeare

That time of year thou mayst in me behold
When yellow leaves, or none, or few, do hang
Upon those boughs which shake against the cold,
Bare ruined choirs, where late the sweet birds sang.
In me thou seest the twilight of such day　　　　　　　　5
As after sunset fadeth in the west;
Which by and by black night doth take away,
Death's second self, that seals up all in rest.
In me thou seest the glowing of such fire,
That on the ashes of his youth doth lie,　　　　　　　　10
As the death-bed whereon it must expire,

---

[8] *Sonnets*(1609).　**1** *That time of year*: behold の目的語。*When*(l. 2) の先行詞。**2** *yellow leaves, or none, or few* = yellow leaves, either none or few. *or…or* =（詩）either…or（三者択一ではない）。**3** *against* =（古）exposed to.　**4** *Bare ruined choirs*: those boughs(l. 3) の同格。*choirs*:「（教会や礼拝堂の）聖歌隊席」。*late* =（詩）recently.　**5-6** *such day As* = the kind of day that.　**7** *Which*: 先行詞は *twilight* (l. 5)。*by and by* = soon.　**8** *Death's second self*:「死の腹心の友（＝眠り）」。*black night*(l.

だが悲しいかな、彼が私のものだったのはわずかひと時、
今では空行く雲が彼をわが目から覆い隠してしまった。
　かといって、私は愛する彼を見限るわけではない。
　下界の太陽とて翳りもしよう、天の太陽さえ翳るのだ。

[8]　「あなたの目に映る私の姿は」
　　　　（ソネット73番）
　　　　　　　　ウィリアム・シェイクスピア

あなたの目に映る私の姿は、まばらな黄色い葉が
もはや散り果てたか、それとも枝にしがみついて
寒風にうち震えている、あの時節のようだろうか。
その枝は荒れた雨晒しの聖歌隊席（クワイア）──ついこの間まで、
　　　　　　　かわいい鳥たちが歌っていたのに。
あなたの目に映る私の姿は、日が沈んだあと、　　　　　　　　　5
西の空に薄れていく黄昏（たそがれ）の光だろうか。
その光もやがて「死」の無二（むに）の友、暗い夜にさらわれて、
永遠（とわ）の眠りに閉じ込められてしまうだろう。
あなたの目に映る私の姿は、燃え尽きた青春の灰の上に
横たわる赤い炭火の輝きだろうか。　　　　　　　　　　　　　10

―――――――――
7)の同格。**9-10** *such fire, That* =（古）such fire as（➡ll. 5-6 注）. **10** *his* =（古）its. 所有格の its はエリザベス朝以後に出現したが、欽定訳聖書(1611)やシェイクスピア作品の生前の版では皆無（のち his は古風な響きを帯び始める）。**11** *whereon* = on which. **12** *Consumed with* = consumed by. **13** *more strong* ➡[5]l. 5 注。**14** *To love*: 副詞的用法。ここでは結果を表わす。*that...which* = what. *ere*[éə] =（古）before.

Consumed with that which it was nourished by.
　This thou perceiv'st, which makes thy love more strong,
To love that well which thou must leave ere long.

[9]　"Let me not to the marriage of true minds"
　　　(sonnet 116)

William Shakespeare

Let me not to the marriage of true minds
Admit impediments. Love is not love
Which alters when it alteration finds,
Or bends with the remover to remove.
O, no! it is an ever-fixèd mark,　　　　　　　　　　　　　5
That looks on tempests and is never shaken;
It is the star to every wandering bark,
Whose worth's unknown, although his height be taken.
Love's not Time's fool, though rosy lips and cheeks
Within his bending sickle's compass come;　　　　　　　10
Love alters not with his brief hours and weeks,
But bears it out even to the edge of doom.

---

[9] *Sonnets* (1609). **1** *Let me not* = I hope that I shall never. *marriage of true minds* = union of truly loving minds. **2** *impediments*:「婚姻の障害」。**3** *alters* = changes. **4** *bends* = (古) inclines (*to*). *remover*:「(まれ)移り気な人」。*remove*:「気を移す」。**5** *ever-fixèd*: -*èd* は1音節で発音。*mark* = seamark「海標」。航海の目印(星や灯台など)。**6** *looks on* = (古) looks at. **7** *star* = North Star (北極星)。**8** 星の正体は当時不明だった(星の占星術的な力が不明であると解する説も)。*be* = (古) is. if,

火は死の床で息絶えてゆく——言ってみれば、それまで
自分を養ってくれたものに食い尽くされるのだ。
　それがわかるから、あなたの私への愛はより強くなる、
　さよならが近づけば、それだけ愛着は深まるのだから。

[9]　「まことの心と心が結ばれるのに」
　　（ソネット 116 番）

　　　　　　　　　　ウィリアム・シェイクスピア

まことの心と心が結ばれるのに、邪魔など
入り込ませたくない。愛とは言えない——
何かが変われば自分も変わるような愛、
相手の移り気につれて気を移すような愛は。
とんでもない、愛とは確固不動の航路目標で、　　　　　　　　5
嵐の海を見下ろしながら、びくともしない。
愛とは、行き迷う舟がみな仰ぎ見るあの天の星で、
その高度は測れても、本当の値打ちは測り知れない。
愛は時のなぶり物ではない——赤いばらの唇も頬も、
やがてはその反り返った大鎌（おおがま）の餌食（えじき）になるとしても。　　　　　　　10
愛は時間や週など短い時（ま）の間に変わることなく、
世の終わりの瀬戸際（せとぎわ）まで持ちこたえるものだ。

---

when など従位接続詞に続く従節では、動詞は仮定法現在形。**10** *bending sickle*:「時」は鎌を振るう草刈り人に譬えられる。*bending* = curved. *compass* = range.　**12**　*bears it out* = endures. *edge of doom*:「最後の審判または死の間際」。**13**　*be* ➡ l. 8 注。*error*:「(法)誤謬」。*upon me* = against me. cf. シェイクスピア『から騒ぎ』iv. 2. 81.　**14**　*writ* = (古)wrote. *nor no* = (古)and no. (16-17 世紀)二重否定が肯定を意味しない。

If this be error, and upon me proved,
I never writ, nor no man ever loved.

[10] "Adieu, farewell earth's bliss"
Thomas Nashe (1567–?1601)

Adieu, farewell earth's bliss,
This world uncertain is;
Fond are life's lustful joys,
Death proves them all but toys,
None from his darts can fly.   5
I am sick, I must die.
        Lord, have mercy on us!

Rich men, trust not in wealth,
Gold cannot buy you health;
Physic himself must fade,   10
All things to end are made.
The plague full swift goes by.

---

[10] *Summer's Last Will and Testament* (1600). **1** *Adieu* [ədjúː] = (古)(フランス語から) good-bye. **3** *Fond* = silly. **4** *proves*:「～だと証拠立てる」。*but* = only. *toys* = rubbish. **5** *darts*:「投げ矢、投げ槍」。*fly* = flee *(from)*. **7** *Lord, have mercy on us*: cf.「詩篇」123: 3、「ルカによる福音書」17: 13。この祈りの言葉は、疫病に感染した家のドアにチョークで記されていたという。**8** *trust*:「～を信頼する、～に頼る(*in*)」。**10** *Physic*:「医術→(擬人化して)医師」。*fade* = die. **11** *to end*

[10]「さらば、さようなら、地上の幸よ」　51

もしこれが間違いで、それが私の身の上で立証される
　　　　　　　　　　　　　　　　　　　としたら、
私が書いたものは無に等しく、この世に愛した者など
　　　　　　　　　　　　　　　　　　　　いない。

[10]　「さらば、さようなら、地上の幸よ」

　　　　　　　　　　　　　　　　　　トマス・ナッシュ

さらば、さようなら、地上の幸(さち)よ。
この世は頼りにならない。
肉の歓びなど愚のきわみ、
「死」の前にはすべてたわごとで、
その矢を逃れるすべはない。　　　　　　　　　　　　　　5
病(やまい)は重い、もうおしまいだ。
　　　　主よ、われらに憐れみを！

金(かね)はあっても、当てにはならぬ。
黄金(きん)で健康を買えはしない。
医師でさえ死にゆくさだめ、　　　　　　　　　　　　　10
すべてものには終わりがある。
疫病もたちまち行き過ぎる。

---

are made = are made to end. *end* = (古) die. **12** *plague*:「疫病(ペスト、ことに腺ペスト)」。14世紀にヨーロッパで大流行して Black Death「黒死病」とも呼ばれ、人口の3分の1ないし4分の1が死亡したという。*full swift* = (文) very swiftly. *goes by*:「通り過ぎていく」。**17-18** 意味不詳ながら異様に美しい詩行として名高い。l. 17 は隕石の落下、ないし「闇が下りる」、「秋の陽がたちまち沈む」の意か。ヘレネ(l. 19) との関連で、*air* は hair だと解する説もある。**19** *Dust*: 人

I am sick, I must die.
      Lord, have mercy on us!

Beauty is but a flower 15
Which wrinkles will devour;
Brightness falls from the air,
Queens have died young and fair,
Dust hath closed Helen's eye.
I am sick, I must die. 20
      Lord, have mercy on us!

Strength stoops unto the grave,
Worms feed on Hector brave,
Swords may not fight with fate,
Earth still holds ope her gate. 25
Come! come! the bells do cry.
I am sick, I must die.
      Lord, have mercy on us!

Wit with his wantonness
Tasteth death's bitterness; 30

は塵(土)で作られ、死後は塵に戻る。*Helen*:(ギ神)ゼウスとレダが生んだ絶世の美女。トロイ戦争の原因となった。**22** [s][t]音の頭韻。*stoops*:「〜に屈する(*unto*)」。**23** *Hector*:(ギ神)トロイの王子。トロイ側最強の勇士。**24** *may* =(古)can. **25** *Earth*: ここでは墓を指す。*still* =(詩)always. *ope* =(詩)open. **26** *the bells do cry*: 教会の鐘が大声で死を告げる。**29–30** [w][t][θ][s]音が相次いで、早口言葉並みに複雑で発音が難しい。才人の達者な弁舌を反映する。**29** *Wit* =(古)

[10]「さらば、さようなら、地上の幸よ」

病は重い、もうおしまいだ。
  主よ、われらに憐れみを！

美しさなど、皺(しわ)に食われる　　　　　　　　　　　　15
花にすぎない。
煌(きらめ)きは天から堕(お)ちる、
若くきれいな王妃も逝った。
ヘレネの眼さえ塵(ちり)にふさがれた。
病は重い、もうおしまいだ。　　　　　　　　　　　　　20
  主よ、われらに憐れみを！

剛力(ごうりき)も墓には勝てず、
勇ましいヘクトルも虫の餌(えさ)。
剣では運命に刃向(はむ)かえず、
地は大口(おおぐち)開けて待っている。　　　　　　　　25
さあさあ、鐘が呼んでいる。
病は重い、もうおしまいだ。
  主よ、われらに憐れみを！

利口でみだらな連中も
苦い死の味は避けられない。　　　　　　　　　　　　　30

---

cleverness. *wantonness* = lewdness. **32** *for to* = (古)to. **33** *vain art*:「虚しい弁才」。**36** *degree*:「(文)階級、地位、身分」。呼びかけ。**38** *heritage*:「相続権で得られる財産(ことに土地)」。**39** *but* = only. Life is a play(人生はお芝居)は、きわめて一般的な譬えの1つ。cf. All the world's a stage(シェイクスピア『お気に召すまま』ii. 7. 139). **40** *unto* = to.

Hell's executioner
Hath no ears for to hear
What vain art can reply.
I am sick, I must die.
    Lord, have mercy on us!   35

Haste, therefore, each degree,
To welcome destiny.
Heaven is our heritage,
Earth but a player's stage;
Mount we unto the sky.   40
I am sick, I must die.
    Lord, have mercy on us!

[11] The Good-morrow
John Donne (1572–1631)

I wonder, by my troth, what thou and I
Did, till we loved? Were we not weaned till then?
But sucked on country pleasures, childishly?
Or snorted we in the seven sleepers' den?

---

[11] *Poems* (1633) 題名 = (古) good morning. **1** *by my troth* (= *truth*) = (古) in fact. **3** *country pleasures*: 富裕な家の子は田舎の乳母のもとで育てられた。発音からの連想で、露骨な暗示を読み取る説もある。cf. Do you think I meant *country* matters? (シェイクスピア『ハムレット』iii. 2. 123). **4** *snorted* = snored. *seven sleepers' den*: ローマ皇帝デキウスのキリスト教徒迫害で、エフェソスの信者7人が洞穴に閉じ込められて約200年前後眠り、目覚めるとキリスト教が栄えて

地獄の死刑役人は、
利いた風な口答えなど
聞く耳を持たない。
病は重い、もうおしまいだ。
   主よ、われらに憐れみを！ 35

だから貴賤と貧富を問わず、
笑って運命(さだめ)を受け入れよう。
天こそわれら世襲の地、
この世は役者の舞台にすぎぬ。
いざ、空をめざして上(のぼ)るのだ。 40
病は重い、もうおしまいだ。
   主よ、われらに憐れみを！

[11]　おはよう

ジョン・ダン

思えばあなたとぼくはこうして愛し合うまで、
一体何をしていたのだろう。まだ乳離(ちばな)れもせず、
鄙(ひな)びた喜びを啜(すす)っていたのか——子供みたいに。
それとも「眠れる七人の洞穴(ほらあな)」で鼾(いびき)でもかいていたのか。

いたという。**5** *'Twas* = (古) it was. *but this* = except for this pleasure. *be* = (古) are (→ [**2**] l. 11 注). **7** *Which* = (古) whom. *but* = only. **8** 虚しく過ぎた過去を語る第1連が句読点で切れ切れのリズムを刻むのに対し、第2連冒頭は二重・長母音 ([áu][ou][úː][áua][éi][óu]) が連なって、きわめてのびやか。**10** = love controls all love of other sights. *sights*:「見えるもの、見物」。他の女性など。*controls* = (古) prevents. **12** *sea-discoverers*: コロンブスやマゼランなど。*have gone*: ⟨let + 目的

'Twas so; but this, all pleasures fancies be: 5
If ever any beauty I did see,
Which I desired, and got, 'twas but a dream of thee.

And now good-morrow to our waking souls,
Which watch not one another out of fear;
For love all love of other sights controls, 10
And makes one little room an everywhere.
Let sea-discoverers to new worlds have gone,
Let maps to others, worlds on worlds have shown,
Let us possess one world; each hath one, and is one.

My face in thine eye, thine in mine appears, 15
And true plain hearts do in the faces rest;
Where can we find two better hemispheres
Without sharp North, without declining West?
Whatever dies was not mixed equally;
If our two loves be one, or thou and I 20
Love so alike that none do slacken, none can die.

語＋不定詞〉の不定詞が go の完了形。だから〈行かせるがいい〉ではなく、〈もう行ったのなら、そうさせておくがいい〉の意。**13** *worlds* = celestial spheres（前行 *worlds* との意味の重複を避ける）。*on*: 積層の意。コペルニクスの地動説はもう知られていたが、ここではプトレマイオスの宇宙（惑星や恒星がそれぞれ張り付いた透明な天球が、何層も重なって地球を周回している）が想定されている。**14** 2人合わせて1つの世界だから、2人のそれぞれがその1つの世界を持つにせ

[11] おはよう　　57

違いない。今のこれ以外、どんな喜びもただの妄想だ。　　5
ぼくがこれまでどんな美女に出会い、これはと思って
射止めたとしても、すべてあなたの幻にすぎない。

そして今やっと目覚めたぼくらの魂におはようを言おう。
二つの魂がじっと見つめ合うのは、警戒からではない。
なぜなら愛は愛の目移りなど一切許さず、　　10
小さな一室を全世界に変えるのだから。
大航海者たちが新世界に行ったのなら、そうさせておけ。
天体図に次から次へ世界が出現したのなら、それもよし。
ぼくらの世界はただ一つ——たがいに一つであり、一つを
　　　　　　　　　　　　　　　　　　　　　持つのだ。

あなたの眼にぼくの顔が、ぼくの眼にあなたの顔が映る。　　15
裏表のない真実の心は、顔にあらわれる。
これにまさる二つの半球が他のどこに見つかるだろうか、
ここには凍てつく北も、日の傾く西もない。
死ぬものはみな、素材の混合が均等ではなかったのだ。
二人の愛が一つならば、あるいは二人が等分に　　20
愛し合い弛(たゆ)むことがなければ、どちらも死ぬはずはない。

よ、自分がそれであるにせよ、同じことだという新プラトニズム的な発想。だから結局、世界はただ1つ。世界は都合2つまたは4つになるという説が大まじめに唱えられている。**16** *plain* = (古)honest. **17** *hemispheres*: たがいの顔を映す2人の眼はそれぞれ半球の形。合体すると、地球のような球体になる。**18** *sharp* = cuttingly cold. *declining* = sinking towards setting.「太陽が西に沈む」の意を含ませる。**20** *be* ➡ [9]l. 8 注。**21** *slacken* = diminish in intensity.

[12] The Sun Rising

John Donne

    Busy old fool, unruly Sun,
        Why dost thou thus,
Through windows, and through curtains call on us?
Must to thy motions lovers' seasons run?
        Saucy pedantic wretch, go chide   5
        Late schoolboys, and sour prentices,
    Go tell court-huntsmen that the King will ride,
    Call country ants to harvest offices;
Love, all alike, no season knows, nor clime,
Nor hours, days, months, which are the rags of time.   10

    Thy beams, so reverend and strong
        Why shouldst thou think?
I could eclipse and cloud them with a wink,
But that I would not lose her sight so long:
        If her eyes have not blinded thine,   15
        Look, and tomorrow late, tell me,
    Whether both the Indias of spice and mine

[**12**] *Poems*(1633). **1** 曙の女神アウロラ(ロ神)に導かれて颯爽と空を翔け上る太陽神のイメージから一転、恋人たちの甘い眠りを妨げるお節介な老人として、昇る太陽を脅したりすかしたりする。*Busy* = prying. *unruly* = ungovernable. **4** = must lovers' seasons run to thy motions? *to*:「〜に合わせて」。*seasons*:「(何かをする)潮時」。*run* = proceed. **5** *Saucy*:「厚かましい」。*pedantic*:「杓子定規な」。*go chide* = go and chide(➡[3] l. 1 注)。**6** *prentices* = apprentices. **7** *court-hunts-*

[12] 日の出

ジョン・ダン

　　手に負えないお節介焼きのばか爺さん、
　　　　太陽め、いったい君は何だって
わざわざ窓やカーテンごしにぼくらを訪ねてくるのだ。
恋人たちの予定を君の動きに合わせろとでも？
　　　　この杓子定規の無礼者、叱ってくるがいい──　　5
　　　　学校に遅れた生徒やふくれっ面の見習い小僧を。
　　宮中の狩人たちに、王がご出馬だと告げ、
　　田舎の農民たちに、収穫作業の時を伝えるがいい。
恋はいつでも変わりなく、時節も知らず、気候もなく、
時刻も日も月もない──どれもただの時間の切れっ端だ。　10

　　　　君の光が、どうして
　　　　　　そんなに尊く強いなどと君は思うのか。
眼さえつぶれば光を陰らせるも曇らせるも訳はないが、
ただそんなに長く彼女を見ずにはいられないだけだ。
　　　　もし君の眼が彼女の眼で眩んでいないのなら、　　15
　　　　　　見に行って、あす遅めに来て教えてほしい──
香料のインドと鉱山のインドの両方が、まだもとの

---

men: 狩猟のお供に励む廷臣たち。*the King will ride*: ジェームズ１世は狩猟好きで知られる。**8** *Call*:「(人)に〜の仕事にかからせる(*to*)」。*country ants*:「田舎の農夫たち」。*harvest offices*:「取り入れの仕事」。**9** *all alike* = the same at all times. *clime* = climate. **13** *them* = Thy beams (l. 11). **14** *But that* = except for the fact that. *would not* = would not wish to. *her*: いま枕を並べている女性を指す。**15** 美しい女性が太陽の目を眩ませるというのは常套的発想。**16–18**（太陽に向かって）今から地

Be where thou left'st them, or lie here with me.
Ask for those kings whom thou saw'st yesterday,
And thou shalt hear, "All here in one bed lay." 20

    She's all States, and all Princes, I;
        Nothing else is.
Princes do but play us; compared to this,
All honour's mimic; all wealth alchemy.
    Thou, Sun, art half as happy as we, 25
        In that the world's contracted thus;
    Thine age asks ease, and since thy duties be
        To warm the world, that's done in warming us.
Shine here to us, and thou art everywhere;
This bed thy centre is, these walls, thy sphere. 30

[13] **The Flea**

                         John Donne

Mark but this flea, and mark in this,
How little that which thou deny'st me is;
Me it sucked first, and now sucks thee,

球を一回りして来て、その結果をあす報告せよ。**16** *late*: 早朝は迷惑。
17-18 愛し合う2人のいるベッドが全世界。**17** *Indias of spice and mine*: 香料を産するインドと金の出る西インド諸島。**18** *Be* ➡[2]l. 11 注。**19-20** ここが全世界だから、世界の王たちもここで一緒に寝ていた(*lay*)はずだ(あす太陽が報告しに来る時点では、すでに過去のこと)。**21** 全世界である2人は、世界の国々でも、世界の王でもある。
22 *is* = exists. **23** *but* = (古)just. *this*: 次行の *honour* と *wealth* の両方

場所にあるか、ここでぼくと一緒に寝ているかを。
　きのう会った王さまたちに謁見を求めてみるがいい、
言われるだろう、「皆ここで一つベッドに寝ていた」と。　20

　　　彼女は全世界の国々で、私は全世界の君主、
　　　　ほかには何もない。
　君主たちはぼくらに扮しているだけ。これに比べれば、
　どんな栄誉も真似ごとで、あらゆる富はまがい物だ。
　　　太陽よ、君はぼくらの半分くらいは幸せだ、　25
　　　　世界がこんなに小さく縮んでしまったのだから。
　君も老齢で楽がしたいだろう。君の仕事は世界を
　温めること、ならばぼくらを温めさえすればいい。
ここでぼくらを照らしていれば、どこにでもいるわけだ。
このベッドが君の軌道の中心、まわりの壁が天球なのだ。　30

[13]　蚤

　　　　　　　　　　　　　　ジョン・ダン

ちょっとこの蚤を見てごらん。そうすれば、
君が拒んでいるのが、いかに些細なものかわかるだろう。
こいつはまずぼくを刺してから、いま君を刺している。

を指す。**24** *mimic*:「模造品」。*alchemy*:「(古)安ぴか物」。
[13]　*Poems*(1633).　**題名**　蚤を題材とする恋愛詩が16世紀に流行したが、この詩は発想の警抜さと構成の巧みさで人気を博した。**1** *Mark* = watch. *but* = only, merely.　**3**　4つの[s]の頭韻。**4** アリストテレスの生理学によれば、性交は血の交わりを意味する。*be* = (古) are (➡[**2**]l. 11 注).　**5** *said* = (古) called.　**6** *maidenhead* = virginity. 蚤は2人の血を吸って混ぜたに過ぎない。**7** *woo* ➡[**9**]l. 8 注。**9-10** 第1連

And in this flea, our two bloods mingled be;
Confess it, this cannot be said   5
A sin, or shame, or loss of maidenhead,
　　Yet this enjoys before it woo,
　　And pampered swells with one blood made of two,
　　And this, alas, is more than we would do.

Oh stay, three lives in one flea spare,   10
Where we almost, nay more than married are.
This flea is you and I, and this
Our marriage bed, and marriage temple is;
Though parents grudge, and you, we're met,
And cloistered in these living walls of jet.   15
　　Though use make you apt to kill me,
　　Let not to that, self-murder added be,
　　And sacrilege, three sins in killing three.

Cruel and sudden, hast thou since
Purpled thy nail in blood of innocence?   20
In what could this flea guilty be,
Except in that drop which it sucked from thee?

から第2連に移る束の間に、女は蚤を潰しにかかる。**10** *stay* =（古）stop. **11** *nay* =（古）no. **12–13** この蚤は2人の血が交わった新婚の床、結婚式が行われた寺院。卑小な虫と、負わされた重大な意義との対照。**12** *you and I*: それぞれの血（命）が蚤に宿っている。**14** *you* = you grudge, too. *we're met* = we have met. **15** *walls of jet*: 蚤の外殻。**16** ふだんの女の冷淡な態度を皮肉る。*use*:「習慣、慣れ」. *apt* = ready (*to*). **17** = Let not self-murder be added to that. 直接相手に命じる代

この蚤の中でぼくら二人の血が混ざり合ったわけだ。
だがまさか君だって、これが罪だとか恥だとか、　　　　　　　5
処女の喪失だなどとは言えないだろう。
　とはいえ、こいつは口説(くど)きもせずにいい目を味わい、
　二人で一つの血のご馳走で腹一杯に膨(ふく)れ上がっている。
　悔(くや)しいが、ぼくらにはとても真似のできないことだ。

ああよせ！　蚤一匹で三つの命を奪うのは。そいつの中で　10
ぼくらは結婚したも同然、いやそれ以上なんだから。
この蚤は君であり、ぼくであり、これがぼくらの
新婚の床(とこ)、婚礼の寺院なのだ。
親たちは気に食わず、君でさえ不満顔だが、ぼくらは
この生きた漆黒の壁の中で逢い、中に閉じこもったのだ。　15
　君は習慣上ぼくを殺す事など平気らしいが、
　その上に付け加えてはいけない──自殺とか、
　瀆聖(とくせい)の咎(とが)なんかを。三つの殺しは三重の罪だ。

おっと、いきなり血も涙もなく、君は罪もない者の血で
爪を真っ赤に染め上げたのか。　　　　　　　　　　　　　20
いったい蚤にどんな罪があるというのだ──
君から吸い取った、あのたった一滴の血のほかに。

わりに、3人称の目的語(*self-murder*)に向けられた間接的命令。*that*: 蚤を潰してぼくを殺す罪。**18–19**　第2連から第3連に移る間に、女は蚤を潰してしまった。**18** *sacrilege*: 蚤という「新婚の床、婚礼の寺院」を破壊する冒瀆。**19** *since* = subsequently. **24** *the weaker*:「(血を吸われた分だけ)弱くなった」(*the* は冠詞でなく副詞)。**25** *'Tis* = (古) it is. *be* ➡[9]l. 8 注。**27** *waste* = be lost.

Yet thou triumph'st, and say'st that thou
Find'st not thyself, nor me the weaker now;
   'Tis true, then learn how false, fears be; 25
   Just so much honour, when thou yield'st to me,
   Will waste, as this flea's death took life from thee.

[14] "Death, be not proud, though some have callèd thee"

John Donne

Death, be not proud, though some have callèd thee
Mighty and dreadful, for thou art not so;
For those whom thou think'st thou dost overthrow
Die not, poor death, nor yet canst thou kill me.
From rest and sleep, which but thy pictures be, 5
Much pleasure; then from thee, much more must flow;
And soonest our best men with thee do go,
Rest of their bones and soul's delivery.
Thou art slave to fate, chance, kings, and desperate men,
And dost with poison, war, and sickness dwell; 10
And poppy or charms can make us sleep as well,

[**14**] *Poems*(1633). **1** *Death, be not proud*:「死」への呼びかけと命令。*callèd*: -*èd* は 1 音節で発音。以下、全篇歯切れのよい単音節語で畳みかける。**3-4**「死」が人を斃せない理由は詩の末尾で明かされる。**4** *nor yet* = and also not. **5** *but* = (古)only. *pictures* = (古)likenesses. *be* = (古)are(➡[2]l. 11 注). **6** *Much pleasure* = much pleasure must flow. *much more* = much more pleasure. **7** *soonest* = most readily. *with thee do go* = go with thee. go with = accompany(esp. as a lover). 諺に

だが君はしたり顔でこう言い放つ——だからといって、
君自身にせよぼくにせよ、何一つ失ったものはないと。
　その通り。だから知るがいい、心配など気のせいだと。　25
　ぼくの言うなりになったって、それで君が失う名誉は、
　この蚤の死で君が失くした命とぴったり同じだけさ。

[14]　「死よ、思い上がるな」

ジョン・ダン

死よ、思い上がるな。お前は強く恐ろしいと
称した連中もいるが、そんなことはない。
お前が倒すつもりでも、相手は死になどしない、
哀れな死よ、それにお前は私を殺せもしない。
休息や睡眠はお前の似姿に過ぎないが、もたらす喜びは　5
少なくない。ならお前のくれるものはずっと多いはず。
人間でも最良の連中は、すぐにお前と懇ろになる——
骨身を休め、魂を解き放つために。
お前は運命や偶然、国王や捨て鉢な連中の
奴隷で、毒や戦争や病気と同居している。だが　10
阿片や呪文も同様に——しかもお前の一撃よりうまく

The good die young.　**8** *thee*（死）(l. 7)の同格。*bones* = body. *delivery* = (古) deliverance.　**9** *slave* = completely subject(*to*). *chance* = a casual circumstance.　**11** *as well* = as well as thy stroke.　**12** *swell'st*:「威張る、思い上がる」。**13** 死んで墓場に眠った後、最後の審判で神の裁きを受けて、永遠の生命にあずかる。*past* = being over.　**14** *shall*: 運命・宿命の shall. *Shalt*: 左と同じ。

And better than thy stroke; why swell'st thou then?
One short sleep past, we wake eternally,
And death shall be no more; death, thou shalt die.

[15]　"Batter my heart, three-personed God; for you"

John Donne

Batter my heart, three-personed God; for you
As yet but knock, breathe, shine, and seek to mend;
That I may rise and stand, o'erthrow me, and bend
Your force to break, blow, burn, and make me new.
I, like an usurped town, to another due,　　　　　　　　　　5
Labour to admit you, but oh, to no end.
Reason your viceroy in me, me should defend,
But is captived, and proves weak or untrue.
Yet dearly I love you, and would be loved fain,
But am betrothed unto your enemy:　　　　　　　　　　10
Divorce me, untie, or break that knot again,
Take me to you, imprison me, for I
Except you enthrall me, never shall be free,

---

[15]　*Poems* (1633). **1** *three-personed God*: Trinity「三位一体」とは、唯一神の中に父と子と聖霊という3つの位格 (ペルソナ persons) が存すること。**2-4** 単音節の動詞の激しい畳みかけ。**2** *As yet* =(文) up to this time. *but* = only. *knock*: cf. I stand at the door, and knock (「ヨハネの黙示録」3: 20). *breathe*: cf. the Lord God formed man…and breathed…the breath of life (「創世記」2-7). *seek* =(文) try (*to*). **3** *bend*:「～を傾注する (*to*)」。**4** [b] の頭韻。*new* =(古) anew. **5** *an*: 古

眠らせてくれる。だからお前に威張られる筋合いはない。
こっちが軽く一眠(ひとねむ)りすれば、永遠の目覚めが訪れて、
死なんかいなくなる。死よ、お前は死ぬのだ。

[15] 「私の心を叩き壊してほしい、三位一体の神よ」

ジョン・ダン

私の心を叩き壊してほしい、三位一体(さんみいったい)の神よ。あなたは
戸を叩き、息を吹き込み、輝き、匡(ただ)そうとするばかり。
私が起きて立ち上がれるように押し倒し、力ずくで私を
打ち砕き、吹き飛ばし、焼き焦(こ)がし、作り直してほしい。
私はまるで、もとの領主から奪い取られた町みたいに、　　　5
あなたを迎え入れようとするが、ああどうにもならない。
あなたの代官である「理性」は、私を護るどころか
敵の虜(とりこ)になって、腰が抜けたか、それとも寝返ったのか。
私は心からあなたを愛し、愛されたいと願っているのに、
あなたの敵と婚約を結んでいる。どうか　　　　　　　　　10
破談にして結び目をほどくか、断ち切るかしてほしい。
私をかどわかして、牢に閉じ込めてほしい。なぜなら、
私はあなたの奴隷にならない限り、自由になれず、

くは半母音[j][w]の前でよく an が用いられた。*another*: 今の領主(悪魔)と異なる本来の領主(神)。*due* = (古)belonging by right (*to*). **6** *Labour* = try hard (*to*). *to no end* = in vain. **7** *Reason*: 神は万人に「理性」を与え、善悪の判断がつくようにした。**8** *captived* [kæptáivd]:「(古)囚われて」。*proves* = turns out to be. **9** *would*: 強い意志。**10** *your enemy*: 悪魔。**12** *I*: *enemy* (l. 10)との押韻 ➡ **古風な脚韻** (p. 12)。**13** *Except* = (古)unless. **14** *ravish* = (古)rape.

Nor ever chaste, except you ravish me.

[16] To Celia
Ben Jonson (1572/3-1637)

Drink to me only with thine eyes,
  And I will pledge with mine;
Or leave a kiss but in the cup
  And I'll not look for wine.
The thirst that from the soul doth rise   5
  Doth ask a drink divine;
But might I of Jove's nectar sup,
  I would not change for thine.
I sent thee late a rosy wreath,
  Not so much honouring thee   10
As giving it a hope that there
  It could not withered be;
But thou thereon didst only breathe,
  And sent'st it back to me;
Since when it grows, and smells, I swear,   15
  Not of itself, but thee!

---

[16] *The Forest* (1616). **1** *Drink*:「(人)のために乾杯せよ(*to*)」。**2** *pledge*:「返杯する」。*mine* = my eyes. **3** *but* = only. **7** *might I* = (even) if I might (= could). *sup*:「〜をちびちび飲む(*of*)」。**8** *change*: ごく一般的な意味(= exchange)では、ll. 7-8 は「私はゼウスの神酒の代わりにあなたのそれを(*for*)貰う気はない」となり、筋が通らない。だから、作者は使い慣れた語句をうっかり誤用して逆のことを言った(エンプソン『曖昧の七つの型』(下)岩波文庫、pp. 326-27)など、諸

[16] シーリアに

ベン・ジョンソン

乾杯をくれるなら君の眼で――
   わたしもこの眼で応(こた)えよう。
それとも盃にくちづけを――
   ならばワインに用はない。
魂の喉(のど)の渇(かわ)きには   5
   神々の酒が必要だ。
だがゼウスの酒が飲めようとも、
   君の神酒(みき)には代えられない。
ばらの花輪を贈ったのは、
   敬意のしるしというよりも、   10
ばらも君のそばでなら
   枯れまいという願いから。
でも君はただ嗅いで息をかけ、
   すげなくわたしに返してきた。
おかげでばらは伸び育ち、   15
   いまもあなたの香(か)に匂う。

説がある。だが change には、17世紀の用法で take in exchange「～の代わりに (for) …を受け取る」という意味がある (*OED* change 5) ので、そう解釈するのが自然。*thine* = thy nectar. **9** *late* = lately. *rosy wreath* = wreath of roses. **13** *thereon* = on it. **15** *when* = which time. **16** *Not of itself, but thee*: (1) **grows** not of itself (= by itself), but thee 「ばらの自力でなく、あなたのお陰で育つ」と (2) **smells** not of itself, but thee 「ばら自体の香りではなく、あなたの香りを放つ」をかける。

[17]　**On My First Son**

　　　　　　　　　　　　　　　　　　　Ben Jonson

Farewell, thou child of my right hand, and joy;
　My sin was too much hope of thee, loved boy.
Seven years thou wert lent to me, and I thee pay,
　Exacted by thy fate, on the just day.
Oh, could I lose all father now! For why　　　　　　　　5
　Will man lament the state he should envy?
To have so soon 'scaped world's and flesh's rage,
　And, if no other misery, yet age?
Rest in soft peace, and, asked, say here doth lie
　Ben Jonson his best piece of poetry;　　　　　　　　　10
For whose sake, henceforth, all his vows be such
　As what he loves may never like too much.

[18]　**To the Virgins, to Make Much of Time**
　　　　　　　　　　　　　　Robert Herrick (1591-1674)

Gather ye rosebuds while ye may,

---

[17]　*The Epigrams* (1616). **1** *child of my right hand*: 作者の長男 Benjamin はヘブライ語で「父親の右手に坐る大事な子」の意。**3** 命は天からの借り物(古代ギリシャ・ローマの墓碑銘などに見られる考え方)。一般的な借金の期限は 7 年。**5** *could I* = I wish I could. 実現不可能な願望。*all father*: 「父親特有の心情」。**6** *Will*: 習慣・傾向・固執を表わす。cf. A drowning man *will* catch at a straw 「溺れる者は藁をもつかむ」。*envy*: *why* (l. 5) との押韻 ➡ **古風な脚韻** (p. 12)。**7** *To*: to 不定詞

[17]　わが長男のこと

ベン・ジョンソン

さようなら、わが右腕と頼む子、喜びの子よ、
　私の過ちはお前に望みをかけすぎたことだ、愛する
　　　　　　　　　　　　　　　　　　　　息子よ。
七年間私に貸し与えられただけのお前をいま返済する、
　期限一杯の当日に、お前の運命から取り立てを食って。
ああ、父親の情など消え失せればいいのに。人はなぜ　　5
　本来なら羨むべき境地を、つい嘆いたりするのか――
何しろお前はこんなに早々と、世の中や肉体の暴虐から、
　でなくても老化という苦しみから逃れたのだから。
安らかに眠れ。そして人に聞かれたら、ここに眠るのは
　ベン・ジョンソン最良の詩だと答えるがいい。　　　　10
今後は後生だから、自分の愛するものが何であれ、
　あまりにも心奪うものでないようにと願うばかりだ。

[18]　乙女たちへ、時間を大切に

ロバート・ヘリック

ばらを摘むなら今のうち、

の形容詞的用法。state (l. 6) の内容を表わす。'scaped = escaped. flesh's [fléʃiz]: 2 音節で発音。**9** *Rest in soft peace*: rest in peace は墓碑銘の常套句。asked = if you are asked. **10** *Ben Jonson his* = Ben Jonson's. 16-17 世紀に時に行われた、いわゆる「his 属格」。*poetry*: lie (l. 9) との押韻➡**古風な脚韻**(p. 12)　**11** *whose sake*: 先行詞はBen Jonson (l. 10). *all his vows be such* = may all his vows be such. この主節自体が祈願・願望を表わし、be は仮定法現在形。*vows*:「誓願、願(がん)」。**11-12**

Old time is still a-flying:
And this same flower that smiles today
　　Tomorrow will be dying.

The glorious lamp of heaven, the sun,
　　The higher he's a-getting,
The sooner will his race be run,
　　And nearer he's to setting.

That age is best which is the first,
　　When youth and blood are warmer;
But being spent, the worse, and worst
　　Times still succeed the former.

Then be not coy, but use your time,
　　And while ye may, go marry:
For having lost but once your prime,
　　You may for ever tarry.

---

such As = such that. **12** *like* =(自)be pleasing(*OED* like v1 1).
[**18**]　*Hesperides*(1648).　題名 *To the Virgins*: A Caution to the Virgins の意。*Virgins* = unmarried girls.　**1** *Gather* = collect, pick.　*ye*: 命令文の主語(ここでは *virgins*)を特定して強調。*ye may* = you can.　**2** *Old*: 「時」を擬人化して「いつもの、おなじみの」。*still* =(詩)always. *a-flying* =(古)flying = passing rapidly.　**3** *this same flower* =(古)this flower. *same*: this や that などの指示詞を重複的に強調する、16–17 世

時は見る間に過ぎていく。
きょうは微笑むこの花も、
　　あすははかなく散り果てる。

大空を照らす太陽も、
　　高く昇れば昇るほど
それだけ道がはかどって、
　　日の入りどきに近くなる。

人も若くて血の熱い
　　初めの頃がいちばんで、
あとはどんどん下り坂、
　　いやな時節が続くだけ。

すましていないで若さを惜しみ、
　　いい潮時に嫁ぎなさい。
花の盛りを見逃せば、
　　いつまでたっても待ちぼうけ。

紀にはありふれた(ここではくだけた)言い方。**6** *The*:「(副)〜すればするほど」。*The*「ますます〜になる」(l. 7)に対応する。*a-getting*＝(古)getting.　**7** *race*: 毎日馬に引かれた戦車に乗り、東から昇って西に沈んでいく太陽の動き。日周運動。対応する動詞は run.　**11** *being spent*＝it(＝the first age)being spent.　**12** *Times*＝ages.　**14** *go marry* ➡[3]l. 1注.　**15** *but*＝only.　*prime*:「青春期」とも、「最盛期(壮年)」とも解しうる。ここは前者か。　**16** *tarry*:「(古)ぐずぐずする」。

[19] Upon Julia's Clothes

Robert Herrick

Whenas in silks my Julia goes,
Then, then, methinks, how sweetly flows
The liquefaction of her clothes!

Next, when I cast mine eyes and see
That brave vibration each way free,   5
Oh, how that glittering taketh me!

[20] Love

George Herbert (1593–1633)

Love bade me welcome: yet my soul drew back,
              Guilty of dust and sin.
But quick-eyed Love, observing me grow slack
              From my first entrance in,
Drew nearer to me, sweetly questioning,   5
              If I lacked anything.

---

[19] *Hesperides* (1648). **1** *Whenas* =(古)when. **2** *methinks* =(古)it seems to me. **3** 薄い絹がジュリアにまとわりつき、水のようになめらかに波立つ。*liquefaction*:「液状化」。フランス語からの借用語。周囲の平易な単音節語に比べて極端に長い知的な語。*vibration*(l. 5)と響き合ってゴージャスな光彩を放つ。*clothes*[clóuz]: *goes*(l. 1), *flows*(l. 2)と押韻する。**4** *mine* =(古)my(母音の前)。**5** *brave* =(古)splendid. *vibration*: 当時ラテン語から英語化されたばかりの新語。

[19] ジュリアのドレスのこと

ロバート・ヘリック

絹をまとってジュリアが行く——
すると、まあ、なんとあでやかに
ドレスが水のように流れることか！

それから、もっと目をこらすと、
軽く左右になびくその揺らぎ、 5
その煌<ruby>き<rt>きらめ</rt></ruby>に、ああ、吸い込まれそうだ！

[20] 愛

ジョージ・ハーバート

「愛」はようこそと迎えてくれた。だが私の魂は
　　　　　　　　　　　　たじろいだ、
　　　塵<rt>ちり</rt>と罪<rt>けが</rt>とに穢れていたので。
だが目ざとい「愛」は、私が一歩中<rt>なか</rt>に入った時から
　　　　　ぐずぐずするのを見て取って、
私に近づき、やさしく問いかけた、 5
　　　　何か足りないものがありますかと。

---

each way free: どちらの方向にもしなやかに揺れる。***brave*** と ***vibration*** の [b][r][v] 音と二重母音 [éi] の呼応。**6** *taketh* = charms.
[20] *The Temple*(1633). 題名：「愛」は神。cf. God is love (「ヨハネの第1の手紙」4:8). 行路に汚れ疲れた旅人と、彼を温かく食卓に迎え入れる主人(神)との対話。ぎりぎりに切り詰めたシンプルな表現で、信仰をめぐる深刻な問答が交わされる。**3** *grow slack* = become hesitant. **6** *If I lacked anything* = Do you lack anything? 神の言葉の描出話

"A guest," I answered, "worthy to be here."
                    Love said, "You shall be he."
"I, the unkind, ungrateful? Ah, my dear,
                    I cannot look on thee."   10
Love took my hand, and smiling did reply,
                    "Who made the eyes but I?"

"Truth, Lord, but I have marred them: let my shame
                    Go where it doth deserve."
"And know you not," says Love, "who bore the blame?"   15
                    "My dear, then I will serve."
"You must sit down," says Love, "and taste my meat."
                    So I did sit and eat.

[21]　**"Go, lovely rose"**

Edmund Waller (1606–87)

　　Go, lovely rose,
Tell her that wastes her time and me,
　　That now she knows,

法。**8** *shall*: (2人称と3人称で)話者の意志を表わす(「私がそうさせる」)。*he* = the worthy guest. **10** *look on* = (古) look at. **13** *Truth* = that's true. **14** *where it* (= my shame) *doth deserve*: 地獄を指す。**15** *says*: これまで過去形 (bade, Drew, answered) で進んできた叙述が現在形に変わって、一気に臨場感が増す。*who bore the blame?*: 自分の罪深さを言い立てる「私」に対し、神はみずから十字架上の死によって、全人類の罪を背負ったではないかと反問する。**16** *serve*: 不安とため

「この場にふさわしいお客です」と私は答えた。
　　　　　　　　　　「愛」は言った、「それはあなた」。
「こんな私、情も恩も知らない私が？　ああ、あなた、
　　　　　　　私はあなたに眼を向けられません」。
「愛」は私の手を取って、微笑みながらこう答えた、
　　　　　　　「その眼を作ったのは私です」。

「確かに。でも私はそれを台無しにしました。わが恥を
　　　　　　　似合いの場所に行かせて下さい」。
「では知らないと？」と「愛」は言う、「誰がその咎を
　　　　　　　　　負ったのかを」。
　　　　　　「主よ。ではお仕えいたします」。
「坐って」と「愛」は言う、「わが糧を味わいなさい」。
　　　　　　　だから私は坐って食べた。

[21]　「行け、きれいなばらよ」
　　　　　　　　　　　エドマンド・ウォーラー

　行け、きれいなばらよ、
若さも私も浪費するあの娘のところへ。
　あの娘がお前にそっくりだと教えてやれば、

らいが解消して、話者は全面的に神に帰依するという。この決意の表明も簡潔をきわめる。**17** *meat* =（古）meal.「聖餐」をいう。cf. he（= the lord）shall...make them to sit down to meat, and...serve them（「ルカによる福音書」12: 37）.　**18** 語り手はついに「愛」のやさしい誘いを受け入れる。「愛」の言葉（*sit down* と *taste*）を即座に文字通り実行に移すのは、語り手が一も二もなく神に帰順したことを示す。
[21]　*Poems*（1645）.　**1** *Go*: ある若い女性にばらを贈ろうとして、そ

When I resemble her to thee,
How sweet and fair she seems to be.   5

    Tell her that's young,
And shuns to have her graces spied,
    That hadst thou sprung
In deserts where no men abide,
Thou must have uncommended died.   10

    Small is the worth
Of beauty from the light retired;
    Bid her come forth,
Suffer herself to be desired,
And not blush so to be admired.   15

    Then die, that she
The common fate of all things rare
    May read in thee;
How small a part of time they share,
That are so wondrous sweet and fair!   20

のばらに願いを託する(ただしばら自体は、ただ美しく咲いて散るだけでいい)。**2** *wastes*:「(女性が彼女自身の時間を)無駄遣いする」と「(冷たいそぶりで私を)憔悴させる」の意をかける(zeugma「くびき語法」)。**3** *That now she knows* = so that now she may know. *That* 以下は、*Tell* (l. 2) の直接目的語(名詞節)ではなく、目的を表わす副詞節。**4** *resemble* = (古) compare (*to*). 3音節で発音。**5** *knows* (l. 3) の目的語。*seems* = appears. **7** *have her graces spied*: 〈have + 目的語 + 過去分詞〉は、

あの娘は自分がどんなに素敵で美しいか、
やっと気づいてくれるだろう。

  まだ若いので、自分の魅力に
目を付けられるのを嫌がるあの娘に、言ってくれ、
  もしお前が誰もいない
荒野に咲いていたら、お前は誰にもほめられず、
枯れ果てたことだろうと。

  いくら美しいものでも、
日陰に隠れていてはつまらない。
  だからあの娘に言ってくれ、
外に出て、見染められても気に留めず、
ちやほやされても赤くなるなと。

  それからばらよ、死ぬがいい。
あの娘がお前から読み取るように、
  世に稀なものすべての運命を―
これほど素敵できれいなものは
どんなに寿命が短いかを。

「〜を…される」。*graces*:「(pl.)美貌(または美質)」。**8** *That*: 以下3行のthat節は、*Tell*(l. 6)の直接目的語。*hadst thou sprung* = if thou hadst sprung. *sprung*: spring(= grow)の過去分詞。**13** *Bid her come* =(古)tell her to come. **14** *Suffer* = allow. **16** *that*: 以下のthat節は、*die*の目的を表わす副詞節(➡l. 3注)。**19** *How*...以下2行は *the common fate*(l. 17)と同格。*they* = *all things rare*(l. 17). 関係代名詞 *That*(l. 20)の先行詞。**20** *wondrous* =(古)wondrously.

[22]　On His Blindness

John Milton(1608–74)

When I consider how my light is spent,
Ere half my days, in this dark world and wide,
And that one talent which is death to hide
Lodged with me useless, though my soul more bent
To serve therewith my Maker, and present　　　　　　5
My true account, lest he returning chide,
"Doth God exact day-labour, light denied?"
I fondly ask. But Patience, to prevent
That murmur, soon replies: "God doth not need
Either man's work or his own gifts; who best　　　　　10
Bear his mild yoke, they serve him best. His state
Is kingly: thousands at his bidding speed,
And post o'er land and ocean without rest;
They also serve who only stand and wait."

---

[22] *Poems*(1673). 題名 My でなく His なのは、タイトルでは詩集の編者の立場から、作者を3人称で指す約束による。**1** *how* = that. *light* =（詩）eyesight. *spent* = worn out. **2** *Ere*[éə] =（古）before. *days* = lifetime. **3** = And that one talent to hide which is death. *talent*:「(神から預かった)才能」。旅立つ主人から1タラントを託された僕が、金を隠すだけで、仲間のように投資して増やす才覚がなかったので、帰った主人から追放された(「マタイによる福音書」25: 14-30)。

[22]　わが失明のこと

　　　　　　　　　　　　　　ジョン・ミルトン

まだ人生の半ばも過ぎないうちに私の視力が尽き、
これからこの暗く広い世界に生きていくことを思い、
それを秘蔵するのが死にも等しいあの一才質(タラント)を神から
預かりながら、みすみす無にすることを思うと──
わが魂はそれを元手(もとで)に神に仕え、戻された時に
　　　　　　　　　　　　　　叱られないよう、　5
収支を報告したいといよいよ思い定めているのに──
「光を奪われた者にも神は昼の労働を求めるのか」と
愚かな私は訊ねる。だが「忍耐」はそんなつぶやきを
諌(いさ)めようと、すぐに答える。「神は必要としない──
人間の働きも人に与え給うた才覚も。神の緩(ゆる)やかな軛(くびき)に　10
よく耐える者こそ、誰よりよく神に仕える者だ。神は
王なのだ──その命令一下、何千もの手勢が
ひっきりなしに陸や海を急ぎ馳(は)せめぐる。だが、
ただ立ってお傍(はべ)に侍る者もやはりお仕えしているのだ」。

---

4 *Lodged* = is lodged. lodge:「(金などを)～に預ける(with)」。*more bent* = is more determined (to). 5 *therewith* = (古) with that. 6 *returning*: 主が再臨して最後の審判に臨む。7 *denied* = being denied. 8 *fondly* = (古) foolishly. 10 *who* = (古) whoever. they (l. 11) で重複的に受ける。11 *mild yoke*: cf. my yoke is easy (「マタイによる福音書」11: 30). 13 *post* = (古) hurry. *o'er* = over. 14 *They* = (古) those people. who 節の先行詞。*wait*:「(神の傍らで)侍る」と「待つ」をかける。

[23] On His Dead Wife

John Milton

Methought I saw my late espousèd saint
Brought to me like Alcestis from the grave,
Whom Jove's great son to her glad husband gave,
Rescued from death by force, though pale and faint.
Mine, as whom washed from spot of childbed taint   5
Purification in the old Law did save,
And such as yet once more I trust to have
Full sight of her in heaven without restraint,
Came vested all in white, pure as her mind.
Her face was veiled, yet to my fancied sight   10
Love, sweetness, goodness, in her person shined
So clear as in no face with more delight.
But O as to embrace me she inclined,
I waked, she fled, and day brought back my night.

---

[23] *Poems*(1673). 題名 ➡[22]題名。**1** *Methought* = (古)It seemed to me. 夢を回想する時の古い常套句。*late*: 作者は常に「亡き」でなく recently の意で用いた。*espousèd* = (古)married (*-èd* は 1 音節). *saint*: 「天に召された善良な魂」。**2** *Alcestis*: (ギ神)テッサリア王アドメトスは早死にする運命だったが、妻アルケスティスが代わりに死んだ。ヘラクレスが彼女を冥府(ハデス)から連れ戻したが、ヴェールのせいで、初め夫は気づかなかった。**3** *Jove's great son* = Hercules. **5** *Mine*: my

[23] 亡き妻のこと

ジョン・ミルトン

先ごろまで妻だった亡き人に、また会えたと思った、
まるでアルケスティスのように墓から連れ戻されて——
アルケスティスは死の国から、ヘラクレスに力ずくで
助け出されて夫を喜ばせた、蒼ざめて気を失いながら。
わがよき人は、古い掟(おきて)の清めの儀礼に　　　　　　　　　5
救われた人さながら、産褥の不純を洗い流され、
次に天国で会うときにはもう一度つくづくと、
思う存分見つめられるはずの姿で現われた——
全身白無垢(しろむく)をまとい、その心さながら清らかに。
顔はヴェールに覆われていたが、想像の目にはありありと、10
愛と優しさと善良さがその身に光り輝いて見えた——
どんな顔にも浮かんだ例(ためし)のない無上の喜びをたたえて。
だがああ、私を抱きしめようとあの人が身を屈めた途端、
私は目覚め、あの人は消え失せ、朝が夜を連れ戻した。

---

wife を指す. *as whom* = like one whom. **6** *old Law*: 神がモーセに告げた掟.「女の子を産めば、2週間(…)汚れる。(…)血の清めに66日を経なければならない」(「レビ記」12: 1-8). 作者の妻 Katherine は女児出産から100日余り後、病で床を離れず亡くなった。だから「産褥の穢れ」を祓ってはいない。**7** *such as* = such that. **10** *fancied* = imaginary. **14** すべて1音節の語。昼と夜との絶望的な逆転。

[24]　*Paradise Lost* (IV, ll. 73–113)

John Milton

Me miserable! Which way shall I fly
Infinite wrath, and infinite despair?
Which way I fly is hell; myself am hell;
And in the lowest deep a lower deep
Still threatening to devour me opens wide,　　　　5
To which the hell I suffer seems a heaven.
O, then, at last relent: is there no place
Left for repentance, none for pardon left?
None left but by submission; and that word
Disdain forbids me, and my dread of shame　　　　10
Among the spirits beneath, whom I seduced
With other promises and other vaunts
Than to submit, boasting I could subdue
The omnipotent. Ay me! they little know
How dearly I abide that boast so vain,　　　　15
Under what torments inwardly I groan;
While they adore me on the throne of hell,
With diadem and sceptre high advanced,

---

[24]　*Paradise Lost* (1667). **1** *Me miserable*: やや芝居がかった発言。こうした詠嘆的な目的格 *me* は、当時の舞台では珍しくなかった。**2** *wrath*: 神の怒り。**3** *Which* = Whichever. *myself* = (詩) I (I の省略)。**5** *Still* = always. *opens*: 主語は *deep* (l. 4)。**6** *To* = in comparison with. **7** *relent*:「(古)我を折れ」。自分への命令。**8** *repentance* = penance「悔い改め」。罪を悔いて神の許しを乞うこと。**9** *but* = (古) except. *that word*: *submission*「屈服」を指す。**10** *my dread of shame*: *Disdain* の後

[24]　『失楽園』(第4巻第73-113行)

ジョン・ミルトン

私は何というざまだ。いったいどっちへ向かえば
永劫(えいごう)の怒りと、果てしない絶望を逃れられるのか。
どっちに逃げても先は地獄、私自身が地獄なのだ。
そしてこの淵のどん底にも、もっと深い淵が大口開けて、
常に私を飲み込もうと待ち構えている。それに比べれば、　　5
いま私が苦しんでいる地獄など、まるで天国だ。
ああ、それではとうとう我を折(が)るだけか。改悛する余地は
残っていないのか。許しを乞う余地はどこにもないのか。
いさぎよく降参する以外、あろうはずがない。だが私は
この言葉を軽蔑しているし、また下にいる堕天使たちに　　10
顔向けできないからそんな真似はできない。私は彼らを
降参などとは程遠い約束の数々、程遠い大言壮語で
口説き落としたのだ——全能の神を
打ち従えるなどと大口を叩いて。いやはや、彼らは私が
あの空疎な自慢話を押し通すのに、どんなに高いつけを　　15
払っているか、内心どんな苦痛に呻(うめ)いているかも知らず、
地獄の玉座に坐る私を崇め奉っているのだ。
王冠や王笏(おうしゃく)で高く担ぎ上げられれば上げられるだけ、

から追加された、動詞 forbids の主語。**11** *spirits*:「超自然的存在」。
サタンと共に神に反逆した天使たち。**12-13** *other...Than* = different
from. **14** *Ay me*[éi mí:] = alas. **15** *dearly*:「高い代償を払って」。
abide = bear, endure. **18** = advanced high with diadem and sceptre.
me(l. 17)の状態を示す。**19** *The*: 比較級の前で「(副)その分だけま
す」。**21** *say* = (命令形)let us say = supposing. 直後に that が省略。
22 *act of grace*:「(古)(義務ではなく好意で与えられる)譲歩、容認」、

The lower still I fall, only supreme
In misery; such joy ambition finds.   20
But say I could repent and could obtain
By act of grace my former state; how soon
Would highth recall high thoughts, how soon unsay
What feigned submission swore; ease would recant
Vows made in pain, as violent and void.   25
For never can true reconcilement grow
Where wounds of deadly hate have pierced so deep:
Which would but lead me to a worse relapse
And heavier fall: so should I purchase dear
Short intermission bought with double smart.   30
This knows my punisher; therefore as far
From granting he, as I from begging peace:
All hope excluded thus, behold, in stead
Of us outcast, exiled, his new delight,
Mankind created, and for him this world.   35
So farewell hope, and with hope farewell fear,
Farewell remorse: all good to me is lost;
Evil, be thou my good; by thee at least
Divided empire with heaven's king I hold

または「(国王が与える)恩赦」。**23** *highth* = (古) height = (古) high rank. **24** *recant*:「(古) 取り消す」。**25** *violent*:「(古) 強いられた」。*void*:「(法的に) 無効な」。[v] 音の頭韻。**28** *Which*: ll. 26-27 のような状況を指す。*but* = only. **29** *should I* = I would. **31-32** *as far From... from begging peace* = he is as far from granting peace as I am from begging it. **33** *All hope excluded* = all hope being excluded. *behold* = (文) watch. 命令形。目的語は *delight* (l. 34)。**35** = mankind (who was) cre-

私はいよいよ深みに落ちて行き、頂点を極(きわ)めるのは
ただ惨めさばかり。野心のくれる喜びなどこんなものだ。 20
だが、もしかりに私が悔い改め、恩赦に浴して
元の身分を取り戻せたとしたらどうだ。高位に戻ったら
忽(たちま)ち高慢な欲心がぶり返し、降参のふりをして交わした
誓約など忽ち取り消すのが関の山だ。苦痛の中で立てた
誓いを、安楽は無理強いだ無効だと撤回するだろう。 25
なぜなら凶暴な憎悪の傷がかくも深く食い込んだ所に
心底(しんそこ)の和解が成り立つわけがないから──
どうせもっとひどい逆戻りと激しい墜落を味わうだけ。
だから仮初(かりそめ)の休戦を買っても逆に値が張って、
結局は、倍の苦痛という代価を支払う羽目になる。 30
私の処罰者はそこを百も承知だから、講和など私が
願い出たり、向こうがくれたりすることはあり得ない。
こうしてすべての望みが絶えた今、見捨てられ追放
された
我々の代わりに、見るがいい──彼の新しい喜びである
人類と、そのためのこの世界とが、創り出されたのだ。 35
だから希望よさらば、そして希望とともに恐怖よさらば、
後悔よさらばだ！　私にはもう、善のかけらもない。
悪よ、お前が私の善であれ。私はお前の力で少なくとも

---

ated and this world (which was created) for mankind. *his new delight* (l. 34)と同格。**36** *farewell* = goodbye to. **38** *Evil, be thou my good*: 開き直って善と悪の価値を転倒させる逆説的発想。*by thee*:「お前の力で」。同じセンテンス (*by thee at...hold By thee*) の中で、この語句が二重に *hold* (l. 39)を修飾する。**40** *By thee*: 直後に *and* が来るので、これが *reign* (l. 40)を修飾するとは考えられない。念を押して強調したか。**41** *ere* [éə] *long* = before long. *shall know*: 主語は *man* と (後から付け足

By thee, and more than half perhaps will reign;   40
As man ere long, and this new world shall know.
(. . .)

[25] "Why so pale and wan, fond lover?"
Sir John Suckling (1609–42)

Why so pale and wan, fond lover?
    Prithee, why so pale?
Will, when looking well can't move her,
    Looking ill prevail?
    Prithee, why so pale?   5

Why so dull and mute, young sinner?
    Prithee, why so mute?
Will, when speaking well can't win her,
    Saying nothing do't?
    Prithee, why so mute?   10

Quit, quit, for shame! This will not move;

された)*this new world*.
[25] *Aglaura*(1638). **1** *Why*=why are you. *fond*:「恋に溺れた」。**2** *Prithee*=I pray thee=(古) please. 返答を迫る(願う)語。**3–4**＝Will looking ill prevail when looking well can't move her? **3** *move her*: これら2語で *lover*(l. 1)と押韻(擬似韻)して、ふざけ半分の効果を生む。**4** *prevail*=be successful. **6** *sinner*:「罪作り」。深刻な「罪びと」の意味はなく、恋などに心を奪われて、神への愛はどうしたのかと、

二つに割れた帝国を、天の王と並んで支配しよう、
お前の力で。ことによればその半分以上を治めるのだ、　40
まもなく人間と、この新世界が目にするように。
(…)

[25] 「なぜそんなに窶れ蒼ざめているのか」
サー・ジョン・サックリング

なぜそんなに窶れ蒼ざめているのか、現を抜かす恋人よ。
　　　そう、なぜそんなに蒼ざめているのか？
元気な顔にもつれない女が
　　　さえない顔色になびくだろうか？
　　　そう、なぜそんなに蒼ざめているのか。　5

なぜそんなに愚図で口が重いのか、若い悪戯者よ。
　　　そう、なぜそんなに口が重いのか。
口がうまくても口説けない女が
　　　黙っていたらうんと言うだろうか。
　　　そう、なぜそんなに口が重いのか。　10

よせ、よせ、みっともない。そんなことではだめ、

親しみを込めてからかっている。**8** *win her*: sinner (l. 6) との押韻 (➡ l. 3 注)。**9** *do't* [dúːt] = do it = win her. mute (ll. 7, 10) と押韻 (➡ l. 3 注) するので、do it と発音を変えるわけにはいかない。ユーモラスな擬似韻。**11** *Quit* = cease to act so. *for shame* = in order to avoid shame. **12** *take her* = win her. **13** *of herself*:「自分から進んで」。**14** *make her* = make her love. **15**「彼女など(1)くたばってしまえ。(2)悪魔の餌食になってしまえ」。

This cannot take her.
If of herself she will not love,
　　　Nothing can make her:
　　　The devil take her!　　　　　　　　　　　15

[26]　**To His Coy Mistress**
　　　　　　　　　　Andrew Marvell(1621–78)

Had we but world enough, and time,
This coyness, Lady, were no crime.
We would sit down, and think which way
To walk, and pass our long love's day.
Thou by the Indian Ganges' side　　　　　　　5
Shouldst rubies find: I by the tide
Of Humber would complain. I would
Love you ten years before the Flood:
And you should, if you please, refuse
Till the conversion of the Jews.　　　　　　　10
My vegetable love should grow
Vaster than empires, and more slow.
An hundred years should go to praise

---

[26] *Miscellaneous Poems*(1681). 題名 *His* ➡[22]題名。*Coy*:「(ときに体面上)恥ずかしがる」。*Mistress*:「(古・詩)恋人」。**1** *Had we but* = If only we had. *world enough, and time* = world and time enough. **2** *Lady*:(古)高位の女性への呼びかけとは限らない。*were* =(古) would be. **3–20** l. 1 の仮定に基づく想像が壮大にふくれ上がる。素朴な単音節語を連ねて、ことさら悠長な口語体。**5–6** 二重母音[ai]が重なる——by, side, find, I, by, tide. **5** *Ganges'*:[gǽndʒi:z]. **6** *rubies*

言うことを聞くはずがない。
向こうから惚れてくるのでなければ、
　　　惚れさせる手などない。
　　　女など悪魔に食われろだ。　　　　　　　　　　　　　15

[26]　おすまし屋の恋人に

　　　　　　　　　　　アンドルー・マーヴェル

もしぼくらに時と場所がたっぷりあるのなら、
あなたのこのおすましも、罪には当たるまい。
ぼくらはのんびり腰を下ろし、さてどちらへ足を向けて
長い恋の一日を過ごそうかと、思案するのもよかろう。
あなたはインドのガンジスの川べりで　　　　　　　　　5
ルビーを見つけるのもよし、ぼくのほうは
ハンバーの岸辺で愚痴でもこぼしていよう。ぼくは
ノアの洪水の十年前にあなたに恋し、
あなたはあなたで、もしお望みならば、ユダヤ人の
改宗まで拒み続けてもかまわない。　　　　　　　　　　10
植物みたいなぼくの愛は、帝国よりも
ゆるやかに、もっと巨大に育つだろう。
あなたの眼を褒め、あなたの額に

---

find = find rubies. *tide* =（詩）stream.　**7** *Humber*: イングランド北東部ヨークシャー州の川。北海に注ぐ。ルビーの名産地とは異なり、趣きのない田舎の川。作者は河口付近の出身。**8** *ten years before the Flood*: 妙に数字の細かいところがおかしい。*Flood* = Noah's Flood.　**9** *if you please*: 言葉つきものんびりと丁寧。**10** *conversion of the Jews*: 永遠に、または最後の審判の前日まで起きないという。冗談めかした皮肉。**11** *vegetable* = vegetative.　**13** *An hundred*: h の前で an を用いるのは、

Thine eyes, and on thy forehead gaze;
Two hundred to adore each breast: 15
But thirty thousand to the rest.
An age at least to every part,
And the last age should show your heart.
For, Lady, you deserve this state,
Nor would I love at lower rate. 20
　But at my back I always hear
Time's wingèd chariot hurrying near;
And yonder all before us lie
Deserts of vast eternity.
Thy beauty shall no more be found, 25
Nor, in thy marble vault, shall sound
My echoing song: then worms shall try
That long preserved virginity:
And your quaint honour turn to dust,
And into ashes all my lust: 30
The grave's a fine and private place,
But none, I think, do there embrace.
　Now, therefore, while the youthful hue
Sits on thy skin like morning dew,

17世紀ごろまでふつう。*go*:「(〜に)費やされる(*to*)」。**17** *age*:「(歴史上の)時期、時代」。**19** *state*:「(高い身分などにふさわしい)威儀」。**20** *at lower rate*:「もっと安い値段(費用)で」。以上、第1連の悠長な甘言は三段論法の第1段。**21** *But*: この接続詞の出現で、口調ががらりと変わり、(怯えを含んだ)緊迫感が高まる。以下は第2段で、時制は仮定法過去から現在・未来主体となる。**22** 容赦なく人を駆り立てる「時」をみごとに言い表わした詩句として知られる。*Time's*

見とれるのには、百年をかけても惜しくはない。
乳房を崇めるには片方につき二百年、 15
だが残り全部には三万年が必要だ。
どの部分にもせめて一時代、そして最後の時代には、
いよいよあなたが心臓を明かしてくれてもよかろう。
あなたにはそれだけの礼遇を受ける資格があるし、
ぼくも、もっと安上がりにあなたを愛したくはない。 20
　だが、ぼくの背後にたえず聞こえるのは、
翼ある「時」の戦車の追いすがる音。
そして彼方、ぼくらの前に横たわるのは、
果てしない永遠の無人の荒野だ。
あなたの美は、そこではもう跡形もないし、 25
あなたの大理石の納骨所でも、谺するぼくの歌など
聞こえない。すると蛆虫どもがやおら味見にかかる——
あんなに長く守り抜いたあなたの純潔を。
そしてにらはあなたの用心深い貞節を塵に変え、
ぼくの欲望もみな灰にしてしまう。 30
墓場は人目のない素敵な場所だが、
そこで抱き合う人はいないようだ。
　だから今——若くみずみずしい血色が
あなたの肌に朝露のようにしっとり宿り、

---

wingèd chariot: ここでは「(ギ神)時の神クロノス」ではなく、毎日曙の女神に導かれて、4頭立て(ときに有翼)の戦車で天空を駆ける「太陽神ヘリオス(ときにアポロ)」が想定されているようだ。*-ed* は1音節で発音。**23-24** 長母音と二重母音を含む語が多く、果てしない「無」の絶望的な広がりを暗示する。**24** *eternity*: *lie*(l. 23)との押韻 ➡ **古風な脚韻**(p. 12)。**25-27** 語調が脅迫的・冷笑的な響きを帯び、イメージも露骨で生々しくなる。**27-28** 蛆虫に相手の女性を試食させ

And while thy willing soul transpires 35
At every pore with instant fires,
Now let us sport us while we may;
And now, like amorous birds of prey,
Rather at once our time devour,
Than languish in his slow-chapped power. 40
Let us roll all our strength, and all
Our sweetness, up into one ball:
And tear our pleasures with rough strife
Thorough the iron gates of life.
Thus, though we cannot make our sun 45
Stand still, yet we will make him run.

[27]　**A Married State**

　　　　　　　　　　Katherine Philips（1631-64）

A marrièd state affords but little ease:
The best of husbands are so hard to please.
This in wives' careful faces you may spell
Though they dissemble their misfortunes well.
A virgin state is crowned with much content; 5

るというのは、途方もない奇想。**29** *quaint*＝(古)fastidious. *honour*:「(女性の)貞節」。**30** *lust*: *dust*(l. 29)との対照的な押韻。**32** ここで三段論法の第2段が終わる。以下第3段は、熱っぽい現在形の口説き文句で積極的な行動を促す。**35-36** 恋愛詩にはむしろ珍しい即物的(肉体的)な表現。**37** *sport us*＝(古)sport ouselves「遊ぶ、楽しむ」。*may*＝can. **40** *slow-chapped*: chaps＝(古)chops「(物を嚙み砕く)猛禽の嘴、動物の顎」。**42** *sweetness*:「若々しい魅力」。**43** *strife*:「(古)

その気になったあなたの魂が、あらゆる毛孔から 35
たちまち火となって発散している今、
楽しめるうちに、せいぜい楽しもう。
時の顎にゆるゆる嚙み砕かれて老耄れるくらいなら、
今こそ愛し合う猛禽のように、
ぼくらの時を一気に食い尽くそう。 40
ぼくらの力とぼくらの魅力の
ありったけをまるめ転がし一丸として、
人生の鉄扉を押し破り、勇猛果敢に
ぼくらの快楽をもぎ取ろう。
というわけで、太陽の足を止めることはできないが、 45
せめて駆け出させてやろうではないか。

[27] 結婚したら

キャサリン・フィリップス

結婚したら、気の休まることなどめったにない。
とびきりの夫でさえ、ご機嫌をとるのはひと苦労。
世の奥様がたは巧みに不幸を押し隠しているが、
やつれた顔つきを見れば、すぐにそれと察しがつく。
ひとり身でいれば、心はたっぷり満ち足りて、 5

奮闘」。44 *Thorough* = (古) through. *gates*: grates「格子」と読む説もある。**45-46**「時」と「太陽」を同一視している(➡l. 22 注)。「時」を止めるため、太陽の動きを止めたのはヨシュア(cf.「ヨシュア記」10: 12-13)。
[27] *Poems*(1667). 題名 *Married State*: *virgin state*(l. 5)に対比される。**1** *affords* = manages to give. *but* = only. **3** *careful* = full of care, anxiety. *may* = can. *spell* = guess by close observation. **4** *dissemble*:

96　I　ルネッサンス期

It's always happy as it's innocent.
No blustering husbands to create your fears;
No pangs of childbirth to extort your tears;
No children's cries for to offend your ears;
Few worldly crosses to distract your prayers;　　　　　　　　10
Thus are you freed from all the cares that do
Attend on matrimony and a husband, too.
Therefore, Madam, be advised by me:
Turn, turn apostate to love's levity,
Suppress wild nature if she dare rebel.　　　　　　　　　　15
There's no such thing as leading apes in hell.

「包み隠す」。**5** *crowned* = (詩)blessed(*with*). *content* = satisfaction. **7** 以下4行では行頭に There are などが省略されている。*to create* = who create. 不定詞の形容詞的用法。直前の名詞(*husbands*)が意味上の主語。**9** *for to* = (古)to. **10** *crosses* = difficulties. **12** この行だけ弱強6歩格のように見える。以下のように(やや強引に)scan(韻律分析)すれば、弱強5歩格の枠内に納まるか。*Atténd | on mát | rimóny | and a hús | band, tóo*. *Attend*:「～に付きまとう(*on*)」。**13** *Madam*: 高

[27] 結婚したら　97

穢(けが)れも知らず、いつも幸せ。
威張る亭主に嚇(おど)かされることも、
産みの痛みに涙を流すこともない。
泣きわめく子供の声が耳に障(さわ)ることも、
やりくりの気疲れで祈りを邪魔されることもない。　　　10
おかげでいつでも結婚についてまわる
苦労からも、ついでに亭主からも自由でいられる。
だからお嬢さん、私の言うことをよく聞いて、
恋などという軽はずみを撥(は)ねつけなさい。
むらむらと本能が騒いでも、しっかり抑え込むように。　15
地獄で猿を引き連れるなど、途方もない空言(そらごと)だ。

い身分に限らない(ここでは未婚の)女性への呼びかけ。**14** *turn* (= become) *apostate*:「(教えに背いて) 〜を裏切れ(*to*)」(命令形)。*love's levity*: 大胆な決めつけ。[1]の頭韻。**15** *wild nature*:「手に負えない本性、生来の衝動」。*she* = *wild nature*. *dare rebel* = *dares to rebel*. **16** *leading apes in hell*: Old maids lead apes in hell「生涯結婚しない女性は、地獄で猿のリーダーとなる」は、16世紀以来の諺。cf. シェイクスピア『じゃじゃ馬ならし』ii. 1. 34.

II　王政復古から 18 世紀へ
The Restoration and the Eighteenth Century
（1660–1789）

トマス・グレイ
（Alamy Stock Photo）

[28] *Mac Flecknoe* (ll. 1–28)

　　　　　　　　　　　　　　John Dryden (1631–1700)

All human things are subject to decay,
And, when fate summons, monarchs must obey:
This Flecknoe found, who, like Augustus, young
Was called to empire, and had governed long:
In prose and verse was owned, without dispute,　　　5
Through all the realms of nonsense, absolute.
This aged prince, now flourishing in peace,
And blest with issue of a large increase,
Worn out with business, did at length debate
To settle the succession of the state:　　　10
And pondering which of all his sons was fit
To reign, and wage immortal war with wit;
Cried. "'Tis resolved; for nature pleads that he
Should only rule, who most resembles me:
Shadwell alone my perfect image bears,　　　15
Mature in dullness from his tender years.
Shadwell alone, of all my sons, is he
Who stands confirmed in full stupidity.

---

[28] *Mac Flecknoe* (1682). 題名「Flecknoe の息子」の意(文人司祭 Richard Flecknoe の名を借用)。正式には、*Mac Flecknoe, or A Satire upon the True-Blue-Protestant Poet, T. S.*『マック・フレックノー——筋金入りの清教徒詩人 T・S に寄せる諷刺詩』(*T. S.* は Thomas Shadwell)。**1** *subject*: 「〜を免れない(*to*)」。**2** *fate* = death. **3** *Augustus*: 32 歳でローマ帝国初代皇帝となった(27 BC)。**5** *owned* = acknowledged to be. **7** *aged*: [éidʒid]. **8** *blest* = (古) blessed (*with*). *issue* = children.

[28] 『マック・フレックノー』(第 1-28 行)

ジョン・ドライデン

人の一切は、いつかは滅びゆく定め、
最期のお召しには、帝王も従うほかはない、
フレックノーはそう悟った――アウグストゥスさながら
若くして帝国に迎えられ、長く王座に君臨して、
散文と韻文の別を問わず、正真正銘まぎれもなく、 5
頓馬(とんま)王国の絶対君主と仰がれた彼さえも。
今や平穏無事に盛(さか)りを極め、幾多の子孫に
恵まれたこの王も、年齢(とし)には勝てず、
日々の勤めにくたびれ果てて、この上は
世継ぎを決める他はないと、つらつら思いをめぐらした。 10
そして数ある息子の中で、天下を治め、知性相手に
終わりなき戦(いくさ)を挑むに相応(ふさわ)しい者は誰かと思案の挙句、
叫んだ。「決まったぞ。人間本性の声に従い、
わしに一番似ている者をこそ王位に就けるのがよかろう。
ただ一人シャドウェルだけが、わしにそっくり生き写し、 15
まだ乳臭い頃から、鈍臭(どんくさ)さでは大人も顔負けであった。
数ある息子のその中で、ただ一人シャドウェルだけが
断固として、紛れもない阿呆面(あほうづら)を押し通しておる。

---

of a large increase:「盛んに生みふやした」。**9** *at length* = after a long time. *debate* =「(自)熟慮する」。**10** [s]音の頭韻。*settle* = decide. **12** [w]音の頭韻。**13** *'Tis* (= it is) *resolved*: 会議などで決議したときの決まり文句。**13-14** *he...who* = (古) the one who. **16** *Mature in dullness*: 皮肉な矛盾語法。**19** *make pretence*:「~を持つと自負する(*to*)」。**21** *fall*: まるで災難か病気のように「理性の光」が降りかかるという。**24** *prevail*:「(古)~に勝つ(*upon*)」。*day* = daylight. **25** *goodly fabric* =

The rest to some faint meaning make pretence,
But Shadwell never deviates into sense.   20
Some beams of wit on other souls may fall,
Strike through, and make a lucid interval;
But Shadwell's genuine night admits no ray,
His rising fogs prevail upon the day:
Besides, his goodly fabric fills the eye,   25
And seems designed for thoughtless majesty:
Thoughtless as monarch oaks, that shade the plain,
And, spread in solemn state, supinely reign.
(...)"

[29]　A Description of a City Shower
　　　　　　　　　Jonathan Swift (1667–1745)

　Careful observers may foretell the hour
(By sure prognostics) when to dread a shower.
While rain depends, the pensive cat gives o'er
Her frolics, and pursues her tail no more.
Returning home at night, you find the sink   5
Strike your offended sense with double stink.

---

enormous body.　**27** *monarch oaks*: 周囲を圧する *oaks* (ブナ科コナラ属の木)の大木を「君主」に譬える。monarch of the forest と言えば、oak を指す。**28** *supinely*:「仰向けに寝て」、比喩的に「無精に」。
[29]　*Miscellanies: The Last Volume* (1727、実際は翌年に発行). 題名 *City*: テムズ河北岸のロンドンの発祥地。商業・金融の中心。以下、当時のシティの風物や風俗が点出される。副題は *imitation of Virgil's Georgics*「ウェルギリウスの農事詩に倣って」。**1–2** にわか雨の予感

他の者どもは、わずかなりとも意味ありげな風を装うが、
シャドウェルは夢にも道理などに迷い込むことがない。　20
他の者どもには、たまにかすかな知性の光が降り注ぎ
刺し貫いて、あらぬ分別のひと時をもたらしもするが、
シャドウェルの真の闇は、ひと筋の光を通すこともなく、
彼から立ちのぼる霧は、日の光をも打ち負かす勢いだ。
それに彼のふくよかな図体は目の前一杯に嵩ばって、　25
空っぽ頭にはぴったりの貫録を添えている。
王者の影を落とす樫の木立みたいに頭が空っぽで、平原に
勿体ぶってふくれ上がり、無精に辺りを圧している。
(…)」

[29]　シティのにわか雨風景

　　　　　　　　　　　　ジョナサン・スウィフト

　注意深い観察者ならば(確かな前兆で)
にわか雨の脅威を予知できるかもしれない。
雨が差し迫ると、猫はもの思わしげにはしゃぐのを
やめて、もう尻尾を追いまわさなくなる。
夜うちに帰ると、台所の下水管がいつもの　　　　　5
二倍も臭くなって、むっと鼻をつく。

を古代風に(まるで大嵐の予兆のように)大仰に言う。**3** *depends* = impends = is about to happen. *o'er*[ɔ́ə] = over. **5** *sink* = sewer. **7** *be* ➡**[9]** l. 8 注。**8** *save in wine*「(食事に招かれて)酒代がただになっても」。**10** *aches*: 2 音節で[éitʃiz]と発音(名詞は 18 世紀初めまで、そう発音された)。**11** *coffee-house*: 17–18 世紀ごろ流行、議論や情報交換の場として賑わった。*Dulman*: dull man を茶化して固有名詞とする通称。**12** *spleen* = (古) melancholy. 18 世紀初期の流行病。**13–14** 古

If you be wise, then go not far to dine:
You spend in coach-hire more than save in wine.
A coming shower your shooting corns presage,
Old aches throb, your hollow tooth will rage. 10
Sauntering in coffee-house is Dulman seen;
He damns the climate, and complains of spleen.

    Meanwhile the south, rising with dabbled wings,
A sable cloud athwart the welkin flings,
That swilled more liquor than it could contain, 15
And like a drunkard gives it up again.
Brisk Susan whips her linen from the rope,
While the first drizzling shower is borne aslope:
Such is that sprinkling which some careless quean
Flirts on you from her mop, but not so clean: 20
You fly, invoke the gods; then, turning, stop
To rail; she, singing, still whirls on her mop.
Nor yet the dust had shunned the unequal strife,
But, aided by the wind, fought still for life,
And wafted with its foe by violent gust, 25
'Twas doubtful which was rain, and which was dust.

代の田園詩的な格調の高さ。**13** *south* ＝（詩）south wind. **14** *athwart* ＝across. *welkin* ＝（文）sky. **15-16** せっかくの高尚な調子が、酔っ払いの嘔吐という醜悪な比喩でかき乱される。**19** *Such*: 降り出した雨を、以下のように譬える。**21** *invoke the gods*:「神々の助けを求める」（複数形の gods は古代的）。**23** *unequal strife*: 道の埃を濡らし押し流そうとする雨と、それを逃れようとする埃の（後者には形勢不利な）闘い。むさくるしい事実を勇壮な戦闘のように語る。**26** *'Twas* ＝It was.

あなたが利口なら、遠方の食事には呼ばれないことだ、
せっかくワイン代で得をしても、馬車代で足が出るから。
魚の目がうずくと、降り出しそうなのがわかる。
古い痛みがずきずきして、虫歯が暴れまわる。 10
間抜けなやつはコーヒー・ハウスにまごまごして、
天気を呪っては、ああ憂鬱だと弱音をはく。

　そのうち南風が、水気たっぷりの翼で舞い上がり、
空一面に黒雲を投げかける。
すでに十分以上に飲んだくれた雲は、 15
まるで酔っ払いみたいに、腹の中をぶちまける。
威勢のいいスーザンが綱から洗濯物をひったくるころ、
風に吹かれた雨がしょぼしょぼ斜めに降りかかる。
雨はどこかの無作法女がうっかりモップで振りかける
撒き水にそっくりだが、その水は雨ほどきれいではない。 20
こっちは身をかわして神を念じ、立ち止まって振り返り
悪態をつくが、女は歌いながら平気でモップを振り回す。
埃はまだ雨との不利な戦を逃げ切ったわけではなく、
折からの風に助けられて、必死で生き延びをはかり、
敵もろとも強い突風にあおられて、 25
どっちが雨で、どっちが埃だか見分けもつかなくなる。

It は which 以下を指す。**27** 詩人は貧乏がお決まり。**29** *Sole coat*: his coat (l. 28) の同格。**31** *contiguous drops*: 風格ある表現。*flood* = violent downpour of rain. ノアの洪水を語るような口調。**32** *deluge* [déljuːdʒ]:「大洪水」。*devoted* = doomed. 皮肉に「敬虔な」の意も。**35** *Templar*: 法曹教育に絶大な権威を誇ったロンドンの四法学院 (Inns of Court)、ことに Inner Temple か Middle Temple の学生。*spruce*:「おしゃれな」。*abroach* [əbróutʃ]:「(樽など)呑み口をあけて」。**37**

Ah! Where must needy poet seek for aid,
When dust and rain at once his coat invade?
Sole coat, where dust cemented by the rain
Erects the nap, and leaves a cloudy stain.   30

   Now in contiguous drops the flood comes down,
Threatening with deluge this devoted town.
To shops in crowds the daggled females fly,
Pretend to cheapen goods, but nothing buy.
The Templar spruce, while every spout's abroach,   35
Stays till 'tis fair, yet seems to call a coach.
The tucked-up sempstress walks with hasty strides,
While streams run down her oiled umbrella's sides.
Here various kinds by various fortunes led,
Commence acquaintance underneath a shed.   40
Triumphant Tories and desponding Whigs
Forget their feuds, and join to save their wigs.
Boxed in a chair the beau impatient sits,
While spouts run clattering o'er the roof by fits,
And ever and anon with frightful din   45
The leather sounds; he trembles from within.

---

sempstress[sémstres] = seamstress. **42** *their feuds*: 1710年の総選挙でトーリー党が初めて圧勝した(この詩は同年10月、*Tatler*誌に掲載された)。**43** *chair* = sedan chair「(前後2人で担ぐ)椅子駕籠」。*beau* [bóu]:「伊達男」。**45** *ever and anon* = every now and then. **47** *So*: 以下、伊達男が駕籠の中で震え上がるのを、ホメロスの叙事詩『イーリアス』で、ギリシャ軍が占領で置き去りにした木馬をトロイ側が城内に引き入れた時の様子に譬える。不審に思ったラオコーンが念のため

ああ、埃と雨が同時に長上衣(コート)に押し寄せてきたら、
貧しい詩人はどこに助けを求めればいいのやら。
着たきりのコートは、雨で練り固められた埃のせいで
生地の表面がけば立って、まだらのしみがついてしまう。 30

　今や大水(おおみず)が落ちてくる——ひっきりなしの大粒で。
この悲運の町を大洪水で脅(おど)かそうというのだ。
ぐしょぬれの女たちが群れをなして店に押しかけ、
品物を値切るふりをしながら、何も買わない。
粋(いき)な法学院生(テンプラー)は、方々の樋から水が漏れる間はじっと 35
晴れ間を待つが、今にも馬車を呼びそうな顔をする。
裾をまくり上げたお針子が大股の速足(はやあし)で歩いていく——
油を引いた傘の斜面から小川がいくつも流れ落ちる。
いろんな連中がいろんな運勢に導かれるまま、
雨宿りの軒下(のきした)で顔見知りになる。 40
胸を張るトーリー党員とうなだれたホイッグ党員が
諍(いさか)いを忘れ、揃って鬘(かつら)を雨から庇(かば)う。
椅子駕籠(いすかご)におさまった伊達男(ボー)がいらいらする間(あいだ)にも、
思い出したように雨脚(あまあし)がどうどうと天井を伝い落ち、
時折ものすごい轟音で頭上の皮張りを 45
鳴り響かせるので、彼は駕籠の中で震え上がる。

槍で木馬を突き刺した時、中に潜むギリシャ兵が怯えた。**48** *Pregnant* = filled (with). **49** *bully Greeks*: 美化されやすいギリシャ勢のイメージに、冷や水を浴びせる。*bully* = (古) ruffian. **50** *chairmen*: 木馬を城内に運び込んだトロイ兵たちを「駕籠かき」に譬える。**51** *Laocoon* [leióːkouɔn]: トロイの神官。木馬の引き入れに反対した。**53** *kennels* = open gutters「(道路中央の) 覆いのない溝」。下水溝として各種のごみが捨てられた。**54** *trophies*: 溝に運ばれるごみを美化する。**56**

So when Troy chairmen bore the wooden steed,
Pregnant with Greeks impatient to be freed
(Those bully Greeks who, as the moderns do,
Instead of paying chairmen, run them through), 50
Laocoon struck the outside with his spear,
And each imprisoned hero quaked for fear.

   Now from all parts the swelling kennels flow,
And bear their trophies with them as they go:
Filths of all hues and odours seem to tell 55
What streets they sailed from, by the sight and smell.
They, as each torrent drives with rapid force
From Smithfield or St. Pulchre's shape their course,
And in huge confluent join at Snow Hill ridge,
Fall from the conduit prone to Holborn Bridge. 60
Sweepings from butchers' stalls, dung, guts, and blood,
Drowned puppies, stinking sprats, all drenched in mud,
Dead cats and turnip-tops come tumbling down the flood.

---

[s] 音の頭韻。**57** *They* = *Filths* (l. 55). **58** *Smithfield*: シティ北西部城壁外にある中世以来の肉市場、処刑場。*St. Pulchre's* = St. Sepulchre Without Newgate Church「ニューゲイト門外聖セパルカー教会」。シティ西側外壁のニューゲイト門のすぐ外。スミスフィールド市場から出たくず肉や臓物が、今はない Cow Lane を流れ下り、聖セパルカー教会から Snow Hill 通りを下ってきた流れとスノーヒル尾根で落ち合って、さらに西に走る。**60** *conduit* [kʌ́ndit] = Lamb's Conduit.

そのように、トロイ人の駕籠かき連中が、飛び出そうと
うずうずしているギリシャ兵で鮨詰めの木馬を担ぎ込み
(あのならず者のギリシャ兵は、いまどきの連中と同様、
駕籠かきには駄賃もやらず、刺し殺してしまうのだが)、 50
ラオコーンが試しに木馬の表面を槍で突いたとき、
中に閉じ込められた勇士は誰も怖くて身震いしたものだ。

　今や膨れ上がった溝が四方八方から水を押し流し、
ついでにいろんな戦利品を運んでくる。
汚物は色も臭いも種々様々なので、 55
見た目と臭気でどの通りから来たか、すぐわかりそうだ。
至る所で急流に遮二無二押し流されて、汚物は
スミスフィールドの肉市場や聖セパルカー教会から
進路を定め、スノーヒルの尾根で盛大に合流すると、
噴水からまっしぐらにホーボン橋まで落下する。 60
肉屋の屋台から出た汚穢——糞やら内蔵やら血——、
溺れた子犬、臭い小魚などはみんな泥まみれ、
死んだ猫、かぶの頭が、大量の水もろともどっとなだれ
　　　　　　　　　　　　　　　　　　　　　　落ちる。

Fleet River の支流から取水して、シティに給水する導管または地表
の噴水。正確な正体や所在地は不明。*Holborn Bridge*: Conduit の西方
でフリート川にかかっていた(川はのち暗渠となり、現 Farringdon
Road の下を流れる)。**61–63** 末尾 3 行は同一脚韻([-ʌd])で、最終
行だけは 12 音節のアレクサンダー格詩行。崇高な格調で、泥まみれ
の臓物や生ごみがどっと流れ落ちる醜状を壮大に描く。江戸の河川と
は異なり、当時のテムズ河は糞尿・汚物たれ流しの状態だった。

[30]　*An Essay on Criticism* (ll. 201–32)
Alexander Pope (1688–1744)

　　Of all the causes which conspire to blind
Man's erring judgment, and misguide the mind,
What the weak head with strongest bias rules
Is pride, the never-failing vice of fools.
Whatever Nature has in worth denied,　　　　　　　　　5
She gives in large recruits of needful pride;
For as in bodies, thus in souls, we find
What wants in blood and spirits, swelled with wind:
Pride, where wit fails, steps in to our defence,
And fills up all the mighty void of sense.　　　　　　　10
If once right reason drives that cloud away,
Truth breaks upon us with resistless day.
Trust not yourself; but your defects to know,
Make use of every friend—and every foe.

　　A little learning is a dangerous thing;　　　　　　　15
Drink deep, or taste not the Pierian spring:
There shallow draughts intoxicate the brain,
And drinking largely sobers us again.

---

[30] *An Essay on Criticism* (1711).　**3** = what rules the weak head with strongest bias.　**4** *never-failing* = unfailing.　**5** *in worth denied* = denied in worth. *denied* = refused to give.　**6** *recruits*:「(古)(欠如の)埋め合わせ」。 *needful* = necessary.　**7** *as in…, thus in*:「～の場合と同様、…の場合でも」。　**7–8** *we find What…swelled with wind* = we find ⟨what wants in blood and spirits⟩ swelled in wind.　**8** *wants* = (古) lacks. *spirits*:「(古)知性」。 *wind* = (古) air (四大元素の一).「(古)無

[30]　『批評論』(第201-32行)

アレグザンダー・ポープ

　間違いやすい人間の判断を狂わせ、精神に道を
誤らせようとたくらむすべての原因のうち、
とりわけ強力な偏見で弱い頭を支配するのは、
いつも頼もしい馬鹿者の悪徳、うぬぼれだ。
天は誰かに取り柄(え)を授けたくない場合、その代わりに　　　5
必要不可欠なうぬぼれだけは、たっぷり恵んでやる。
なぜなら体も心も同じことで、血でも知力でも足りない
ところがあれば、そこはびっしり空気で埋められる。
知性が乏しいときにはうぬぼれが救助に駆けつけて、
ぽっかり欠けた思慮の大穴を埋めてくれる。　　　10
かりにも良識がその暗雲を吹き払うことさえあれば、
真実が有無を言わせずわれわれを白日の下に晒(さら)すのに。
自分など信用しないこと。自分の欠点を知るためには、
手伝ってもらうがいい、すべての友と――すべての敵に。
　生齧(なまかじ)りの学問というのは危ないものだ。　　　15
痛飲しないのなら、ピエリアの泉など味わうなかれ。
そこでちびちびやるのはいい気分だが、
大量に飲むと、かえって酔いが醒める。

駄なもの(詰め物、上げ底)」の意も。**9** *defence* = (英) defense. **11** *If once* = if ever. *cloud*:「漂う煙や埃。遮蔽物」。プライドを指す。**12** *breaks*:「突然〜に出現する(*upon*)」。*day* = daylight. **15** 諺になった(「生兵法は大怪我の基」)。**16** *deep* = heavily. *Pierian* [paiíəriən]:「(ギリシャ北東部)ピエリア地方の」。学芸を司る九女神ミューズの生地。ヒッポクレネの「泉」(Hippocrene)は詩的霊感の源(➡[57] l. 16)。**20** *tempt* = (古) try to attain「〜に到達しようと試みる」。**21** = while

Fired at first sight with what the Muse imparts,
In fearless youth we tempt the heights of arts; 20
While from the bounded level of our mind,
Short views we take, nor see the lengths behind;
But, more advanced, behold with strange surprise
New distant scenes of endless science rise!
So pleased at first the towering Alps we try, 25
Mount o'er the vales, and seem to tread the sky;
The eternal snows appear already past,
And the first clouds and mountains seem the last;
But, those attained, we tremble to survey
The growing labours of the lengthened way; 30
The increasing prospect tires our wandering eyes,
Hills peep o'er hills, and Alps on Alps arise!

[31]　**Ode on the Death of a Favourite Cat,
Drowned in a Tub of Gold Fishes**
　　　　　　　　　Thomas Gray(1716–71)

'Twas on a lofty vase's side,

---

watching from the bounded level of our mind. l. 23 冒頭に *But* が来るので、*While* に始まる従属節は *mind* の直後で切れ、その主節は *the lengths behind*(l. 22)で切れなければならない。*bounded* = limited.　**22** = we take short views and do not see the lengths behind. *nor* = and not. *behind*:「(ここから見えない)もっと向こうの」。**23** *strange* = extreme. **24** *science*:「(古)知識、学問」。**26** *o'er*[ɔə] = over. *vales* = (詩)valleys.　**29** *those attained* = the first clouds and mountains being attained, *sur-*

[31] 金魚鉢で溺れ死んだペット猫のオード　113

初手(しょて)はミューズの贈り物にのぼせ上がり、
怖いもの知らずの若さで「学芸」の頂点をめざす。　　　　　　20
まだ登り始めたばかりの半端(はんぱ)な精神の高みからは、
手近な景色が見えるだけ、向こうの道のりもわからない。
だがもっと先へ進んで行くと、やがて果てしない知の
見慣れぬ遠い風景が目に入って、びっくり仰天する。
そのように人は初め、そびえ立つアルプスに楽しく挑み、　25
いくつもの谷を越えて、もう天にまで達したかと思う。
万年雪もすでに通り過ぎて、
初めて仰ぐ雲や山は、これが最後の雲や山かと見える。
だがやっとそこまで来ても、行く道はいよいよ遠く、
難儀は増す一方なのを見てとって、人は身震いする。　　　　30
開けていく視界に眼はきょろきょろと疲れ果てるが、
丘の上には丘が、アルプスの上にはアルプスがせり
　　　　　　　　　　　　　　　　　　　　上がる！

[31]　金魚鉢で溺れ死んだペット猫のオード

　　　　　　　　　　　　　　　　　　　トマス・グレイ

支那(しな)の匠(たくみ)の華麗な技が

———————

vey:「見晴らす」。**30** *lengthened*:「延々とのびる」。
[31]　*Poems* (1753). **題名** *Ode*: 古代ギリシャ・ローマ詩に由来する格調高い抒情詩。この詩はそのうち重大な出来事を記念する歌の類いに属する（猫の死をそのようにわざと大仰に重々しく扱う）。
1 *'Twas* = It was「それは〜のことだった」。叙事詩や昔話のような書き出し。**3** *blow* = blossom. **4** *tabby* = tabby cat.（黄）褐色か灰色の、縞かぶちの猫。**5** *reclined* = being reclined. **6** *lake*: 甕の水は以下、*tide* (l.

114　Ⅱ　王政復古から 18 世紀へ

Where China's gayest art had dyed
　　The azure flowers, that blow;
Demurest of the tabby kind,
The pensive Selima reclined, 5
　　Gazed on the lake below.

Her conscious tail her joy declared;
The fair round face, the snowy beard,
　　The velvet of her paws,
Her coat that with the tortoise vies, 10
Her ears of jet and emerald eyes,
　　She saw; and purred applause.

Still had she gazed; but 'midst the tide
Two angel forms were seen to glide,
　　The genii of the stream: 15
Their scaly armour's Tyrian hue
Through richest purple to the view
　　Betrayed a golden gleam.

The hapless nymph with wonder saw:

---

13), *stream* (l. 15), *flood* (l. 31) と詩的に言い換えられる。**8–11** *She saw* (l. 12) の目的語（水に映るセリマ自身の見とれるような姿）。**8** *fair* = (古) beautiful. **10** *tortoise* = tortoise-shell「鼈甲」。tortoise-shell cat は「鼈甲色の猫、三毛猫」をいう。**12** *purred applause*: shouted applause「声援を送った」を、猫にふさわしく言い換えた。**13** *'midst* = amidst = (古) in the middle of. *tide* = (詩) stream. **14** *angel forms*: 「天使の姿」。金魚を指す。**15** *genii* [dʒíːniai]: 「(pl.) (霊力を持つ) 精」。

[31] 金魚鉢で溺れ死んだペット猫のオード

紺青(こんじょう)の花を染め上げた
　　大きな甕(かめ)の横腹に、
乙(おつ)にすました斑猫(ぶちねこ)の
セリマがもたれてつくづくと、　　　　　　　　　　　　　5
　　中の湖水を見つめていた。

もの言う尻尾(しっぽ)は嬉しそう——
きれいな丸顔、雪の髭(ひげ)、
　　手足を包むベルベット、
鼈甲(べっこう)にも負けないみごとな上衣(うわぎ)、　　　　10
耳は黒玉(こくぎょく)、眼は緑玉(エメラルド)——
　　セリマはにゃあと得意顔。

のぞく湖水の中ほどに
天使が一対(いっつい)泳ぐと見えた、
　　この川水(かわみず)の精たちだ。　　　　　　　　　　15
鱗(うろこ)の鎧(よろい)はティリアン色で、
深紅色(しんこうしょく)の地(じ)の上に
　　きらめく黄金(きん)が透(す)けて見えた。

不運な乙女(ニンフ)はうっとり見とれ、

---

angels の類義語。単数形はもと genius だが、のち genie[ʤíːni]（アラブ語 jinn の訳語）に取って代わられた。**16** *Tyrian*[tírian]*hue* = Tyrian purple. 古代ギリシャ・ローマの貴重な紫色または紅色の染料。フェニキアのテュロス(Tyre)が主要産地。金魚を古代叙事詩の戦士に見立てる。**17-18** = Betrayed to the view a golden gleam through richest purple. **19** *nymph*:「海・川・山などの精→美しい乙女」。セリマのこと。**20** *stretched*(l. 22)の目的語。**23-24** 牝猫を通して女性を諷刺す

A whisker first and then a claw,   20
  With many an ardent wish,
She stretched in vain to reach the prize.
What female heart can gold despise?
  What cat's averse to fish?

Presumptuous maid! with looks intent   25
Again she stretched, again she bent,
  Nor knew the gulf between.
(Malignant Fate sat by and smiled)
The slippery verge her feet beguiled,
  She tumbled headlong in.   30

Eight times emerging from the flood
She mewed to every watery god,
  Some speedy aid to send.
No dolphin came, no Nereid stirred:
Nor cruel Tom nor Susan heard.   35
  A favourite has no friend!

From hence, ye beauties, undeceived,

る。**27** *Nor* = and not. **28**「運命」が未来を予示する叙事詩的な筆法。**31** *Eight times*: 諺に A cat has nine lives「猫に九生あり」とある。9度目に水没したのが致命的だった。*flood*:「川・海」。**34** *dolphin*: 溺れかけたギリシャの音楽家アリオンは、海豚に助けられてぶじ帰郷した。*Nereid*[níəriid]:(ギ神)海のニンフ。イングランドの王女サブリナは、水の精に助けられた。*stirred* = moved. **35** *Tom, Susan*: ありふれた名前。邸宅の下男と女中か。ふだんセリマを敵視していたようだ(*cru-*

初めは髭を、次には爪を、　　　　　　　　　　　　　　20
　　熱い思いで精いっぱい
伸ばすが、獲物に届かない。
金を賤しむ女はいない。
　　魚が嫌いな猫もない。

小癪な娘は虎視耽々と　　　　　　　　　　　　　　　　25
前に伸びたり屈んだり──
　　間合いを測る余裕もない。
（意地悪な「運」が、横からにやり）
すべすべの縁に足をとられ、
　　真っ逆さまに転がり落ちた。　　　　　　　　　　　　30

八度も水から浮かんでは、
八方の水の神さまに
　　にゃあと助けを呼び求めた。
海豚も来ないし、海の精も
トムもスーザンも知らん顔。　　　　　　　　　　　　　35
　　お気に入りに友などありっこない。

だから美女たち、悟るがいい、

———

el)。**36** 格言めかした観察。*favourite*: 権力者にえこひいきされる者。
37 *From hence* = therefore 「そういうわけだから（この話からの教訓として）」。*undeceived* = being undeceived 「思い違いをしないで」。**38–39** 格言風の観察。**38** *ne'er*[néə] = never. *retrieved* = put right. **39** = And be bold with caution. **42** All that glisters is not gold は中世以来（もとラテン語）の諺。

Know, one false step is ne'er retrieved,
　　And be with caution bold.
Not all that tempts your wandering eyes　　　　　　　　　　40
And heedless hearts is lawful prize;
　　Nor all that glisters, gold.

[32]　Elegy Written in a Country Churchyard
　　　　　　　　　　　　　　　Thomas Gray

The curfew tolls the knell of parting day,
The lowing herd wind slowly o'er the lea,
The plowman homeward plods his weary way,
And leaves the world to darkness and to me.

Now fades the glimmering landscape on the sight,　　　　5
And all the air a solemn stillness holds,
Save where the beetle wheels his droning flight,
And drowsy tinklings lull the distant folds;

Save that from yonder ivy-mantled tower
The moping owl does to the moon complain　　　　　　　10

---

[32] *Poems*(1753). **1** *parting* = departing = dying. **2** [l]音の頭韻。*herd*: *beetle*(l. 7)の飛ぶ夏の間には、牛は夜通し草地で放牧されるが、ここは乳しぼりのため、いったん囲い地に戻されるところだろう。*wind*: [wáind]. *o'er*[ɔ́ə] = over. **3** *plods his weary way*: plod one's way は「とぼとぼ歩む」。*weary*「疲れている」のは *plowman* の方だが、形容詞をわざと別の語(*way*)に充てる転移修飾詞(transferred epithet)。e.g.「眠れぬ床」、「暗い日曜日」。**6** [s]音の頭韻。*holds*: 紛らわしい

一歩の間違いが運の尽き、
　　大胆な中にも慎重に。
うっかりあれこれ目移りしても　　　　　　　　　　　　　　40
いい獲物とは限らない。
　　光るのが金とも限らない。

[32]　田舎の墓地で詠んだ哀歌

トマス・グレイ

夕べの鐘が、去りゆく一日の弔(とむら)いを告げている。
鳴く牛の群れが草原をゆるゆるうねり下ってくる。
疲れた農夫がとぼとぼ家路(いえじ)をたどっていくと、
あとの世界には、宵闇と私だけが残される。

目に映る暮れ方の光景が、いまだんだんと消えていき、　　　5
荘厳な静けさがまわりの大気を包む——
ただ、どこかで甲虫がぶんぶん輪を描いて飛び、
遠くの牧舎では眠(ね)た気な鈴の音が羊を寝かしつけている。

また向こうの蔦(った)におおわれた塔からは、
気落ちした梟(ふくろう)が月に向かってこぼしている——　　　　　10

倒置法だが、主語は *stillness* で、*air* は目的語。7 *Save where* = except in the places where. 静けさを破るのは、甲虫の羽音と羊の鈴の音だけ。9 *Save* = except. 10 [m] 音の頭韻。*moping*: ふくろうが「意気消沈している」のは、すぐ後 (ll. 11–12) に述べられる理由から(➡[7] l. 7 注)。11 *such as* = those people who. 詩の話者自身をほのめかす。かすかなユーモアを帯びる。*bower*:「(詩)住み処」。12 *reign*:「(詩)王国」。14 *many a* ➡[6] l. 3 注。15 *laid* = being laid. 17 *breezy* と

Of such as, wandering near her secret bower,
Molest her ancient solitary reign.

Beneath those rugged elms, that yew-tree's shade,
Where heaves the turf in many a mouldering heap,
Each in his narrow cell forever laid,   15
The rude forefathers of the hamlet sleep.

The breezy call of incense-breathing morn,
The swallow twittering from the straw-built shed,
The cock's shrill clarion or the echoing horn,
No more shall rouse them from their lowly bed.   20

For them no more the blazing hearth shall burn,
Or busy housewife ply her evening care:
No children run to lisp their sire's return,
Or climb his knees the envied kiss to share.

Oft did the harvest to their sickle yield,   25
Their furrow oft the stubborn glebe has broke;
How jocund did they drive their team afield!

-*breathing* の呼応。**18** *shed* =（詩）hut. ここでは燕の巣。**19** [k]音の頭韻。**20** *lowly*:「粗末な(身分の低い)」と「(地面の下にあって)低い」の意が掛けられている。**22** *ply her evening care*:「宵の世話に励む」。**23** *sire*:「(古)父」。**25** = The harvest often yielded to their sickle. **26** = Their furrow has often broken the stubborn glebe (= land). **27** *jocund*[dʒɔ́kənd]: 形容詞の副詞的用法。*team*:「(鋤や車を引く)牛・馬・犬のひと組」。**29** *Ambition*:「野心」。大文字で始まる抽象名

[32] 田舎の墓地で詠んだ哀歌　　　121

彼女の内緒の住み処近くまでさまよい出て、
昔ながらの孤独の領土を冒す輩がいると。

あちらのごつごつした楡の木立の下、あの櫟の木陰には、
芝土が盛り上がり、崩れそうな山が沢山並んでいる——
　その狭い部屋に一人ひとり永遠に横たわって、　　　　　15
村の無骨な先祖たちが眠っている。

朝の花の香をまき散らすそよ風の訪れも、
藁作りの巣からさえずりかける燕の声も、
甲高い鶏のラッパも、こだまする角笛も、
　この粗末な床から彼らを呼び起こすことは、もうない。　20

もう彼らのために、炉端の火が燃え上がることも、
主婦がせっせと暮れ方の支度に精を出すこともない。
子供たちが駆け寄って、回らぬ舌で父の帰りを告げたり、
膝によじ登って待ち焦がれたキスを分け合うこともない。

作物が、彼らの振るう鎌に屈したこともいくたびか、　　　25
彼らの掘る畔溝が、頑固な土壌を切り分けたことも。
彼らはどんなに楽しげに、牛たちを畠に追い立てたか。

詞は、主として人の生き方にかかわる概念を擬人化する。e.g. Love「愛」、Courage「勇気」、Hope「希望」。**30** *homely*:「家庭的な」と「地味な」を掛ける。**31** *Nor Grandeur hear* = and let not Grandeur hear, either. **33-34**: Awaits (l. 35) の目的語。主語は hour (l. 35)「(死の) 時」。**36** *but* = only. **37** *proud* = proud people (呼びかけ). **39** *Where* = in a place where. 王や偉人の立派な墓や碑が設けられた大教会堂が想像されている。*long-drawn* = long. *aisle* [áil]: 教会の「側廊」だけでな

How bowed the woods beneath their sturdy stroke!

Let not Ambition mock their useful toil,
Their homely joys and destiny obscure; 30
Nor Grandeur hear, with a disdainful smile,
The short and simple annals of the poor.

The boast of heraldry, the pomp of power,
And all that beauty, all that wealth e'er gave,
Awaits alike the inevitable hour. 35
The paths of glory lead but to the grave.

Nor you, ye proud, impute to these the fault,
If Memory o'er their tomb no trophies raise,
Where through the long-drawn aisle and fretted vault
The pealing anthem swells the note of praise. 40

Can storied urn or animated bust
Back to its mansion call the fleeting breath?
Can Honour's voice provoke the silent dust,
Or Flattery soothe the dull cold ear of Death?

く、18世紀後半から、教会中央に延びる通路「身廊」をも指す。**40** *swells*:「(音を)だんだん強める」。**41** *storied urn*:「死者の物語(経歴)を刻んだ骨壺」。*animated*:「生きているかのような」。**42** *mansion*:「(古)居所」。**43** *provoke* = awake. *dust*:「死者の亡骸」。**45** *spot* = place. **46** *pregnant*:「(古)(アイディアなどの)豊富な(*with*)」。**47** *rod*:「権力(の象徴として持ち歩く杖)」。**50** *spoils*: 戦利品。*ne'er*[néə] = never. *unroll*:「(巻物を)開いて見せる」。**51** *rage* = enthusiasm. **53–56**

彼らの逞しい斧の打撃に、森がいかに屈服したことか。

「野心」の鼻息などに、彼らの有益な骨折りやつましい
団欒の喜び、世に埋もれた運命を嘲らせてはならない。　　30
高ぶる「威光」などに、貧者たちの短く単調な年代記を
見くびらせ、せせら笑わせてはならない。

家門の傲り、権勢の誉れ、
そして美から得たもの、富のくれたものすべてを、
避けがたい最後の期が待ち構えている。　　35
栄光の道は、どれも墓場に通じている。

そして高慢な人々よ、彼らを咎めてはならない——
たとえ「記憶」が彼らの墓に記念の碑を建て、
長くのびた通路と彫刻入りの天井アーチの隅々にまで、
高鳴る頌歌が讃美の音を響かせることがないにしても。　　40

骨壺に物語を刻もうと、生き写しの胸像を作ろうと、
逃げていく息が、もとの住み処に戻ってくるだろうか。
「名誉」の声を聞いて、もの言わぬ灰が目を覚ましたり、
「諂い」の言葉に冷たく鈍い「死」の耳が慰むだろうか。

名句として世に聞こえる。**53-54** 主語は *caves*, 動詞は *bear*, 目的語は *gem* (l. 53). **53** *Full* = very. **55** *blush unseen*: 恥じらう美しい娘のイメージ。**56** *sweetness* =（文）loveliness, charms（➡**[26]**l. 42 注）。**57-60** 主語は *Hampden, Milton, Cromwell*. 動詞は *may rest* (l. 59). **57** *Some* =（古）a certain. John *Hampden* (1594-1643) は政治家。清教徒革命の議会派(反王党派)の指導者。チャールズ1世が議会の決議を経ずに課した船舶税を拒み、課税への国民の不満に火を点けた。**59** John *Mil*-

Perhaps in this neglected spot is laid 45
Some heart once pregnant with celestial fire;
Hands that the rod of empire might have swayed,
Or waked to ecstasy the living lyre.

But Knowledge to their eyes her ample page
Rich with the spoils of time did ne'er unroll; 50
Chill Penury repressed their noble rage,
And froze the genial current of the soul.

Full many a gem of purest ray serene
The dark unfathomed caves of ocean bear:
Full many a flower is born to blush unseen, 55
And waste its sweetness on the desert air.

Some village Hampden, that with dauntless breast
The little tyrant of his fields withstood;
Some mute inglorious Milton here may rest,
Some Cromwell guiltless of his country's blood. 60

---

ton (1608-74) ➡[**22**][**23**][**24**]. **60** Oliver *Cromwell* (1599-1658) は清教徒革命で王軍を破り、チャールズ1世を処刑して共和制を布いた。18世紀には内乱の流血の罪を問われていた。**61-65** *The applause of... Their lot forbade*: この4行半の構文は their lot forbade to command the applause..., to despise the threats..., to scatter plenty..., and read their history.... **63** *plenty* = abundance. **65-66** *nor circumscribed alone...their crimes confined*: この1行半の構文は and (their lot) not

[32] 田舎の墓地で詠んだ哀歌　125

ことによれば、この忘れられた片隅に埋もれているのは、　45
かつては天上の火を宿やどしたかもしれない胸、
帝国の采配さいはいを振るい、あるいは命ある竪琴リラを
恍惚に駆り立てることができた手かもしれない。

だが「知識」は彼らの目に、時の蓄たくわえた獲物がぎっしり
詰まったそのページを、開いて見せてはくれなかった。　50
うそ寒い「貧苦」は、彼らの高貴な熱情を押し殺し、
魂の生気あふれる流れを凍らせた。

数知れぬ宝石が、清く澄み切った光を放ちつつ、
暗く底知れぬ海の洞窟に眠っている。
数知れぬ花々が、人知れず頬を赤らめて、　55
無人の荒野に甲斐もなく、甘い香りを漂わせている。

誰か村のハムデンが、負けじ魂を発揮して、
農地のけちな暴君に楯突いたこともあるだろう。
名も無く声も上げぬミルトンや、同胞の血に塗まれぬ
クロムウェルが、ここに眠っているかもしれない。　60

---

only circumscribed their growing virtues, but confined their crimes.
65 *Their lot*:「彼らの定められた運命（生まれ育ち）」。*circumscribed* = limited, restrained. **67-72** この6行の構文は (their lot) forbade to wade through slaughter..., and shut the gates..., to hide the struggling pangs..., to quench the blushes..., or heap the shrine.... **68** 冷酷な君主として、無慈悲な政治を行う。**69** 自分の罪を意識して内心では苦しみながら、世間に対しては図太くしらを切り通す。*struggling*:

The applause of listening senates to command,
The threats of pain and ruin to despise,
To scatter plenty o'er a smiling land,
And read their history in a nation's eyes,

Their lot forbade: nor circumscribed alone 65
Their growing virtues, but their crimes confined;
Forbade to wade through slaughter to a throne,
And shut the gates of mercy on mankind,

The struggling pangs of conscious truth to hide,
To quench the blushes of ingenuous shame, 70
Or heap the shrine of Luxury and Pride
With incense kindled at the Muse's flame.

Far from the madding crowd's ignoble strife,
Their sober wishes never learned to stray;
Along the cool sequestered vale of life 75
They kept the noiseless tenor of their way.

Yet even these bones from insult to protect

「もがく」。**71-72** 崇高な霊感から生まれた芸術作品を利用して、贅沢で尊大な生活を営む。**71** *heap* = fill. **72** *kindled* = ignited. **73** *Far from the madding crowd*: この詩以来、俗世の喧騒を離れた地を指すようになった。トマス・ハーディの小説のタイトル。*madding* = frenzied. **74** *never learned to stray*: 人は自然に堕落するのではなく、堕落することを学ぶのだという。**75** *sequestered*:「人里離れた」。*vale* = (詩) valley. **76** *tenor* = course. **77** *protect*: 目的語は *bones*. **78** *still*: Yet

耳傾ける議員たちの喝采を浴びることも、
迫る苦痛や破滅の脅威を笑い飛ばすことも、
微笑む国土に潤沢な富を振りまくことも、
国民の目のなかに自分の足跡を読み取ることも、

彼らの境遇が許さなかった。それが彼らの美徳の成長を 65
阻んだが、その反面、犯す罪にも歯止めをかけた。
そして身分が許さなかった——王座へと殺戮の川を渡り、
人類に対して慈悲のドアを閉ざすことも、

良心の呵責と闘う胸の痛みを人目から隠すことも、
恥ずかしさに思わず浮かぶ赤面を抑えつけることも、 70
芸術の炎で点火した香を
「贅沢」と「高慢」の神殿でくゆらすことも。

あさましい争いに現を抜かす群衆から遠く離れて、
彼らの控えめな望みは、けっして道を踏み外さなかった。
世を離れた涼しい人生の谷間伝いに、 75
彼らは自分の道をひっそりたどって行ったのだ。

だがそんな彼らの亡骸でさえ侮辱で傷つかないよう、

(l. 77) に連動して「それでも」。*nigh* = (古) near. **79** *rhymes* = poems. 墓石に刻まれた陳腐な格言など。*decked* = adorned (*with*). **81** *unlettered muse*: 墓石の文面の無学な作者を指す。**83** *many a* ➡ [6] l. 3 注。ここでは複数扱い。*she* = *the unlettered muse* (l. 81). **84** *That*: 先行詞は *text* (l. 83). *moralist*: 良き (正しい) 生き方を心掛ける人。*teach...to die* = show how to die. **85–88** この 4 行の構文は who ever resigned this... being, left the warm precincts..., and did not cast one...look behind?

Some frail memorial still erected nigh,
With uncouth rhymes and shapeless sculpture decked,
Implores the passing tribute of a sigh.   80

Their name, their years, spelt by the unlettered muse,
The place of fame and elegy supply:
And many a holy text around she strews,
That teach the rustic moralist to die.

For who to dumb Forgetfulness a prey,   85
This pleasing anxious being e'er resigned,
Left the warm precincts of the cheerful day,
Nor cast one longing lingering look behind?

On some fond breast the parting soul relies,
Some pious drops the closing eye requires;   90
Even from the tomb the voice of nature cries,
Even in our ashes live their wonted fires.

For thee who, mindful of the unhonoured dead,
Dost in these lines their artless tale relate;

---

85 *For*: 名もない死者たちにも墓碑銘がなくてはならない。「なぜなら」人はこの世を去りがたく、後々まで自分のことを思い出してほしいからだ(ll. 85–92)。*to dumb Forgetfulness a prey* = as a prey to dumb forgetfulness. **87** *precincts*[príːsiŋkts] = region. **88** [l]音の頭韻。*Nor* = and not. **89** *fond* = affectionate, loving. *parting* = departing = dying. **90** *pious*:「(古)肉親や友人への親愛の情に満ちた」。**93** *For thee* = as for thee. 詩の話者が、死者たちをめぐる瞑想に耽るうち、は

[32] 田舎の墓地で詠んだ哀歌

何やら崩れやすい碑(いしぶみ)がすぐそばに建ててあり、
つたない詩句や不格好な彫刻に飾られて、
行き過ぎる人の溜息(ためいき)という供物(くもつ)を望んでいる。 80

彼らの名前や生没年が無学な詩神(ミューズ)に綴られて、
名声や哀歌の代役をつとめている。
まわりに書き散らされた聖書の字句は、
村里(むらざと)の道徳家(モラリスト)に、人がどう死ぬべきかを教えている。

なぜなら、かつていた例(ためし)があろうか——もの言わぬ 85
「忘却」の餌食(えじき)となり、楽しく不安なこの人生を辞して、
陽気な昼間のぬくぬくとした日だまりを後にするとき、
名残(なご)り惜しげにつくづくと後ろを振り返らなかった者が。

この世を旅立つ魂は誰かの愛情ある胸にすがり、
いま閉じようとする眼は真心(まごころ)こもる涙の粒を欲しがる。 90
墓の中からでも、人の本性は叫びを上げ、
灰の中にも、もとの生の焰が消え残っているのだ。

さて、こうして名もなき死者たちを思い、この詩の中で
彼らの飾らない物語を伝えるその君自身はと言えば——

っと自身の行く末に思い及び、「さてその君はと言えば」と直接、自分に呼びかける。mindful:「〜のことを思いやる(of)」。95 chance =(古)by chance. 96 shall: 条件の if 節や時の when 節で未来を表わすのに、動詞現在形でなく(shall+不定詞)を用いることがある(やや衒学的。OED shall II10)。97 Haply =(古)perhaps. 98-116 以下、村人の目に映る語り手の振る舞いと死は、18世紀半ばから流行し始めてロマン主義の先駆けをなす「憂鬱の文学」の趣味(死、人生の不安、

If chance, by lonely Contemplation led,　　　　　　　　　　95
Some kindred spirit shall inquire thy fate,

Haply some hoary-headed swain may say,
"Oft have we seen him at the peep of dawn
Brushing with hasty steps the dews away
To meet the sun upon the upland lawn.　　　　　　　　　　100

"There at the foot of yonder nodding beech
That wreathes its old fantastic roots so high,
His listless length at noontide would he stretch,
And pore upon the brook that babbles by.

"Hard by yon wood, now smiling as in scorn,　　　　　　　105
Muttering his wayward fancies he would rove,
Now drooping, woeful wan, like one forlorn,
Or crazed with care, or crossed in hopeless love.

"One morn I missed him on the customed hill,
Along the heath and near his favourite tree;　　　　　　　110
Another came; nor yet beside the rill,

孤独、瞑想、悲哀、意気消沈など)を体現する。**104** [b]の頭韻。**105** *Hard by* = close by. **107** *woeful wan*:[w]の頭韻。**110** *Along*:「〜のへりに沿って」。**113–114** = The next morning, we saw him borne in sad array with due dirges through the church-way path. **113** *due* = appropriate. **115** *lay* = short lyric or narrative. 墓碑銘を指す。**116** *aged*: [éidʒid]. **117–128** グレイは母の眠るバッキンガムシャー州南部の村 Stoke Poges の墓地に葬られ、墓にはこの碑銘が刻まれている。詩の

[32] 田舎の墓地で詠んだ哀歌   131

もしもたまたま、誰か似たような気質の持ち主が   95
孤独な「物思い」に誘われて、君の消息を訊ねたら、

白髪頭の村の男が、こう答えるかもしれない。
「夜が明けるころ、よくあの人が
せかせかと草の露をかき分けながら、
日の出を迎えに丘の芝地へ急ぐのを見かけた。   100

「向こうの頭を垂れた橅の木の根元には、
古さびた奇怪な根が地上に高々と絡み合っているが、
真昼になるとあの人は物憂げに長々とそこに寝そべって、
そばをさらさら流れる小川にじっと見入っていたものだ。

「あちらの森のすぐそばを、時には嘲りの笑みを浮かべ、   105
とりとめのない思いをつぶやきながら、歩き回っていた。
時にはうなだれ悲しみに蒼ざめて、世に見捨てられたか、
不安に心乱れたか、望みなき恋に敗れたかのようだった。

「ある朝、例の丘でもヒースの野でも、お気に入りの
木のそばでも、あの人の姿は見えなかった。   110
次の朝、やはり小川のほとりにも、丘の芝地にも、

舞台もストーク・ポージズの教会墓地だともいわれる。**117** *his head* = with his head. **119** *Science*:「(古)学問、知識」。**120** *Melancholy* ➡ ll. 98-116 注。*her own*:「(古)血族、友」。**122** = Heaven sent a recompense as large as his bounty. **123** 彼が貧しい人々に贈った「持てるすべて」とは、「一粒の涙」。**124** その報いとして彼が天から贈られた「ただ一つ欲しいもの」とは、「一人の友」。権勢や富からは程遠い。**125-126** これ以上、彼の行いの長短をあげつらうのはやめよう。

Nor up the lawn, nor at the wood was he;

"The next with dirges due in sad array
Slow through the church-way path we saw him borne.
Approach and read (for thou canst read) the lay,   115
Graved on the stone beneath yon aged thorn."

    THE EPITAPH
Here rests his head upon the lap of earth
A youth to Fortune and to Fame unknown.
Fair Science frowned not on his humble birth,
And Melancholy marked him for her own.   120

Large was his bounty and his soul sincere,
Heaven did a recompense as largely send:
He gave to Misery all he had, a tear,
He gained from Heaven ('twas all he wished) a friend.

No farther seek his merits to disclose,   125
Or draw his frailties from their dread abode,
(There they alike in trembling hope repose)
The bosom of his Father and his God.

---

126 *dread abode* = dreadful dwelling place. **127–128** それらは神の御胸の中 (*dread abode*, l. 126) で，最後の裁きを待っている。行為の最終的な善悪は，われわれ人間が軽々しく詮索すべき問題ではない。**127** *trembling hope*: 矛盾語法 (oxymoron)。

森のあたりでも、あの人を見かけることはなかった。

「翌(あく)る朝(あさ)、荘重な葬送の歌と共に、悲しい列を組んで、
あの人が教会への道をゆっくり運ばれていくのを見た。
では近寄ってお読みなさい(あなたは読めるのだから)、 115
あの年を経た山査子(さんざし)の根方(ねかた)に立つ石碑の詩句を」。

　　　　墓碑銘
大地の膝に頭をもたせ、ここに眠るのは、
「成功」にも「名声」にも縁の薄かった若者。
美しい「学問」は彼の低い身分に眉を顰(ひそ)めることなく、
「憂鬱(メランコリー)」は彼に目をつけて、仲間に引き入れた。 120

彼が惜しみなく与えたものは大きく、心は誠実だった。
その見返りに、「天」から授かったものも大きかった。
「不幸」には、持てるすべてを贈った——一粒の涙を。
「天」からは恵まれた——(ただ一つ欲しいもの)友人を。

これ以上、彼の美点を詮索し、彼の短所をほじくり出す 125
ことはよそう、それらの恐るべき在処(ありか)から——
彼の美質も欠点も共に希望に震えつつ休らっている、
「父」なる「神」の懐(ふところ)で。

―――――――

[33]　Ode to Evening

William Collins (1721–59)

If aught of oaten stop or pastoral song
May hope, chaste Eve, to soothe thy modest ear,
　　Like thy own solemn springs,
　　Thy springs, and dying gales,
O nymph reserved, while now the bright-haired sun　　　　5
Sits in yon western tent, whose cloudy skirts,
　　With brede ethereal wove,
　　O'erhang his wavy bed;
Now air is hushed, save where the weak-eyed bat
With short shrill shriek flits by on leathern wing,　　　　10
　　Or where the beetle winds
　　His small but sullen horn,
As oft he rises midst the twilight path,
Against the pilgrim borne in heedless hum:
　　Now teach me, maid composed,　　　　15
　　To breathe some softened strain,
Whose numbers stealing through thy darkening vale
May not unseemly with its stillness suit;

---

[33]　*Odes on Several Descriptive and Allegoric Subjects* (1747、実は1746). 題名 *Ode* ➡ [31]題名. この詩はオードのうち抽象概念・人・神（ここでは夕暮れの女神）に呼びかけて讃美する類いに属する。**1–14** この if 節は紆余曲折しながら l. 14 まで続く。**1** *aught* = anything. *oaten stop*:「麦笛 (oaten flute) の音穴→麦笛が奏でるメロディー」。**2** *Eve* = (古) evening. 女性名とも重なる。**4** *dying gales*:「消え消えの微風 (breeze)」。**6** *tent*: 西の海上に休らう落日を覆う雲の「テ

[33]　夕暮れへのオード

　　　　　　　　　　　　　　　ウィリアム・コリンズ

もし何か麦笛の調べか牧歌の類いで、
清らかな「夕暮れ」よ、たとえばあなたの荘厳な泉、
　　あなたの泉や絶え絶えのそよ風のように
　　あなたの慎ましやかな耳を慰められるものなら、
ああ控えめなニンフよ、まばゆい髪の太陽が　　　　　　　　　　5
はるか西の天幕に憩い、虚空の組み紐で
　　織られた雲の縁飾りが、その波打つ
　　　褥の上に懸かる、今このとき——
あたりの空気が静まり返り、ただ目の悪い蝙蝠が
短い金切り声を立てながら毛衣の翼でひらひら舞い、　　　　　10
　　甲虫たちが小ぶりながら
　　　野太い角笛を吹き鳴らしつつ、
たそがれの道なかをしきりに飛び立っては、ぶんぶんと
向こう見ずに道行く人に体当たりする、今このとき、
　　教えてほしい、もの静かな乙女よ、　　　　　　　　　　15
　　　何かひそやかな一節を吹き鳴らすやり方を、そして
その楽句が、暗がりゆくあなたの谷間をそっと通り抜け、
その静けさをかき乱さないようにするやり方を——

ント」。*cloudy skirts*:「雲の裾、縁」。7 = woven with celestial braid「天の組み紐で織られた→夕陽を浴びて黄金色に輝く帯状の(雲の裾)」。cf. Milton, *Paradise Lost*, V, 187. *ethereal*[iθɔ́əriəl] = celestial. 9 *save* = except. 9–14「こうもり」と「甲虫」は日暮れに付き物。10 [ʃ]音の頭韻。11 *winds*[wáindz] = blows. 12 *sullen*:「(詩)(音が)不機嫌で野太い」。13 *oft* = often. *midst* = in the middle of. 14 *Against*:「～にぶつかって」。*pilgrim* = (詩) traveller, wanderer. *borne* = being borne

>   As musing slow, I hail
>   Thy genial loved return! 20
> For when thy folding star arising shows
> His paly circlet, at his warning lamp
>   The fragrant Hours, and elves
>   Who slept in flowers the day,
> And many a nymph who wreathes her brows with sedge, 25
> And sheds the freshening dew, and, lovelier still,
>   The Pensive Pleasures sweet,
>   Prepare thy shadowy car.
> Then lead, calm votress, where some sheety lake
> Cheers the lone heath, or some time-hallowed pile, 30
>   Or upland fallows grey
>   Reflect its last cool gleam.
> But when chill blustering winds or driving rain
> Forbid my willing feet, be mine the hut
>   That from the mountain's side 35
>   Views wilds and swelling floods,
> And hamlets brown, and dim-discovered spires,
> And hears their simple bell, and marks o'er all
>   Thy dewy fingers draw

「運ばれて」。**15–20** 冒頭の if 節のあとに続く、*teach*(l. 15)を中心とする命令文(夕暮れの女神に願う)。**15** *composed* = calm. **16** [s]音の頭韻。*breathe* = (古)blow. *strain* = melody. **17** *numbers* = groups of notes. *vale* = (詩)valley. **18** suit unseemly:「〜に似合わない(*with*)」。**19** *As* = while. **20** *genial* = cheering. **21** *folding star*: 羊の群れを囲いに呼び戻す「宵の明星(Vesper)」。cf. Milton, *Comus*, 93. **22** *paly* = (詩)pale. *circlet* = small circle. **23** *Hours*:「時の女神たち」。四季の巡りを

私がゆるゆると黙想にふけりつつ、
　　　心なごむあなたの再来を歓迎する、今このときに。　　20
なぜなら、羊たちを塒(ねぐら)に帰すあなたの星が空に昇って
小さな青白い光の輪を見せるや、その合図のランプで、
　　匂(にお)やかな「時刻(とき)」の女神や、昼間は
　　　花に眠っていた小妖精(エルフ)、
菅(すげ)の花輪で額を飾り、さわやかな露を　　　　　　　　25
振りまくニンフの群れ、それにも増してうるわしく、
　　優しい「もの思う悦(よろこ)び」の女神たちが、
　　　あなたの翳深い二輪車を仕立てるからだ。
では淑(しと)やかな修道女よ、私を導いてほしい——敷布(シーツ)を
延べたような湖が寂しいヒースの野に華やぎを添え、　　　30
　　年古りた館(やかた)や高原地帯の灰色の休耕地が、消え残る
　　　うそ寒い水明かりにちらちら照り映えるあたりへ。
だが、冷たく荒れすさぶ風や吹き降りの雨が
逸(はや)る私の足を引き止めるときには、ただ山小屋さえ
　　あればいい。その小屋は山腹の高みから、　　　　　35
　　　未開の原野や溢(あふ)れんばかりの川、
暮れゆく褐色の村や、おぼろげな尖塔の数々を見渡し、
素朴な鐘の音を聞き、そしてすべての上に、
　　露に濡れたあなたの指がゆるゆると

司る。**24** *the day* = during the day。**25** *many a* ➡[6]l. 3 注。*brows*:「(pl.)眉の隆起部」。花輪、冠、兜をかぶる位置。**28** *shadowy car*: 夕暮れの女神が空を駆る「影深い二輪車(chariot)」。その支度をするのは「時の女神」、小妖精、ニンフ、「もの思いの喜び」。**29–32** *lead* (l. 29)「導いてほしい」を中心とする命令文(続けて女神に願う)。向かう先は寂しい荒野、湖、古城、休閑地など。**29** *votress* = votaress. 女性の votary。*sheety*:「シーツ状に広がった」(*OED* 初出例)。**30**

  The gradual dusky veil.   40

While Spring shall pour his showers, as oft he wont,
And bathe thy breathing tresses, meekest Eve!
  While Summer loves to sport
    Beneath thy lingering light;
While sallow Autumn fills thy lap with leaves,   45
Or Winter, yelling through the troublous air,
  Affrights thy shrinking train,
    And rudely rends thy robes;
So long, sure-found beneath the sylvan shed,
Shall Fancy, Friendship, Science, rose-lipped Health   50
  Thy gentlest influence own,
    And hymn thy favourite name!

---

pile:「巨大な建物」。古城など。**33-40** *be mine*(l. 34)に導かれる祈願文。**34** *be mine the hut* = may the hut be mine. *be* は願望・祈願の仮定法現在形。**35** *That*: *hut*(l. 34)を先行詞とする主格の関係代名詞。動詞は *Views*(l. 36), *hears*, *marks*(l. 38)。風景を眺める主体は「小屋」。**36** *wilds*:「荒れ地」。*floods*:「(詩)川」。**37** *hamlets*: 小さな村、集落。*dim-discovered* = (古)dimly viewed. **38** *marks* = watches. 知覚動詞。**41** *While* = as long as「～である限り」。*While*(l. 45)と同様、*So*

薄墨の帳を引きめぐらすのを眺めるのだ。　　　　　　　　　40

「春」が例によってにわか雨を降らせて
あなたの香しい髪を濡らしたり、穏やかな「夕暮れ」よ、
　　「夏」があなたの暮れ残る光のもとで
　　遊び回るのを好んだり、
土色の「秋」があなたの膝一面に木の葉を落としたり、　　45
「冬」が荒れ模様の空に叫び声をあげて、
　　たじろぐあなたのお供たちを脅かしたり、
　　あなたの外衣を乱暴に引き裂いたりする限り——
その限りは永遠に、森陰の小屋に「空想」や
「友情」や「知識」、赤い唇の「健康」が寄り集って、　　50
　　あなたが彼らに及ぼす温和な威力を認め合い、
　　大好きなあなたの名を讃え続けることだろう。

---

long (l. 49)「その限りでは」に呼応する。*shall* ➡ [**32**] l. 96 注。*as oft he wont* = as he often used to (*wont* は過去形)。**42** *breathing* = sweet-smelling. **46** *troublous* = stormy. **47** *Affrights* = frightens. *train*:「従者の一団」。**48** *rends* = tears. **49** *shed* = (詩) hut. **50**「空想」、「友情」、「知識」はともかく、なぜ「健康」が夕暮れの恩恵を受けるのかは不明。**51** *own* = acknowledge. 目的語は *influence*. **52** *hymn* = (動) praise in song. *favourite* = beloved.

Ⅲ　ロマン主義の時代
The Romantic Period (1789–1830)

ジョン・キーツ
(By Henry Meyer, 1828 / Alamy Stock Photo)

[34]　**The Lamb**

　　　　　　　　　　　　　　William Blake（1757-1827）

　　Little lamb, who made thee?
　　Dost thou know who made thee?
Gave thee life and bid thee feed
By the stream and o'er the mead;
Gave thee clothing of delight,　　　　　　　　　　　　　　5
Softest clothing, wooly bright?
Gave thee such a tender voice,
Making all the vales rejoice.
　　Little lamb, who made thee?
　　Dost thou know who made thee?　　　　　　　　　　　10

　　Little lamb, I'll tell thee,
　　Little lamb, I'll tell thee:
He is callèd by thy name,
For he calls himself a Lamb.
He is meek and he is mild;　　　　　　　　　　　　　　15
He became a little child;
I a child and thou a lamb,

---

[34]　*Songs of Innocence*(1789). 題名　小羊は古代イスラエルでしばしば生贄として用いられた、無垢で無力な存在。**1** 以下、幼い子供が小羊に語りかける。語句の繰り返しが際立つシンプルなナーサリー・ライム調。質問の内容はあどけないが、核心に触れる。[l]音の頭韻。*who made thee?*: こんなに罪がなく喜びに満ち、弱くておとなしい存在を、誰が作ったのか。神による世界創造の意図が意識される（➡対照的な[**36**]）。**3** *bid thee* = told you to. *bid*: *bid* の過去形の一。

[34] 小羊

ウィリアム・ブレイク

　　小羊さん、どなたが君を作ったの。
　　知ってるかい、どなたが君を作ったの。
どなたが君に命を与え、小川のほとりや
原っぱで、草をお食べと言ったのか。
どなたが君にくれたのか——嬉しい着物、　　　　　　　5
ふわふわつやつやの毛衣を。
どなたが君にくれたのか——谷間じゅうを
喜ばせる、細く優しいその声を。
　　小羊さん、どなたが君を作ったの。
　　知ってるかい、どなたが君を作ったの。　　　　　　10

　　小羊さん、ぼくが教えてあげようか、
　　小羊さん、ぼくが教えてあげようか。
それは君の名で呼ばれる方（かた）——
「小羊」と名乗るお方だよ。
慎みぶかくおとなしい方、　　　　　　　　　　　　　15
小さな子供になった方。
ぼくは子供、君は小羊、

---

4 汚染されていない田園 (*vales*, l. 8 も)。*o'er* [ɔə] = over. *mead* = (詩) meadow.　8 *vales* = (詩) valleys.　11 *I'll tell thee*: 謎かけの形 (答えはキリスト)。13 *callèd*: 2音節で発音。14 キリストが Lamb of God「神の小羊」と呼ばれるのは、人類の罪を贖うための犠牲として (➡題名注)。cf. John seeth Jesus coming unto him, and saith, Behold the Lamb of God, which taketh away the sin of the world (「ヨハネによる福音書」1: 29).　15 [m] の頭韻。16 キリストは幼子の姿で地上に生

We are callèd by his name.
　　Little lamb, God bless thee,
　　Little lamb, God bless thee.   20

[**35**]　**The Sick Rose**

William Blake

O rose, thou art sick!
The invisible worm
That flies in the night,
In the howling storm,

Has found out thy bed   5
Of crimson joy,
And his dark secret love
Does thy life destroy.

[**36**]　**The Tiger**

William Blake

Tiger! tiger! burning bright

まれてきた。絵画でも降誕の光景(東方の三博士の礼拝など)や聖家族
(幼児キリスト、聖母マリア、洗礼者ヨハネほか)などは重要なテーマ。
[**35**]　*Songs of Innocence and of Experience*(1794). **2** *worm*:「(柔らか
くて細長く脚のない)這う虫」。多くは有害な昆虫の幼虫。イモムシ、
カイコ、ミミズ、ヒルなど。**4** *howling*:「(犬や狼などが)長く尾を引
いて吠えている、遠吠えしている」。*storm*: *worm*(l. 2)との押韻は擬
似韻。**6** *crimson*:「(やや紫に近い)濃い紅色の」。ばらの花びら自体

その方と名前がおんなじだ。
　　小羊さん、どうぞ神さまのお恵みを、
　　小羊さん、どうぞ神さまのお恵みを。　　　　　　　　　　　20

[35]　病んだばら

　　　　　　　　　　　　　　　　　　ウィリアム・ブレイク

ああばらよ、お前は病んでいる。
吼(ほ)えたける嵐をついて
夜(よ)な夜な空を飛ぶ
目に見えない虫が、

真紅(しんく)の歓びに満ちた　　　　　　　　　　　　　　　　　　5
お前を塒(ねぐら)にした。
暗く密(ひそ)かなその愛が
お前の命を滅ぼすのだ。

[36]　虎

　　　　　　　　　　　　　　　　　　ウィリアム・ブレイク

虎よ、虎！　夜中の森に

が「虫」にとっての「喜びの床」。**7** *dark*:「邪悪な、陰険な」の意も。**8** = destroys your life. *Has found*(l. 5)の現在完了形のあとに現在形がくる。この現在はたしかな未来(will destroy より確実な)を表わす。恐るべき事態はすでに進行している。

[36]　*Songs of Innocence and of Experience*(1794). **1** 話者は以下、虎に呼びかけ、矢継ぎ早に質問を投げる。これは強大な獣への畏怖の表明、むしろ怯えた子供の叫びに近い。[t][b]音の頭韻。**4** *fearful sym-*

In the forests of the night,
What immortal hand or eye
Could frame thy fearful symmetry?

In what distant deeps or skies　　　　　　　　　　　　5
Burnt the fire of thine eyes?
On what wings dare he aspire?
What the hand dare seize the fire?

And what shoulder, and what art,
Could twist the sinews of thy heart?　　　　　　　　10
And when thy heart began to beat,
What dread hand? And what dread feet?

What the hammer? What the chain?
In what furnace was thy brain?
What the anvil? What dread grasp　　　　　　　　　15
Dare its deadly terrors clasp?

When the stars threw down their spears,
And watered heaven with their tears,

---

metry: 大柄で均斉の取れた虎の体軀、縞模様の美しさ、秘められた力をみごとに要約。*symmetry*: *eye* (l. 3) との押韻 ➡ **古風な脚韻** (p. 12)。**5** [d] 音の頭韻。*deeps*: 地中深い所(火山の底など)。**6** *fire*: 2音節で発音。**7** *dare*: 現在形が(誤って)過去形に用いられた(*OED* 記載の例は18–19世紀)。*he*: 虎を造った不滅の創造者。*aspire* = rise up. **8** = what was the hand that dared to seize the fire? **12–13** 驚嘆と錯乱の余り、言葉が続かない。**13** 虎の製造工程はいよいよ巨大な鉄工場を思わせ

ぎらぎらと燃えさかる。
どんな不滅の手また眼が
お前の恐るべき均斉を組み上げたのか。

どこの深い奈落の底、それとも天上で　　　　　　　　　　　5
お前の眼の火が燃えたのか。
造り手はどんな翼で翔け上り、
どんな手がその火を摑んだのか。

どんな肩、どんな技が
心臓の筋肉を縒り上げたのか。　　　　　　　　　　　　　10
そして心臓が拍ちはじめたとき、
どんな恐るべき手が。どんな恐るべき足が。

どんな鉄槌で。どんな鎖で。
どんな熔炉にお前の脳が。
どんな鉄床で。どんな恐るべき握力で　　　　　　　　　　15
殺気立つ恐怖の塊を引っ摑んだのか。

星たちが槍を投げ捨てて
天を涙で濡らしたとき、

る。**15–16** [d]音の頭韻。**16** *deadly terrors*:「死ぬほど怖いもの」。虎の脳。**17–19** 謎めいた表現。作者の預言詩『4人のゾア』*The Four Zoas*(1795–1804)に The stars threw down their spears and fled naked away(Night 5. 224)とある。stars は、分裂して相争う人間の四能力のうち、冷たい理性や律法などを体現する「ユリゼン」Urizen 配下の反逆天使たち。**18** *heaven*: 2音節で発音。**19** 聖書では神が世界の事物を創造するたび、God saw that it was good(「創世記」1: 4)とい

Did he smile his work to see?
Did he who made the lamb make thee? 20

Tiger! tiger! burning bright
In the forests of the night,
What immortal hand or eye
Dare frame thy fearful symmetry?

[37] London

William Blake

I wander through each chartered street,
Near where the chartered Thames does flow,
And mark in every face I meet
Marks of weakness, marks of woe.

In every cry of every man, 5
In every infant's cry of fear,
In every voice, in every ban,
The mind-forged manacles I hear.

う語句が繰り返される。詩では、この虎のように途方もない存在を世に生み出したことを、神が「良しと見た」のかどうかが問われている（→[37]解説）。**20** あの弱く無垢な小羊（[34]）を生んだ神が、同じ手で虎を生み出したのか。もしそうでなければ、それは（例えば）悪魔なのか。

[37] *Songs of Innocence and of Experience*(1794). **1** *chartered*: ロンドンは征服王ウィリアムから自治の勅許を得た。〈一部の業者が特権を

造り手は成果を見て微笑んだのか。
あの小羊の造り手(しわざ)がお前を造ったのか。　　　　　　　　　20

虎よ、虎！　夜中の森に
ぎらぎらと燃えさかる。
どんな不滅の手また眼が
お前の恐るべき均斉を組み上げたのか。

[37]　ロンドン

ウィリアム・ブレイク

勅許(ちょっきょ)を誇るテムズのほとり、
勅許を誇る通りを行けば、
行き合う顔にまざまざ浮かぶ、
衰弱のしるし、嘆きのしるし。

あらゆる人のあらゆる悲鳴、　　　　　　　　　　　　　　　　　5
あらゆる幼児の恐怖の悲鳴、
どんな声にも、罵声(ばせい)にも、
人が巧(たく)んだ手枷(てかせ)の音が。

握る〉という皮肉がこもる。**2** *chartered Thames*: 河さえ独占されているという揶揄。河岸に巨大なドックが建造され、住民が追い出されて東部に過密なスラムができた。**3-4** [m][w]音の頭韻。**3** *mark* = notice. **4** 産業革命下でロンドンの人口が膨張し、労働者層の酷使が横行した。**7** *ban* = curse. **8** *manacles*: 3音節で発音。**9-12** *How* で全文の意味を強める感嘆文。*hear*(l. 8)の目的語とも受け取れるが、すでに *manacles*(l. 8)という目的語がある。**9** *chimney-sweeper*: 小柄な子や

How the chimney-sweeper's cry
Every blackening church appalls; 10
And the hapless soldier's sigh
Runs in blood down palace walls.

But most through midnight streets I hear
How the youthful harlot's curse
Blasts the new-born infant's tear, 15
And blights with plagues the marriage hearse.

[38] John Anderson My Jo
Robert Burns (1759–96)

John Anderson my jo, John,
　When we were first acquent,
Your locks were like the raven,
　Your bonnie brow was brent;
But now your brow is beld, John, 5
　Your locks are like the snow;
But blessings on your frosty pow,
　John Anderson my jo.

売られた子が煙突に入って煤を掻き落とす。癌などにかかりやすい過酷な仕事。**10** 教会付属孤児院の子供が煙突掃除に駆り出された。*appalls*:「蒼白にする」の意も。どす黒い教会との対照。**11–12** 英国は北米やインドでフランスと植民地争奪戦を繰り返した。**11** *hapless* = unfortunate. **14–16** *I hear* (l. 13) の目的語。**14** *harlot* = (古) prostitute. 東部の市街は狭く不衛生で、スリや強盗、娼婦が多かった。**16** *marriage hearse*: 新婚の馬車は夫婦の死体を運ぶ「霊柩車」だとする極端

煙突掃除の子の泣き声は
黒ずむ教会を戦慄(せんりつ)させ、　　　　　　　　　　　　　10
不運な兵士の溜息は
宮殿の壁に血を垂(た)らす。

だが、とりわけ深夜の通りでは、
若い娼婦が罵詈雑言(ばりぞうごん)で
赤子(あかご)の涙を吹き飛ばし、　　　　　　　　　　　　　15
新婚の柩車(きゅうしゃ)を疫病(やまい)で穢(けが)す。

[38]　ジョン・アンダーソン、いとしい人
ロバート・バーンズ

ジョン・アンダーソン、いとしい人、ジョン、
　二人がはじめて知り合ったとき、
あなたの髪は烏(からす)の色、
　すてきな額(ひたい)はつややかだった。
今では額が禿げ上がり、　　　　　　　　　　　　　　　5
　髪の毛はまるで雪のよう。
でもあなたの白髪(しらが)にみ恵みを、
　ジョン・アンダーソン、いとしい人。

な矛盾語法(oxymoron)。
[38]　*The Scots Musical Museum*, vol. 3 (1790). スコットランド英語の発音については➡[40] l. 3 注。**1** [dʒ]音の頭韻。*jo* = (Sc.) darling. joyの異形。**2** *acquent* = (Sc.) acquainted. **3** *locks* = hair. *raven*: カラス科の大型の鳥、とくにワタリガラス。なお crow はカラス属の鳥の総称。**4** [b]音の頭韻。*bonnie* = (Sc.) fine. *brent* = (Sc.) unwrinkled. **5** [b]音の頭韻。*beld* = (Sc.) bald. **6** *snow*: 原典では *snaw* = (Sc.) snow だが、

John Anderson my jo, John,
　　We clamb the hill thegither;　　　　　　　　　　　10
And mony a canty day, John,
　　We've had wi' ane anither:
Now we maun totter down, John,
　　And hand in hand we'll go,
And sleep thegither at the foot,　　　　　　　　　　　15
　　John Anderson my jo.

[39]　**A Red, Red Rose**

Robert Burns

O my luve's like a red, red rose
　　That's newly sprung in June:
O my luve's like the melodie
　　That's sweetly play'd in tune.

As fair art thou, my bonnie lass,　　　　　　　　　　　5
　　So deep in luve am I:
And I will luve thee still, my dear,

---

jo(l. 8)と韻を踏むには *snow* の方が適切で、多くの版でそう修正されている。**7** *frosty* = (古) white. *pow*[póu, páu] = (Sc.) head.　**10** *clamb* = (Sc.) climbed.　*thegither* = (Sc.) together.　**11** *mony a* = (Sc.) many a (→[**6**]l. 3 注)。*canty* = (Sc.) merry.　**12** *wi'* = (Sc.) with.　*ane*[éin] *anither* = (Sc.) one another.　**13** *maun* = (Sc.) must.　**15** *foot* = foot of the hill.
[**39**]　*The Scots Musical Museum*, vol. 5(1797).　**1** [r]音の頭韻。*luve* = (Sc.) love. スコットランド英語の発音については →[**40**]l. 3 注。

ジョン・アンダーソン、いとしい人、ジョン、
　　二人で一緒に丘を登り、
二人で一緒にたくさんの
　　楽しい日々を過ごしてきた。
これからよろよろ下り坂、
　　手に手を取って行きましょう。そして
麓(ふもと)で一緒に眠りましょう。
　　ジョン・アンダーソン、いとしい人。

[39]　真っ赤なばら

　　　　　　　　　　　　　　　　ロバート・バーンズ

ぼくの恋人は真っ赤なばら、
　　六月に咲き初(そ)めたばらの花。
ぼくの恋人は調べ豊かな
　　甘いメロディー。

君はこんなにきれいだから、
　　ぼくはこんなに愛している。
いつまでも君を愛するだろう、

---

2 *newly* = (古) very recently. **3** *melodie* = (古) melody. **4** *in tune* = in harmony. **5-6** = (just) as you are fair, bonny lass, so deep in love I am. **5** *bonnie* = (Sc.) beautiful. *lass* = (Sc.) girl. **7** *still* = always. **8** *a'* [ɔ:] = (Sc.) all. *gang dry* = (Sc.) go dry「干上がる」。〈(そんなことは決して起こらないが)〜が…するまで、私はあなたを愛し続ける〉というのは、恋歌の決まり文句。**10** *wi'* = (Sc.) with (原因・理由を表わす). **12** *o'* = (古) of. *run*:「(砂時計の砂が)流れ落ちる」。**13** *fare thee weel* =

Till a' the seas gang dry:

Till a' the seas gang dry, my dear,
　　And the rocks melt wi' the sun;　　　　　　　　　　10
I will luve thee still, my dear,
　　While the sands o' life shall run.

And fare thee weel, my only luve,
　　And fare thee weel a while!
And I will come again, my luve,　　　　　　　　　　　15
　　Tho' it were ten thousand mile.

[40]　**Sir Patrick Spens**

(**Ballad**)

The king sits in Dumfermline town,
　　Drinking the blude-red wine;
"O whare will I get a skeely skipper,
　　To sail this new ship of mine?"

O up and spake an eldern knight,　　　　　　　　　　5

―――――――――――
(Sc.) farewell.　**14** *a while* = for a while. しばらく遠出をするらしい。
15 *come again* = come back again.　**16**「たとえ1万マイル先からだろうと」。1万マイルは約1万 6000 km。*it*: 漠然と「戻って来る」距離を指す。*mile*: 複数形に用いるのは方言的。
[**40**]　*Reliques of Ancient English Poetry* (1765). 原詩の出典は Walter Scott, *Minstrelsy of the Scottish Border*, 2nd ed., Vol. III, 1803.　**1** *sits*: sits on the throne「玉座に君臨する」の意を含む。*Dumfermline*

海の水が涸（か）れるまで。

海の水が涸れるまで、
　　岩が日の光に溶けるまで。　　　　　　　　　　　　10
いつまでも君を愛するだろう、
　　命の砂が尽きるまで。

さようなら、いとしい人よ、
　　それではしばらくお別れだ。
きっと戻ると約束しよう、　　　　　　　　　　　　　15
　　たとえ千里の果てからでも。

[40]　サー・パトリック・スペンス

　　　　　　　　　　　　　　　　　　　　　　（バラッド）

王はダムファームリンに鎮座（ちんざ）して、
　　血の色のワインを飲んでいた。
「わが新造の船を乗りこなす
　　腕ききの船長はどこにいる」。

王の右手に座を占める　　　　　　　　　　　　　　　5

[dʌmfɔ́:mlin]: スコットランド東部、フォース湾にのぞむ古都。もと王宮があった。**2** *blude-red* = blood-red. 不気味な形容詞。王の無慈悲さを暗示するか。**3** *whare* = (Sc.) where. スコットランドでスコットランド語の他に用いられる英語には地方、社会階層などによって様々な変種があり、英語と大きく異なる発音や綴りも多い。例えばこの *whare* は[wɑ́:r]に近い音で発音されるようだ。だがこのテクストの編者スコットは、一般の英語読者が綴りを見て容易に発音できるように、

Sat at the king's right knee:
"Sir Patrick Spens is the best sailor,
　That ever sail'd the sea."

Our king has written a braid letter,
　And seal'd it with his hand,　　　　　　　　　　　　10
And sent it to sir Patrick Spens,
　Was walking on the strand.

"To Noroway, to Noroway,
　To Noroway o'er the faem;
The king's daughter of Noroway,　　　　　　　　　　15
　'Tis thou maun bring her hame."

The first word, that sir Patrick read,
　Sae loud loud laughèd he;
The neist word, that sir Patrick read,
　The tear blinded his e'e.　　　　　　　　　　　　　20

"O wha is this has done this deed,
　And tauld the king o' me,

多くの語を英語の綴りに改めたり、それに近づけたりしている。だからこの語も英語読みで[wéə]と読む方が自然だろう。ただし一部のきわめて特徴的な(いかにもスコットランド語らしく、一般にも知られている)語については、よりスコットランド風の発音が期待されていると思われるので、そのつど以下に注記する。[sk]の頭韻。*skeely* = (Sc.)skillful. *skipper* = captain of ship. **5** *up and*:「やおら立ち上がって(とつぜん)〜」。*spake* = (Sc.)spoke. スコットランド英語の発音は

年配の騎士が言い切った——
「サー・パトリック・スペンスに
　かなう船乗りはおりません」。

王はお触れをしたためて、
　手ずから封印をほどこすと、　　　　　　　　　　　10
サー・パトリックに届けさせた——
　彼は浜辺を歩いていた。

「ノルウェーへ、ノルウェーへ、
　波乗り越えてノルウェーへ、
ノルウェー王の娘(むすめご)御を　　　　　　　　　　15
　お送り申してもらいたい」。

ひと言(こと)読んでスペンスは、
　腹の底から大笑い。
ふた言読んでスペンスの
　瞳は涙にうるおった。　　　　　　　　　　　　　　20

「いったい誰が告げ口して、
　私を王に薦(すす)めたのか——

[spék]に近いが、英語風に[spéik]と読める(以下この類にはいちいち触れない)。*eldern* = elderly. **6** *Sat* = who sat(主格関係代名詞の省略)。王の「右腕」と呼ばれるような重臣。**7** *sailor*: 韻律の都合で第2音節にアクセントを置く(➡l. 9 ほか)。**9** *braid* = broad. 意味については諸説あるが、F. J. Child(➡ **Ballad**, p. 394)に従って「極秘の」と解する(北の海の航海は、厳冬には違法だった)。**12** *Was* = who was(➡l. 6 注)。*strand*: 「(詩)岸、浜」。**13–16** 王の手紙の文言。**13**

To send us out, at this time of the year,
　　To sail upon the sea?

"Be it wind, be it weet, be it hail, be it sleet,　　　　25
　　Our ship must sail the faem;
The king's daughter of Noroway,
　　'Tis we must fetch her hame."

They hoysed their sails on Monenday morn,
　　Wi' a' the speed they may;　　　　　　　　　　　　30
They hae landed in Noroway
　　Upon a Wodensday.

They hadna been a week, a week,
　　In Noroway, but twae,
When that the lords o' Noroway　　　　　　　　　　　　35
　　Began aloud to say,

"Ye Scottishmen spend a' our king's goud,
　　And a' our queenis fee!"
"Ye lie, ye lie, ye liars loud!

Noroway = (Sc. 古) Norway. **14** *o'er*[ɔ́ə] = over. *faem* = foam. *hame* (l. 16) と押韻するので, [féim] と発音。**16** = it is thou **that** must bring her home. 強意形式〈it...that〉の関係代名詞 that (= who) の省略。*hame* = (Sc.) home. **17–20** バラッド特有の対句的表現。**17** *The first word* = at the first word. **18** *Sae*[séi] = (Sc.) so. *laughèd*: 2 音節で発音。**19** *neist* = (Sc.) next. **20** *e'e*[íː] = (Sc.) eye. **21–28** Sir Patrick Spens の言葉。**21–22** = oh, who is this **that** has done this deed and told the

こんな季節に帆を上げて、
　　大海原(おおうなばら)に乗り出せと。

「風、雨、霰(あられ)、霙(みぞれ)のなか、　　　　　　　　　　25
　　泡立つ波を乗り越えて、
　ノルウェー王の娘御を
　　お送り申すほかはない」。

電光石火の早業で
　　月曜の朝に帆を上げた。　　　　　　　　　　　　　30
　ノルウェーの岸に着いたのは
　　水曜の日のことだった。

一週間、一週間、
　　まだ二週間もたたぬうち、
　ノルウェー王の臣たちが　　　　　　　　　　　　　35
　　口やかましく言い出した、

「君らスコットランドの連中は
　　王家の財宝(おたから)を食いつぶす！」
「そいつは嘘だ、でたらめだ！

---

king of me. ➡ l. 6 注。 **21** *deed* = action. **22** *tauld* = (Sc.) told. **25** = Though it may be wind, wet, hail, or sleet. 譲歩の接続詞 though を用いず、3人称の it への命令の形で譲歩の意(たとえ〜であれ、…であれ)を表わす。*weet* = (Sc.) wet = rain. *sleet*: 「なかば凍った雨」。**28** ➡ l. 16 注。**29** *hoysed* = (古) hoisted. *Monenday* = (古) Monday. **30** *Wi'* = (Sc.) with. *a'*[ɔː] = (Sc.) all. *may* = (古) can. **31** *hae*[héi] = (Sc.) have. **32** *Wodensday* = (古) Wednesday. **33-34**:「1週間また1週間、まだ2

  Fu' loud I hear ye lie.   40

"For I brought as much white monie,
 As gane my men and me,
And I brought a half-fou o' gude red goud,
 Out o'er the sea wi' me.

"Make ready, make ready, my merrymen a'!   45
 Our gude ship sails the morn."
"Now, ever alake, my master dear,
 I fear a deadly storm!

"I saw the new moon, late yestreen,
 Wi' the auld moon in her arm;   50
And if we gang to sea, master,
 I fear we'll come to harm."

They hadna sailed a league, a league,
 A league but barely three,
When the lift grew dark, and the wind blew loud, 55
 And gurly grew the sea.

週間もノルウェーに居ないうち」。バラッドにおける時間経過の常套的表現(commonplace)(➡ll. 53–54, 69–70)。**33** *hadna* = (Sc.) had not. **34** *twae*[twéi] = two. **35** *When that* = (古) when. *lords*:「(国王から領地を授かった)貴族たち」。**37–38** ノルウェー王臣下の言葉。この苦情は彼らの不当な妬みかもしれないが、話の成り行きや語りの口調からみて、おそらくスコットランド貴族たちの贅沢ぶりが目に余ったようだ。**37** *goud* = (Sc.) gold. *loud*(l. 39)と押韻するので[gáud]と

  大口叩く嘘つきども。   40

「銀貨はたっぷり持ってきた、
  われらの費<ruby>つい<rt></rt></ruby>えに見合うだけ。
<ruby>山吹色<rt>やまぶきいろ</rt></ruby>の<ruby>黄金<rt>きん</rt></ruby>だって
  船にどっさり積んできた。

「船出の用意だ、皆の者!   45
  明日は直ちに出帆だ。」
「ああ情けなや、船長どの、
  大荒れが来そうな雲行きだ!

「ゆうべ遅くに新月が
  <ruby>旧月<rt>きゅうげつ</rt></ruby>を胸に抱いていた。   50
こんな時節に船を出せば、
  きっとただではすみますまい」。

一リーグ、一リーグ、
  まだ三リーグも行かぬうち、
空かき曇り、風騒ぎ、   55
  海は大荒れに荒れ出した。

発音。**38** *queenis*＝(Sc.) queen's. *fee*＝(古) money. **39-46** Sir Patrick Spens の言葉。**39-40** [l]音の頭韻。**40**＝I hear you lie very loud. *Fu'*＝(Sc.) full＝(古) very. *lie: fee* (l. 38) とは擬似韻か。[líː] (Sc.) と発音して押韻するか。**41** *white*＝(古) made of silver. *monie*＝(Sc.) money. **42** *gane*＝(Sc.) gain＝(古) suffice. **43** *fou* [fuː]＝(Sc.) bushel (重量などの単位). *gude red goud*＝(Sc.) good red gold 「(古) 純金、本物の金貨」。**45** *merrymen*: バラッドでは、ロビン・フッドの部下たちが

The ankers brak, and the topmasts lap,
  It was sick a deadly storm;
And the waves came o'er the broken ship,
  Till a' her sides were torn.   60

"O where will I get a gude sailor,
  To take my helm in hand,
Till I get up to the tall top-mast,
  To see if I can spy land?"

"O here am I, a sailor gude,   65
  To take the helm in hand,
Till you go up to the tall top-mast;
  But I fear you'll ne'er spy land."

He hadna' gane a step, a step,
  A step but barely ane,   70
When a bout flew out of our goodly ship,
  And the salt sea it came in.

---

merry men と呼ばれている。**46** *the morn* = (Sc.) the morrow「明日」。**47–52** Sir Patrick Spens が信頼する水夫の言葉。**47** *ever*: 強い感嘆。*alake* = (Sc.) alack. **48** *storm*: *morn* (l. 46) とは擬似韻。**49–50**「地球照」earthshine の現象。真っ暗な新月から三日月に移行する途中、暗く欠けた月の大部分が、地球に反射した太陽光に照らされてうっすらと見え、まるで「三日月」*new moon* (l. 49) が暗い旧月を抱いているように見える。船乗りは悪天候の前兆と恐れた。**49** *yestreen* = (Sc.) yester-

錨(いかり)はちぎれ、マストが飛び、
　　もの凄(すさ)まじい嵐になった。
壊れた船を波が襲い、
　　船腹(ふなばら)が無残に破られた。　　　　　　　　　　　　60

「腕っこきの船乗りに、
　　舵(かじ)取りを代わってもらいたい。
第二マストのてっぺんから
　　陸(おか)が見えるか見てこよう」。

「腕っこきの船乗りが　　　　　　　　　　　　　　　　65
　　代わって舵を取りましょう。
でも第二マストのてっぺんから
　　陸(おか)など見えっこありません」。

一歩ずつ、一歩ずつ、
　　まだ一歩も昇りきらぬうち、　　　　　　　　　　70
船の締め釘(ボルト)が吹っ飛んで、
　　潮水がどっとなだれ込んだ。

---

day evening. **51** *gang* = (Sc.) go. **53–54** ➡ ll. 33–34 注。**54** *league*: 距離の単位。1 リーグはおおよそ 3 マイル(約 4.8 km)。**55** *lift* = (Sc.) sky. **56** [g] の頭韻。*gurly* = (Sc.) stormy. **57** *ankers* = (Sc.) anchors. *brak* = (Sc.) broke. *topmasts*: 「中檣(ちゅうしょう)」。下から 2 番目の帆柱。*lap* = (Sc.) leaped. **58** *sick* = (Sc.) such. **59** *o'er* [ɔə] = over. **61–64** Sir Patrick Spens の言葉。**64** *spy* = catch sight of. **65–68** 水夫の言葉。**69–70** ➡ ll. 33–34 注。**69** *gane* = (Sc.) gone. **70** *ane* = (Sc.) one. **71** *bout* = (Sc.)

164　Ⅲ　ロマン主義の時代

"Gae, fetch a web o' the silken claith,
　　Another o' the twine,
And wap them into our ship's side,　　　　　　　　　　　　75
　　And let na the sea come in."

They fetched a web o' the silken claith,
　　Another of the twine,
And they wapped them round that gude ship's side,
　　But still the sea came in.　　　　　　　　　　　　　　80

O laith, laith, were our gude Scots lords
　　To weet their cork-heel'd shoon!
But lang or a' the play was play'd,
　　They wat their hats aboon.

And mony was the feather-bed,　　　　　　　　　　　　85
　　That flattered on the faem;
And mony was the gude lord's son
　　That never mair cam hame.

The ladyes wrang their fingers white,

---

bolt. **72** *came in*: *ane*(l. 70)とは擬似韻。**73–76** Sir Patrick Spens の言葉。**73** *Gae*[géi] = (Sc.) go. *claith* = (Sc.) cloth. **75** *wap*[wɔp] = (古) wrap. あとの前置詞が *round*(l. 79)ではなく *into* なので、船側の穴に布を詰め込むことを言うか。**76** *na* = (Sc.) not. **81** *laith* = (Sc.) loath. **82** *shoon* = (Sc.) shoes. コルク底の靴は、木靴(clogs)と異なりエレガントな高靴(pantofles)。**83** *lang* = (Sc.) long. *or* = (Sc.) ere = (古) before. *play'd* = played out. cf. Play out the play「芝居は最後までやろ

「絹織りの布を持ってこい、
　　麻織りの布も持ってこい、
そいつを船腹に詰め込んで、　　　　　　　　　　　　75
　　水の浸入を止めるのだ」。

絹織りの布を持ってきた、
　　麻織りの布も持ってきた、
それを船腹に巻きつけたが、
　　それでも水は入ってきた。　　　　　　　　　　　80

わがスコットランドの殿方は、
　　高靴が濡れるのを嫌がった。
だが、すべてが終わるその前に、
　　頭上の帽子が水浸し。

数えきれない羽根布団が、　　　　　　　　　　　　85
　　波間にぷかぷか浮かんでいた。
数えきれない若君たちが、
　　二度とは家に戻らなかった。

貴婦人たちは手をもみ絞り、

う」(シェイクスピア『ヘンリー4世』第1部、ii. 4. 502)。**84** *wat* = (Sc.) wetted. *aboon* = (Sc.) above. **85–86** [f]の頭韻。**85** mony = (Sc.) many. *feather-bed*: 殿様方の贅沢か。**86** *flattered* = (古) floated. **88** *mair* = (Sc.) more. *cam* = (Sc.) came. **92** *na mair* = (Sc.) no more. **98** *kaims* = (Sc.) combs. **99** *ain* = (Sc.) own. **101** *Aberdeen*: フォース湾北岸の古い村。**102** *'Tis* = It is. It は海の深さ。*fathom*: 主に水深の単位。6フィート(= 183 cm)。**104** 王の命令でやむなく船出した Sir Patrick

>   The maidens tore their hair, 90
> A' for the sake of their true loves;
>   For them they'll see na mair.
>
> O lang, lang, may the ladyes sit,
>   Wi' their fans into their hand,
> Before they see sir Patrick Spens 95
>   Come sailing to the strand!
>
> And lang, lang, may the maidens sit,
>   Wi' their goud kaims in their hair,
> A' waiting for their ain dear loves!
>   For them they'll see na mair. 100
>
> O forty miles off Aberdeen,
>   'Tis fifty fathom deep,
> And there lies gude sir Patrick Spens,
>   Wi' the Scots lords at his feet.

[41] Lord Randal

(**Ballad**)

> "O where hae ye been, lord Randal, my son?

Spens が遭難して、死後は貴族たちを足元に従えているという皮肉。
[41] *Minstrelsy of the Scottish Border*, vol. III (1803). **1** 以下、母と子の問答だけで話が進む、バラッド特有の構成。読む際には、冒頭脚のいくつかを除き、終始弱弱強格の執拗なリズムを維持することが重要。

娘 御(むすめご)は髪をかきむしって、 90
いとしい人の身を案じた――
　二度とは会えぬ恋人の。

貴婦人たちはいつまでも、
　扇を手にして待つだろう、
サー・パトリック・スペンスが 95
　浜辺に戻って来るまでは。

娘御たちはいつまでも、
　髪に黄金(こがね)の櫛をさして、
いとしい人を待ち焦がれる――
　二度とは会えぬ恋人を。 100

アバディーンの沖はるか、
　五十尋(ひろ)の海底に、
サー・パトリックが沈んでいる、
　殿方を足元に従えて。

[41] ランドル卿

(バラッド)

「ああ、今までどこへ行ってたの、ランドル卿よ、

---

hae[héi]＝(Sc.)have. *ye*＝(古)(単数で敬意をこめて)thou. *lord*: 公爵・侯爵の子息、伯爵の長子の尊称。*Randal*: 2音節で発音。**3** *wild*:「手つかずの、自然のままの」。*make*:「(ベッドを)整える」。**4** *wi'*＝(Sc.)with. *fain*＝(古)willingly, with pleasure. *wald*＝(Sc.)would. **5**

O where hae ye been, my handsome young man?"
"I hae been to the wild wood; mother, make my bed soon,
For I'm weary wi' hunting, and fain wald lie down."

"Where gat ye your dinner, lord Randal, my son? 5
Where gat ye your dinner, my handsome young man?"
"I din'd wi' my true-love; mother, make my bed soon,
For I'm weary wi' hunting, and fain wald lie down."

"What gat ye to your dinner, lord Randal, my son?
What gat ye to your dinner, my handsome young man?" 10
"I gat eels boil'd in broo'; mother, make my bed soon,
For I'm weary wi' hunting, and fain wald lie down."

"What became of your bloodhounds, lord Randal, my son?
What became of your bloodhounds, my handsome young man?"
"O they swell'd and they died—mother, make my bed soon, 15
For I'm weary wi' hunting, and fain wald lie down."

"O I fear ye are poison'd, lord Randal, my son!

---

gat:(古) get の過去形。*dinner*: 1日の主な食事で、もとは昼食だった。7 第3脚は他より1音節多いが、前後の脚とタイミングを合わせて (*love, mother* を弱拍2つ分の間で)読む。I dínedｌwi' my trúe-ｌlove, móther, mákeｌmy béd sóon. *true-love* = sweetheart, beloved. **9**

                                            愛しい子よ。
今までどこへ行ってたの、見目うるわしい若者よ」。
「遠くの森まで行ったのさ、母さん、早く床をとって。
狩りですっかりくたびれて、早くベッドで寝たいんだ」。

「お昼はどこで食べてたの、ランドル卿よ、愛しい子よ。　　5
お昼はどこで食べてたの、見目うるわしい若者よ」。
「あの娘と一緒に食べたのさ、母さん、早く床をとって。
狩りですっかりくたびれて、早くベッドで寝たいんだ」。

「お昼は何を食べてたの、ランドル卿よ、愛しい子よ。
お昼は何を食べてたの、見目うるわしい若者よ」。　　　　10
「ゆでた鰻を食べたのさ、母さん、早く床をとって。
狩りですっかりくたびれて、早くベッドで寝たいんだ」。

「あなたの猟犬はどうしたの、ランドル卿よ、
                                            愛しい子よ」。
あなたの猟犬はどうしたの、見目うるわしい若者よ」。
「膨れ上がって死んだのさ、母さん、早く床をとって。　　15
狩りですっかりくたびれて、早くベッドで寝たいんだ」。

「ああ、あなたは毒を盛られたの、ランドル卿よ、
                                            愛しい子よ！

---

to = for.　**11** *broo'* = (Sc.) broth. 鰻を煮出したスープ。実は蝮の肉だともいい、毒を盛ったのは魔女だとも、また浮気な上流階級の若者をうらんだ娘だともいう。**13** *What became of* = what happened to.　**17** *I fear* = I am afraid.　**20** *sick at the heart* = sick at heart「悲嘆にくれて」。

O I fear ye are poison'd, my handsome young man!"
"O yes! I am poison'd—mother, make my bed soon,
For I'm sick at the heart, and I fain wald lie down." 20

[42] "She dwelt among the untrodden ways"
William Wordsworth (1770–1850)

She dwelt among the untrodden ways
　Beside the springs of Dove,
A maid whom there were none to praise
　And very few to love:

A violet by a mossy stone　　　　　　　　　　　　　　　5
　Half hidden from the eye!
—Fair as a star, when only one
　Is shining in the sky.

She lived unknown, and few could know
　When Lucy ceased to be;　　　　　　　　　　　　　10
But she is in her grave, and oh,

---

[42] *Lyrical Ballads* (1798). **1**「あの子は、人が足を踏み入れない道（複数）の通るあたりに住んでいた」。作者独自の表現。*ways* = paths. **2** *Dove*: この名の川がいくつか実在するらしい。dove は pigeon より小さい野生の鳩。おとなしさと愛のシンボル。**3** *A maid*: *She* (l. 1) の同格。**5** *A violet*: *A maid* (l. 3) の譬え（同格）。**7** *Fair*: *A maid* (l. 3) にかかる形容詞。Lucy のまれな美しさと孤独を、選り抜いた単純な「菫」と「星」のイメージ（前者は隠喩、後者は *as* を伴う直喩）で表わす。

あなたは毒を盛られたの、見目うるわしい若者よ！」
「そう！　盛られた毒が効いたのさ、母さん、早く床を
とって。
胸がつかえて気がふさぎ、早くベッドで寝たいんだ」。 20

[42]　「あの子は草深い田舎にいた」

ウィリアム・ワーズワス

あの子は草深い田舎にいた、
　　ダヴの泉のかたわらに。
褒(ほ)めそやす人もいなければ、
　　愛した人も、ごくわずか。

苔(こけ)むす石のかたわらに 5
　　人目を避けて咲く菫(すみれ)。
──空にぽつんとただ一つ、
　　光る星みたいに美しく。

人知れず生きたルーシーの
　　死を知る人は、ごくわずか。 10
でもあの子が墓に眠るのは、ああ、

---

one: stone (l. 5) とは擬似韻。**10** *ceased to be* = *died.* **12** = *the difference her death makes to me!* = *what a great difference her death makes to me!*「(彼女の死を知る者はほとんどいないが、)私にとってはなんという大きな違いを意味することか」。ほとんどがシンプルな単音節語 (monosyllables) ばかりの詩の中で、dif・fer・ence という長い語(ただし日常語)が格別の重みを帯びる。

The difference to me!

[43] "A slumber did my spirit seal"
William Wordsworth

A slumber did my spirit seal;
   I had no human fears:
She seemed a thing that could not feel
   The touch of earthly years.

No motion has she now, no force;   5
   She neither hears nor sees;
Rolled round in earth's diurnal course,
   With rocks, and stones, and trees.

[44] "My heart leaps up when I behold"
William Wordsworth

My heart leaps up when I behold
     A rainbow in the sky:
So was it when my life began;

---

[43] *Lyrical Ballads*, 2nd ed.(1800). **1-4** 過去時制。**1** [s]音の頭韻。私は夢のような2人だけの世界に生きていた。**2** 私には老いや死への恐れが毛頭なかった。**3-4** 彼女は生死の境を超越した存在だと信じ込んでいた。**3** *thing*:「(親しみをこめて)人、者」。「物」の意に通じるか(➡ ll. 7-8)。**4** 老いや死など。*touch*:「〜に触れ(られ)た痕(*of*)」。**5-8** 現在時制。**7-8** 彼女は大地の中で自然の一部、「物」と化し、地球の自転につれて、岩や木と共に日々ゆっくり回転している。

ぼくにはなんという違いよう！

[43] 「眠りが魂の目をふさいでいた」
ウィリアム・ワーズワス

眠りが魂の目をふさいでいた——
　私には生きる者の不安など、まるでなかった。
あの子には世の年月(としつき)も、
　手が出せないものと思っていた。

いま、あの子には動きもなく、力もない。　　　　　　　　　　5
　聞くことも、見ることもない、
日々めぐる大地に身を任せながら——
　岩や、石や、木々とともに。

[44] 「私の心は跳び上がる」
ウィリアム・ワーズワス

私の心は跳び上がる、
　　　　虹が出たのを見かけたとき。
幼いころもそうだった。

異様だが心休まる宇宙的な感覚。滑らかな長音・二重母音と[r]音の頭韻。**7** *diurnal*[daiə́:nəl] *course*:「日周運動」。*course*:「(主に天体の)軌道上の運行」を指す。
[44] *Poems in Two Volumes*(1807). **1** *leaps*:「どきどきする」。*behold* =(古)see. **5** *So be it* = let it be so「かくあれかし」。もとは amen の英訳語。e.g. As it was, so it is, and so be it still hereafter(Thomas Wilson, *The arte of rhetorique*, 1553(*OED* so, *adv.* and *conj.* 22.))。**6** 弱

So is it now I am a man;
So be it when I shall grow old, 5
　　Or let me die!
The Child is father of the Man;
And I could wish my days to be
Bound each to each by natural piety.

[45]　Composed upon Westminster Bridge, Sept. 3, 1802

William Wordsworth

Earth has not anything to show more fair:
Dull would he be of soul who could pass by
A sight so touching in its majesty:
This City now doth, like a garment, wear
The beauty of the morning; silent, bare, 5
Ships, towers, domes, theatres, and temples lie
Open unto the fields, and to the sky;
All bright and glittering in the smokeless air.
Never did sun more beautifully steep
In his first splendour, valley, rock, or hill; 10

強２歩格の最短詩行。激しい語気で詩のメッセージを強く打ち出す。
7 作者の根本的信条の１つ。**8** *I could wish*:「できるならそう願いたい」。can の仮定法過去形を用いて、願いの実現が容易でないことを暗示する。**9** *natural piety*: 生まれつき持っていた敬虔な心。必ずしも宗教的敬虔ではなく、幼時に自然から受けた感動に、大人になっても素直であり続けることを意味するだろう。

[45]　*Poems in Two Volumes*(1807). 題名 *Westminster Bridge*: 作者が

大人のいまも変わらない。
年を取ってもそうありたい、
　　　　でなければ生きる意味がない。
「子供」は「大人」の父親だ。
日々が結ばれていくように——
生まれながらの敬虔さで。

[45]　ウェストミンスター橋で、1802年9月3日
　　　　　　　　　　ウィリアム・ワーズワス

地上にこれほど美しいものはない。
こんなに雄大でしみじみ胸を打つ光景を
平気で見過ごすとすれば、それは心の貧しい人間だ。
この都心(シティ)はいま、朝の美しさを衣服のように
まとっている。ひっそりと、ありのまま、
船も、塔も、ドームも、劇場も、寺院も、
野原と空に身をさらしている——
煙ひとつない大気のなかで、きらきらと照り映(は)えながら。
太陽が朝一番の輝きで、谷や岩や丘を
こんなに美しく染め上げたためしはない。

渡った橋は1834年の大火で焼失。**1** 大仰な構文とリズムに驚嘆の念をこめる。つねづね賞讃する自然の風景にも、これほどの美はないという。*more fair*: 1音節の形容詞の比較級➡[5]l. 5注。**2** *he* = anyone. **4–5** 朝の光がすべてを美化する。**4** City ➡[29]題名。**6** 見えるものを念入りに数え上げる(*Shíps, tówers, dómes, ...*)。**8** *smokeless air*: ロンドンに付き物の霧も煙もない。**9–11** 再び強い詠嘆の口調。**10** *valley, rock, or hill*: 冠詞抜きの単数による列挙的表現➡[63]ll. 18–20注。**13**

Ne'er saw I, never felt, a calm so deep!
The river glideth at his own sweet will:
Dear God! the very houses seem asleep;
And all that mighty heart is lying still!

[46] The Solitary Reaper

William Wordsworth

Behold her, single in the field,
Yon solitary Highland lass!
Reaping and singing by herself;
Stop here, or gently pass!
Alone she cuts and binds the grain,   5
And sings a melancholy strain;
O listen! for the vale profound
Is overflowing with the sound.

No nightingale did ever chaunt
More welcome notes to weary bands   10
Of travellers in some shady haunt,
Among Arabian sands:

Dear God!: 感動が頂点に達する。*very*: 副詞の even や actually「なんと」に通じる形容詞。**14** やがて目を覚まして激しい鼓動を打ち始める大都市ロンドンの心臓が、今は静かに眠っている。
[**46**] *Poems in Two Volumes*(1807). 題名 *Reaper*: 小鎌(sickle)などで穀物(ことに小麦)を刈る人。**1** *Behold* =(古)see. *single*: 2音節で発音。**2** *Highland*: スコットランド北部の高地地方(Highlands)は、キルトや clan(氏族集団)など、低地地方(Lowlands)より郷土色が濃い。

ここまで深い静けさを、私は見たことも感じたこともない。
河はいかにもゆったりと、気の向くままに流れている。
なんと、家々までがまるで眠っているようだ。
そしてあの強大な心臓は、まだ静かに休らいでいる。

[46]　ひとり麦を刈る娘

　　　　　　　　　　　　　ウィリアム・ワーズワス

ごらん、向こうの畑でぽつんとひとり、
麦を刈りながら歌っている
あの孤独なハイランドの娘を！
立ち止まろう、それともそっと行き過ぎよう！
娘はひとり麦を刈っては束ねつつ、　　　　　　　　　　　　　　　5
もの悲しい歌を歌っている。
ああ、耳を澄まそう！　深い谷間が
歌声で溢れんばかりだ。

アラビアの砂漠の通いなれたオアシスに
疲れを癒す旅人の群れに歌いかける　　　　　　　　　　　　　　10
ナイチンゲールでさえ、これほど
心地よい調べを聞かせたことはない。

---

lass = (Sc.) (詩) girl. **5-6** l. 3 をより詳しく反復。民謡風の素朴な繰り返し。**5** *Alone*: *single* (l. 1), *solitary* (l. 2), *by herself* (l. 3) と、娘がぽつんと1人でいることを4度も重ねて強調。孤独な人影は作者の想像を掻き立てる。**6** *strain* = melody, tune. **7** *listen!*: ll. 1-2, l. 4 に続き 4 つめの命令文と 3 つめの感嘆符(!)。感動のあまり、思わず(架空の)周囲に呼びかける。*vale* = (文) valley. **9** *nightingale* ➡ [57]. *chaunt* = sing. **10** *notes* = (詩) songs. **11** *haunt* = frequented place. **13** *ne'er*

A voice so thrilling ne'er was heard
In spring-time from the cuckoo-bird,
Breaking the silence of the seas   15
Among the farthest Hebrides.

Will no one tell me what she sings?
Perhaps the plaintive numbers flow
For old, unhappy, far-off things,
And battles long ago: 20
Or is it some more humble lay,
Familiar matter of today?
Some natural sorrow, loss, or pain,
That has been, and may be again?

Whate'er the theme, the maiden sang   25
As if her song could have no ending;
I saw her singing at her work,
And o'er the sickle bending;——
I listened, motionless and still;
And, as I mounted up the hill,   30
The music in my heart I bore,

[néə] = (詩) never. **14** *cuckoo-bird* = cuckoo. **15** [s]音の頭韻。seas =「(pl.)海域」。**16** *Hebrides* [hébrədi:z]: スコットランド西岸沖の列島。本土に近い Inner Hebrides と、海峡を隔てた Outer Hebrides がある（ここは後者）。広漠たる辺境の地で孤独に歌う *cuckoo* と *nightingale* は、娘に似ている。だが娘の歌声は、名高いそれらの鳴き声よりも美しいという。**17** これもそばに人がいるような口ぶり。娘はたぶん Scottish Gaelic「スコットランド・ゲール語」で歌っているので、意

[46] ひとり麦を刈る娘　179

ヘブリディーズのはるかな島々に
春がくれば海原（うなばら）の静寂（しじま）を破る
郭公（かっこう）でさえ、これほど　　　　　　　　　　　　　　　15
胸躍らせる声で鳴いたことはない。

娘が何を歌っているか、誰も教えてくれないのか。
憂いを帯びたあの歌は、
遠い昔、遠い国の禍（わざわい）や、
いにしえの戦（いくさ）を物語っているのか。　　　　　　　　20
それとももっとつつましい、
昨日や今日のよくある話、
ごくありふれた、いつの世も変わらない
悲しみや別れのつらさ、胸の痛みの歌なのか。

中身が何であれ、歌はまるで　　　　　　　　　　　　　　　25
果てしがないようだった。
娘は歌いながら手を休めずに、
身を屈（かが）めては鎌を振るった。
私はじっと黙って聴いてから、
丘を登って行った。だが　　　　　　　　　　　　　　　　　30
声が聞こえなくなった後々（あとあと）まで、

味がわからない。**18** *plaintive* = mournful. *numbers* = verses. **19** *For* = concerning. **21** *lay* =（古）song. **23** *natural* = not unusual. **25** *sang*: 現在時制で語ってきた詩が、過去時制に転じる。聞きほれる忘我の状態が終わり、その感動が回想される。**28** *o'er*[ɔə] =（詩）over. **31** *music*: *strain* (l. 6), *notes* (l. 10), *numbers* (l. 18), *lay* (l. 21), *song* (l. 26)に続き、「歌」の言い換えは6度目。この詩は歌についての歌でもある。

Long after it was heard no more.

[47] "I wandered lonely as a cloud"
William Wordsworth

I wandered lonely as a cloud
    That floats on high o'er vales and hills,
When all at once I saw a crowd,
    A host, of golden daffodils;
Beside the lake, beneath the trees,   5
Fluttering and dancing in the breeze.

Continuous as the stars that shine
    And twinkle on the Milky Way,
They stretched in never-ending line
    Along the margin of a bay: 10
Ten thousand saw I at a glance
Tossing their heads in sprightly dance.

The waves beside them danced, but they
    Outdid the sparkling waves in glee:

---

[47] *Poems in Two Volumes*(1807). **1–2** 日常的で親しみやすい単音節語(monosyllables)を中心に、のびやかな二重母音(*lonely, cloud, floats, high, o'er, vales*)と、なめらかな[l]音の頭韻。**2** *o'er*[ɔə]＝(詩) over. *vales*＝(詩) valleys. **3–4** *a crowd*「一群」のあと畳みかけるように *A host*「軍勢」と言い換えること(強化的反復)によって、とつぜん巨大な水仙の群生に出会ったときの心のはずみを生き生きと表現。その調子を伝える長母音(*all, saw*)と二重母音(*crowd, host, golden*)。**5–**

歌は心に残っていた。

[47]「私はひとりさまよった」
ウィリアム・ワーズワス

私はひとりさまよった、谷や丘の
　空高く漂う浮雲のように。
そのとき見かけた、一叢(ひとむら)の——
　いや一軍(いちぐん)の——金色の水仙が
湖の岸辺、木々の陰で、　　　　　　　　　　　　　5
風に揺れつつ舞い踊るのを。

銀河の流れにきらきらと
　輝きわたる星さながら、
花々は入江の岸づたい、
　見渡す限り続いていた。　　　　　　　　　　　10
一万本が一望のもと、
陽気に踊り、頭を振った。

そばでは波も踊っていたが、
　花々はもっとはしゃいでいた。

---

6 息せき切ったような語音の反復(**Beside** the lake, **beneath** the trees, および *Fluttering* と *dancing*)。**7–8** 詠嘆的な *Continuous*(詩中で最も長い語)と、気分の昂揚を伝える *shine* と *twinkle* の同義的畳みかけ。**11** *Ten thousand saw I*: 誇張の勢いを含む倒置。**12** *sprightly* = cheerful. **14** *Outdid* = excelled. **15** *could not but be* = could not help being. **16** *jocund*[dʒɔ́kənd]: 水仙を見た時の感動が、すべて〈喜び〉系の多彩な類義語(*sprightly*(l. 12), *glee*(l. 14), *gay*(l. 15), *jocund*)で強調され、最終

A poet could not but be gay   15
  In such a jocund company:
I gazed—and gazed—but little thought
What wealth the show to me had brought:

For oft, when on my couch I lie
  In vacant or in pensive mood,   20
They flash upon that inward eye
  Which is the bliss of solitude;
And then my heart with pleasure fills,
And dances with the daffodils.

[48]　**Kubla Khan**
　　　　　　Samuel Taylor Coleridge (1772–1834)

In Xanadu did Kubla Khan
A stately pleasure-dome decree:
Where Alph, the sacred river, ran
Through caverns measureless to man
  Down to a sunless sea.   5
So twice five miles of fertile ground

連での回想の喜び(*bliss*(l. 22)と*pleasure*(l. 23))を用意する。**20** *vacant*=empty-headed. **23–24** これほど大きな「喜び」は、[**44**]に歌われたのと同様、幼いころじかに自然と触れ合ったときに覚えた無垢の歓喜に通じる。

[**48**]　*Christabel and Other Poems*(1816). 題名 正題は Kubla Khan: Or, A Vision in a Dream. A Fragment「クーブラ・カーン——夢で見た幻。断章」。*Kubla*[kú:blə]*Khan*:(Kublai とも)チンギス・カンの孫、

こんなに愉快な仲間といれば、 15
　詩人が浮かれぬはずがない。
つくづく見とれて──気がつかなかった、
どんな宝をもらったかを。

なぜなら気分が落ち込んで、
　長椅子で思いにふけるとき、 20
孤独の喜び──内心の眼に
　あの水仙たちが飛び込んで、
私はたちまち嬉しくなり、
水仙と一緒に踊るのだ。

[48]　　クーブラ・カーン
　　　　　　サミュエル・テイラー・コールリッジ

ザナドゥーにクーブラ・カーンは
壮大な歓楽宮の建造を命じた──
聖なる河アルフが、果て知れぬ洞窟を
いくつもくぐり抜け、やがて陽の差さぬ大海(たいかい)に
　流れ落ちるあたりに。 5
そこで十マイルもの肥沃な土地が

モンゴル帝国皇帝、元朝初代皇帝クビライ・カン。**1** *Xanadu*[zǽnədu:]: クビライ・カンの夏の都城があった上都(Shangdu)。阿片で眠り込む前に作者が読んでいた *Purchas his Pilgrimage* (➡[48]解説)には以下の一節がある。In Xaindu did Cubla Can build a stately palace, encompassing sixteen miles of plain ground with a wall, wherein are fertile meadows, pleasant springs, delightful streams (...) (2nd ed., 1614, p. 415). この Xaindu (古い斜字体で Xamdu とも読める)を、作

With walls and towers were girdled round:
And there were gardens bright with sinuous rills
Where blossomed many an incense-bearing tree;
And here were forests ancient as the hills,   10
Enfolding sunny spots of greenery.

But O, that deep romantic chasm which slanted
Down the green hill athwart a cedarn cover!
A savage place! as holy and enchanted
As e'er beneath a waning moon was haunted   15
By woman wailing for her demon-lover!
And from this chasm, with ceaseless turmoil seething,
As if this earth in fast thick pants were breathing,
A mighty fountain momently was forced;
Amid whose swift half-intermitted burst   20
Huge fragments vaulted like rebounding hail,
Or chaffy grain beneath the thresher's flail:
And 'mid these dancing rocks at once and ever
It flung up momently the sacred river.
Five miles meandering with a mazy motion   25
Through wood and dale the sacred river ran,

者は Xanadu と表記した。以後 Xanadu は「理想郷」の呼び名の1つとなる。*Khan*: ran (l. 3), man (l. 4) と押韻するため、ここでの発音は [kǽn]。**3** [r]音の頭韻。*Where* = in a place in which. *Alph*: 架空の名。**5** [s]音の頭韻。**6** [ai]音の重出。*twice five miles*: 5マイルの2倍で10マイル。**7** *girdled* = encircled. **11** [s]音の頭韻。*Enfolding* = encircling. **12** *romantic*:「ロマンチックな、ぞくぞくするような、想像をかきたてる」。*chasm* [kǽzm]:「(地面などの)深い裂け目、小峡谷」。

城壁と塔でぐるりと囲い込まれた。
あちらでは、小川がいくつもきらきらうねり流れる
庭園に、薫り高い数多の木々が花をつけ、
こちらでは、丘とともに年を経た森林が 10
陽当たりのいい緑地を取り囲んでいた。

だが、ああ、わけてもあの深く途方もない大地の亀裂が、
杉の覆いを切り裂いて、緑の丘を馳せ下るそのさまは！
荒涼たる土地だ！　恋人の悪魔を慕って泣く女が、
欠けていく月の下で夜な夜な通ったという 15
場所にも劣らず神聖で、しかも魅入られた風景だ！
そしてこの狭間から、たえず轟々と沸き立ちながら、
まるで大地がせわしくぜいぜいと喘ぐかのように、
巨大な泉がひっきりなしに噴き上がっていた。
そうしてひとしきり続いては止む噴出の度ごとに、 20
巨大な岩の欠片が躍り上がった——地面に跳ね返る雹か、
それとも殻竿に打たれて散る籾殻のように。
そして、たえず一斉に宙を舞う岩石とともに、
泉は折々聖なる河を吐き出した。
五マイルをうねうねと蛇行しながら、 25
聖なる河アルフは森と谷を奔り抜け、

---

slanted = sloped.　**13** *athwart* = across.　*cedarn* [síːdən] = (詩) of cedar-trees. *cover* = area covered by trees.　**14-16** ロマンチックで謎めいた言い伝えを匂わせる。例えば、幸せな人妻が昔の恋人に誘われて船に乗ると、恋人は悪魔で船は地獄に向かっていたというバラッド (The Daemon Lover) がある。　**14** *enchanted* = bewitched.　**15-16** [w] 音の頭韻。　**15** *e'er* = (詩) ever = (古) always.　**17** *seething* = boiling hot.　**19** [m] 音の頭韻。*momently* = at every moment.　**20-24** 巨大な間歇泉

Then reached the caverns measureless to man,
And sank in tumult to a lifeless ocean:
And 'mid this tumult Kubla heard from far
Ancestral voices prophesying war!   30

    The shadow of the dome of pleasure
    Floated midway on the waves;
    Where was heard the mingled measure
    From the fountain and the caves.
It was a miracle of rare device,   35
A sunny pleasure-dome with caves of ice!

    A damsel with a dulcimer
    In a vision once I saw:
    It was an Abyssinian maid,
    And on her dulcimer she played,   40
    Singing of Mount Abora.
    Could I revive within me
    Her symphony and song,
    To such a deep delight 'twould win me,
That with music loud and long,   45
I would build that dome in air,

が、地下から大量の岩石や水を噴き上げる凄まじい風景。この泉こそが聖なる河アルフの水源。**20** *half-intermitted* = half intermitted. **21** *vaulted* = leaped. **22** *chaffy grain*:「籾殻に覆われた穀粒」。*thresher's flail*:「脱穀者の殻竿」。穀粒を打って籾殻を除去する用具。カンフーのヌンチャクのように、自由に回転できる棒を竿の先に紐で取りつけたもの。**23** *'mid* = amid. *at once* = simultaneously. *ever* = always. **25–26** [ai][ei]音を畳みかけて、屈曲する川の流れを暗示。**25** [m]音の

果て知れぬ洞窟の数々に行き着くと、
轟音をあげて生命なき大海になだれ込んだ。そして
その喧噪に紛れ、遥か彼方にクーブラは聞いた——
戦(いくさ)を予言する父祖たちの声を！ 30

　河の流れの中ほどに
　歓楽宮が影を映し、
　泉と洞窟が奏で合う
　妙音があたりに響きわたった。
世にもまれな人工の奇蹟だった—— 35
陽(ひ)を浴びた歓楽宮と、氷の洞窟との取り合わせは！

　ダルシマーを抱えた乙女を、
　あるとき私は幻に見た。
　それはアビシニアの娘で、
　ダルシマーを打ち鳴らしつつ 40
　歌っていた、アボラ山(さん)の歌を。
　もし私があの楽の音(ね)と歌を
　胸に呼び戻すことができさえしたら、
　私はいとも深い喜びに駆られ、
長くまた高らかな調べに乗せて、 45
空中にあの殿堂を築き上げてみせるのに——

頭韻。26 *dale*＝(詩)valley. 29–30 栄華を極める大帝国に迫る動乱と破滅の不気味な予兆。32 *midway*：「泉」と「洞窟」の中間に。33 *measure*＝melody. 35 *device*＝(古)invention. 37 *damsel*＝(古・詩)maid. *dulcimer*：ツィター属の打弦楽器。膝の上で奏する。39 *Abyssinian*＝(古)Ethiopian. 41 *Mount Abora*：作者の創作。なおミルトン『失楽園』は、エデンの園がアビシニアの「アマラ山」Mount Amaraにあったとする説を否定している(*Paradise Lost*, IV, 280–82)。42

That sunny dome! those caves of ice!
And all who heard should see them there,
And all should cry, Beware! Beware!
His flashing eyes, his floating hair!   50
Weave a circle round him thrice,
And close your eyes with holy dread,
For he on honey-dew hath fed,
And drunk the milk of Paradise.

[49] **She Walks in Beauty**
     George Gordon Byron(1788–1824)

She walks in beauty, like the night
 Of cloudless climes and starry skies;
And all that's best of dark and bright
 Meet in her aspect and her eyes:
Thus mellowed to that tender light   5
 Which heaven to gaudy day denies.

One shade the more, one ray the less,
 Had half impaired the nameless grace

Could I = if I could. **43** *symphony*:「(歌曲の)器楽部」。**44** *'twould* = it would. *win* = allure. **50** [fl]音の頭韻。
[49] *Hebrew Melodies*(1815). **1-2** [l][k][s]音の頭韻、[ai]音の重出。**2** *climes*:「(詩)(特有の気候をもつ)地域、国」。**3** *dark* = darkness (esp. of night). *bright* = (詩)brightness. **4** *aspect* = countenance, face. **5** *mellowed* = softened, sweetened. **7** *the*:(定冠詞ではなく副詞)「(〜であれば)その分だけ、それだけいっそう」。**8-10** [ei]音の重出。**8**

あの陽を浴びた殿堂と、あの氷の洞窟を！
そのとき聴く者はみな、その光景を見て
叫ぶだろう——気を付けろ、気を付けろ、
このぎらぎら光る眼に、風になびく髪に！ 50
三重の輪で彼を取り囲み、
敬虔な畏れをこめて眼を閉じよう。
この人こそは神々の甘露を糧とし、
「楽園」のミルクを飲んだお方なのだと。

[49] かの人はうるわしく歩む

　　　　　　　　ジョージ・ゴードン・バイロン

かの人はうるわしく歩む、さながら
　雲一つない土地の、満天に星を鏤めた夜だ。
闇と光の織り成すあらゆる良きものが、
　かの人の顔と眼に寄りつどう——
派手やかな昼間には天が許さない 5
　あの穏やかな明るさにまで和らげられて。

もう少しでも陰が増えたり光が失われたりしたら、
　あの漆黒の髪に揺らめく、また

Had half impaired =（古）would have half impaired.　**9** *tress* = long lock（房）of hair.　**10** *lightens* = shines. *o'er* [ɔə] =（詩）over.　**11** [s]音の頭韻。　**12** *dwelling-place*: thoughts (l. 11)の住み処は *mind* (l. 17)。直後に is を補う。　**14** [s]音の頭韻。　**15** *win* = attract. *tints* = delicate colours.　**16** *But*:「（古）ただただ、まさに」。　**17** *below* =（詩）on earth.

Which waves in every raven tress,
　Or softly lightens o'er her face;　　　　　　　　　　　10
Where thoughts serenely sweet express
　How pure, how dear their dwelling-place.

And on that cheek, and o'er that brow,
　So soft, so calm, yet eloquent,
The smiles that win, the tints that glow,　　　　　　　15
　But tell of days in goodness spent,
A mind at peace with all below,
　A heart whose love is innocent!

[50]　The Destruction of Sennacherib
　　　　　　　　　　George Gordon Byron

The Assyrian came down like the wolf on the fold,
And his cohorts were gleaming in purple and gold;
And the sheen of their spears was like stars on the sea,
When the blue wave rolls nightly on deep Galilee.

Like the leaves of the forest when Summer is green,　　5

---

[50]　*Hebrew Melodies*(1815). 題名 *Sennacherib*: アッシリア王セナケリブ(705–681 BC). cf.「列王記 下」19: 35–36 および「イザヤ書」37: 36–37。**1** *Assyrian*:(単数)セナケリブを指す。*came down*:「〜を急襲した(on)」。*fold*:「(囲いの中の)羊の群れ」。**2** *cohorts*[kóuhɔːts]:「軍団」。*purple*: 2音節。**3** [s]音の頭韻。**4** *Galilee*＝Sea of Galilee。ヨルダン川が貫流するイスラエル北部の湖。**6** *That host*: この第1脚は臨時に強強(／／)格(l. 8の冒頭脚も同様)。**7** *Autumn*:

あの顔にほのぼのと明るむ
　　名づけようもない気品が、半ば損なわれよう。　　　　　　　10
面に浮かぶ甘く静かなもの思いは示す——
　　その宿る胸がいかに清らかで、慕わしいかを。

そして柔らかでもの静か、それでいて雄弁な
　　あの頰や、あの額では、
心を溶かす微笑みと紅く染まる頰が物語る——　　　　　　　　15
　　良き行いに過ごした日々と、
この世の誰とも和み合う心、そして
　　純真無垢な愛にあふれる魂を！

[50]　セナケリブの破滅

　　　　　　　　　ジョージ・ゴードン・バイロン

アッシリア王が攻め寄せた、羊を襲う狼のように。
麾下の軍勢は紫と金に燦然と光り輝いた。
槍はきらきら煌いた——水深いガリラヤ湖に
夜ごと立つ青波に姿を映す星さながら。

夕日を浴びた軍勢は、無数の旗を押し立てて、　　　　　　　　5

「秋風」(換喩)。**8** *the morrow*:「翌日」。*strown* = (古) strewn. **9** *Angel of Death* = (ユダヤ教・イスラム教) Azrael「死の使い」。*blast* = strong gust of wind. **10** *And breathed*: この脚は臨時に弱強格 (ll. 13, 14, 16, 17 の冒頭脚も同様)。[f] 音の頭韻。**11** *waxed* = became. **12** *but* = only. **13** *steed* = (文) horse. **19** *the banners alone* = the banners were alone. **21–24** 一貫して過去時制で語られてきた事態の顚末を、現在時制で述べる。**21** *Ashur* [áːʃuə]: アッシリア最初の首都。実はセナケ

That host with their banners at sunset were seen:
Like the leaves of the forest when Autumn hath blown,
That host on the morrow lay withered and strown.

For the Angel of Death spread his wings on the blast,
And breathed in the face of the foe as he passed; 10
And the eyes of the sleepers waxed deadly and chill,
And their hearts but once heaved, and for ever grew still!

And there lay the steed with his nostril all wide,
But through it there rolled not the breath of his pride:
And the foam of his gasping lay white on the turf, 15
And cold as the spray of the rock-beating surf.

And there lay the rider distorted and pale,
With the dew on his brow, and the rust on his mail:
And the tents were all silent, the banners alone,
The lances unlifted, the trumpet unblown. 20

And the widows of Ashur are loud in their wail,
And the idols are broke in the temple of Baal;

リブ時代の首都はニネベ。**22** *idols*:「異教神(邪神)の偶像」。*broke* = (古)broken. **22** *Baal* (*wail* (l. 21) と押韻するため、ここでは [béil]. [béiəl] とも呼ばれる):豊穣と雨嵐の神バールは、エホバの強力なライバル。ユダのヒゼキヤ王は、バール信者たちの堕落に対して強力な浄化政策を推し進めた。一夜にしてアッシリア軍を滅ぼした神の圧倒的な力を見て、人々はバール神殿の偶像をすべて破壊した。**23** *Gentile*:「(ユダヤ人から見た)異教徒、異邦人」。*unsmote* = unsmitten.

緑したたる夏の森に茂る木の葉を思わせた。
その軍勢は明くる日に、秋風を浴びた木の葉のように
枯れて四方に飛び散っていた。

なぜなら一夜、「死の天使」が一陣の風に翼をひろげ、
行き過ぎざまに敵の顔にふっと息を吹きかけると、 10
眠る兵士の群れの眼は、死人のように冷たくなり、
心臓がひとたび波打って、永遠に動きを止めたのだ。

あちらには馬が倒れていた、鼻の孔を広げたまま——
だが驕り高ぶるその息は、もはや通っていなかった。
あえぐ馬から吹き出た泡が、芝土に白く飛び散って、 15
岩打つ波のしぶきのように、あたりに冷たく砕けていた。

こちらには騎り手が倒れていた、体をよじり色蒼ざめて。
額にはしっとり露が下り、鎧には錆が浮いていた。
陣幕はどれも静まり返り、軍旗が主なく打ち捨てられ、
槍を構える者もなく、ラッパの吹き手もいなかった。 20

そしてアシュルの寡婦たちは、みな声高に泣き叫び、
バール神の神殿では、偶像という偶像が壊された。

───────

smitten は smite「打ち倒す」の過去分詞。

And the might of the Gentile, unsmote by the sword,
Hath melted like snow in the glance of the Lord!

[51]　So We'll Go No More A-Roving
George Gordon Byron

So we'll go no more a-roving
　So late into the night,
Though the heart be still as loving,
　And the moon be still as bright.

For the sword outwears its sheath,　　　　　　　　　　5
　And the soul wears out the breast,
And the heart must pause to breathe,
　And love itself have rest.

Though the night was made for loving,
　And the day returns too soon,　　　　　　　　　　10
Yet we'll go no more a-roving
　By the light of the moon.

---

[51]　Thomas Moore, *Letters and Journals of Lord Byron, with Notices of his Life* (1830).　**1** *So*:「では、じゃあ、そういうわけで」。これまでの話の続きのようにさりげない口調。この絶妙な *So* が全体の親密なトーンを導き出す。go a-roving =（古）go roving.　**2** *So*: 意味の異なる so どうしの呼応。*into the night*:「夜更けまで」。**3** *be* ➡[9]l. 8 注。*as loving* = as loving as before. *loving*: *roving* (l. 1) との押韻は擬似韻。**4** *as bright* = as bright as before.　**5** 19 世紀の諺 The blade wears out the

そして異教徒の勢力は、刃(やいば)にかかるまでもなく、
主(しゅ)の投げかけた一瞥(いちべつ)に、雪さながらに融け去った。

[51] ではこれ以上さまよい歩くのはやめよう
ジョージ・ゴードン・バイロン

ではこれ以上さまよい歩くのはやめよう、
　　こんな夜更けまで。
まだ二人の気持ちは冷めやらず、
　　月も変わらず輝いているが。

剣が鞘(さや)を使いつぶすように、　　　　　　　　　　　　5
　　思いも胸をすり減らす。
心も一息入れたくなるし、
　　恋だって休みが必要だ。

夜は恋のためにあり、
　　朝は来るのが早すぎるが、　　　　　　　　　　　　10
もうこれ以上さまよい歩くのはやめよう、
　　月の光の下で。

---

sheath「刃が鞘をすり減らす→心が肉体をやつれさせる」は、この詩句に由来するか。**7** *breathe*: *sheath*(l. 5)との押韻は擬似韻。**8** *have rest* = must have rest.

[52] Ozymandias
Percy Bysshe Shelley (1792–1822)

I met a traveller from an antique land
Who said: Two vast and trunkless legs of stone
Stand in the desert....Near them, on the sand,
Half sunk, a shattered visage lies, whose frown,
And wrinkled lip, and sneer of cold command,   5
Tell that its sculptor well those passions read
Which yet survive, stamped on these lifeless things,
The hand that mocked them, and the heart that fed:
And on the pedestal these words appear:
"My name is Ozymandias, king of kings: 10
Look on my works, ye Mighty, and despair!"
Nothing beside remains. Round the decay
Of that colossal wreck, boundless and bare
The lone and level sands stretch far away.

---

[52] *The Poetical Works* (1839). 題名 [ɔzimǽndiəs]: 古代エジプト王ラムセス2世のギリシャ語名。黄金時代を築き、エジプト脱出時のモーセと争う。**1** *antique*: [ænti:k]. 元来の発音。のちフランス語の影響で強勢がiに移った。**4** *visage* = face. **6** *well those passions read*: 「その顔の持ち主が抱いていた不機嫌、嘲り、冷笑、傲慢などの感情を、よく見抜いていた」。*passions* = strong emotions. **7** *Which*: 先行詞は *passions* (l. 6)。**7–8** *survive...The hand...and the heart*: 大意は「彫

[52]　オジマンディアス
　　　　　　　　パーシー・ビッシュ・シェリー

太古の国からやって来た旅人が
私に言った。胴体のない巨大な石の脚が二本、
砂漠に突っ立っている……。その傍（そば）には、ばらばらに
砕けた顔が、なかば砂に埋もれ、そのしかめ面と
ねじ曲げた唇、冷たい命令の薄笑いは物語る──　　　　　　5
彫工の鋭く読みとったそれらの心情が、命なき石に
刻み込まれて、嘲りつつそれを写した手や、
それを育てた心が亡（ほろ）びた後も、生き永らえていることを。
そして像の台座には、次の文字が見える。
「わが名はオジマンディアス、王の中の王。　　　　　　　　10
世の強者（つわもの）たちよ、わが偉業を仰ぎ見て、絶望せよ！」
他には何も残っていない。崩れた巨像の
残骸のまわりには、空々漠々と果てしなく
人跡（じんせき）まれな真（ま）っ平（たいら）の砂原（すなはら）が、遥か彼方まで続いている。

工の手と王の心とが亡びたあとも、生き残っている」。**8** *mocked*:「模倣した」と「嘲った」を掛ける。*fed*: 諸説あるが、nourished:「(それらの感情を)はぐくんだ、胸に抱いた」と解する。**10** *king of kings*: (キリスト、エホバの他)ペルシャなど東方諸国の王の称号。**11** *Look on* = look at. *despair*:「(とてもかなわないと)絶望せよ」。

[53] To a Skylark

Percy Bysshe Shelley

  Hail to thee, blithe spirit!
   Bird thou never wert—
  That from heaven or near it
   Pourest thy full heart
In profuse strains of unpremeditated art.   5

  Higher still and higher
   From the earth thou springest,
  Like a cloud of fire;
   The blue deep thou wingest,
And singing still dost soar, and soaring ever singest. 10

  In the golden lightning
   Of the sunken sun,
  O'er which clouds are brightening,
   Thou dost float and run,
Like an unbodied joy whose race is just begun.   15

---

[53] *Prometheus Unbound*(1820). **1** *Hail*:(詩)敬意をこめて呼びかける挨拶の言葉。*spirit*: ひばりを鳥ではなく、肉体を持たず目に見えない「精霊」と見なす。以下 l. 30 までは、まっしぐらに天に翔け上り、声だけが聞こえて姿の見えないひばりのさまを、わくわくと讃嘆の口調で語る。**2** *thou never wert* =(古)you never were.(never や ever を伴って)過去・現在・未来に通じる一般的真理を表わす過去時制。*wert*[wə́ːt]は *heart*(l. 4), *art*(l. 5)とは擬似韻。**3** *near it*[níərit]: *spirit*

[53] ひばりに

パーシー・ビッシュ・シェリー

やあ、陽気な精霊よ、
　　君は鳥なんかではない——
天国かそれに近いところから
　　無心の技、豊かなメロディーで
胸いっぱいの思いをぶちまける君は。　　　　　　　　　　5

高く、いよいよ高く
　　君は地上から舞い上がる、
まるで火でできた雲だ。
　　君は青空の奥に翼をひろげ、
歌いつつ翔(か)け上(のぼ)り、上りつつ歌う。　　　　　　　　10

入り日が放つ
　　金の稲妻を浴びて
輝きわたる夕雲(ゆうぐも)のあたりを、
　　君は浮きつつ翔ける、たった今
体を抜け出してスタートを切った喜びのように。　　　　　15

(l. 1)とは擬似韻。**5** *profuse* = abundant. *strains* = melodies, tunes. **7** *springest* = fly up. **8** 真っ赤な夕陽の光を浴びて天に舞い上がるひばりを譬える(➡ ll. 11-12)。以下 l. 55 に至るまで、*like* や *as* を用いて、ひばりを何かに譬えるシェリーならではの華麗な直喩(simile)が次々と繰り出される。**9** *deep* = (詩)deep sea→「(比喩的に)空」。*wingest* = fly through. **10** [s]音の頭韻。語句を逆の順序で繰り返す antimetabole「倒置反復法」。e.g. Ask not what your country can do

    The pale purple even
     Melts around thy flight;
    Like a star of heaven,
     In the broad daylight
Thou art unseen, but yet I hear thy shrill delight,   20

    Keen as are the arrows
     Of that silver sphere
    Whose intense lamp narrows
     In the white dawn clear,
Until we hardly see, we feel that it is there.   25

    All the earth and air
     With thy voice is loud,
    As, when night is bare,
     From one lonely cloud
The moon rains out her beams, and heaven is over-
     flowed.   30

    What thou art we know not;
     What is most like thee?

---

for you; ask what you can do for your country (ジョン・F・ケネディの大統領就任演説). **13** *O'er* [ɔə] = over. **15** *unbodied* = removed from the body. **16** [p][l]音の頭韻。*purple* と *even* はそれぞれ2音節。**18** *heaven*: *even* (l. 16) とは擬似韻。**19** *broad* = full. **20** ひばりは昼間の星のように、目に見えないがその所在は知れる (→ l. 25)。以下 l. 55まで、ひばりが〈姿は見えないが、光や声などでありありと居場所がわかるもの〉に次々と譬えられる。**21** *Keen*: ひばりの声の鋭さを星の光

薄紫(うすむらさき)の黄昏(たそがれ)が
　　君の飛翔のまわりで和(やわ)らいでいく。
まるで昼日中の
　　天の星さながら、
君の姿は見えず、甲高い歓喜の声だけが聞こえる——　　20

　　その声は、あの銀の星が放つ
　　　　光の矢のように鋭い。
　　その強力なランプは、白く晴れた
　　　　夜明けには痩せ細り、やがて
ほとんど見えなくなるが、そこにあることはわかる。　　25

　　天にも地にも
　　　　君の声が響きわたる——
　　まるでくまなく晴れ渡った夜に
　　　　浮かぶ一片(ひとひら)の雲から
月が光線の雨を降りそそぎ、天が光で満ちあふれる
　　　　　　　　　　　　　　　　　ように。　　30

　　君が何者か、それは誰にもわからない。
　　　　君にそっくりなものは何だろう。

の矢の鋭さに譬えるのは、聴覚と視覚を混同する synesthesia「共感覚」的表現。**22** *that silver sphere*: 明けの明星(Venus)。*sphere* = planet, star. **23** *narrows* = diminishes. **25** *there*: sphere (l. 22), clear (l. 24) とは擬似韻。**28** *bare* = without clouds. **30** ひばりのさえずりが、まるで月光が雨のように降り注いで天を水浸しにするようだというのは、共感覚的な直喩(光の視覚、雨の視覚と触覚、声の聴覚の意図的混同)。*overflowed*: loud (l. 27), cloud (l. 29) とは擬似韻。**33** *rainbow clouds* = ir-

> From rainbow clouds there flow not
> > Drops so bright to see,
> As from thy presence showers a rain of melody. 35
>
> Like a poet hidden
> > In the light of thought,
> Singing hymns unbidden,
> > Till the world is wrought
> To sympathy with hopes and fears it heeded not: 40
>
> Like a high-born maiden
> > In a palace tower,
> Soothing her love-laden
> > Soul in secret hour
> With music sweet as love, which overflows her bower: 45
>
> Like a glow-worm golden
> > In a dell of dew,
> Scattering unbeholden
> > Its aërial hue
> Among the flowers and grass which screen it from the

---

idescent clouds「彩雲」。メロディーを七色の雨に譬える。**35** *from thy presence*:「(詩)君の居場所から」。*melody*[mélədí]: *thee*[ðíː] (l. 32), *see*[síː] (l. 34) とは擬似韻。**36-37** ひばりは詩想の中に身を潜める詩人のようだという。**37** *light*: 知性の「光」(cf. enlightenment「啓蒙」)。**38** *unbidden* = not asked or commanded. **39-40** cf. Poets are the unacknowledged legislators of the world (Shelley, A Defence of Poetry). **39** *wrought* = moved. work「(人を)〜の状態(気持ち)にさ

虹色の雲から落ちる滴でさえ、
　　君のいるあたりから降り注ぐ
メロディーの雨ほどきらめくことはない。　　　　　　　　　35

君は思考の光のなかに
　　身を潜める詩人のよう——
自ずと讃歌を歌い出せば、
　　世界はこれまで気づきもしなかった
希望や恐れへの共感を喚び覚まされる。　　　　　　　　　40

君は宮殿の塔に住む
　　高貴な生まれの乙女のよう——
人目を忍ぶひとときに
　　恋に苦しむ魂を、恋さながらに甘い
歌で慰める——その歌声は部屋に溢れんばかり。　　　　　45

君は露にぬれた谷間にひそむ
　　黄金色のグローワームのよう——
人知れず、ほのかな色を
　　あたりに投げかけるが、
花や草にさえぎられて、その姿は誰の目にも

せる(to)」の過去分詞(受け身)。**40** *heeded not* = (文)did not take notice of. *not*: *thought*(l. 37), *wrought*(l. 39)とは擬似韻。**43-45** [s][l]音の頭韻。**45** *bower* = (詩)lady's private apartment, boudoir. **46-47** [l][g][d]音の頭韻。**46** *glow-worm*: ホタル科の昆虫。とくに翅のない成虫の雌は、緑がかった微光を発して、空を飛ぶ雄を誘う。**47** *dell* = (文)small valley(usu. coverd with foliage). **48** *unbeholden* = unseen. **49** *aërial*[eiíəriəl] = aerial[éəriəl]. 古風な綴りにしたのは、

view: 50

    Like a rose embowered
        In its own green leaves,
    By warm winds deflowered,
        Till the scent it gives
Makes faint with too much sweet these heavy-wingèd thieves: 55

    Sound of vernal showers
        On the twinkling grass,
    Rain-awakened flowers,
        All that ever was
Joyous and clear and fresh, thy music doth surpass: 60

    Teach us, sprite or bird,
        What sweet thoughts are thine:
    I have never heard
        Praise of love or wine
That panted forth a flood of rapture so divine. 65

もう1音節ふやすため。**51** *embowered* = covered with foliage. **53** *deflowered* = deprived of flowers. **54-55** ひばりの歌は、葉陰に咲く(目には見えない)ばらのよう。花びらを盗んでいく風も、その甘い香りに陶酔する(姿の見えぬひばりの声に、我々がうっとりするように)。**54** *gives*: *leaves* (l. 52), *thieves* (l. 55)とは擬似韻。**55** *sweet* = (詩) fragrance. *heavy-wingèd thieves*: *warm winds* (l. 53)を指す。*-èd* は1音節。**56** *vernal* = of the springtime. **60** *thy music doth surpass*: 目的語は

[53] ひばりに 205

見えない。　50

君は緑の葉の茂みに
　　覆い隠されたばらのよう——
　暖かい風に吹かれて花が散ると、
　　その放つ香りがあまりに
甘いので、羽の重い花盗人(はなぬすびと)は、くらくらと
　　　　　　　　　　気が遠くなる。　55

軽やかな春の雨が
　　きらめく草に降り注ぐ音、
　雨に目覚めた花々など——
　　どんなに嬉しげな、澄んだ
みずみずしいものでも——君の音楽には敵(かな)わない。　60

精霊であれ鳥であれ、どうぞ教えてほしい、
　　どんな甘美な思いが君の胸に宿っているのか。
　恋や酒の讃歌(ほめうた)にも、かつて
　　聞いたことがない——こんな有頂天の
歓喜の情が息せき切ってほとばしるのを。　65

Sound of vernal…clear and fresh (ll. 56-60). *doth surpass* = is superior to. **61** 以下詩の最後まで、ひばりの純粋な歓喜(人間とは違って悲哀や倦怠の陰りもない)が讃えられ、その源泉が問われる。*sprite* = spirit (l. 1). **63-65** 古今の恋や酒の讃歌でも、ひばりの歌ほど「天上的な歓喜」divine rapture に満ちたものは聞いたことがないという。**66** *Chorus hymeneal* [hàiməníːəl] = wedding song sung in chorus. **67** *chaunt* = chant, song. **68** *Matched* = when compared. *thine* = your

> Chorus hymeneal,
>   Or triumphal chaunt,
> Matched with thine would be all
>   But an empty vaunt,
> A thing wherein we feel there is some hidden want. 70
>
>
> What objects are the fountains
>   Of thy happy strain?
> What fields, or waves, or mountains?
>   What shapes of sky or plain?
> What love of thine own kind? what ignorance of pain? 75
>
>
> With thy clear keen joyance
>   Languor cannot be:
> Shadow of annoyance
>   Never came near thee:
> Thou lovest, but ne'er knew love's sad satiety. 80
>
>
> Waking or asleep,
>   Thou of death must deem
> Things more true and deep

---

song(Chorus を指すか chaunt を指すかは不明). be all[bíːɔːl] と hymeneal[-níːəl] (l. 66) とは擬似韻。**69** But=only. vaunt=boast, brag. **70** want=(文) lack. chaunt(l. 67), vaunt(l. 69) とは擬似韻。**71** What: 行頭余剰音(anacrusis)(行頭に余分な1音がある。ll. 73, 74 も同様)。fountains=sources. **72** strain=melody(→l. 5). **73** waves=(詩) water, sea. **75** of thine own kind: 「君ならではの、独特の」。of one's(or its) own kind=(Lat.) sui generis=particular to the person or thing

　　　　婚礼を祝うコーラスも、
　　　　　　凱旋をたたえる詠唱も、
　　　　君の歌にくらべれば、どれも
　　　　　　ただの空言(そらごと)にすぎず——
　　裏には何か欠けているのが感じられる。　　　　　　　70

　　　　君の幸せな歌の
　　　　　　湧き出す泉は何だろう。
　　　　どんな野か、海か山か、
　　　　　　どんな形(なり)の空や平野か。
　　君ならではのどんな愛か、どんな苦しみのない心境か。　　75

　　　　君の澄み切った熱烈な歓びには
　　　　　　倦怠などそぐわない。
　　　　不快の影など、
　　　　　　君の傍(そば)にも近寄れない。
　　君は愛しても、愛に飽きる悲しみを知らない。　　　　　80

　　　　寝ても覚めても君は
　　　　　　死というものが、われわれ死すべき
　　　　人間には思いも寄らぬ、もっと真実で深い

---

mentioned, unique. **76** *joyance* =（詩）delight. 廃語になっていたが、ロマン派の詩人らが愛用した。**77** *cannot be*:「一緒にいられない（共存できない）(*with*)」。**78** *annoyance* = dislike, disgust. **79** *Never came*: never を伴う過去時制で一般的真理を表わす（➡l. 2）。l. 80 も同様。**80** *ne'er*[néə] = never. *knew*: 厳密には knewest. [s][t]音の重出を避けたようだ ➡ **古風な文法①** (p. 7)。*be* (l. 77), *thee* (l. 79) とは擬似韻。**81–85** この連の脚韻は、asleep / deem / deep / dream / stream と、すべて

>   Than we mortals dream,
> Or how could thy notes flow in such a crystal stream?   85
>
>   We look before and after,
>   And pine for what is not:
>   Our sincerest laughter
>   With some pain is fraught;
> Our sweetest songs are those that tell of saddest thought.   90
>
>   Yet, if we could scorn
>   Hate and pride and fear,
>   If we were things born
>   Not to shed a tear,
> I know not how thy joy we ever should come near.   95
>
>   Better than all measures
>   Of delightful sound,
>   Better than all treasures
>   That in books are found,
> Thy skill to poet were, thou scorner of the ground!   100

長母音[íː]を中核とする。**82** 死ぬ定めを負う人間は、死を恐るべきもの、悲しいものと考えるが、ひばりは肉体を持たぬ精霊だから、死の深い真実を悟っているに違いない。だからこそ、いつも底抜けに明るいのだろう。前行の *asleep* は、ひばりの夢にさえ、死の影が射さないことを指す。deem = think, consider. **83** *Things* ➡ *things* (l. 93). **85** *Or* = if not. *notes* = songs or calls of a bird. *crystal* = clear and transparent like crystal. **86–87** 行頭の *We* と *And* は行頭余剰音 (➡ l. 71 注)。

[53] ひばりに

 ものだと思っているに違いない。
でなければ君の歌がこれほど清らかに流れるはずがない。 85

　　人は前を望み、後ろを振り返り、
　　　今ここにないものに思い焦がれる。
　　われわれのどんな心底(しんそこ)の笑いにも
　　　何ほどかの苦痛がひそむ。
いとも甘美な調べとは、いとも悲しい思いの歌だ。 90

　　だが、たとえわれわれが憎しみや
　　　高慢や恐れを事ともせず、
　　涙など一粒(ひとつぶ)もこぼさない
　　　たちに生まれついたとしても、
われわれは君の歓喜には、とても近づけないだろう。 95

　　ひびきが耳に快い
　　　どんな類いの歌よりも、
　　本のなかで見つけられる
　　　どんな宝よりも、
詩人の目には君の技(まさ)が勝る——地上に目もくれぬ者よ！ 100

---

87 *not*: *fraught*(l. 89), *thought*(l. 90)とは擬似韻。**88–90** われわれ人間の歓びや楽しみには、つねに苦痛や悲しみが付きまとう。**88** *sincerest* = purest. **89** *fraught* = attended (*with*). **90** *sweetest* = most pleasant, delightful. **91–95** だが、たとえわれわれ人間が、悲しみや怒りや恐れを知らない(寄せ付けない)存在に生まれついたとしても、ひばりの歓喜に1歩でも近づけようとは思えない。**91** *scorn* = despise. **96** *measures* = tunes, melodies. **100** *to* = in the eyes or opinion of. *were* =

>   Teach me half the gladness
>   That thy brain must know;
>   Such harmonious madness
>   From my lips would flow,
> The world should listen then, as I am listening now.   105

[54] "One word is too often profaned"
Percy Bysshe Shelly

One word is too often profaned
    For me to profane it,
One feeling too falsely disdained
    For thee to disdain it;
One hope is too like despair   5
    For prudence to smother,
And pity from thee more dear
    Than that from another.

I can give not what men call love,
    But wilt thou accept not   10
The worship the heart lifts above

---

would be.　**103** 行頭に And「(〜せよ)そうすれば」を補う。*madness*: (古代ギリシャ・ローマの詩人について言われるような)理性を超越する熱狂。作者はロマン派の詩人として、ひばりの歌の中に「調和」と「狂気」の結合を見出し、それに迫る詩を書きたいと願う。**104** *would*: 仮定法過去の帰結に用いられる助動詞(「(もしかりに〜だったならば)きっと…だろうに」)。*should*(l. 105)も同様。詩人の切なる願いも、所詮は見果てぬ夢にすぎないという苦い自覚(➡[**48**]l. 46 以

君の脳髄を占める喜びの半ばでも
　　　　私に教えてくれたなら、
　　　わが唇から、さぞ調和に満ちた
　　　　狂乱の詩(うた)が流れ出すことだろう。その時
世界は耳を澄ますのだ、いま私が耳傾けているように。　105

[54]　「ひどく安売りされているので」
　　　　　　　　　パーシー・ビッシュ・シェリー

ひどく安売りされているので、
　安売りしたくない言葉が一つ。
不当にも見下されやすいので、
　あなたが見下すはずのない感情が一つ。
あまりにも絶望に近いので、　　　　　　　　　　　　　　　5
　分別も押し殺しはしない希望が一つ。
そしてあなたの哀れみの情ほど
　願わしいものはない。

世に言う愛なんかはあげられない。
　でも、どうか受け取ってはもらえないか、　　　　　　　10
心が高々とかかげ、

下)。**105** *The world* の前に that を補う(such...that)。*now*: *know*(l. 102), *flow*(l. 104)とは擬似韻。
[**54**]　Mary Shelley(ed.), *Posthumous Poems*(1824). **1–2** 直訳すれば「ある1語は、私がそれを濫用するには余りにしばしば濫用されている→その語はあまり安易に振り回されているので、どうしても嘘っぽく聞こえる。だから私にはとても使えない」。**1** *profaned*:「丁重に(恭しく)扱うべきものが濫用される」。**3–4** 直訳すれば「ある1つの感

And the heavens reject not, —
The desire of the moth for the star,
　Of the night for the morrow,
The devotion to something afar　　　　　　　　　　　　　15
　From the sphere of the sorrow?

[55]　On First Looking into Chapman's Homer
　　　　　　　　　　　　　John Keats (1795–1821)

Much have I travelled in the realms of gold,
　And many goodly states and kingdoms seen;
　Round many western islands have I been
Which bards in fealty to Apollo hold.
Oft of one wide expanse had I been told　　　　　　　　　　5
　That deep-browed Homer ruled as his demesne;
　Yet did I never breathe its pure serene
Till I heard Chapman speak out loud and bold:
Then felt I like some watcher of the skies
　When a new planet swims into his ken;　　　　　　　　　　10
Or like stout Cortez when with eagle eyes
　He stared at the Pacific—and all his men

情は、あなたが軽蔑するには余りにも不当に軽蔑されている→その感情はとかく安く見られがちだが、それは大きな間違いで、あなたのような方がそれを軽視するはずがない」。**5-6** 直訳すれば「ある望みは、余りにも絶望に近いので、わざわざ分別や打算で抑え込む必要もない」。もともと実現の見込みが皆無に近いから。**7** 諺に Pity is akin to love「憐れみは恋に近い」。**11-16** love という言葉を使えば軽く見えてしまいそうな真摯な思いを、4つの絶妙なイメージで表現する。**13**

天も拒まない崇敬の念を——
星にかける蛾の思いを、
　朝にかける夜の望みを、
悲しみの世界から 15
　遠い何かに捧げる敬慕の情を。

[55]　初めてチャップマン訳のホメロスに接して
ジョン・キーツ

私はたびたび黄金の世界に旅をして、
　多くの美しい国々や王国を見てまわった。
　アポロに忠誠を誓う詩人たちが治める
西方の島々をも訪ね歩いた。
何度も噂に聞いたのは、眉深き 5
　ホメロスが統べる広大な領土のこと。
　だがその国の澄んだ大気を吸ったことはない——
チャップマンが声を上げて大胆に語るのを聞くまでは。
聞いた私は、まるで未知の惑星がするりと視野に
　滑り込むのを見た天体観測者のような気がした。 10
それとも、豪胆なコルテスが鋭い鷲の眼で
　太平洋に見入ったとき——手下の者たちがみな

有名な比喩。
[55] *Poems*(1817). 題名 look into:「(本に)ざっと目を通す」。**1** *realms of gold*: 豊かな詩歌の世界。**2** *goodly* =(古)excellent. **3** *western islands*: ヨーロッパ大陸西方のイギリス諸島。**4** *bards* =(文)poets. hold in fealty[fíːəlti]:「〜に(*to*)忠誠を誓って…を(封建領主として)治める」。*Apollo*:(ギ・ロ神)詩歌・音楽の神。英国は詩人たちの領土だという。**6** *deep-browed*: キーツの造語。「両眼から額への隆起(眼の

Looked at each other with a wild surmise—
　　Silent, upon a peak in Darien.

[56]　**La Belle Dame sans Merci**

John Keats

O what can ail thee, knight-at-arms,
　　Alone and palely loitering?
The sedge has withered from the lake,
　　And no birds sing.

O what can ail thee, knight-at-arms,　　　　　　　5
　　So haggard and so woebegone?
The squirrel's granary is full,
　　And the harvest's done.

I see a lily on thy brow,
　　With anguish moist and fever-dew;　　　　　　10
And on thy cheeks a fading rose
　　Fast withereth too.

彫り)が深い」。思慮深い。*demesne*[dimí:n] = domain. ホメロス両叙事詩の世界。**7** *serene* = (古) clear air. **10** *new planet*: キーツはハーシェル (William Herschel) の天王星発見 (1781) を知っていた。**11** *Cortez*[kɔ́:tez]: アステカ王国を滅ぼした (1521)。**13** *surmise*: 「憶測」。**14** *Darien*[déəriən] (*men* (l. 12) と押韻するため [-én] と発音): パナマ東部の地峡。実はキーツの記憶違いで、太平洋を発見 (1519) したのは、バルボア (Vasco Núñes de Balboa)。

あらぬ憶測におびえて顔を見合わせるのを尻目に──
　　黙ってダリエンの頂上に立ち尽くしたときのような。

[56]　非情の美女

ジョン・キーツ

ああ何があったのか、鎧(よろい)の騎士よ、
　　ひとり蒼ざめ彷徨(さまよ)って。
湖畔の菅は枯れ果てて、
　　もう鳥さえ鳴かないのに。

ああ何があったのか、鎧の騎士よ、　　　　　　　　　　　　5
　　げっそりやつれて悲しげに。
栗鼠(りす)の穴蔵はあふれんばかり、
　　もう取り入れも済んだのに。

あなたの額(ひたい)の白百合は
　　苦痛と熱に濡れている。　　　　　　　　　　　　　　　10
あなたの頬のしおれたばらは
　　みるみるやつれ枯れていく。

---

[56]　*Lamia, Isabella, The Eve of St. Agnes, and Other Poems* (1820). 題名＝(フランス語) The Beautiful Lady without Pity. フランス中世の詩人アラン・シャルチエ (Alain Chartier) の宮廷風恋愛詩 (1424)(チョーサーの英訳がある) から題名だけを借用。**1** *can*: 驚きや意外性を表わす。*ail* = trouble, afflict. *knight-at-arms*:「鎧兜を身に着けた騎士」。貴族の子弟が封建君主に仕え、一定の訓練や奉仕を経て叙任される。武者修行中の「遍歴の騎士」knight errant らしい。**2** [l]音の頭韻。**6**

I met a lady in the meads,
  Full beautiful—a faery's child,
Her hair was long, her foot was light,   15
  And her eyes were wild.

I made a garland for her head,
  And bracelets too, and fragrant zone;
She looked at me as she did love,
  And made sweet moan.   20

I set her on my pacing steed,
  And nothing else saw all day long,
For sidelong would she bend, and sing
  A faery's song.

She found me roots of relish sweet,   25
  And honey wild, and manna-dew,
And sure in language strange she said—
  "I love thee true."

She took me to her elfin grot,

---

woebegone = (古)oppressed with grief. **7** *squirrel's granary*: 冬眠に備えて食料を木の洞などに蓄えておく。**8** *done* = finished. *woe-begone*(l. 6)との脚韻は擬似韻。**9** *lily*: ふつう女性の白い(無垢な)顔色の比喩。**10** = moist with anguish and fever-dew. **11** *rose*: 主に若い女性の頬の色。**13** 以下最後まで、冒頭の問いかけへの騎士の答え。*meads* = (古)meadow. **14** [f]音の頭韻。*Full beautiful*: キーツらしい肉感的な表現。beautiful の語自体に ful が含まれる。*Full* = very(➡ ll. 7, 30).

とある女に野原で逢った、
　　見とれるばかり——妖精の子だ。
髪は長く足どり軽く、
　　眼はらんらんと燃えていた。

女の髪を花輪で飾り、
　　腕輪やかぐわしい帯も編んだ。
女はうっとり私を見つめ、
　　甘い吐息を漏らした。

歩む馬に女を乗せ、
　　終日わき目も振らなかった。
女はこちらに身を傾けて、
　　妖精の歌を歌ってくれた。

集めてくれた——甘い風味の草の根を、
　　野生の蜜を、甘露のしずくを。
聞き慣れぬ言葉でたしかに言った、
　　「愛している」と。

妖精の洞窟に私を誘い、

---

faery [féəri, féiəri] = fairy. 魔力を持つ小柄な超自然の存在(ことに女性)。　**15** バラッド風の素朴な表現。　**16** 眼だけがただならぬ光をたたえる。　**18** *zone* = (詩)girdle, belt. 花や草で編んだか。　**19** *as* = as if.　**20** *moan* = (古)complaint, lament.　**21** *pacing*:「ゆっくりした歩調で歩む」。*steed* = horse.　**23** *For*: 彼女ばかり見つめていた「そのわけは」。*would*: 過去の反復的・習慣的動作を表わす。　**26** *manna-dew*:「マナのように甘美な露」。*manna*:「神から恵まれた食べ物」(「出エジプト記」

218 Ⅲ　ロマン主義の時代

 And there she wept and sighed full sore,   30
 And there I shut her wild wild eyes
  With kisses four.

And there she lullèd me asleep
 And there I dreamed—Ah! woe betide!—
The latest dream I ever dreamt   35
 On the cold hill side.

I saw pale kings and princes too,
 Pale warriors, death-pale were they all;
They cried—"La Belle Dame sans Merci
 Hath thee in thrall!"   40

I saw their starved lips in the gloam,
 With horrid warning gapèd wide,
And I awoke and found me here,
 On the cold hill's side.

And this is why I sojourn here   45
 Alone and palely loitering,

16–21)。**27** *sure* = (詩)assuredly. **28** *true* = (古)truly. 聞き慣れない妖精の言葉だが、I love you と言われたのは間違いないという。**29** *elfin*:「elf の」。elf は fairy と伝承を異にするが、のちほぼ同義語。**30** *sore* = (古)sorely「激しく」。**31** *wild wild eyes*: *wild*(➡l. 16)を反復強調。**32** *kisses four*: 作者によれば、それぞれの眼に2度ずつ。4は謎めいた数。**33** *lullèd*: 2音節で発音。**34** *woe betide*:「(我に)災いあれ→災いなるかな」。**35** *latest* = last. *dreamt*[drémt]の目的語としての

[56] 非情の美女

さめざめ泣いて、溜息をついた。 30
燃えるような女の目を
 閉ざしてやった、四つのキスで。

誘われるままつい眠り込み、
 夢を見た——ああ、災いよ！
この冷たい丘の辺で私が見る 35
 最後の夢を。

夢に見た王たち、王子たち、
 戦士たちがみな蒼ざめて、
叫んだ——「あなたは『非情の美女』の
 とりこになった」と。 40

凍えた唇が薄闇のなかで
 大口開けて、警告した。
ふと目がさめると、ここにいた、
 こんな冷たい丘の辺に。

だから私はここにいる、 45
 ひとり蒼ざめ彷徨って。

---

dream は cognate object「同族目的語」。バラッド風の素朴な語法 ➡ ***sing** A faery's song* (ll. 23-24). **37-38** 執拗な *pale* の繰り返し。[p] 音の頭韻。**38** *death-pale*: cf. *pale like death*「死人のように蒼ざめた」。**39** *La Belle Dame sans Merci*: 韻律に従って英語風発音で、例えば[la bél dɑ:m sǽnz məːsí]のように読む。**40** 夢に現われた王侯や騎士たちもこの騎士と同様、彼女に取り付かれたのだ。**41** *gloam* = twilight, gloaming「薄明かり」。キーツの造語。**42** = being gaped wide

Though the sedge is withered from the lake,
  And no birds sing.

[57] Ode to a Nightingale

John Keats

My heart aches, and a drowsy numbness pains
  My sense, as though of hemlock I had drunk,
Or emptied some dull opiate to the drains
  One minute past, and Lethe-wards had sunk:
'Tis not through envy of thy happy lot,　　　　　　　　　5
  But being too happy in thine happiness, ―
    That thou, light-wingèd Dryad of the trees,
      In some melodious plot
  Of beechen green, and shadows numberless,
    Singest of summer in full-throated ease.　　　　　　10

O for a draught of vintage! that hath been
  Cooled a long age in the deep-delvèd earth,
Tasting of Flora and the country-green,
  Dance, and Provençal song, and sunburnt mirth!

---

with horrid warning. *gapèd*: 2音節で発音。前行の *starved* は1音節。
43 *me* = myself. **45** *sojourn* [sɔ́dʒən] = stay.
[57] *Lamia,…and Other Poems* (1820). 題名 *Ode* ➡[31][33]. このオードは[33]と同種。*Nightingale*: 春から初夏の夜、美しく鳴く。**1-2** 鳥の歌に酔って痛いほどの痺れに襲われる。**1** 故意に緩慢な書き出し。*pains* = (他) gives pain to. **2** *of* = (古) a portion of, some. **3** *dull*: 「鈍い」のは阿片ではなく、阿片を飲んだ人。阿片に付された *dull* は

湖畔の菅は枯れ果てて、
　　もう鳥さえ鳴いていないのに。

[57]　ナイチンゲールへのオード

ジョン・キーツ

胸が苦しい、そして眠いようなしびれが
　　感覚を痛めつける。まるで毒人参(どくにんじん)でもあおったか、
それともたった今、けだるい阿片(あへん)を底の底まで
　　飲み干(テ)して、忘却の河に降(くだ)って行ったかのようだ。
それは、君の幸せな身の上が妬(ねた)ましいからではなく、　　　　　5
　　君の幸せが、私をあまりにも幸せにするからだ——
　　　　木々の精である君が、翼も軽く
　　　　　　　　どこか樸(ぶな)の緑と数知れぬ影の
　　入り混じる片隅で、節回しもうるわしく
　　　　朗々とのびやかに夏を歌うのを聞いていると。　　　　　　10

ああ、極上のワインが飲みたい。深々と掘り下げた
　　土の中で、年月をかけて冷やされたワインが。
その味わいは、花の女神(フローラ)と田舎の緑地、
　　ダンスとプロヴァンスの歌、そして日灼(ひや)けした歓楽。

転移修飾詞(➡[32]l. 3 注)。**4** *past* = ago. *Lethe*:[líːθiː]. **5** *through* = because of. **6** *thine* = thy. 古い習慣で *happiness* の冒頭を母音扱いした（ただし *thy happy*, l. 5）。**7** *That* = (being too happy) that. *thine happiness* の内容を具体的に語る。*light-wingèd*: *-èd* を 1 音節で発音。**10** *full-throated*: *full* はキーツの愛用語(➡[56]l. 14 注)。ll. 15, 16, 27, 49。**11-20** 鳥の歌声を聞きながら、南国の光に満ちたワインに酔い痴れたい。**11** *O for* = I wish I might have(➡l. 15). *draught*[dráːft] = (英)

O for a beaker full of the warm South, 15
　　Full of the true, the blushful Hippocrene,
　　　　With beaded bubbles winking at the brim,
　　　　　　And purple-stainèd mouth;
　　That I might drink, and leave the world unseen,
　　　　And with thee fade away into the forest dim: 20

Fade far away, dissolve, and quite forget
　　What thou among the leaves hast never known,
The weariness, the fever, and the fret
　　Here, where men sit and hear each other groan;
Where palsy shakes a few, sad, last grey hairs, 25
　　Where youth grows pale, and spectre-thin, and dies;
　　　　Where but to think is to be full of sorrow
　　　　　　And leaden-eyed despairs,
　　Where Beauty cannot keep her lustrous eyes,
　　　　Or new Love pine at them beyond tomorrow. 30

Away! away! for I will fly to thee,
　　Not charioted by Bacchus and his pards,
But on the viewless wings of Poesy,

---

draft.　**12** *deep-delvèd earth*: ワインの地下貯蔵室。-*èd* を1音節で発音。**14** [s]音の頭韻。*Provençal*: [pròvɑːnsɑ́ːl]。**16** *blushful*: 赤ワインを暗示する。*Hippocrene*: *unseen*(l. 19)と押韻するため、ここでは[hìpəkríːn]と発音。(ギ神)詩神ミューズに捧げられる泉。詩的霊感の源(➡**[30]**l. 16注)。**17** [b]音の頭韻。**18** *purple-stainèd*: -*ple* と -*èd* をそれぞれ1音節で発音。**19** *That I might* =So that I might。**20** ここだけアレクサンダー格(弱強6歩格)。**21–30** 沈鬱なリズム。**25** *palsy*:

ああ、暖かい南国の満ち溢れる大杯を傾けたい――　　　15
　　紅く頬染めるまことの詩の泉をなみなみと湛え、
　　　　こぼれそうな泡粒がぴちぴちウインクし、
　　　　　　　飲み口に赤いしみがついた大盃を。
　　それを飲んで、人知れずこの世を離れ、
　　　君とともに薄暗い森の中に消えていくのだ。　　　20

遠く彼方に消え、溶け去って、きっぱり忘れよう――
　　森の葉叢を住み処とする君には思いも寄らない
この世の心身の疲れ、熱病や、苛立ちなんかを。
　　ここでは、人はただ坐して互いの呻き声を聞くだけ。
中風病みがわずかに生え残った悲しい白髪を震わせ、　　25
若者は蒼ざめて亡霊のように痩せこけ死んでいく。
　　ここではものを思うことは、たちまち悲しみと
　　　　　　　鉛色の目の絶望に見舞われること。
　　「美」も艶やかな目の光を保つことができず、
　　新しい「恋」も、ときめきが明後日までは続かない。　30

彼方へ！　彼方へ！　君のもとへ飛んで行こう。
　　豹に引かれるバッカスの二輪車ではなく、
目に見えぬ「詩」の翼に乗って――たとえ

[pɔ́ːlzi]. *a féw, sád, lást gréy háirs*: 長音の強拍を連ねて老いを嘆く。27 *but* = only. 29 *Beauty* = beautiful women. 30 *pine* = cannot pine. *them* = *eyes* (l. 29). 31 *Away* ➡ l. 21. 32 酒の勢いに頼らず。*pards* = leopards. 厳密に言えば、キーツが愛したティツィアーノの絵『バッカスとアリアドネ』では、二輪車を引くのはチーター(オウィディウスの詩『愛の技術』では虎)。33 *viewless* = invisible. 36 *haply* = perhaps. 37 *Fays* = (文)fairies. 39-40 風が木々の梢を揺らすと、月光が

224　Ⅲ　ロマン主義の時代

  Though the dull brain perplexes and retards:
Already with thee! tender is the night,   35
 And haply the Queen-Moon is on her throne,
  Clustered around by all her starry Fays;
    But here there is no light,
Save what from heaven is with the breezes blown
 Through verdurous glooms and winding mossy
    ways.   40

I cannot see what flowers are at my feet,
 Nor what soft incense hangs upon the boughs,
But, in embalmèd darkness, guess each sweet
 Wherewith the seasonable month endows
The grass, the thicket, and the fruit-tree wild;   45
 White hawthorn, and the pastoral eglantine;
  Fast fading violets covered up in leaves;
    And mid-May's eldest child,
The coming musk-rose, full of dewy wine,
 The murmurous haunt of flies on summer eves.   50

Darkling I listen; and for many a time

ちらちら漏れて道伝いに流れてくる。光さえそよ風に吹き送られるかのような感覚的表現。**39**「天から微風と共に吹き寄せられるもの（＝光）を除けば」。*Save* =（文）except. **42** *incense*:「（花の）芳香」。**43** *embalmèd* =（古）perfumed. *-èd* を1音節で発音。*sweet* =（詩）fragrance. 漂う香で何の花か見当をつける。**44** *Wherewith* = with which. 諺に March winds and April showers bring forth May flowers.「3月の風と4月のにわか雨が、5月の花をもたらす」。*endows*: endow A with

鈍い頭脳がまごつかせ、手間取らせようとも。
さあ着いた！　なんとやさしい夜だろう。　　　　　　　　　35
　ことによれば、月の女王が玉座に就いて、
　　星の妖精たちに取り巻かれているのかもしれない。
　　　　　　　だが、ここには光が届かない――
　ただ天からそよ風に乗って、緑の闇と
　　曲がりくねる苔道(こけみち)づたいに吹き送られる薄明かりが
　　　　　　　　　　　　　　　　　　　あるばかり。　40

私には見えない――足許(あしもと)に咲いているのが何の花か、
　何のほのかな薫りが枝から立ちこめているのか。
せいぜいのところ、かぐわしい闇の中で、
　五月というよき時節が草や茂みや野生の果樹に
漂わせる甘い匂いが何なのか、見当をつけるだけだ――　45
　白い山査子(さんざし)や牧歌めく野ばら、
　　葉陰に隠れてすぐに萎(しお)れる菫(すみれ)。
　　　　　そして五月半ばの一番手、
　やがて咲く麝香(じゃこう)ばらが、露のワインをたっぷり湛えて
　　夏の宵には唸(うな)る羽虫(はむし)たちのたまり場となる。　　50

暗がりで私は聞き惚れる。思えばこれまで何度となく、

──────────

B は「A に B を与える」。**46-50** 列挙される花々は *each sweet* (l. 43) と同格。作者が熱っぽく数え立てる花々の濃厚な匂いや色や形。よき季節のイギリスの豊かな自然への讃歌。**47** [f][v] 音の頭韻。**48-50** [m] 音の頭韻。**50** [m] 音を中心とする、甘美な自然のみごとな表現。cf. The **m**oan of doves in im**m**e**m**orial el**m**s, / And **m**ur**m**uring of in**m**u**m**erable bees「もの古りた楡の森でうめく鳩たち、むんむんうなる無数の蜜蜂の群れ」(Tennyson, Come down, O maid (*The Princess*,

I have been half in love with easeful Death,
Called him soft names in many a musèd rhyme,
　　To take into the air my quiet breath;
Now more than ever seems it rich to die,　　　　　　　55
　　To cease upon the midnight with no pain,
　　　　While thou art pouring forth thy soul abroad
　　　　　　　　In such an ecstasy!
　　Still wouldst thou sing, and I have ears in vain—
　　　　To thy high requiem become a sod.　　　　　　60

Thou wast not born for death, immortal Bird!
　　No hungry generations tread thee down;
The voice I hear this passing night was heard
　　In ancient days by emperor and clown:
Perhaps the self-same song that found a path　　　　65
　　Through the sad heart of Ruth, when, sick for home,
　　　　She stood in tears amid the alien corn;
　　　　　　　　The same that oft-times hath
　　Charmed magic casements, opening on the foam
　　　　Of perilous seas, in faery lands forlorn.　　　　70

VII, 206-7). *summer*: 5月半ばから8月半ば。**51** *Darkling* =（文）in the dark。**53** [m]音の頭韻。*Called* = called upon, urged (*to*). call someone soft names は「優しい名で呼びかける」。*musèd*: muse「熟考する」の受け身。*-èd* は1音節で発音。*rhyme*:「詩」。**55** *rich*: 大胆な形容詞。**56** *cease* =（古）die.　**57** *abroad* = widely.　**59** *I have* = I would have.　**60** *To* = in response to.　**61** ナイチンゲールは不滅不死の存在（理に背くと批判を浴びた詩句）➡[53]l.2注。**62** どんなに飢えた時

私は安楽な「死」と半ば恋に落ち、
思いをこらした多くの詩で、甘い言葉で呼びかけては、
　私の息を静かに大気に戻してほしいと訴えたものだ。
そして前にも増して今こそは、死ぬことが——真夜中に　　55
　苦痛もなく息絶えることが、贅沢の極みと思われる、
　　君がこんなにも有頂天で、高らかに思いのたけを
　　　　　吐き出しているうちに。
君の歌はなお続くだろうが、私の耳はもう用ずみで、
　君の貴い鎮魂歌(レクイエム)も聞こえぬ土塊(つちくれ)と成り果てるのだ。　　60

死ぬ定めなど、君にはない、不滅の「鳥」よ！
　どんなに飢えた世代も君を踏みつけにはしなかった。
たちまち過ぎて行く今夜、私の聞いている声は、
　その昔、皇帝や農夫の耳にも聞こえたことだろう。
ことによれば、これは異国の麦畑で　　65
　故郷を偲び、涙にくれてたたずんだルツの悲しい心に
　　忍び込んだのと、まさに同じ歌かもしれない。
　　　　　あるいは怒濤(どとう)逆巻く荒海を見下ろす
　　魔法の窓を、しばしば蠱惑(こわく)したのと
　　　同じ声なのか——見捨てられた妖精の国で。　　70

代でも、ナイチンゲールの歌声は無下にされなかった。**64** *clown* = peasant. **65-66** [s]音の頭韻。**66** *Ruth*: ユダ出身の男と結婚、夫の死後義母に従ってユダへ行き、異国で落穂拾いをしながら孝養をつくした(「ルツ記」)。**69-70** 魔法をかけられた古城、幽閉された姫君、荒海に臨む窓、ナイチンゲールなど、中世ロマンスの世界を凝縮する。**70-71** *forlorn*: この1語で話者ははっと我に返る。永遠に歌うナイチンゲールに引き換え、自分は世にも惨めな身の上ではないか。**72**

Forlorn! the very word is like a bell
  To toll me back from thee to my sole self!
Adieu! the fancy cannot cheat so well
  As she is famed to do, deceiving elf.
Adieu! adieu! thy plaintive anthem fades   75
    Past the near meadows, over the still stream,
      Up the hill-side; and now 'tis buried deep
        In the next valley-glades:
  Was it a vision, or a waking dream?
    Fled is that music:—Do I wake or sleep?   80

[58] **Ode on a Grecian Urn**

John Keats

Thou still unravished bride of quietness,
  Thou foster-child of silence and slow time,
Sylvan historian, who canst thus express
  A flowery tale more sweetly than our rhyme:
What leaf-fringed legend haunts about thy shape   5
  Of deities or mortals, or of both,

---

toll:「(鐘が)鳴る」と「誘う」をかける。**73** *Adieu* ➡[10]l. 1 注。**74** *famed* = known(*to*). **75** *plaintive anthem*: 喜びの歌が悲しげな歌に変わった。**80** *Fled is that music* = (古)that music has fled.
[**58**] *Lamia,...and Other Poems*(1820). 題名 *Grecian* = (古)Greek(建築様式や容貌について言う). **1–4** 3つの名で壺に呼びかける。[s]音と二重母音[ai]の落ち着いた語調。**1** 壺は「静けさ」の妻として長年を過ごしつつ、もとの純粋さを保っている。**2** 壺は父(陶工)亡きあ

見捨てられた！　このひと言は、君のそばから私を
　　孤独な自分に呼び戻す鐘の音のようだ。
さらば！　空想は、評判ほどには
　　人を騙すのがうまくない、見かけ倒しのいたずら者だ。
さらば！　さらば！　憂いを帯びた君の歌は消えて行く、　75
　　近くの草地を過ぎ、静かな川を渡り、
　　　　丘をのぼって。そして今はもう隣の谷陰深く
　　　　　　埋もれてしまった。
　　あれは幻だったのか、それとも起きて見た夢か。
　　　歌声は消えた——私は醒めて、それとも眠って
　　　　　　　　　　　　　　　　　　いるのか。　80

[58]　ギリシャの壺に寄せるオード

ジョン・キーツ

今もなお穢れを知らない静けさの花嫁よ、
　　沈黙とゆるやかな時の養い子、
森の語り部よ。こうしてあなたは聞かせてくれる——
　　ぼくらの詩より耳に心地よい花いっぱいの物語を。
葉の縁取りに飾られてあなたの周りに立ち現われるのは、　5
　　神々か人間、それともその両方のどんな伝説なのか。

と、「沈黙」と緩慢な「時」という育ての親に守られてきた。育ての親も夫も共に静寂の仲間。4 *rhyme*＝poetry.　5 高ぶった口調。*leaf-fringed*:「木の葉の模様で縁取られた」。*haunts*:「〜のあたりに (*about*) 出現する」。6 *deities*[díːəti:z]＝gods.　7 *Tempe*: オリンポス山の谷間。*Arcady*: ペロポネソス半島の平和で牧歌的な理想郷。8 *men or gods*＝deities or mortals (l. 6). *loth*＝loath＝reluctant. 若い男に追われて逃げる娘たち。矢継ぎ早の質問はその場の緊迫を伝える。**9–10**

In Tempe or the dales of Arcady?
　What men or gods are these? What maidens loth?
What mad pursuit? What struggle to escape?
　What pipes and timbrels? What wild ecstasy?　　　　　10

Heard melodies are sweet, but those unheard
　Are sweeter; therefore, ye soft pipes, play on;
Not to the sensual ear, but, more endeared,
　Pipe to the spirit ditties of no tone:
Fair youth, beneath the trees, thou canst not leave　　　15
　Thy song, nor ever can those trees be bare;
　　Bold lover, never, never canst thou kiss,
Though winning near the goal—yet, do not grieve;
　　She cannot fade, though thou hast not thy bliss,
　Forever wilt thou love, and she be fair!　　　　　　　20

Ah, happy, happy boughs! that cannot shed
　Your leaves, nor ever bid the Spring adieu;
And, happy melodist, unwearièd,
　Forever piping songs forever new;
More happy love! more happy, happy love!　　　　　　25

質問は感嘆に近づく。**10** *timbrels* = tambourines. **11–14** 壺で奏でられる音楽は、耳にではなく精神に訴えかける。**12** *soft* = melodious, sweet. **13** *sensual* = sensuous. *endeared* = (古) endearedly = cordially. **14** *tone: play on* (l. 12) とは擬似韻。**15–20** 青春の1コマが壺に刻まれて永遠に残る。**18** *winning* = getting. **21–27** 頻繁な同語反復 (*happy, forever* など) は感動と共に、死を予感していた作者の強い羨望と絶望の表われか。**22** *adieu* ➡ [10] l. 1 注。**23** *melodist* = singer ➡ *Thy song*

所はテンペかアルカディアの谷か。どんな人々、
　　どんな神々なのか。嫌がっているのはどんな娘たちか。
　何と必死の追跡か。逃れようとする何という刃向かいか。
　　　どんな笛やタンバリンか、何と狂おしい有頂天か。　　10

耳に聞こえるメロディーは心地よいが、聞こえない節は
　もっと甘い。だから物静かな笛たちよ、続けてくれ——
肉体の耳にではなく、もっと親密に
　魂に向けて、音なき調べを奏でてほしい。
木立の下の美しい若者よ、君がその歌をやめることは　　15
　決してないし、また木々の葉が落ち尽くすこともない。
　　　大胆な恋人よ、君のキスは永久に叶わない、
あとわずかまで迫っているのに——だが嘆くことはない、
　　　至福を得る望みはないが、娘が消え去る恐れもなく、
　君は永遠に恋い焦がれ、娘もきれいなままなのだ。　　20

ああ、幸せな幸せな木の枝よ。君たちは永久に葉を
　散らすことがないし、春に別れを告げることもない。
そして幸せなメロディーの主よ、君は疲れも知らず、
永遠に新しい歌を、永遠に吹き続けるのだ。
だがもっと幸せな恋よ、もっともっと幸せな恋よ、　　25

(l. 16). *unwearièd*: -èd を 1 音節で発音。**26–30** *love*(l. 25)にかかる。**26** *warm* = ardent. *still* = always. **28** = far above all breathing human passion. *breathing* = living. **29** *That*: 主格関係代名詞、先行詞は *passion*(l. 28). *high-* = greatly. **31** 以下は壺の反対側の情景。語り口はより観照的。**31** *these* = these people. *sacrifice*:「生贄を捧げる宗教的儀式」。**33** *heifer* [héfə]:「若い雌牛」。*skies*: *sacrifice*(l. 31)とは擬似韻。**34** *drest* = dressed. *priest*(l. 32)とは擬似韻。**35** *town*: 人々が留守にし

Forever warm and still to be enjoyed,
　　Forever panting, and forever young;
All breathing human passion far above,
　　That leaves a heart high-sorrowful and cloyed,
　　　　A burning forehead, and a parching tongue.　　30

Who are these coming to the sacrifice?
　　To what green altar, O mysterious priest,
Lead'st thou that heifer lowing at the skies,
　　And all her silken flanks with garlands drest?
What little town by river or sea shore,　　35
　　Or mountain-built with peaceful citadel,
　　　　Is emptied of this folk, this pious morn?
And, little town, thy streets for evermore
　　Will silent be; and not a soul to tell
　　　　Why thou art desolate, can e'er return.　　40

O Attic shape! Fair attitude! with brede
　　Of marble men and maidens overwrought,
With forest branches and the trodden weed;
　　Thou, silent form! dost tease us out of thought

た町(壺には見えない)。**40** *desolate* = deserted. *e'er*[éə] = ever. *return*: *morn* (l. 37)とは擬似韻。**41** *Attic* = Grecian. *shape* = form. *attitude* = posture「(物の)姿態」。*brede*:「刺繍、編み込み」。大理石に細かく刻み込まれた図柄。**42** *overwrought*:「～で一面に装飾を施された (with)」。**44-45** 永遠不変の壺の世界は、定めない現世に生きるわれわれをからかい、何も考えられなくする。永遠を考えるときのように。**45** *Cold Pastoral*:「冷たい」理由は(1)材料が大理石、(2)刻ま

君は永遠に熱く、楽しみはつねに尽きることなく、
　永遠に荒い息を吐き、永遠に若いままだ、
生身の人間の情念いっさいを遥かに超越して──
　熱情があとに残すのは、悲しみに満ちた倦怠感、
　　燃える額、からからに乾いた舌ばかりなのに。　　30

生贄の場に向かうこの人々は誰だろう。
　ああ謎めいた司祭よ、あなたはどんな緑の祭壇に
牽いていくのか──絹のような横腹一面に花輪を飾られ、
　空を仰いで鳴いている、その雌の子牛を。
いったいどんな小さな町を──川べりか、海辺か、　　35
　それとも平和な砦のある山の中か──
　　この敬虔な朝、この人々が留守にしているのだろう。
そして、小さな町よ、君の街並みはどれも永遠に
　静まり返り、いったいなぜ君に人気がないのか、
　　戻って教えてくれる者は誰一人いないだろう。　　40

ああ、アッティカの形体、うるわしい姿よ──大理石の
　男たちや娘たち、森の枝々や踏みならされた雑草が、
刺繍のようにぎっしり一面に彫り込まれたあなた。
　物言わぬ形状よ、あなたはぼくらを途方に暮れさせる

た物語が凍りついて不動、(3)壺が冷ややかで人を寄せ付けない。興奮と羨望の熱が冷めたあと、話者は我に返る。**48** *man* = human beings. **49-50**：壺(*thou*)が語る言葉(引用符に囲まれる)は2行全体。*Beauty…beauty* だけだと、これまで壺に語りかけてきた話者が、そのあと突然読者に向き直って意見を述べることになり不自然(手稿が残らないので、内容から判断する他はない)。

As doth eternity: Cold Pastoral! 45
　　When old age shall this generation waste,
　　　　Thou shalt remain, in midst of other woe
　　Than ours, a friend to man, to whom thou say'st,
"Beauty is truth, truth beauty,—that is all
　　　　Ye know on earth, and all ye need to know." 50

[59]　**To Autumn**

　　　　　　　　　　　　　　　　　John Keats

Season of mists and mellow fruitfulness,
　　Close bosom-friend of the maturing sun;
Conspiring with him how to load and bless
　　With fruit the vines that round the thatch-eves run;
To bend with apples the mossed cottage-trees, 5
　　And fill all fruit with ripeness to the core;
　　　　To swell the gourd, and plump the hazel shells
With a sweet kernel; to set budding more,
　　And still more, later flowers for the bees,
　　Until they think warm days will never cease, 10
　　　　For Summer has o'erbrimmed their clammy cells.

---

[59]　*Lamia,... Other Poems*(1820)．題名 Ode の語はないが、傑作オード群の最後に書かれたオード。**1** [s][m][l][f]音の頭韻。*mellow fruitfulness*: まろやかな響きで豊かに熟れきった果実を思わせる。**3-10** 抽象的でありながら肉感的な表現。田舎家の葡萄の蔓や木々に実が熟していくありさまを、*load, bless, bend, fill, swell, plump, set* という他動詞を連ねて（まるで力強い動作が加えられているかのように）生き生きと描き出す。**4-6** 母音の前後を密接に取り囲む子音（*mossed*

――まるで「永遠」みたいに。「冷たい牧歌」よ。　　　　　　　45
　　老齢がぼくらの世代を衰弱させたあと、
　　　　あなたは今とは別の時代の悲哀に包まれながらも、
　　人間の友であり続け、そして彼らにこう告げるのだ、
　「美は真、真は美。君たちが地上で知っているのは
　　　それだけ、そしてそれを知るだけで十分だ」と。　　　　　50

[59]　秋に寄せる

　　　　　　　　　　　　　　　　　　ジョン・キーツ

霧とまろやかな実りの季節、
　　もの皆を熟させる太陽の腹心の友よ、
あなたは太陽と示し合わせて、茅葺き屋根の
　　軒を這う葡萄の蔓に、たっぷりと実を恵み与える。
苔むした田舎家の木々を林檎の重みでたわませ、　　　　　　　5
　　ありとある果実を芯まで熟れさせる。
　　　　かぼちゃをふくらませ、榛の殻にぎっしりと
甘い果肉を詰め込み、さて次から次へと
　　遅咲きの花々を芽ぐませては、蜜蜂を喜ばせ、
暖かい日々はもう終わらないと信じ込ませる――　　　　　　10
　　「夏」が彼らの巣穴をべっとりはちきれさせたので。

―――――――

cottage-trees, l. 5 など)が「鈴なり」感を強める。**5** *To* = how to. **7** [l] 音の頭韻。**8** set A -ing は「A に〜させる」。ここで A は *more, And still more, later flowers* (ll. 8-9)。**10** *cease: bees* (l. 9) とは擬似韻。**11** [m] 音の頭韻が蜜蜂の羽音や、蜂蜜のねっとりとした質感を暗示する。**12-22**「秋」を、豊かな収穫に満足して穀倉や畔溝で、また落穂拾いや林檎搾りに、のんびり過ごす女性に見立てる。**12** *amid* = (詩)among. **13** *whoever* = any person who. *seeks*:「(「秋」を)探しに行

Who hath not seen thee oft amid thy store?
    Sometimes whoever seeks abroad may find
Thee sitting careless on a granary floor,
    Thy hair soft-lifted by the winnowing wind;   15
Or on a half-reaped furrow sound asleep,
    Drowsed with the fume of poppies, while thy hook
        Spares the next swath and all its twinèd flowers:
And sometimes like a gleaner thou dost keep
    Steady thy laden head across a brook;   20
    Or by a cider-press, with patient look,
        Thou watchest the last oozings hours by hours.

Where are the songs of Spring? Ay, where are they?
    Think not of them, thou hast thy music too,—
While barrèd clouds bloom the soft-dying day,   25
    And touch the stubble-plains with rosy hue;
Then in a wailful choir the small gnats mourn
    Among the river sallows, borne aloft
        Or sinking as the light wind lives or dies;
And full-grown lambs loud bleat from hilly bourn;   30

く」。*abroad* = out of doors. **14** *careless*:「(古)呑気に」。**15** 糠殻をあおぎ分ける風に、髪をふわりとなびかせる。**17** *Drowsed* = (古) made sleepy. *with* = by. *poppies*: ヨーロッパ各地に自生する赤い花。モルヒネ・阿片の原料。*hook* = reaping-hook「(刈り入れ用の)鉤型の鎌」。**18** *Spares*:「〜を残して(生かして)おく」。*next swath*:「(刈り取るべき)次の一畝」。*twinèd*: 2音節。**19-20** *keep Steady*: 句跨ぎによって *keep* と *Steady* が2行に分断され、その絶妙な間合いが、農婦がバラ

収穫の場で、あなたをよく見かけない者がいるだろうか。
　　居場所を尋ねて出かけてみると、あなたはときどき
穀物倉の床にのんびり坐り込んで、
　　籾殻をふるい分ける風に、髪を軽くなびかせていたり、　15
刈り入れ半ばの畔溝で、罌粟の香りに眠気を誘われて、
　　ぐっすり寝込んでしまい、隣の畔の作物や
　　　　からみつく花々を、鎌で刈り残す。
時には小川を渡るとき、あなたは落穂拾いの女さながら、
　　穂の束を載せた頭をしゃっきり立てたり、　　　　　20
林檎搾り器のそばで何時間もまた何時間も辛抱強く、
　　雫が最後まで出尽くすのを見届けたりしている。

では「春」の歌はどこに――そう、どこにあるのか。
　　気にすることはない。あなたにはあなたの歌がある。
縞模様の雲が、ひっそり死んでいく一日に華やぎを添え、　25
　　刈り株畑をばら色に染めるころ、
川べりの柳の陰で小さな蚊の群れが物悲しいコーラスで
　　むせぶ――そよ風が吹いたりやんだりするにつれて、
　　　　浮きつ沈みつを繰り返しながら。
そして、まるまる育った小羊が丘の辺で大声で鳴き、　　30

ンスを取る一瞬の身ごなしを伝える。**19** *gleaner*: 当時人気のあった画題。刈り残された麦の束を頭に載せて運ぶ女性が多い。**20** *laden* = loaded. **22** *oozings*:「滲み出したもの→林檎の搾り汁」。**23** ふつうは秋より春の方が広く愛されるという前提で、いまこの詩で讃えている秋には、明るい春の風情が欠けているのではないかと自問する。*Ay* [ái] = aye = (古) yes. **25** *barrèd*: barred とする版が多いが、-èd と共に2音節で発音しないと、10音節詩行にならない。*bloom*:「やわらかな

238   Ⅲ　ロマン主義の時代

  Hedge-crickets sing; and now with treble soft
  The redbreast whistles from a garden-croft;
   And gathering swallows twitter in the skies.

暖色を添える」。*soft* = (副)gently.　**27-33** 蚊・小羊・こおろぎ・駒鳥・燕の物寂しい風情の漂う「秋の歌」。**27** *gnats*:「(英)蚊」。**28** *sallows* = willows.　**30** [l]音の頭韻。*bourn*[bɔ́:n] = region(キーツ独特の用法)。*mourn*(l. 27)と押韻。**31** *treble*:「ソプラノ。(主に英)ボーイ・ソプラノ」。**32** *redbreast* = robin. 早くも冬の鳥が鳴いている。*garden-croft*:「花や果樹を植えた庭」。**33** 南に向かう燕が旅立ちの準備をする。

生垣のこおろぎが歌う。すると、庭の茂みから
　胸の赤い駒鳥が、やわらかな高音(たかね)で口笛を吹き、
　　群れ集(つど)いはじめた燕が、空でさえずりを交わす。

─────────

Ⅳ　ヴィクトリア時代
The Victorian Period (1830–1900)

アルフレッド・テニソン
(By Samuel Laurence, c1840 / Alamy Stock Photo)

[60]　"How do I love thee? Let me count the ways"
Elizabeth Barrett Browning (1806–61)

How do I love thee? Let me count the ways.
I love thee to the depth and breadth and height
My soul can reach, when feeling out of sight
For the ends of Being and ideal Grace.
I love thee to the level of everyday's　　　　　　　　　5
Most quiet need, by sun and candle-light.
I love thee freely, as men strive for Right;
I love thee purely, as they turn from Praise.
I love thee with the passion put to use
In my old griefs, and with my childhood's faith.　　　　10
I love thee with a love I seemed to lose
With my lost saints—I love thee with the breath,
Smiles, tears, of all my life!—and, if God choose,
I shall but love thee better after death.

---

[60]　*Sonnets from the Portuguese*(1850). **2-4** 魂が霊的宇宙の果てまで存分に翼を伸ばして馳せめぐる、その巨大な空間のすべてをあなたへの愛が占めるという。cf. the breadth, and length, and depth, and height「(キリストの愛の)広さ、長さ、深さ、高さ」(「エペソ人への手紙」3: 18)。**4** 表現がやや生硬で、真意を測りがたい。*ends*:「窮極」または「終わり」か。*Grace*: *ways* (l. 1) とは擬似韻。**5-6** 宇宙規模の愛から一転、日常生活での細やかな愛を語る。**5** *to the level of*:

[60]「あなたをどんな風に愛しているか」
エリザベス・バレット・ブラウニング

あなたをどんな風に愛しているか、数え上げてみよう。
私の魂が「存在」とこよなき「恵み」の限りを求めて
手探りで、及ぶ限りの遠くまで馳せめぐるときのように、
深く、広く、高くあなたを愛している。
昼日中でも蠟燭の灯の下でも、ふだんあなたが抱く 5
どんな控えめな望みも満たすほど、身近に愛している。
「権利」を求めて闘う男たちのように、自由に愛している。
彼らが「賞讃」に背を向けるように、純粋に愛している。
むかし不幸な目に遭うたびに奮い起こしたあの情熱で、
また子供時代そのままの誠実さで、愛している。 10
私の聖者たちを失うと同時に失くしてしまったらしい
愛で、あなたを愛している——全人生の呼吸と微笑みと
涙であなたを愛している——そしてもし神がお望みなら、
死んだ後にはいっそうあなたを愛するだろう。

「〜のレベルに至るまで」。**9** *put to use*:「動員された」。**10** *griefs*:「(死別その他による)心痛」。**11–12** 幼いころ聖者たちを敬慕していた。のち聖者への信仰を失うと共に、人を熱愛する心も失っていたらしい。今そのような烈しい愛で、あなたを愛するという。**11** *lose*: *use* (l. 9) とは擬似韻。**12** *lost saints*:「愛する死者たち」の意も。作者は早くに妹と弟2人を亡くした。*breath*:「(古)活力」。*faith* (l. 10) とは擬似韻。**13** *if God choose* ➡[**9**] l. 8 注。*choose* = think fit。**14** *but* = (古) even。

[61] Mariana

Alfred Tennyson(1809–92)

Mariana in the moated grange
                    (*Measure for Measure*)

With blackest moss the flower-plots
   Were thickly crusted, one and all:
The rusted nails fell from the knots
   That held the pear to the gable-wall.
The broken sheds looked sad and strange: 5
   Unlifted was the clinking latch;
   Weeded and worn the ancient thatch
Upon the lonely moated grange.
     She only said, "My life is dreary,
       He cometh not," she said;   10
     She said, "I am aweary, aweary,
       I would that I were dead!"

Her tears fell with the dews at even;
   Her tears fell ere the dews were dried;

---

[61] *Poems, Chiefly Lyrical*(1830). 題詞 シェイクスピア『尺には尺を』の第3幕第1場の終わり近くに there, at the moated grange, resides this dejected Mariana という台詞がある。作者はそこから、男に捨てられて「落ち込んだマリアナ」という発想と名前、「堀をめぐらした田舎屋敷」という背景だけを借用して、自由に想像を膨らませた。シェイクスピアのマリアナは最後に相手を取り戻すが、この詩のマリアナにはその希望が一切ない。**1-8** 放置され荒れ果てた屋敷。**1**

[61] マリアナ

アルフレッド・テニソン

堀をめぐらした田舎屋敷にマリアナが
　　　　　　（『尺には尺を』）

花壇という花壇は、どれもみな
　真っ黒な苔に固く覆われて、
梨の木を切妻壁に押さえつけている格子の番目から
　　　き り づ ま か べ　　　　　　　　　　　　こ う し　つがい め
　錆び釘がぼろぼろ抜け落ちている。
　さ
壊れた納屋はどれも悲しげで薄気味悪く、　　　　　　　　5
　な
　がたつく掛け金は、上げる人もない。
　堀のある寂しい田舎屋敷の古い茅葺屋根は
　　　　　　　　　　　　　　か や ぶ き
すり切れて雑草が生えている。
　女はひとこと、「みじめな人生、
　　あの人は来ない」、そう女は言う。　　　　　　　　10
　女は言う、「うんざり、うんざり、
　　もう死んだほうがまし」。

涙が落ちる、夜露とともに、
　涙が落ちる、朝露の乾く前に。

-2 ごつごつ硬い子音が密集して、スムーズに読み進めない。**3-4** 壁際に木を植え、木の前方に壁と平行に立てた格子にその枝をからませ、わざと木を薄く平らに育てて日当たりを良くし、実をよくならせる伝統的な技法(espalier「エスパリエ」)。今では格子を壁に固定した釘も錆びて、抜け落ちている。**5** [s]音の頭韻。**7** [w]音の頭韻。*worn* の直後で was (l. 6) の省略。**8** *grange*:「(主に英)田舎の地主の邸宅。大農場」。**9-12**：とつぜん She「彼女(マリアナ)」が登場、リフレー

She could not look on the sweet heaven, 15
  Either at morn or eventide.
After the flitting of the bats,
  When thickest dark did trance the sky,
  She drew her casement-curtain by,
And glanced athwart the glooming flats. 20
    She only said, "The night is dreary,
      He cometh not," she said;
    She said, "I am aweary, aweary,
      I would that I were dead!"

Upon the middle of the night, 25
  Waking she heard the night-fowl crow:
The cock sung out an hour ere light:
  From the dark fen the oxen's low
Came to her: without hope of change,
  In sleep she seemed to walk forlorn, 30
  Till cold winds woke the gray-eyed morn
About the lonely moated grange.
    She only said, "The day is dreary,
      He cometh not," she said;

ンで身の上を嘆く。**11-12** [w]音の頭韻。**11** *aweary* = (文) weary, tired. *dreary* (l. 9) との脚韻は、けだるい響きで前半の情景描写に呼応し、詩全体に悲哀と絶望のムードを投げかける。**12** *I would* = (古) I wish. **13** *even* = (古) evening. **14** *ere*[éə] = (古) before. **15-16** うなだれて涙を流しているマリアナは、天を仰いで救いを求めることもできない。**16** *morn* = (文) morning. *eventide* = (文) evening. **18** *trance*:「〜に麻酔をかける」。**19** *casement*:「(詩) 窓」。*by*:「わきへ」。**20** [g] [l]

朝も日暮れも、やさしい天を 15
　　仰ぎ見ることは絶えてない。
蝙蝠(こうもり)がはたはた飛びはじめ、
　　深い闇が空を恍惚に誘うと、
　　女は窓のカーテンを引き寄せ、
暮れ行く辺(あた)りの湿原を見渡す。 20
　　女はひとこと、「みじめな夜、
　　　あの人は来ない」、そう女は言う。
　　女は言う、「うんざり、うんざり、
　　　もう死んだほうがまし」。

女は夜中に目覚めると、 25
　　夜鳥(やちょう)の金切り声を聞いた。
夜が明ける半時(はんとき)前に、雄鶏(おんどり)が歌声を上げた。
　　暗い沼地から牛たちの太い声が
耳に届いた。何かが変わるあてもなく、
　　夢でもわびしくさまよっていたが、やがて 30
　　冷たい風が灰色の眼の朝を揺り起こした――
堀のある寂しい田舎屋敷で。
　　女はひとこと、「みじめな昼間、
　　　あの人は来ない」、そう女は言う。

音の頭韻。*athwart* = across. *glooming* = darkening. *flats*:「低湿地」。**21** リフレーンで *My life*(l. 9)が *The night* に変わる。**25–32** 耳ざとい彼女に聞こえる夜の音。**25** *middle*: 2音節。**26** *night-fowl* = night bird. 湖沼や湿地で夜、鋭く鳴き立てるバン(moorhen)か。*crow*:[króu]. **31** *gray-eyed morn*: 擬人的に早朝をいう。**32** *About* = around. **33** リフレーンが *The day* に変わる。**37** *stone-cast* = stone's throw「近いところ」(常套句)。**38** *sluice*:「水門のある人工の水路」。給水や放流、

>   She said, "I am aweary, aweary,   35
>   I would that I were dead!"

About a stone-cast from the wall
  A sluice with blackened waters slept,
And o'er it many, round and small,
  The clustered marish-mosses crept.   40
Hard by a poplar shook alway,
  All silver-green with gnarlèd bark:
  For leagues no other tree did mark
The level waste, the rounding gray.
>   She only said, "My life is dreary,   45
>   He cometh not," she said;
>   She said, "I am aweary, aweary,
>   I would that I were dead!"

And ever when the moon was low,
  And the shrill winds were up and away,   50
In the white curtain, to and fro,
  She saw the gusty shadow sway.
But when the moon was very low,

交通や運送のため。**39–40** [m]音の頭韻。**39** *o'er*[ɔ́ə] = over. *many, round and small*: 叙述用法の形容詞が3つ、独立的に *marish-mosses*(l. 40)にかかる。**40** *marish*[mǽriʃ] *mosses* = marshy mosses. **41–42** 男性的なイメージ。彼女を捨てた男を想起させる。ポプラの葉は裏返ると銀色。**41** *Hard by* = close by. *alway* = (古・詩)always. *gray*(l. 44)と押韻するため発音は[ɔ́ːlwéi]。**43** *leagues*: 1リーグは、英語圏では約4.8 km。*mark*:「〜のしるしとして目立つ」。**44** *rounding* = (古)sur-

女は言う、「うんざり、うんざり、
　　もう死んだほうがまし」。

塀から石を投げれば届くあたりに、
　　水路が黒々と眠っていた。
水面(みなも)には丸く小さな水苔(みずごけ)が、
　　沼地のように群生していた。
そばにポプラの木が一本、しきりに揺れていた——
　　節(ふし)くれ立った樹皮、銀緑の葉のポプラの木が一本。
　　まわりに広がるだだっ広い荒野(こうや)、
灰色の地には、ほかに木が一本もなかった。
　　女はひとこと、「みじめな人生、
　　あの人は来ない」、そう女は言う。
　　女は言う、「うんざり、うんざり、
　　もう死んだほうがまし」。

そして低い月が空にかかり、
　　甲高(かんだか)い風が舞い上がるたびに、
風にあおられた木の影が、白いカーテン越しに
　　ゆらゆら揺れ動くのを、女は見た。
だが月がもっと低く落ち、荒れ狂う風が

---

rounding. **45** リフレーンが *My life* に戻る。**49** *ever* ＝（古）always.
50 *up and away*:「（鳥などが）飛び立って」。**51–52** カーテンを閉めて
も、ポプラの影が彼女に付きまとう。**54** ウェルギリウスの『アエネ
イス』では、風が岩屋の中に閉じ込められる（i 52–63）。[w]音の頭韻。
bound: 直前で *was* (l. 53) の省略。**55–56** 低い月に照らされたポプラの
影が、床上の彼女の額に落ちる（ポプラは phallus の暗示かとの説
も）。**61** *dreamy*: 彼女にはもはや夢と現実の見境もつかない。**62–65**

  And wild winds bound within their cell,
   The shadow of the poplar fell   55
Upon her bed, across her brow.
    She only said, "The night is dreary,
      He cometh not," she said;
    She said, "I am aweary, aweary,
      I would that I were dead!"   60

All day within the dreamy house,
  The doors upon their hinges creaked;
The blue fly sung in the pane; the mouse
  Behind the mouldering wainscot shriekd,
Or from the crevice peered about.   65
  Old faces glimmered through the doors,
  Old footsteps trod the upper floors,
Old voices called her from without.
    She only said, "My life is dreary,
      He cometh not," she said;   70
    She said, "I am aweary, aweary,
      I would that I were dead!"

立派な屋敷には不釣り合いな物音。彼女の意識の乱れを匂わせる。**63** *blue fly* = blue-bottle fly「青蠅」。*the mouse*: 主語が行末に取り残されて、詩句のリズムが乱れる。**65** *about* = around. **66–68** 錯綜したマリアナの頭に、昔の家族や友人たちの幻が生々しく浮かぶ。**68** *from without* = from outside. **73–77** 雀の声は擬音語（[tʃírəp]）で、時計の音とポプラを揺する風の音は頭韻（[k][w]音）で、リアルに表現されている。ふだんの平凡な物音が、かえって彼女の平衡感覚を狂わせて

ぴたりと穴蔵(あなぐら)に閉じ込められると、
　　ポプラの影は女の寝床に落ちて　　　　　　　　　　55
その額(ひたい)を横切った。
　　女はひとこと、「みじめな夜、
　　　　あの人は来ない」、そう女は言う。
　　女は言う、「うんざり、うんざり、
　　　　もう死んだほうがまし」。　　　　　　　　　　60

日がな一日、夢見るような家の中で、
　　ドアの蝶番(ちょうつがい)があちこちで軋(きし)んだ。
青蠅(あおばえ)が窓ガラスで歌った。鼠がぼろぼろの
　　羽目板の向こうでキーキー鳴いたり、
ひび割れからあたりを見回したり。　　　　　　　　　　65
　　昔の顔がいくつもドア越しにちらちら浮かび、
　　昔の足音が頭上の床(ゆか)を踏み鳴らすと、
昔の声が外から女に呼びかけた。
　　女はひとこと、「みじめな人生、
　　　　あの人は来ない」、そう女は言う。　　　　　　70
　　女は言う、「うんざり、うんざり、
　　　　もう死んだほうがまし」。

いく点に、作者のイメージ選択の妙がある。**75** *aloof* = unsympathetic(*to*). **76** *confound* = confuse. **77** *Her sense*: この目的語だけが行頭に孤立して(句跨ぎ)、注意を引く。**77-80** 彼女が何より嫌うのは、夕日が屋敷の部屋部屋に差し込んで埃だらけの空気を照らし出すとき、きょう1日も暮れて行こうとするとき。屋敷の荒廃ぶりと、マリアナの絶望の深さ。**78** mote: 「埃の微片」。**79** *day* = daylight. **80** *bower* = (文)abode. **81-84** リフレーンで The night が I に変わり、いつも

The sparrow's chirrup on the roof,
　　The slow clock ticking, and the sound
Which to the wooing wind aloof 75
　　The poplar made, did all confound
Her sense; but most she loathed the hour
　　When the thick-moted sunbeam lay
Athwart the chambers, and the day
Was sloping toward his western bower. 80

　　　Then, said she, "I am very dreary,
　　　　He will not come," she said;
　　　She wept, "I am aweary, aweary,
　　　　Oh God, that I were dead!"

[62] **"Break, break, break"**

　　　　　　　　　　　　　　Alfred Tennyson

Break, break, break,
　　On thy cold gray stones, O Sea!
And I would that my tongue could utter
　　The thoughts that arise in me.

の He cometh not が He will not come(「二度と来るまい」という断念の口調を帯びる)に変わる。**83** [w]音の頭韻。**84** Oh God, that = O that = Would that:「(文)(願望・祈願を表わして)〜だといいのだが」。動詞は接続法過去形(were)。彼女はどのリフレーンでも同じような嘆きを繰り返すが、この最終連ではひときわ絶望の感が深い。
[**62**] *Poems* (1842). **1–2** On(l. 2)以外のすべての語が、二重母音[ei, ai, ou]、または長母音[iː]を含み、強い詠嘆の調子を生み出す。**1** 叩

屋根で雀がチュンチュン鳴き、
　時計がゆっくり時を刻み、言い寄る風に
ポプラがつれなく葉を鳴らす――　　　　　　　　　　　　　75
　そんな音が女の正気をかき乱す。
だが何より女が嫌ったのは、日の光が
　部屋に差し込んで、もうもうと
　　立ち込める埃を斜(はす)に照らすとき、太陽が
西の住(す)み処(か)めざして傾いていくとき。　　　　　　　80
　すると女はひとこと、「みじめなわたし、
　　あの人はもう来ない」、そう女は言う。
　女は泣いた、「うんざり、うんざり、
　　ああ、いっそ死んだほうがまし」。

[62]　「砕けよ、砕けよ、砕けよ」

アルフレッド・テニソン

砕けよ、砕けよ、砕けよ、
　お前の冷たい灰色の岩に、ああ「海」よ。
胸に湧き上がるこの思いを
　なんとか言葉にできないものか。

きつけるように同じ語を繰り返す、強拍のみの3音節。それぞれの直前に欠節(ひと呼吸の間)が置かれ、断続的にどっと岩に打ち寄せる波のリズムと勢い(そして胸中の激情)を再現する。**2** 第2脚以後切れ目なく強拍が続き(*cóld, gráy, stónes, Ó Séa*)、波のたゆたいを暗示する。**3** *would* = wish. *tongue*:「(言葉を発する器官としての)舌」。**4** *arise*:「(詩)(海・風のように)猛然と湧き立つ」。**5–6** *well for the... That he shouts* = it is well for the fisherman's boy to shout. **5** *well* =

O well for the fisherman's boy, 5
　　That he shouts with his sister at play!
O well for the sailor lad,
　　That he sings in his boat on the bay!

And the stately ships go on
　　To their haven under the hill; 10
But O for the touch of a vanished hand,
　　And the sound of a voice that is still!

Break, break, break,
　　At the foot of thy crags, O Sea!
But the tender grace of a day that is dead 15
　　Will never come back to me.

[63]　The Charge of the Light Brigade
　　　　　　　　　　　　　　Alfred Tennyson

Half a league, half a league,
　　Half a league onward,
All in the valley of Death

---

satisfactory. 心が沈む語り手の目に、喚声を上げる子供たちの姿がまぶしく映る。**7** *lad*:「少年、若者」。**9** *go on*:「進み続ける」。**10** *haven*:「港、(嵐を避ける)避難港、安息の地」。**11** *O for* = (詩) How I wish I had ➡ *O for a draught of vintage!*([**57**]l. 11).　**12** [s]音の頭韻。**14** l. 2 より響きがごつごつと硬い。**15** *grace*:「(神や運命から与えられた)恵み」(➡[**60**]l. 4)。

[**63**]　*Maud, and Other Poems*(1855).　題名　*Light Brigade*: 英国騎兵隊

ああ、漁師の子供は妹と　　　　　　　　　　　　　　　5
　　遊びながら叫ぶがいい。
ああ、水夫の若者は
　　湾の小舟で歌えばいい。

そして大船(おおぶね)たちは進んでいく、
　　丘のふもとの安らぎの港に。　　　　　　　　　　　10
だが、消え失せたあの手のぬくもりは──
　　もう聞こえないあの声のひびきは……

砕けよ、砕けよ、砕けよ、
　　お前の岩山の裾に、ああ「海」よ。
だが過ぎたあの日の優しいみ恵(めぐ)みは　　　　　　15
　　二度と戻っては来ない。

[63]　軽騎兵隊の突撃

　　　　　　　　　　　　アルフレッド・テニソン

半リーグ、半リーグ、
　　敵陣めざし半リーグ、
「死」の谷底をいっせいに

────────

(British Cavalry)の「軽騎兵旅団」。トルコへのロシアの強引な要求をきっかけとして、トルコ・英国・フランス・サルディニア同盟軍とロシアの間で起こったクリミヤ戦争(1853-56)は、双方の作戦が拙劣で、疫病の流行もあったため、20万人に近い戦死者を出し、ロシアの敗北に終わった。この「突撃」は1854年10月25日、クリミヤ半島南部の海港バラクラヴァ攻防戦のさなかに行われた。英軍司令官の指示があいまいで誤った命令が下されたため、軽騎兵旅団約670名

Rode the six hundred.
"Forward, the Light Brigade!
Charge for the guns!" he said:
Into the valley of Death
　　Rode the six hundred.

"Forward, the Light Brigade!"
Was there a man dismayed?
Not though the soldier knew
　　Some one had blundered:
Theirs not to make reply,
Theirs not to reason why,
Theirs but to do and die:
Into the valley of Death
　　Rode the six hundred.

Cannon to right of them,
Cannon to left of them,
Cannon in front of them
　　Volleyed and thundered;
Stormed at with shot and shell,

(最初の報道。実は700名以上)がロシア軍砲兵陣地に正面から突撃し、死者110名負傷者約160名という大損害を被った。英軍史上最悪の作戦とされる。**1** *league*: (古)英米では1リーグは約3マイル(約4.8km)。**2** *onward* = forward. **3-4** cf. walk through the valley of the shadow of death「死の陰の谷を歩む」(「詩篇」23: 4)。**6** *he*: 悲劇を招いた指揮官を名指さない。それが誰であれ、兵士はひたすら従うのみだという。**11** *Not* = there was not any man dismayed. *the soldier*: 〈the

[63] 軽騎兵隊の突撃

六百人が駆け抜けた。
「軽騎兵隊、進め！
大砲めがけ突撃せよ！」
命令一下、「死」の谷へ
　　六百人が駆け入った。

「軽騎兵隊、進め！」
臆(おく)する者はいなかった。
兵士たちにはわかっていたが――
　　誰かが間違いを犯したと。
口答えは兵士の分(ぶん)ではなく、
わけを問うのも分ではない。
ただ命(めい)に従い死するのみ。
「死」の谷めがけまっしぐら
　　六百人が駆け入った。

右手からも砲列が
左手からも砲列が
正面からも砲列が
　　轟音(ごうおん)とともに火を吐いた。
雨やあられと砲弾を

+単数名詞〉でその種(兵士)全体を総称する。**12** *Some one* = someone → *he* (l. 6)。**13** = It was not theirs (= their duty) to make reply. e.g. It is ours to help her. 原典の *Their's* を現代表記 *Theirs* に改めた。**15** *but* = only. *die*: *reply* (l. 13), *why* (l. 14) との3連続脚韻が際立つ。[d]音の頭韻。**18-20** *Cannon* が単数無冠詞で複数を表わすのは、(1)同一語の(3度にわたる)畳用、もしくは(2)頭部省略(prosiopesis)(口語などで文頭の冠詞が略される)によるか。*right, left* が無冠詞なのは、(1)

Ⅳ ヴィクトリア時代

Boldly they rode and well,
Into the jaws of Death,
Into the mouth of Hell   25
　　Rode the six hundred.

Flashed all their sabres bare,
Flashed as they turned in air
Sabring the gunners there,
Charging an army, while   30
　　All the world wondered:
Plunged in the battery-smoke
Right through the line they broke;
Cossack and Russian
Reeled from the sabre-stroke   35
　　Shattered and sundered.
Then they rode back, but not
　　Not the six hundred.

Cannon to right of them,
Cannon to left of them,   40
Cannon behind them

「右」・「左」の対語並置(➡l. 22 shot and shell 注)、または(2)詩の韻律(強弱弱格)への配慮によるか。**22** *Stormed* = being stormed. stormは「(自)(大砲などで)猛攻撃を加える(*at, against*)」。*shot and shell*: 対語として無冠詞の単数で複数を表わす。e.g. teacher and student, bird and beast, knife and fork. [ʃ]音の頭韻。**23** = They rode boldly and well. **24** in the jaws of death は「死地におちいって、死に瀕して」。**27** *Flashed*: 主語は *sabres*. *sabres* = sabers「(特に騎兵隊用の)軍

[63] 軽騎兵隊の突撃

浴びつつ大胆に馬を駆り、
待ち構える「死」の顎(あご)もとに——
　ぱっくり開いた「地獄」の口に、　　　　　25
　　六百人が駆け入った。

鞘(さや)をはらったサーベルが
振り立てられてきらりと光り、
目先の砲手に斬りかかって、
敵の部隊に攻め込んだ——　　　　　　　　30
　全世界が目を見張るなか。
濛々(もうもう)たる砲煙を潜(くぐ)り抜け、
敵陣をまっすぐ突破した。
コサック兵もロシア兵も
サーベル攻めに浮き足立ち、　　　　　　　35
　打ちのめされて四散した。
それから彼らは引き返した、だが
　六百人ではもうなかった。

右手からも砲列が
左手からも砲列が　　　　　　　　　　　　40
背面からも砲列が

刀」。*bare*:「抜き身の」。**29** *Sabring*: 現在分詞の意味上の主語は(同語反復的に)*sabres* (l. 27)。**30** *an army*:「(なんと)まるまる一部隊」。**31** *wondered* = marvelled, was struck with astonishment. **32** *Plunged* = being plunged. 過去分詞の意味上の主語は *they* (l. 33)。**34** *Cossack and Russian* ➡ ll. 18-20 注。Cossacks は、ウクライナなどロシア南部に住んだ半独立集団。乗馬にたけ、軽騎兵として辺境警備などに活躍。**43-49** 全体の主語は *They* (l. 45)。あとの *All* (l. 48)と同格。**44**

          Volleyed and thundered;
Stormed at with shot and shell,
While horse and hero fell,
They that had fought so well 45
Came through the jaws of Death,
Back from the mouth of Hell,
All that was left of them,
     Left of six hundred.

When can their glory fade? 50
O the wild charge they made!
     All the world wondered.
Honour the charge they made!
Honour the Light Brigade,
     Noble six hundred! 55

[64] **Crossing the Bar**

Alfred Tennyson

Sunset and evening star,
     And one clear call for me!

---

horse and hero ➡ l. 22 *shot and shell* 注。[h]音の頭韻。**51-52** [w]音の頭韻。**55** *Noble*: 2音節で発音。
[64] *Demeter and Other Poems* (1889). 題名 *Bar* = sandbar「砂洲」。湾や入り江の入口を(ほとんど)ふさぐ細長い砂の堆積。**3-4** 私が砂洲を越え出てはるか彼方に旅立つ時、それを悲しむ波のざわめきは不要だ。**3** *may*: 祈願を表わす感嘆文で「願わくば〜であらんことを」。may はつねに主語の前にくる。cf. May the Queen live long!「女王万

轟音とともに火を吐いた。
雨やあられと降る砲弾に
馬も勇士も斃(たお)れるなかを、
戦い抜いた兵士たちは 45
待ち構える「死」の顎もとから――
「地獄」の口から立ち戻った、
辛(から)くも生き延びた軽騎兵、
　六百人の生き残りが。

彼らの誉(ほま)れは永(とこし)えに。 50
あの壮烈な突撃に
　全世界が目を見開いた。
彼らの突撃に栄誉あれ！
軽騎兵に栄誉あれ、
　六百人の英傑に！ 55

[64] 砂洲を越えるとき

アルフレッド・テニソン

沈む日と宵の明星、
　そして朗々とわが名を呼ぶ声。

歳」。**4** *put out to sea* = go out to sea. **5** *such a tide as moving seems asleep*:「動いていながらも眠っているような潮流」。**6**「音や泡を立てるには豊か(たっぷり)でありすぎる潮」。[f]の頭韻。**7** *drew* = (古) came. *from out* = out of. *deep* = (詩) deep sea. **13** *our bourne of Time and Place*:「われわれ人間が生きて経験することのできる『時』と『場所』の限界」。*bourne*[búən] = boundary, limit. **15** *Pilot*: 乗っている舟の「水先案内人」(舟が港を出入りする時、水路案内を務める)だが、この

And may there be no moaning of the bar,
   When I put out to sea,

But such a tide as moving seems asleep, 5
   Too full for sound and foam,
When that which drew from out the boundless deep
   Turns again home.

Twilight and evening bell,
   And after that the dark! 10
And may there be no sadness of farewell,
   When I embark;

For though from out our bourne of Time and Place
   The flood may bear me far,
I hope to see my Pilot face to face 15
   When I have crost the bar.

語は大文字で始まるので、此岸から彼岸への導き手、つまり「神」を意味しよう。**16** *crost* = crossed.

[64] 砂洲を越えるとき

だが砂洲(さす)がざわめき嘆くには及ばない、
　　私が沖に出て行くとき。

動きつつ眠っているような、 5
　　たっぷりした潮があればいい、
果てしない海から来た者が
　　またふるさとに戻るときには。

たそがれと夕べの鐘、
　　そしてあとには闇。 10
別れの悲しみはいらない、
　　私が船出をするとき。

なぜなら「時」と「場所」の彼方へ
　　潮が私を運ぼうとも、
「案内人(パイロット)」と差し向かいでいたいから、 15
　　砂洲を越え出たあとは。

―――――――

[65] Porphyria's Lover
Robert Browning (1812–89)

The rain set early in tonight,
    The sullen wind was soon awake,
It tore the elm tops down for spite,
    And did its worst to vex the lake:
        I listened with heart fit to break. 5
When glided in Porphyria; straight
    She shut the cold out and the storm,
And kneeled and made the cheerless grate
    Blaze up, and all the cottage warm;
        Which done, she rose, and from her form 10
Withdrew the dripping cloak and shawl,
    And laid her soiled gloves by, untied
Her hat and let the damp hair fall,
    And, last, she sat down by my side
        And called me. When no voice replied, 15
She put my arm about her waist,
    And made her smooth white shoulder bare,
And all her yellow hair displaced,

---

[65] *Dramatic Lyrics*(1842). 題名 Porphyria ではなく、その「恋人」(名は不明)をタイトルとする(➡l. 56 注)。*Porphyria*: 高貴にひびく古代風の女性名(語源はギリシャ語 porphyros「紫の」)。「ポルフィリン症」という病名でもあるが、詩とは無関係。**1** *set...in*:「(気候などの状態が)始まった」。**2-4** 嵐の擬人的な描写。語り手の鬱屈した気分を匂わせる。**3** *for spite*:「憎々しげに」。**4** *did its worst*:「悪虐の限りを尽くした」。*vex*:「いらいらさせる、悩ませる」。**5** *fit* = (口)

[65]　ポーフィリアの恋人

　　　　　　　　　　　　　　ロバート・ブラウニング

今宵(こよい)ははやばやと雨が降り出した。
　　　やがて不機嫌な風が目をさまし、
八つ当たりで楡(にれ)の梢を吹き折ると、
　　　死にもの狂いで湖水をかき乱した。
　　　胸も張り裂ける思いで聞いていると、　　　　　　　　　　5
ポーフィリアがするりと入ってきて、急いで
　　　ドアを閉め、寒さと嵐を追い出してから、
床(ゆか)に膝をついて、冷え切った暖炉に
　　　火をかき起こし、家じゅうに暖(だん)を入れた。
　　　それがすむと立ち上がって、ぽたぽた雫(しずく)の垂れる　10
コートとショールを脱ぎ捨てて、
　　　汚れた手袋をわきへ置き、帽子の紐を
解いてから、濡れた髪を振りほどき、
　　　最後にぼくのそばに坐り込んで、
　　　ぼくの名を呼んだ。だが答えがないので、　　　　　　　15
女はぼくの腕をとって腰に回し、
　　　白くなめらかな肩をあらわにして、
黄色い髪の毛をまとめてわきへ払いのけ、

---

ready「今にも～しそうな(to)」。**6** *straight* = immediately. **8** *grate*:「暖炉の炭火を載せる鉄格子」。**10** *Which done* = which being done. *form*:「(顔に対して)体」。**11–13** 女は嵐をついて訪ねてきた。**11** *Withdrew* = took away. **16** *about* = around. **18** *yellow* = golden. **20** *o'er*[ɔə] = over. **21** *she*: she の同格的・強調的な繰り返し。**22–25** 話者がこれまでの女の胸中を振り返る。〈本心では私を愛していながら、気位の高さから、家門の誇りを捨てて私に身を投じる勇気を持てないでいた

>   And, stooping, made my cheek lie there,
>   And spread, o'er all, her yellow hair,
>   Murmuring how she loved me—she
>   Too weak, for all her heart's endeavour,
>   To set its struggling passion free
>   From pride, and vainer ties dissever,
>   And give herself to me forever.
>   But passion sometimes would prevail,
>   Nor could tonight's gay feast restrain
>   A sudden thought of one so pale
>   For love of her, and all in vain:
>   So, she was come through wind and rain.
>   Be sure I looked up at her eyes
>   Happy and proud; at last I knew
>   Porphyria worshipped me; surprise
>   Made my heart swell, and still it grew
>   While I debated what to do.
>   That moment she was mine, mine, fair,
>   Perfectly pure and good: I found
>   A thing to do, and all her hair
>   In one long yellow string I wound

20

25

30

35

——その彼女が(なんと私を愛していると言ったのだ!)〉。**22** *for all* = in spite of. **24** *vainer*:「(家門の誇りより)もっと取るに足りない」。*dissever* = break up. **26** *would*: 習慣を表わす will「〜するものだ」の(この物語の時制に応じた)過去形(多く *sometimes* や often を伴う)。*prevail*:「勝ちを占める」。**27** *Nor could* = And could not. *restrain* = repress. **28** *one* = (修飾句・節を伴って)a person, someone. **30** *was come*: 過去完了形。古くは自動詞(ことに go, come, get, rise な

身をかがめて、ぼくの頬を肩に寝かせ、
　その上一面に、黄色い髪をばらりとぶちまけながら、
愛しているわとささやいた——この女、つい今の今まで
　もがき苦しむ情熱をプライドの高さから解き放とう、
浅はかなしがらみを断ち切って、永久にぼくのものに
　なろうと、心底願い努めながら、
　意気地がないため踏み切れなかったこの女が。
だが、ときには情熱がすべてに打ち勝つこともある。
　そして今宵の華やかな饗宴も止められなかった——
あんなに自分を愛していながら、むなしく
　蒼ざめやつれている男に、とつぜん心が向かうのを。
だから女は雨と風をついてここまでやって来たのだ。
もちろんぼくは、女の眼をまじまじと見上げた——
　幸せ一杯で誇らしげだった。とうとうわかった、
ポーフィリアはぼくに夢中なのだ。ぼくの胸は
　驚きにふくらんだ。どんどん思いが高まって、
　さてこれから何をすればいいか、思案を重ねた。
いまこの瞬間、この女はぼくのもの——美しく
　純真で善良なこの女は。そこでやることが
見つかった。女の髪の毛ぜんぶを
　長く黄色い一本の紐にして

ど運動の動詞)の完了形は〈be＋過去分詞〉となることがあった。動作よりも状態が強調される。**31** *Be sure* ＝ you may be sure「間違いない」。女の眼が *Happy and proud* (l. 32)であること——疑いもなく語り手を愛していることを、確かめたのだ。**33** *worshipped* ＝ adored. *surprise*: 女が自分を愛し、こうした思い切った行動に出ようとは夢にも思っていなかったので、驚いた。**34** *it* ＝ surprise (l. 33). **35** *debated* ＝ considered. **36** *That moment*:「この瞬間だけは」。後で重い意味を帯

>   Three times her little throat around, 40
> And strangled her. No pain felt she;
>   I am quite sure she felt no pain.
> As a shut bud that holds a bee,
>   I warily oped her lids: again
>   Laughed the blue eyes without a stain. 45
> And I untightened next the tress
>   About her neck; her cheek once more
> Blushed bright beneath my burning kiss:
>   I propped her head up as before,
>   Only, this time my shoulder bore 50
> Her head, which droops upon it still:
>   The smiling rosy little head,
> So glad it has its utmost will,
>   That all it scorned at once is fled,
>   And I, its love, am gained instead! 55
> Porphyria's love: she guessed not how
>   Her darling one wish would be heard.
> And thus we sit together now,
>   And all night long we have not stirred,
>   And yet God has not said a word! 60

びることになる。*mine, mine*: 語り手の所有欲・征服欲の強さを匂わせる。**37–38** *I found A thing to do*: ことも無げな、事務的な言い方。話者が次にとる行動が、異常な心理をうかがわせる。**43** 食虫植物は、むしろ話者自身の行動を思わせる。**44** *warily* = carefully. *oped* = (詩) opened. **47–48** *her cheek once...my burning kiss*: まるで「燃えるキス」が頬に生気を吹き込んだのかのよう。**48** [b]音の頭韻。**52** *head*: Her head (l. 51) と同格。**53** *it* = *head* (l. 52) を指す。話者は、女が「望みを

かぼそい首のまわりに三重(みえ)に巻きつけ、　　　　　　　40
女を絞め殺した。女は苦しまなかった、
　　苦しまなかったのは間違いない。
ぼくはそろそろと女の瞼(まぶた)を開いた、
　　蜜蜂を中に閉じ込めたつぼみのように。ふたたび
　　しみ一つないあの青い眼が笑った。　　　　　　　　　　45
それからぼくは、首に巻きついた髪の毛を
　　ほどいた。ぼくの燃えるようなキスのもとで、
女の頬にはふたたび鮮やかな赤みがさした。
　　さっきのように女の頭を持ち上げて支えたが、
　　今度はぼくの肩が女の頭を支える格好になった。　　　　50
頭はいまも、そのまま肩にしなだれかかっている。
　　微笑むばら色の小さな頭——
それはとうとう一生の願いが叶(かな)い、
　　見下げていたものすべてが退散して、かわりにぼく、
　　ぼくという恋人を得たのをこんなに喜んでいる！　　　　55
ポーフィリアの恋人だ。女は夢にも予期しなかった、
　　大切なただ一つの願いがどんな風に叶えられるかを。
そして今、二人はここにこうして坐り、
　　ひと晩じゅう、身じろぎ一つしていない。
　　それなのに神様からは、まだ一言(ひとこと)の挨拶もない！　　60

かなえて喜んでいる」と信じている。以後話者は、死んだ女を she とは呼ばず、*head*(ll. 49, 51, 52)にかこつけて、*it* と呼ぶ。*utmost* = greatest. **54** *at once* = immediately. *is fled* ➡ l. 30 注. **56** *Porphyria's love*: *its love*(l. 55)の同格。自分が〈あの気位高い Porphyria の恋人〉なのだという、話者の誇りと喜び。詩の題名は、この得意げな自覚を前面に押し出す。*guessed not* = (古)did not suppose. **57** *darling* = very dear.

[66] My Last Duchess
FERRARA

Robert Browning

That's my last Duchess painted on the wall,
Looking as if she were alive. I call
That piece a wonder, now: Frà Pandolf's hands
Worked busily a day, and there she stands.
Will't please you sit and look at her? I said   5
"Frà Pandolf" by design, for never read
Strangers like you that pictured countenance,
The depth and passion of its earnest glance,
But to myself they turned (since none puts by
The curtain I have drawn for you, but I)   10
And seemed as they would ask me, if they durst,
How such a glance came there; so, not the first
Are you to turn and ask thus. Sir, 't was not
Her husband's presence only, called that spot
Of joy into the Duchess' cheek: perhaps   15
Frà Pandolf chanced to say "Her mantle laps
Over my lady's wrist too much," or "Paint

---

[66] *Dramatic Lyrics* (1842). 題名 *Last*:「すぐ前の」。それ以前にも何人か夫人がいたらしい。*Ferrara*: イタリア北東部の都市。**1** 額に入った油絵が壁に掛けられている。**2** 夫人はもうこの世にいない。**3** *Frà Pandolf*: 架空の巨匠。*Frà* = Fra. イタリア語で修道士の称号。e.g. Fra Angelico. **5** *Will't* (= Will it) *please you* = Would you please. イタリア語の古風な敬語法を匂わせる。**6** *by design*:「故意に」。*read*: 過去形 (*said* (l. 5) と押韻)。主語は *Strangers* (l. 7)。**7** *pictured* = painted. **8**

[66] 前の公爵夫人

フェラーラ

ロバート・ブラウニング

この壁の絵、これが前の公爵夫人――
まだ生きているかのようだ。どう見ても
絶品だ、今から見れば。フラ・パンドルフの手がある日
せっせと動いて、ほら、あれがそこに立っている。
どうか腰をかけて、ゆっくり見てやってもらいたい。　　　　5
フラ・パンドルフの名を出すにはわけがある。なぜなら、
あなたのようなよそのお方は、この絵の顔つき――
真剣な目に浮かぶ情(じょう)の深さを読み取ると、
きっと私を振り向いて(いま私があなたのために
開けたカーテンを、開け閉めできるのは私だけだから)、　10
もしできれば訊ねてみたいという顔をするから――
こんなまなざしがいったいどこから来たのかと。だから、
振り向いてそう訊ねたのは、あなたが初めてではない。
あれの頬に嬉しげな赤みがさしているのは、そばに
夫の私がいたからというだけじゃない。どうやら　　　　　15
フラ・パンドルフがたまたまこう言ったのだ、「御前(ごぜん)、
お手頸(てくび)がケープの陰に隠れてよく見えません」。それとも

---

countenance (l. 7) と同格。*read* (l. 6) の目的語。*depth and passion* = deep passion。**9** *But*: 否定文の後に続き「(古)(～すれば)必ず…する」。e.g. It never rains but it pours「降ればきっと土砂降り」。*myself* = me. **10** *but* = except. **11** *as* = as if. *would* = (古) wished to. *durst* = (古) dared. 公爵は、誰もが自分にぶしつけな質問をするのをためらうのが当然のことと思っている。**13** *'t was* = it was. **14** *called* = invited. 直前で that が省略。**16-17** 美しい手頸をもっと見せてほしいと画家が

Must never hope to reproduce the faint
Half-flush that dies along her throat": such stuff
Was courtesy, she thought, and cause enough   20
For calling up that spot of joy. She had
A heart—how shall I say?—too soon made glad,
Too easily impressed; she liked whate'er
She looked on, and her looks went everywhere.
Sir, 't was all one! My favour at her breast,   25
The dropping of the daylight in the West,
The bough of cherries some officious fool
Broke in the orchard for her, the white mule
She rode with round the terrace—all and each
Would draw from her alike the approving speech,   30
Or blush, at least. She thanked men, — good! but thanked
Somehow—I know not how—as if she ranked
My gift of a nine-hundred-years-old name
With anybody's gift. Who'd stoop to blame
This sort of trifling? Even had you skill   35
In speech—(which I have not)—to make your will
Quite clear to such an one, and say "Just this

お世辞で懇願した(公爵の想像)。だからこそ、絵の中の元夫人の頬にえも言われぬ赤みがさしたという。**16** *chanced* = (古) happened (to). *Her* = your. **17** *my lady's* = your. じかに your と言わず3人称で言う (イタリア語風の)敬語表現。**19** *stuff* = nonsense. **20** *courtesy*:「如才ない言葉」。**24** *looked on* = looked at. **25** *all one*:「何でも一緒くた(見境なし)だ」。*favour*:「好意による贈り物」。ペンダントなど。**29** *terrace*: 斜面を平らにした庭園の小道。*all and each*:「誰も彼も」。**30**

[66] 前の公爵夫人

「奥方の喉元に点したほのかな紅らみを、絵具で
写すことなど、思いも寄りません」。そんなたわごとも、
あれの耳にはお愛想と聞こえるらしい。だからああして
喜んでぽっと頬を染めるのだ。あれは——
何と言えばいいか——すぐに嬉しがるたち、
感激するたちだった。目に留まるものは何でも
気に入ったし、また何にでも目を留めた。
いやもう、まるで相手構わずだ。私の贈ってやった
胸飾りも、西の空に落ちていく夕日も、
どこかのおせっかいな愚か者が、果樹園で
あれのために折ってきた桜桃の枝でも、庭の高台で
あれが乗り回した白い騾馬でも——何でもかでも
見境なく誉めそやすか、少なくとも頬を紅らめるのだ。
誰彼なしに有難うと言う——それは構わない！
　　　　　　　　　　　　　　だが何か——
どういうものか——その礼の言いようは、私があれに
くれてやった九百年の家柄もどこかの馬の骨の贈り物も
お構いなしなのだ。だが、そんな些細なことに一々
目くじらを立てては沽券にかかわる。たとえ言葉が
巧みでも——（私は口下手だが）——こんな性質の人間に
あれこれ口で言ってきかせ、「お前のこういうところ、

Would:「よく〜したものだ」。**32-34** rank A with B は「A を B と同列に置く」。**33-34** 勿体ぶった *My gift of a nine-hundred-years-old name* と、そっけない *anybody's gift* との対照。結婚を「贈り物」と称する傲慢さ。妻が誰にもすぐ打ち解けることへの苛立ちと嫉妬。**34** *anybody*:「有象無象」。*stoop*:「品位を落として〜する (*to*)」。**35** *had you skill* = *if you had skill*. *you*:「誰しも」。**36-39** *to make your will...exceed the mark*: 全体が主語。述語は *would be some stooping* (l. 42)。**37** *an*

Or that in you disgusts me; here you miss,
Or there exceed the mark"—and if she let
Herself be lessoned so, nor plainly set 40
Her wits to yours, forsooth, and made excuse,
—E'en then would be some stooping; and I choose
Never to stoop. Oh sir, she smiled, no doubt,
Whene'er I passed her; but who passed without
Much the same smile? This grew; I gave commands; 45
Then all smiles stopped together. There she stands
As if alive. Will't please you rise? We'll meet
The company below, then. I repeat,
The Count your master's known munificence
Is ample warrant that no just pretence 50
Of mine for dowry will be disallowed;
Though his fair daughter's self, as I avowed
At starting, is my object. Nay, we'll go
Together down, sir! Notice Neptune, though,
Taming a sea-horse, thought a rarity, 55
Which Claus of Innsbruck cast in bronze for me!

---

one = (古) a one (➡ [15] l. 5). **38–39**: miss [exceed] the mark は「的を外す[行き過ぎる]」。**39–41** *and if she...and made excuse*: 上記の主語 (ll. 36–39) と述語 (l. 42) の間に挟まれた挿入節。**40–41** 妻の口答えどころか言い訳でさえ (もし妻がしたとすれば)、身分をわきまえぬ無礼行為だとする夫の尊大さ。set one's wits to は「〜と議論する」。**40** *be lessoned so*:「そのように教え諭される」。*nor plainly set* = and did not plainly set. **41** *forsooth* = (古) indeed「いやはや(冗談ではないが)」。

ああいうところが気にさわる」とか、「ここが足りない、
あれはやり過ぎだ」などと言うのは——そして、たとえ
あれが素直に言うことを聞き、生意気にも私と対等の　　　　40
口をきいて言い訳したりはしないにしても——
それでもやはり、少しは沽券にかかわる。そんなことは
真っ平だ。いやあなた、たしかにあれは私とすれ違えば、
微笑(ほほえ)んだ。だが誰と行き合っても、いつも似たような
笑みを浮かべるのだ。それが度重(たびかさ)なり、私は命(めい)を下(くだ)した。　　45
微笑みがぴたりと止んだ。そら、あれはそこにいる、
まるで生きているようだ。ではどうぞお立ちを。階下(した)の
皆さんにお目にかかるとしよう。さっきも申したように、
ご主人の伯爵殿は気前の良さで知られたお方だから、
私の真っ当な持参金の要求に、　　　　　　　　　　　　　　50
よもや首を横に振られることはあるまい。もっとも、
最初に打ち明けたように、私の一番のお目当ては、
美しい令嬢ご自身の方なのだが。いや、ご一緒に下へ
参りましょう。ついでに、海馬(かいば)を手なずける海神(ネプチューン)の
像にお目を留められたい。評判の名作で、私が　　　　　　55
インスブルックのクラウスに、青銅で鋳出(いだ)させたものだ。

---

42 *E'en* = even. *choose* = wish. **43** *no doubt*:「確かに」(譲歩)。 **45-46** *This grew; I…smiles stopped together*: ことも無げな口調の冷酷さ。 **47** *As if alive*: *commands* (l. 45) の内容を匂わせる。 **49-51** 気取った言葉で身分相応の持参金を露骨に要求する。 **52** *avowed* = confessed. **53-54** *Nay, we'll go Together down, sir!*: 本心では、客に自慢の像を見せつけたいのだ。 **53** *Nay* = (古) no. **54** *though* = (文中に置かれて) but. **56** *Claus*: 架空の巨匠。*Innsbruck*: オーストリア西部の保養地。

[67]　**Dover Beach**

Matthew Arnold (1822–88)

The sea is calm tonight.
The tide is full, the moon lies fair
Upon the straits;—on the French coast the light
Gleams and is gone; the cliffs of England stand,
Glimmering and vast, out in the tranquil bay.　　　　5
Come to the window, sweet is the night-air!
Only, from the long line of spray
Where the sea meets the moon-blanched land,
Listen! you hear the grating roar
Of pebbles which the waves draw back, and fling,　　10
At their return, up the high strand,
Begin, and cease, and then again begin,
With tremulous cadence slow, and bring
The eternal note of sadness in.

Sophocles long ago　　　　　　　　　　　　　　　　15
Heard it on the Aegean, and it brought
Into his mind the turbid ebb and flow

---

[67]　*New Poems* (1867). 題名　*Dover*: 英仏海峡に面する町。フランスに最も近く、海岸には白亜(チョーク)質の「ドーヴァーの白い崖」White Cliffs of Dover が切り立っている。対岸のフランスの町はカレー(Calais)。**2** *full* (=high) tide は「満潮」(low tide「干潮」)。**7** *Only*:「(湾は静かで夜気は甘いが)ただ」。**8** *blanched*:「漂白された」。**9-14** 寄せては返す波の緩慢なリズムを、詩句の呼吸で再現。**11** *strand* = (詩) shore. **13** *cadence* = rising and falling of the sounds of the sea.

[67]　ドーヴァー海岸

マシュー・アーノルド

今宵、海は穏やかだ。
潮は満ち、月が美しく
海峡に影を落としている——フランス側の岸で、灯りが
きらりと光っては消える。イギリスの岸壁は
仄明るくひろびろと、静かな湾に切り立っている。 5
窓際においで、夜の空気がかぐわしい。
ただ、海が月光に白くさらされた陸と出会って
飛沫を挙げている長い海岸線のあたりから、
ほら聞こえるだろう、軋るような砂利の音——
波が引きずってはまた引き戻し、高い岸に 10
抛り上げる砂利の騒めきが、
震えるようなリズムでゆっくりと
起こってはやみ、また起こって、
永遠の悲しみの音を運んでくるのが。

ソフォクレスがその昔、 15
エーゲ海でこの音を聞いて思ったのは、
この世の苦しみの濁った

---

15 *Sophocles*: ギリシャ三大悲劇詩人の1人 (496?-406? BC)。『オイディプス王』など。**16–18** ソフォクレスは『アンティゴネー』で、家が破滅するきざしを、海の底から砂利を巻き上げ、浜に打ち上げる嵐の海に譬えた (l. 583 以下)。**16** *it* = *note* (l. 14). *Aegean* [idʒíːən] = Aegean Sea. **19** *thought*: 考えの内容は ll. 21–28。**20** *distant northern sea*: 英仏海峡は、エーゲ海のはるか北方。**22** *at the full* = in the state of fullness. **23** *folds of a bright girdle furled*: 「きらめくガードルのひだの

Of human misery; we
Find also in the sound a thought,
Hearing it by this distant northern sea.   20

The Sea of Faith
Was once, too, at the full, and round earth's shore
Lay like the folds of a bright girdle furled.
But now I only hear
Its melancholy, long, withdrawing roar,   25
Retreating, to the breath
Of the night-wind, down the vast edges drear
And naked shingles of the world.

Ah, love, let us be true
To one another! for the world, which seems   30
To lie before us like a land of dreams,
So various, so beautiful, so new,
Hath really neither joy, nor love, nor light,
Nor certitude, nor peace, nor help for pain;
And we are here as on a darkling plain   35
Swept with confused alarms of struggle and flight,

ように巻きつけられて」。岸を取り巻く「信仰の海」の白く砕ける波打ち際の譬え。*girdle*:「腰帯」。**26–28** 世界の海岸を取り巻いていた「信仰の海」から潮がどんどん引いていき、今や地の果ての断崖とその裾の砂利の浜さえ干上がろうとしている。**26** *to*:「〜に合わせて」。**27–28** *the vast edges…of the world*: ドーヴァーの白い崖と崖下の砂浜（第1連）からの連想。**27** *edges*:「(高台などの)切り立った断崖」。*drear* = dreary. **29** *love* = sweetheart(親愛の情をこめた呼びかけ).

満ち引きだった。同じ音を
この遠い北の海で聞いていると、
ぼくらはまた違った思いに誘われる。　　　　　　　　　　　　　20

「信仰の海」も
かつては満々と水をたたえ、地球の浜辺をぐるりと
取り巻いて、きらきら光る腰帯の襞(ひだ)のようだった。
だが、いま聞こえてくるのは、
その潮がどこまでも引いていく陰鬱などよめき——　　　　　　25
夜風に吹かれるままに、
世の果ての広く荒涼たる断崖から、
むき出しの砂利の浜から、退(ひ)いていく音ばかりだ。

ああ、愛する君よ、せめておたがいに
真心を通じ合おう。なぜならこの世界は　　　　　　　　　　　30
ぼくらの目の前で、まるで夢の国さながら、
かくも多彩で、美しく、新鮮に見える。
だが実は、そこには喜びも愛も光もなく、
確信も、安らぎも、苦痛への癒しもない。
ぼくらはここで、夕闇迫る平原にいるかのよう——　　　　　　35
そこでは闘いと逃走の叫喚(きょうかん)が乱れ飛び、

---

true = faithful. **32** 溜息をつくような二重母音[ou],[eə],[iə]や長母音[uː]の連鎖。すべて *land of dreams*(l. 31)にかかる。**33** *Hath*: 主語は *world*(l. 30)。*really*:「実は」。*joy, love, light*: l. 32 から打って変わったそっけない単音節語。**34** *certitude, peace, pain*: 念を押すような二重(長)母音。**35** *as* = as if(we were). *darkling* = (文)growing dark. *plain* = field「(詩)戦場」。**36** *Swept*:「席捲される(with)」。**37** *Where*: 先行詞は *plain*(l. 35)。

Where ignorant armies clash by night.

[68] Remember

Christina Rossetti (1830–94)

Remember me when I am gone away,
　　Gone far away into the silent land;
　　When you can no more hold me by the hand,
Nor I half turn to go yet turning stay.
Remember me when no more day by day　　　　　　　5
　　You tell me of our future that you planned:
　　Only remember me; you understand
It will be late to counsel then or pray.
Yet if you should forget me for a while
　　And afterwards remember, do not grieve:　　　　10
　　For if the darkness and corruption leave
　　A vestige of the thoughts that once I had,
Better by far you should forget and smile
　　Than that you should remember and be sad.

---

[68] *Goblin Market and Other Poems* (1862). **1** *Remember* = retain in mind. **3–4** デートの別れ際にいつも繰り返されてきた2人のしぐさが、あざやかに描き出される。When 節は、when (l. 1) 節と同格。**4** *Nor I* = and I cannot, either. **7** *you understand*: ふだん着の口語体。この詩は悲壮な感情の高ぶりのない、日常会話の口調で語られる。**8** *It will be late* = It will be too late. やや無理な表現。*counsel*:「助言を与える」。*pray*: (1)「懇願する」、または (2)「祈る」。**9–10** 語り手の訴え

無知の軍勢どうしが闇夜に激突しているのだ。

[68] 忘れないで

クリスティーナ・ロセッティ

忘れないで、私がいなくなったあと——
　あの遠い無言の国に行ってしまった後も。そのときは
　もうあなたが私の手を取ることも、私が半ば
背を向けながら、また向き直って留まることもできない。
私を忘れないで——もうあなたが毎日、自分で決めた　　　　5
　二人の未来のことを話してくれなくなった後も。
　ただ私を忘れないで。わかるでしょう、そのときは
もう助言もお願いも間に合わないのだから。
それでも、もしあなたがつい私を忘れて、
　あとでまた思い出したとしても、どうぞ悲しまないで。　10
　なぜなら、たとえ闇と腐敗の手を逃れて、私がかつて
　抱いた思いの余韻がこの世に残っているとしても、
あなたが私を思い出して悲しむくらいなら、むしろ
　忘れて微笑んでいてくれるほうが、ずっとましだから。

は、意外な方向に進む。ll. 3-4 と同様、非凡な表現。**9** *if you should*:「あなたがたとえ(万が一)〜しても」。**11** *darkness and corruption*: 墓の闇の中で肉体が朽ち果てる。**13** *Better by far* = it would be far better that. **14** *sad*: 一瞬でも私を忘れたことを悔いて。

[69] A Birthday

Christina Rossetti

My heart is like a singing bird
    Whose nest is in a watered shoot;
My heart is like an apple-tree
    Whose boughs are bent with thickset fruit;
My heart is like a rainbow shell   5
    That paddles in a halcyon sea;
My heart is gladder than all these
    Because my love is come to me.

Raise me a dais of silk and down;
    Hang it with vair and purple dyes;   10
Carve it in doves and pomegranates,
    And peacocks with a hundred eyes;
Work it in gold and silver grapes,
    In leaves, and silver fleurs-de-lys;
Because the birthday of my life   15
    Is come, my love is come to me.

---

[69] *Goblin Market and Other Poems* (1862). **2** *watered* = sprinkled. **4** *thickset*:「密生した」。**5–6** 貝殻に乗り岸辺に吹き寄せられたヴィーナスを連想させる。[l]音の頭韻。**5** *rainbow*:「虹色の」。**6** *paddles*: 2音節。*halcyon* = calm. **8** *love* = sweetheart. *is come* ➡ [65] l. 30 注。**9** *Raise* = build up. *dais* [déiis]:「(祝宴などで貴顕の座を設ける)壇」。**10** *Hang*:「〜に…を (with) 垂らせ」。*vair*:「栗鼠の一種の毛皮」。贅沢な衣服の裏地や縁取りに用いる。*purple*:「(古)(皇帝・王の衣服の)真

[69]　誕生日

クリスティーナ・ロセッティ

私の心は歌う鳥、
　ぬれた瑞枝に巣をつくる。
私の心は林檎の木、
　枝はたわわに実をつけて。
私の心は虹の貝、　　　　　　　　　　　　　　　　　　　　　　5
　静かな海を漕ぎわたる。
私は嬉しい、そのどれよりも——
　愛する人が来てくれたから。

絹と綿毛の座をしつらえて！
　栗鼠の毛皮と真っ赤な幕を！　　　　　　　　　　　　　　　　10
鳩と柘榴と目が百もある
　孔雀を壇に彫り付けて！
金銀細工の葡萄や木の葉、
　銀の百合紋もちりばめて！
私の人生の誕生日に　　　　　　　　　　　　　　　　　　　　　15
　愛する人が来てくれたから。

紅色の」。2音節。**11** *Carve*:「〜に…を(*in*)彫り付けよ」。*doves*: 純潔の象徴。*pomegranates*:[pɔ̀məɡrǽnəts]. **12** *peacocks*: 不死の象徴。**13-14** [l]音の頭韻。**13** *Work*:「〜に…の細工を(*in*)施せ」。**14** *fleurs-de-lys*[flə:dəlí:]: *me*(l. 16)と押韻。「(フランス王室の)百合の紋章」。聖母の純潔の象徴。

[70]　The Darkling Thrush
　　　　　　　　　　　Thomas Hardy(1840–1928)

I leant upon a coppice gate
　　When Frost was spectre-gray,
And Winter's dregs made desolate
　　The weakening eye of day.
The tangled bine-stems scored the sky　　　　　　　5
　　Like strings of broken lyres,
And all mankind that haunted nigh
　　Had sought their household fires.

The land's sharp features seemed to be
　　The Century's corpse outleant,　　　　　　　　10
His crypt the cloudy canopy,
　　The wind his death-lament.
The ancient pulse of germ and birth
　　Was shrunken hard and dry,
And every spirit upon earth　　　　　　　　　　　15
　　Seemed fervourless as I.

---

[70]　*Poems of the Past and the Present*(1901). 題名 *Darkling* = in the dark. *Thrush*: 美声はナイチンゲールに比せられる。**1** *coppice* = copse「雑木林」。下生えや低木が密生し、伐採して薪などの用に充てる。**2** *spectre-gray*: ハーディが好んで造った複合形容詞。**3–4** [d]音の頭韻。**3** *Winter's dregs*:「冬」の底で朽ちた枯れ枝や枯れ草など。*dregs*:「(カップや瓶の底に残った)かす」。*desolate*: *gate*(l. 1)とは擬似韻。**4** *eye of day* = sun. **5** *bine-stems* = flexible stems of a climbing plant. **6**

[70]　宵闇の鶫

トマス・ハーディ

雑木林の木戸に倚(よ)りかかると、
　「霜」は亡霊みたいに灰色で、
「冬」の底にたまった滓(おり)のせいか、
　かすんでいく陽の目がうそ寒い。
よじれ合った蔓が空をぎざぎざに引っ掻いて、　　　　　　　5
　まるで壊れた竪琴(リラ)の絃(げん)のよう。
あたりをうろついていた人類は、みな
　炉端(ろばた)の火を求めて姿を消した。

痩せて骨ばった大地の姿は、
　さながら大の字に横たわる「世紀」の遺骸、　　　　　　10
曇り空の天蓋は、アーチ形天井の納骨所、
　世紀の死を悼(いた)むものは、ただ風ばかり。
太古以来の芽生えと誕生の鼓動は、
　かさかさに干上がって縮(ちぢ)こまり、
地上の命あるものは、すべて私と同様、　　　　　　　　15
　すっかり熱気をなくしたらしい。

---

lyres[láiəz]:「(古代の)竪琴」。壊れた楽器の直喩は豊かな感情や信仰の枯渇を暗示。**7** *haunted nigh* = frequently came near. **9** *sharp*:「骨ばった」。*features*:「(古)姿形。地形」。**10** *outleant*[autlént] = laid out「葬儀のために横たえられた」。ハーディの造語。**11** [k]音の頭韻。どんよりした雲は、「彼」(19世紀)の納骨所の天蓋のよう。*crypt*:「アーチ形天井の地下聖堂(礼拝・納骨用)」。直後に *seemed to be* (l. 9)の省略。*canopy*:「天蓋(寝台・玉座の頭上を覆う織物飾り)」。*be* (l. 9)と

At once a voice arose among
  The bleak twigs overhead
In a full-hearted evensong
  Of joy illimited;   20
An aged thrush, frail, gaunt, and small,
  In blast-beruffled plume,
Had chosen thus to fling his soul
  Upon the growing gloom.

So little cause for carolings   25
  Of such ecstatic sound
Was written on terrestrial things
  Afar or nigh around,
That I could think there trembled through
  His happy good-night air   30
Some blessed Hope, whereof he knew
  And I was unaware.

31 December 1900

は擬似韻。**13** *ancient*:「古来の」。**16** *fervourless*: おそらくハーディの造語。**17** *At once* = immediately. **19** *evensong*:「(英国国教会の)晩禱→夕べの歌」。*among* (l. 17) とは擬似韻。**20** *illimited*: *overhead* (l. 18) とは擬似韻。**21** *aged*: [éidʒid]. **22** *blast-beruffled*: ハーディの造語。[b] [l] 音の頭韻。**23** *Had chosen…to* = had decided to. *soul*: *small* (l. 21) とは擬似韻。**24** [g] 音の頭韻。**25–26** [s] [k] 音の頭韻。**25** *carolings*:「(とくにクリスマスを祝う)歌唱。さえずり」。複数はおそらくハーデ

すると突然、寒々とした頭上の
　　小枝のしげみから、声が上がった——
全霊をこめたとめどない
　　喜びの夕べの歌が。　　　　　　　　　　　　　　　　20
年老いた一羽の鶫が、弱々しく痩せこけ
　　ちんまりと、突風に羽をけば立たせながら、
こんなやり方で、迫りくる闇に向かって
　　魂を投げつけることに決めたのだ。

これほど有頂天の声で　　　　　　　　　　　　　　　25
　　歌いさえずる理由など、
遠くにも近くにも、地上のどこにも
　　見当たらなかったので、ことによれば、
彼の幸せなおやすみの歌には、
　　何か幸いなる「希望」が打ち震えていて、　　　　30
彼にはそれがわかっているのに、ただ私が
　　気づかないだけかもしれなかった。

　　　　　　　（1900年12月31日）

ィの造語。**28** *Afar* = far. *nigh* = near. **29** *That*: So (l.25), such (l. 26)... *That. I could think*:「思えなくもなかった」。あまり確信の持てない言い方。*trembled*: 主語は *Hope* (l. 31)。**30** *air* = melody. **31** *blessed*: [blésid]. *whereof* = of which.

[71] A Broken Appointment

Thomas Hardy

　　You did not come.
And marching Time drew on, and wore me numb.—
Yet less for loss of your dear presence there
Than that I thus found lacking in your make
That high compassion which can overbear　　　　　　5
Reluctance for pure lovingkindness' sake
Grieved I, when, as the hope-hour stroked its sum,
　　　　You did not come.

　　You love not me,
And love alone can lend you loyalty;　　　　　　　　10
—I know and knew it. But unto the store
Of human deeds divine in all but name,
Was it not worth a little hour or more
To add yet this: Once you, a woman, came
To soothe a time-torn man; even though it be　　　　15
　　　　You love not me?

---

[71] *Poems of the Past and the Present* (1901). **2** *drew on* = advanced. *wore me numb*:「私を痺れるほどくたくたにした」。**3** *less*:「〜のせい(*for*)というより、むしろ…のせい(*Than that*)で」。*loss*:「(当然得られるはずだが)得られないこと」。*less* との響応。*dear*:「貴重な」。*presence*:「そこにいてくれること」。**4** *make*:「気性」。**5** *overbear*:「抑え込む」。**6** *for A's sake*:「A に鑑みて」。*lovingkindness*:「情け深い思いやり」。ハーディの愛用語。**11-14** *But unto the…add yet this*:〈人がこ

[71]　すっぽかし

トマス・ハーディ

　　あなたは来なかった。
「時」は刻々と過ぎ、私は頭が真っ白になった。
好きなあなたに会えなかったからというよりも、
こうしてあなたの性分には、
純粋な思いやりで億劫(おっくう)な気持ちを抑え込む　　　　　　　　　　5
あの気高い共感の心が欠けているのを知って、
悲しかった——待ちに待った時が鳴り終わっても、
　　あなたが来なかったとき。

　　あなたはぼくを愛していない。
そして愛だけが、人に誠意を尽くさせる　　　　　　　　　　10
——それはよくわかっている。だが、人間の
なした行為のうちで気高いと呼んでいいものの記録に、
僅か一時間程度を費やして、この一項を付け加えても
よかったのではないか——あるとき一人の女、あなたが、
「時」に責め苛(さいな)まれる男を慰めに来てくれた——　　　　　　　15
　　あなたはぼくを愛していないのだが。

の世で行った尊い行為すべての蓄え(そのリスト)に、以下の一事を付け加えるため、たった1時間程度を費やしてくれてもよかったのでは?〉。**12** *deeds divine in all but name*:「名前以外は神の行為」。人間の行為だが、神々しいとさえ言える。**14** *this*: Once から詩の末尾までを指す。**15** *be* ➡[9]l.8注。**16** 行頭で that(前行の *it* に呼応)の省略。

[72]　**The Windhover**
　　　　To Christ our Lord
　　　　　　　　Gerard Manley Hopkins(1844–89)

I caught this morning morning's minion, king-
　　dom of daylight's dauphin, dapple-dawn-drawn
　　　　　　Falcon, in his riding
　　Of the rolling level underneath him steady air, and
　　　　　　striding
High there, how he rung upon the rein of a wimpling
　　　　　　wing
In his ecstasy! then off, off forth on swing,　　　　　　　5
　　As a skate's heel sweeps smooth on a bow-bend: the
　　　　　　hurl and gliding
Rebuffed the big wind. My heart in hiding

[**72**]　*Poems*(1918). 題名　*Windhover*: チョウゲンボウ。小型の「ハヤブサ」falcon(➡l. 2). 副題　*To Christ*: キリストに呼びかける。**1–2** [ɔː]音の母音押韻。**1** *caught* = caught sight of. *morning*の重出。[m]音の頭韻。*king-*:(語を二分して)*riding*(l. 2)以下と押韻する。**2** [d]音の頭韻。*dauphin*: フランス皇太子。*Falcon*: *minion*(l. 1)および*dauphin*(l. 2)と同格。**3** *underneath him*: 前後の*rolling*, *level*, *steady*とともに、*air*を形容する。**4** [r][w]音の頭韻。*rung*: ring「(鷹などが)輪を描いて高く昇る」の過去形。*upon the rein of*:「～の手綱で引かれながら」。lungeing[lʌ́ndʒiŋ]「調教師が馬に長い手綱をつけ、手綱を引きながら、馬に自分の周りで大きな輪を描かせること」を念頭に置いた比喩。ここではハヤブサが片方の翼の先端を中心に、輪を描く。*wimpling* = rippling「(風に吹かれて)細かく波打つ(翼)」。**5–6** [s]音の頭韻。**5** *off forth*:「弧を離れて前方へ」。*on swing* = in a smooth

[72]　ハヤブサ
われらが主キリストに
ジェラード・マンリー・ホプキンズ

けさ私は見かけた、朝の寵臣、暁の王国の
　王太子、まだらな夜明けに召し出されたハヤブサが、
ゆるやかにうねり穏やかに凪ぎわたる眼下の空気に
　　　　　　　　　　　　　　　　　　　騎って
空高くゆうゆうと闊歩し、さざ波立つ翼の手綱に引かれ
　　　　　　　　　　　　　　　　　　　恍惚と
旋回しつつ舞い上がってから、ついと輪を離れて大きな
　　　　　　　　　　　　　　　弧を描くのを──　5
さながらスケートの踵がなめらかに弓なりの筋を引く
　　　　　　　　　　　　　　　　　　　ように。
突進と滑走が大風を制した。密かに見とれていた私は、

---

arc. **6** *bow-bend*:「弓のようなカーヴ」。ホプキンズの造語。*hurl* = hurling. 動詞を名詞のように扱う（簡潔さ、力強さ）➡ *achieve* (l. 8), *act* (l. 9).　**8** *Stirred* = was excited. *thing*: 人や動物（ここではハヤブサ）を指して、親愛や評価（時には軽蔑や敵意）を表わす。**9** *Brute* = (形) animal. *valour* = great courage. *plume* = plumage「鳥の羽毛」。**10** *Buckle*: 詩全体の解釈を左右する語。議論が錯綜するが、論点は２つ。(1) 命令法か直説法か。答は明らかに前者（〈命令法＋and〉）。(2) 意味は「結集せよ、一丸となれ」か、「屈服せよ、降参せよ」か。前者の説が有力で様々な論拠が挙げられているが、後者が妥当。なぜなら前半８行の颯爽たるハヤブサの飛翔の描写に続き、末尾３行では一転、颯爽とは程遠い地道な農耕作業や熾火の欠損・崩壊が語られ、しかもそちらの方が１兆倍も燃え輝くというのだから、それがハヤブサ讃美の延長であるはずがない。実は、見とれるようなあの練達も、真の信

Stirred for a bird,—the achieve of, the mastery of the
    thing!

Brute beauty and valour and act, oh, air, pride, plume,
    here
  Buckle! AND the fire that breaks from thee then, a
    billion   10
Times told lovelier, more dangerous, O my chevalier!

  No wonder of it: sheer plod makes plough down sillion
Shine, and blue-bleak embers, ah my dear,
  Fall, gall themselves, and gash gold-vermilion.

仰には程遠い——水際立った鳥の飛翔はここで、日々たゆまぬ苦行や自己滅却に「屈服せよ」というのだ。ハヤブサは明らかに、「われらが主」キリストの比喩に違いない。とはいえ前半部の鳥の雄姿は、キリストとその教えの単なる一面を示すに過ぎず、より地味で篤実な信仰と行いを語る後半2行とは、極端な対照をなしている。こうした素朴で地道な努力という側面に支えられてこそ、冒頭の颯爽たるキリストの姿が無限に輝きを増すのだ。➡「神は必要としない——／人間の働きも人間に与え給うた才覚も。神の緩やかな軛に／よく耐える者こそ、誰よりよく神に仕える者だ」([22])。*AND*: 大文字は「そうしさえすればきっと」の意を強調。*thee* = Christ. **11–14** [ʃ]音と[pl]音の頭韻。**11** *told* = (古) counted 「(1 兆倍も美しいと) 数えられる」。*dangerous*: 愛の神は怒りの神でもある。*chevalier*[ʃèvəlíə] = (古) knight. *here*(l. 9)と押韻。イエズス会士は修練と克己と行動で、自ら

一羽の鳥に心ときめいた──何という離れ業、何という
                                    練達！

野生の美と勇猛と行為、ああ大気、誇り、羽毛(うもう)、
                        それらはここで
　　屈服するがいい！　そうすれば、あなたから
                        燃え上がる火はその時　10
一兆倍も美しく危険になるだろう、ああわが騎士よ！

　それも当然、畝(うね)沿いに重い足を運んでいくからこそ、
　鋤(すき)の刃が光るのだ。青くやつれた燃え残りは、ああ主よ、
　　落ちて傷ついてこそ、ひび割れて金と朱の輝きを放つ
                        ではないか。

―――――――

を戦士に準(なぞら)える。キリストこそ騎士の鑑。**12-13** *sheer plod makes plough down sillion Shine*: 冬に錆びついた鋤の歯は、春に土を耕すにつれ、擦れてぴかぴかになる(cf. ウェルギリウス『農耕詩』)。**12** *plough* = ploughshare「鋤の歯先」。*down* = along. *sillion*:「鋤き返された畔溝」。作者独自の用法。**13** *blue-bleak*: 作者の造語。[bl]の頭韻。*my dear*: 並外れた親近感をこめるキリストへの呼びかけ。「ねえ君(あなた)」に近い。**14** [g]音の頭韻。*gall*:「擦り傷をつける」。*gash*:「深く裂ける」。他動詞を自動詞に用いる。*gold-vermillion*: 作者の造語。

[73] Requiem
Robert Louis Stevenson (1850-94)

Under the wide and starry sky,
Dig the grave and let me lie.
Glad did I live and gladly die,
    And I laid me down with a will.

This be the verse you grave for me: 5
Here he lies where he longed to be;
Home is the sailor, home from sea,
    And the hunter home from the hill.

[74] "Loveliest of trees, the cherry now"
A. E. Housman (1859-1936)

Loveliest of trees, the cherry now
Is hung with bloom along the bough,
And stands about the woodland ride
Wearing white for Eastertide.

---

[73] *Underwoods, Book I: In English* (1887) (*Book II* は *In Scots*). 題名 死者の冥福を祈る挽歌。4 *laid me* = laid myself. *with a will* = with determination. 5 *This be* =（古）may this be. *be* はもと祈願・願望の文で用いられた仮定法現在形. e.g. God bless you; God save the Queen. 6 *Here he lies*: 墓碑銘の決まり文句. 7 *Home is the sailor* = the sailor is (back) home. *sailor*: 人生の旅人の比喩だが、事実作者は生涯度重なる航海に出た。

[73]　レクイエム

　　　　　　ロバート・ルイ・スティーヴンソン

ひろい星空の下に
墓を掘って寝かせてください。
楽しく生きた私は、楽しく死んでいきます。
　そうしたくて横になったのです。

墓にはこの詩を刻んでほしい、
「思いがかなって、彼はこの地に眠る。
船乗りが海からわが家(や)に、
　狩人(かりうど)が山からわが家に戻ったのだ」。

[74]　「木の中でも一番きれいな木」

　　　　　　　　　　　Ａ・Ｅ・ハウスマン

木の中でも一番きれいな木、桜がいま
枝いっぱいに花飾りをつけて、
森の小道に沿って立ち並び、
復活祭(イースター)の白い晴れ着をまとっている。

---

[74]　*A Shropshire Lad* (1896). 1 満開の桜を見た感動を、はずむような息遣いで伝える。2 *hung*:「～を掛けて飾られた(*with*)」。3-4 [w] 音の頭韻。3 *about* = (英) around. *ride*:「乗馬用の道」。4 *Eastertide*:「復活節」。復活祭から聖霊降臨祭までの50日間。年々移動するが、ほぼ4月初めから5月下旬ごろまで。5 *of* = out of. *threescore years and ten*:「(古)(寿命としての)70年(20×3+10)」。cf. The days of our years are threescore years and ten (「詩篇」90: 10). *score* = (古) 20. 7

Now, of my threescore years and ten, 5
Twenty will not come again,
And take from seventy springs a score,
It only leaves me fifty more.

And since to look at things in bloom
Fifty springs are little room, 10
About the woodlands I will go
To see the cherry hung with snow.

[75]　**To an Athlete Dying Young**

　　　　　　　　　　　　A. E. Housman

The time you won your town the race
We chaired you through the market-place;
Man and boy stood cheering by,
And home we brought you shoulder-high.

Today, the road all runners come, 5
Shoulder-high we bring you home,
And set you at your threshold down,

---

take:「～を差し引け」。構文は〈命令文 + and〉「～すれば，…となる」。目的語は *a score* (l. 7)。**9** *since* = because. *to look*: *room* (l. 10) を修飾する不定詞の形容詞的用法。*things in bloom*: (1)「満開の桜」，(2)「生と美の盛りにあるものすべて」。**10** *room*「(～する)余地(*to* do)」。**12** *cherry hung with snow*: 二説あり，英国ではほぼ拮抗している。(1)「枝に雪が積もって花が咲いたように見える桜の木」。50回の花盛りは余りにも少ないので，今後は〈雪の花〉も楽しもうという。(2)「雪

さて、ぼくの七十年の人生で、　　　　　　　　　　　　　　5
二十年はもう帰ってこない。
七十から二十を引くと、
残りはわずかに五十。

盛(さか)りのものを眺めるには、
五十の春は短すぎるから、　　　　　　　　　　　　　　　10
森から森へ、ぼくは巡(めぐ)ろう、
雪で飾った桜の木を見るために。

[75]　若くして逝(ゆ)く陸上選手に

A・E・ハウスマン

君がレースの勝利を町にもたらしたとき、
ぼくらは君を肩に担いで広場を練り歩いた。
大人も子供もわきに並んで声援を送り、
ぼくらは君を高々と掲げて家まで送った。

今日は人みなの行く道をたどって、　　　　　　　　　　　5
ぼくらは高々と君を担いで家まで送り、
玄関の敷居に君を下ろす。今後は

のような白い花をつけた(隠喩)桜の木」。これから森を巡って、それらをもっと見て回ろうという。(1)はやや現実的で興ざめか。
[75]　*A Shropshire Lad* (1896). **1** *The time* = (at the time) when. **2** *chaired*: 昔は勝者を椅子に乗せて担ぎまわった。今はおおむね肩に担ぐ。**3** *Man and boy* ➡**[63]** l. 22 *shot and shell* 注。**5** *the road all runners come*: along the road all people run. *runners*:「(ランナーを含め)人は誰もみな」。**6** いまみんなで担ぎ上げているのは、実は死者の棺。**8**

Townsman of a stiller town.

Smart lad, to slip betimes away
From fields where glory does not stay   10
And early though the laurel grows
It withers quicker than the rose.

Eyes the shady night has shut
Cannot see the record cut,
And silence sounds no worse than cheers   15
After earth has stopped the ears:

Now you will not swell the rout
Of lads that wore their honours out,
Runners whom renown outran
And the name died before the man.   20

So set, before its echoes fade,
The fleet foot on the sill of shade,
And hold to the low lintel up
The still-defended challenge-cup.

Townsman: *you*(ll. 6, 7)と同格。**9** *Smart lad* = You are a smart boy. *to slip betimes away*:「早めにこっそり抜け出すとは」。不定詞の副詞的用法(理由)。**10** *stay*:「留まる、居残る」。**11–12** 勝利の栄光は、美の誉れより訪れるのも早いが、去るのも早い。**11** = And though the laurel grows early. **14** *record* = record you set. *cut*: broken. **15** *no worse*:「〜に(*than*)劣らない、似たようなものだ」。**17** *swell* = increase the number of. *rout*:「(詩)一団」。**18** *lads* = youths, boys. *wore their honours*

もっと静かな町で暮らすのだ。

利口なやつだ、いい潮時に抜け出すなんて——
栄光は競技場(フィールド)にぐずぐずしてはいないから。 10
月桂樹は育つのも早いが、
萎(しお)れるのもばらより早い。

夜の闇に閉ざされた眼には
記録が破られるのも見えないし、
土でふさがれた耳には 15
沈黙も声援と変わりがない。

もう君は、名誉をすり減らした
連中の仲間に入らないですむ——
評判に追い越され、死ぬ前に
名声に先立たれてしまった走者たちの。 20

ではそのこだまが消えないうちに、
君の俊足で闇の敷居を踏み、
低い鴨居に掲げるがいい——
まだ誰にも奪われていない優勝盃を。

---

out:「勝利を使いつぶした」。勝利の記憶が失われた後まで生き残っている連中。**19** *lads*(l. 18)と同格。「名声に追い抜かれ」て、とぼとぼ生きている連中。**20** *the name* = whose name. **21–24** 担いできた棺を地下の墓穴に納める。入口の踏み石を走者のスタートラインに譬える。**21** *set*:「(足をスタートの位置に)つけよ」。*its*: あいまいだが *renown*(l. 19)を指すか。cf. echoes of fame. **23** *lintel*:「(入口の上の)横木」。**24** *still-defended*:「まだ防衛されている(破られていない)」。

And round that early-laurelled head 25
Will flock to gaze the strengthless dead,
And find unwithered on its curls
The garland briefer than a girl's.

[76]　**If—**

                              Rudyard Kipling(1865–1936)

If you can keep your head when all about you
　　Are losing theirs and blaming it on you,
If you can trust yourself when all men doubt you,
　　But make allowance for their doubting too;
If you can wait and not be tired by waiting, 5
　　Or being lied about, don't deal in lies,
Or being hated, don't give way to hating,
　　And yet don't look too good, nor talk too wise:

If you can dream—and not make dreams your master;
　　If you can think—and not make thoughts your aim; 10
If you can meet with Triumph and Disaster

---

challenge-cup:「(試合・競技を重ねて争われる)優勝盃」。**25–28** 主語は *dead* (l. 26)。**25** *And*: 命令形の *set* (l. 21) と *hold* (l. 23) に続く(「〜せよ、そうすれば」)。**26** *flock*:「群がる」。**27** *its*: *head* (l. 25) を指す。**28** *briefer*: 勝利の月桂冠は、若い娘たちの頭を飾る花輪「よりはかない」(➡ ll. 11–12 注)。*girl's* = girl's garland.
[**76**]　*Songs from Books* (1913). **1** *If you can*: すべての連の冒頭で *If you can* が繰り返される。anaphora「首句反復」。*keep your head* =

すると若くして栄冠を戴いた頭を、　　　　　　　　　　25
　無力な死者たちが取り巻いて見るだろう——
若い娘の花飾りより、もっとはかない花冠(かかん)が
　巻き毛の上に萎れないでいるのを。

[76]　もし——
ラディヤード・キップリング

もしまわりの誰もが我を忘れて取り乱し、それを
　君のせいにしても、君が平静でいられるなら、
もし誰も君の言葉を信じなくても自分を信頼し、
　しかも信じない連中の気持ちを汲んでやれるなら、
もし君が待たされても待ちくたびれたりせず、　　　　5
　嘘をまき散らされても嘘で仕返しをしないなら、
たとえ憎まれても、憎み返すという誘惑に負けず、
　しかも善人ぶらず、利口ぶりもしないなら、

もし君が夢見ることができ——夢の奴隷にならないなら、
　考えることができ——考えるだけに終わらないなら、　10
もし君が「大成功」や「大失敗」に出くわして、

---

keep calm, retain self-control. *about* = around. **2** *theirs* = their heads. lose one's head は「動転する、度を失う」。**4** *make allowance*:「〜を情状酌量する、許す(*for*)」。**6** *deal*:「〜に手を染める(*in*)」。**7** *give way*:「〜の衝動に負ける(*to*)」。**10** *make thoughts your aim*: 考えるだけで(実行もせず)、それだけで満足すること。**12** どちらの場合にも軽々しく態度を変えず、冷静に対処するなら。**13** *bear*:「〜しても我慢する(*to*)」。**15** 〈知覚動詞(*watch*) + 目的語(*the things you...your life*

And treat those two impostors just the same;
If you can bear to hear the truth you've spoken
    Twisted by knaves to make a trap for fools,
Or watch the things you gave your life to, broken,
    And stoop and build 'em up with worn-out tools:

If you can make one heap of all your winnings
    And risk it on one turn of pitch-and-toss,
And lose, and start again at your beginnings
    And never breathe a word about your loss;
If you can force your heart and nerve and sinew
    To serve your turn long after they are gone,
And so hold on when there is nothing in you
    Except the Will which says to them: "Hold on! "

If you can talk with crowds and keep your virtue,
    Or walk with Kings—nor lose the common touch,
If neither foes nor loving friends can hurt you,
    If all men count with you, but none too much;
If you can fill the unforgiving minute
    With sixty seconds' worth of distance run,

---

to) + 過去分詞(*broken*)〉。*life*:「命」または「一生」。**16** *stoop and* = stoop to「恥を忍んで〜する」。*'em* = them. *things* (l. 15) を指す。**18** *turn*:「勝負」。*pitch-and-toss*: 硬貨を標的に向けて投げ、最も標的の近くに投げた者が、表の出た硬貨全部をもらえるゲーム。**20** *breathe*:「漏らす」。**21** *heart*:「心臓(勇気、気力)」。*nerve*:「神経(勇気、胆力)」。2語の比喩的含意は一部で重なる。*sinew*:「腱(精力)」。**22** *serve your turn*:「あなたの役に立つ、当座の用を果たす」。*they*: heart,

どちらのペテン師にも惑わされたりしないなら、
もし君の語った真実が悪党どもに捻(ね)じ曲げられ、
　　愚か者を引っかける罠(わな)に利用されても我慢できるなら、
命(いのち)懸けでしたことが裏目に出ても、見栄(みえ)を捨てて　　　　　15
　　おんぼろ道具でしっかり立て直せるのなら、

もし君が儲(もう)けのすべてを山と積み上げ、
　　賽(さい)のひと振りに賭けた挙句、
勝負に敗れたとしても、何もかも一から出直し、
　　損したことなどおくびにも出さないなら、　　　　　　　　　　　20
もし熱意と度胸と体力が尽き果てたあとも、
　　なんとか手を貸してくれとそれらに迫り、
「頑張れ」と呼びかける「意力」以外に何ひとつ
　　残っていなくても、頑張り通せるなら、

もし君が民衆に親しんでも高潔さを失わず、　　　　　　　　　　　25
　　「王」と付き合っても——庶民感覚を忘れないなら、
もし敵にも親しい友にも傷つけられることなく、
　　あらゆる人間を大切にしながら、誰も大事にしすぎず、
油断のならない人生の一分間を
　　六十秒分(ぶん)の長距離走で埋められるのなら、　　　　　　　　30

---

nerve, sinew (l. 21). *gone* = lost. **23** *hold on*:「(困難な状況を)持ちこたえる、耐える」。**25** *crowds*:「大衆、庶民」。**26** *nor lose* = and do not lose. *common touch*:「ふつう(殊に目下)の人々と親しむ余裕」。この詩から広まった言い方。**27** *foes* = enemies. **28** *count*:「〜にとって価値がある、重要だ(*with*)」。*none too much* = no one counts with you too much. **29-30** 1分は60秒、その60秒を寸分の無駄もなく、人生という長距離走にふさわしいペースで満たせという。**29** *unforgiving*

Yours is the Earth and everything that's in it,
　And—which is more—you'll be a Man, my son!

---

minute:「情け容赦ない(無駄や浪費を許さない、二度と後戻りがきかない) 1 分間」。**31-32** 第 1 行から延々と繰り返されてきた if 節の帰結。**32** *Man*:「一人前の男(人間)」。*my son*: 最終行に至って、詩が父親の息子に語りかけた言葉だとわかる。

世界とそのすべては君のもの──
　それどころか君は「大人」になるのだ、わが息子よ。

──────

V　モダニズム以降
Modernism and After (1900–)

ウィリアム・バトラー・イェイツ
(By John Singer Sargent, 1908 / Alamy Stock Photo)

[77] The Lake Isle of Innisfree
William Butler Yeats (1865–1939)

I will arise and go now, and go to lnnisfree,
And a small cabin build there, of clay and wattles made:
Nine bean-rows will I have there, a hive for the
        honey-bee,
And live alone in the bee-loud glade.

And I shall have some peace there, for peace comes
        dropping slow, 5
Dropping from the veils of the morning to where the
        cricket sings;
There midnight's all a glimmer, and noon a purple glow,
And evening full of the linnet's wings.

I will arise and go now, for always night and day
I hear lake water lapping with low sounds by the shore; 10
While I stand on the roadway, or on the pavements grey,
I hear it in the deep heart's core.

---

[77] *The Rose*(1893). 題名 *Isle*: ふつう小島について言う。*Innisfree*: アイルランドのスライゴー州にあるギル湖(Lough Gill)の小島。**1** *arise and go*: やや古風な語法。cf. I will arise and go to my father(「ルカによる福音書」15: 18). go の反復で強い意志を表わす。**2** *wattles*: 棒に小枝を編み合わせた骨組み。壁などを作る。**4** [l]音の頭韻。*bee-loud glade*:「蜜蜂の羽音がやかましい林間の草地」。すでに盛期のイェイツを思わせる絶妙な詩句。**5** [p]音の頭韻。**6** *veils of the morning*:

[77] 湖の島イニスフリー
ウィリアム・バトラー・イェイツ

さあ、今こそ行こうイニスフリーへ──
編み枝と粘土で小屋を建て、
豆の畝(うね)を九つ、蜜蜂の巣箱を一つ。一人で住む
森の草地に聞こえるのは、ぶんぶんうなる蜂の声。

そこにはしばしの安らぎがある。安らぎは朝のまとう 5
ヴェールから、こおろぎの鳴く大地に滴(したた)り落ちる。
真夜中は一面に星がまたたき、真昼は紫にかがよう光、
日暮れには紅鶸(べにひわ)が群れはばたく。

さあ行こう、夜も昼も、ひたひたと
湖畔に寄せるさざ波の音が耳に鳴りやまない。 10
道を行くときも、灰色の舗道(ほどう)に立つときも、
わが胸の奥深く、あの水音がやまず聞こえるのだ。

朝の霧、もや。**7** [gl]音の頭韻。*glimmer*:「ちらちらする光」。all aglimmer(= glimmering)という表現が、世紀半ばから使われ始めていた。*noon* = noon is. *purple glow*:「紫色の輝き」。印象派の絵から遠くない感性。**8** [l]音の頭韻。*evening full of linnet's wings*: これも作者らしい表現(➡l. 4 注)。*evening* = evening is. **10** [l]音の頭韻。**11** *pavements grey*: やや古風な形容詞の倒置。

[78] When You Are Old

William Butler Yeats

When you are old and grey and full of sleep,
And nodding by the fire, take down this book,
And slowly read, and dream of the soft look
Your eyes had once, and of their shadows deep;

How many loved your moments of glad grace, 5
And loved your beauty with love false or true,
But one man loved the pilgrim soul in you,
And loved the sorrows of your changing face;

And bending down beside the glowing bars,
Murmur, a little sadly, how Love fled 10
And paced upon the mountains overhead
And hid his face amid a crowd of stars.

---

[78] *The Rose* (1893). 題名 16世紀フランスの詩人ロンサール (Pierre de Ronsard) の『エレーヌへのソネット』*Sonnets pour Hélène* (1578) 第2集24番 ("Quand vous serez bien vieille" = when you are very old) から想を得ているが、借りたのは〈年老いたあなたが、眠い目で私の詩を読めば〉という大枠のみ。**1** *grey* = having grey hair. **2** *take*: 命令形. **3** *read, dream*: 命令形. **5-8** この4行だけ独立した感嘆文だが、*dream* (l. 3) の目的語の続きと読むこともできる。*love* (動詞と

[78]　あなたが年老いて
　　　　　　　ウィリアム・バトラー・イェイツ

あなたが年老いて白髪になり、眠気にとりつかれて
炉端でこっくりする時には、この本を取り出して
ゆるゆる読み進め、夢見てほしい、
あなたの目がかつて湛えていた優しさと深い影とを。

あなたの晴れやかな優雅さを愛し、あなたの美しさを　　　　5
本物や偽物の愛で愛した者は少なくないが、
中にただ一人、あなたのさすらい人の魂を愛し、
揺れる表情に漂う悲しみを愛する者がいたことも。

そして、あかあかと燃える暖炉のそばにかがみ込んで、
ちょっと悲しげにつぶやいてほしい――「愛」は去り、　　10
高い山々のいただきをしばし行きつ戻りつしてから、
星の群れにまぎれて顔を隠してしまったと。

名詞)の頻出。**7** *one man*: 作者自身を暗示。*pilgrim soul in you*: 作者らしい表現。**10** *Murmur*: 命令形。

[79] The Wild Swans at Coole
William Butler Yeats

The trees are in their autumn beauty,
The woodland paths are dry,
Under the October twilight the water
Mirrors a still sky;
Upon the brimming water among the stones　　　　　5
Are nine-and-fifty swans.

The nineteenth autumn has come upon me
Since I first made my count;
I saw, before I had well finished,
All suddenly mount　　　　　10
And scatter wheeling in great broken rings
Upon their clamorous wings.

I have looked upon those brilliant creatures,
And now my heart is sore.
All's changed since I, hearing at twilight,　　　　　15
The first time on this shore,

---

[79] *The Wild Swans at Coole*(1919). 題名 *Coole*: 作者の友人・庇護者グレゴリー夫人(Lady Augusta Gregory)のクール荘園(Coole Park)。アイルランド西部ゴールウェイ州の荘園の中に鬱蒼たる森と広大な湖がある。そこに川が注ぎ込んでいるが、出口は地下にもぐって狭いので、冬には湖が2倍にも3倍にもふくれ上がる。**1-2** 以前の作者とは打って変わって、秋のさわやかさをきびきびと無駄なく、ありのままに描く。**4** *still* = undisturbed by wind. 以下、意味を変え

[79]　クールの野生の白鳥
　　　　　　　ウィリアム・バトラー・イェイツ

木々はいま美しい秋の色、
森の下道(したみち)は乾いている。
十月のたそがれに、水は
静かな空を映している。
なみなみと水をたたえた湖面には、岩の間に　　　　　5
五十九羽の白鳥がいる。

初めてその数を数えてから、
十九度目の秋がめぐってきた。
まだろくに数え終わりもしないうちに、
彼らは突然いっせいに舞い上がり、　　　　　　　　10
散らばって旋回しながら、切れ切れの大きな輪を
描いたものだ――凄(すさ)まじい羽音(はおと)を立てて。

このみごとな鳥たちを見てきた私は、
いま心が痛む。
何もかも変わってしまった――初めて　　　　　　　15
たそがれ時にこの岸辺で

ながら頻出(ll. 19, 24, 25)。**5** *brimming*: 満々とした、あふれんばかりの。**6** *nine-and-fifty*: 細かな数は、鳥たちを見慣れ熟知しているから。数字を古風に言い換えたのはリズム上の配慮(fifty-níne swáns では強拍が3つ続いて穏やかな調子を乱す)。*swans*: *stones*(l. 5)とは擬似韻。**7** *come upon* = come on「(人に)降りかかる」。**9–12** 〈知覚動詞(*saw*)＋目的語(*All*)＋不定詞(*mount, scatter*)〉。**11** *broken rings*: 「断続的な輪」。**12** *Upon...wings* = flying. **17** [b]音の頭韻。*bell-beat*: 教会の組

The bell-beat of their wings above my head,
Trod with a lighter tread.

Unwearied still, lover by lover,
They paddle in the cold   20
Companionable streams or climb the air;
Their hearts have not grown old;
Passion or conquest, wander where they will,
Attend upon them still.

But now they drift on the still water,   25
Mysterious, beautiful;
Among what rushes will they build,
By what lake's edge or pool
Delight men's eyes when I awake some day
To find they have flown away?   30

鐘(carillon)の耳をつんざく響き。**18** [tr]の頭韻。「より軽い足取りで歩いた」のは、今よりずっと若かったから、または白鳥を見て心が晴れたから。**19–21** [l][k]音の頭韻。**21** *Companionable*:「親しみやすい、付き合いやすい」。白鳥と流れが自然に慣れ親しみ合う様子をみごとに表わす長い語。**23** *Passion or conquest*: 動詞が *Attend* (l. 24)と複数形なのは、〈A or B〉が〈A and B〉とさして違いがないから(例えば日本語で〈A とか B〉というように)。*wander where they will* = wherev-

割れんばかりの羽ばたきを頭上に聞きながら、
足どりも軽くなったあの日から。

彼らはなおも疲れを知らず、恋人どうし、
冷たく気の置けない   20
流れに乗って泳いだり、飛び立ったり。
その心は老いていない。
どこを渡り歩こうと、情熱や征服が
いつも彼らに付きしたがうのだ。

だが今、彼らは静かな水に浮かんでいる——   25
謎めいて、美しく。
次はいったいどんな藺草(いぐさ)の茂み、
どんな湖畔や池に巣を作って、
人々の目を楽しませるのだろう——ある日私が
目を覚まして、彼らが飛び去ったと知るときには。   30

---

er they will wander.［w］音の頭韻。**26** ありふれた2つの長い語が、溜息のような感嘆の響きを伝える。**27-30** もはや何かが決定的に失われてしまったという痛切な喪失感。**28** *pool*: *beautiful*（l. 26）とは擬似韻。

[80] The Second Coming
William Butler Yeats

Turning and turning in the widening gyre
The falcon cannot hear the falconer;
Things fall apart; the centre cannot hold;
Mere anarchy is loosed upon the world,
The blood-dimmed tide is loosed, and everywhere 5
The ceremony of innocence is drowned;
The best lack all conviction, while the worst
Are full of passionate intensity.

Surely some revelation is at hand;
Surely the Second Coming is at hand. 10
The Second Coming! Hardly are those words out
When a vast image out of *Spiritus Mundi*
Troubles my sight: somewhere in sands of the desert

---

[80] *Michael Robartes and the Dancer*(1921). 題名 *Second Coming* = Second Advent:「キリストの再臨」。キリスト教の伝統的な理解では、復活して昇天したキリストが、世の終わりに神の国の王としてすべての人間を裁くため(最後の審判)に再来することを意味する。『新約聖書』巻末の「ヨハネの黙示録」では、ヨハネが神から告げられたキリストの再臨、神の国の到来、究極的な悪の滅亡が、ぶきみなイメージや象徴で語られる。そこでは豹に似て熊の足、獅子の口をもつ奇怪な獣が現われて、討ち果たされる。ところが作者の詩の後半では、その獣に類するような、イエスとは似ても似つかない恐るべき何者かの「誕生」が予感ないし預言され、しかもそれについて、キリストの再来という幸いな出来事を指すのと同じ「再臨」の語があえて用いられ、

[80] 再臨

ウィリアム・バトラー・イェイツ

くるりくるりとだんだん輪をひろげていく鷹——
その耳にはもはや鷹 匠 の声も届かない。
ものがばらばらに砕け散り、もう中心の抑えがきかない。
極度の無秩序が世界に解き放たれる。
血に濁った潮流がどっと堰を切り、至る所　　　　　　　　　5
無垢の礼節が水に呑み込まれる。
選り抜きの人々が自信をなくす一方で、最悪の連中が
やる気満々で目の色を変えている。

きっと今にも何かの天啓が下るのだ。
きっと「再臨」の時がすぐそこに迫っているのだ。　　　　10
「再臨」！　この言葉が口から漏れるが早いか、
「世界霊魂」から巨大な姿が現われて、
私の目を曇らせる。どこか砂漠の砂原で、

ぶきみさを深めている。**1** *gyre* [dʒáiə]（作者自身は [gáiə] と発音）：「渦巻き回転」。だんだん大きく旋回する。『幻視録』*A Vision*（1925, 改訂版 1937）の中心的シンボル。**3** *hold*：「持ちこたえる」。**4** *Mere*：「(古)純然たる」。**4–5** *loosed* の不吉な繰り返し。**6** *ceremony of innocence*：[s]音の頭韻。cf. all hatred driven hence, / The soul recovers radical **innocence** 「あらゆる憎しみが追い払われてこそ、魂は根元的な無垢を取り戻す」(Yeats「わが娘のための祈り」A Prayer for my Daughter, ll. 65–66); How but in custom and in **ceremony** / Are **innocence** and beauty born?「慣わしと礼節なくして無垢と美の生まれようがあろうか」(ll. 77–78)。**8** *passionate intensity* = intense passion. **9–10** 同一構文や同一語句の繰り返しが、畏怖と戦きの口調を帯び

A shape with lion body and the head of a man,
A gaze blank and pitiless as the sun, 15
Is moving its slow thighs, while all about it
Reel shadows of the indignant desert birds.
The darkness drops again; but now I know
That twenty centuries of stony sleep
Were vexed to nightmare by a rocking cradle, 20
And what rough beast, its hour come round at last,
Slouches towards Bethlehem to be born?

[81] Sailing to Byzantium
William Butler Yeats

That is no country for old men. The young
In one other's arms, birds in the trees
—Those dying generations—at their song,

る。**9** *revelation*: 人知では知りえない真実を(多くは預言者を通じて)神が明かすこと。**10** *at hand* = close in time. **12** *Spiritus Mundi*: ラテン語。作者によれば、人間生来のイメージの源泉。いわゆる「集合的無意識」に似るか。**17** *Reel* = whirl round. 鷹の螺旋運動(ll.1-2)に呼応。**18** *The darkness drops again*: 幻はちらりと浮かんだだけで消える。**19-20** 作者によれば(『幻視録』➡**1**注)、人間・文化・歴史はある間隔を置いて逆転する。キリスト誕生後の時間(「石のような眠り」)の長さは、その前代と同じく2000年。終末期の今は悪夢のように破壊と混乱を極め、次に「再臨」する者は、キリストと正反対の無慈悲な怪物である。**20** 時代の揺りかごが激しく揺さぶられ、幼児キリストのような安らかな眠りは悪夢に変わるという。**21-22** 疑問文は強い感

獅子の体、人間の頭をもつ怪物が
太陽みたいに虚ろで無慈悲な目つきをして、　　　　　15
ゆるゆると太腿(ふともも)を動かしている。そのまわりを、
怒った砂漠の鳥たちの影が翔(か)けめぐる。
またもや闇が下りる。だが、もうわかっている——
二十世紀の長きにわたる石のような眠りが、
揺れる揺りかごにかき乱されて悪夢と化し、　　　　　20
どんな獰猛(どうもう)な獣(けだもの)が、やっと自分の出番だとばかり、
のそのそ歩き始めたことか——ベツレヘムで
　　　　　　　　　　　生まれ出ようと!

[81]　ビザンチウムへの船出
　　　　　　ウィリアム・バトラー・イェイツ

こんなのは老人向けの国ではない。若者たちは
たがいに抱(いだ)き合い、木々の鳥たちは歌うたい
——やがては死んでゆく世代だが——

情を含んで、感嘆文のように響く。ぶきみで凶暴な獣が、次代の「主」としてキリスト生誕の地(ベツレヘム)に降臨するため、いよいよ歩き出した。以後の荒廃ぶりは想像もつかない。**21** *its hour come* = its hour being come. **参考** 作者の歴史観のごく大ざっぱな見取り図は、次の通り。各時代は周期的(例えば20年ごとなど)に消長・盛衰を繰り返す。そのさまは円錐体を横たえたようで、とがった先端の一点から底面の円に至るまで、旋回しながらだんだん膨張していく(円が大きくなっていく)。膨張が極限に達すると、今度は底面の円の中心を出発点として、別の円錐状の膨張が始まる。ただし今度は方向が逆向き、遡行的で、あたかも前の時代の出発点だった先端の一点を中心としてできる大きな円(底面)に向けて次第に拡がるかのような運動

The salmon falls, the mackerel-crowded seas,
Fish, flesh, or fowl, commend all summer long 5
Whatever is begotten, born, and dies.
Caught in that sensual music all neglect
Monuments of unageing intellect.

An aged man is but a paltry thing,
A tattered coat upon a stick, unless 10
Soul clap its hands and sing, and louder sing
For every tatter in its mortal dress,
Nor is there singing school but studying
Monuments of its own magnificence;
And therefore I have sailed the seas and come 15
To the holy city of Byzantium.

O sages standing in God's holy fire
As in the gold mosaic of a wall,

として展開される(2つの円錐体が向き合って、一方の頂点が相手の底面の中心を突いているかのよう)。しかもこの時、新しい時代の性格は以前と正反対になる(善悪、正邪、理性と感情、秩序と混乱その他の点で)。作者の見る歴史サイクルは、月の満ち欠けなど、スケールの異なる他のいくつかの周期をも組み入れて複雑を極めるが、ここでは深入りしない。

[**81**] *The Tower* (1928). 題名 *Byzantium*: イスタンブール(もとローマ帝国、ついで東ローマ帝国の首都コンスタンチノープル)。**1** *That*: アイルランドを指す。草稿の This を That に変えたのは、心理上・想像上ではすでに母国を見限って旅立ち、遠くから振り返っているため(➡ ll. 15–16)。**3** *generations*:「出生」の意をも含む。*at their song* =

[81] ビザンチウムへの船出

鮭躍る滝や鯖の群れなす海、
魚も肉なるものも鳥たちも夏じゅう褒めそやす、
宿され生まれ死んでいくものすべてを。
そんな肉感の音楽に溺れてみんな忘れている――
老いを知らぬ知の記念碑(モニュメント)を。

年寄りなんかけちくさいもの、
ぼろ布(ぎれ)をまとう棒切れだ――魂が
手を打って歌わない限り、そして身にまとう死すべき
ぼろ一片(ひときれ)一片のために、より大声で歌わない限りは。
そして歌い方を覚えるには、魂自身の壮麗さの
記念碑(モニュメント)から学ぶ以外に手はない。
だから私ははるばる海を渡って、
聖都ビザンチウムにやって来たのだ。

ああ、金色(こんじき)まばゆい壁面のモザイクのごとく
神の聖なる火の中にたたずむ賢者たちよ、

---

singing. **4** *salmon falls*: 鮭は産卵のため川を遡上し、少々の段差は跳び越える。*mackerel-crowded*: [l]音を中に挟んで[k][r]音が錯綜し、舌がもつれそうな(mouthful)複合語が、鯖が蒼黒く群れ泳ぐアイルランドの豊かな海を暗示する。**5** *Fish, flesh or fowl*: 束の間の生をエンジョイしている存在すべてを、3語で要約する。[f][ʃ][l]音の頭韻。*commend*: 主語は The young In...flesh, or fowl (ll. 1-5)。目的語は l. 6。**6** *begotten*: beget は「(主として男が)子を儲ける」。**7** *Caught*:「～のとりこになって(in)」。**8** 芸術・工芸の傑作。**9** *aged*: [éidʒid]. *but* = only. **10** 作者は詩「児童たちに交わって」Among School Children でも、老いた自分を「鳥を脅すしか能がない、ぼろを着た古竿」Old clothes upon old sticks to scare a bird (l. 48) と罵っている。**11** *clap*:

Come from the holy fire, pern in a gyre,
And be the singing-masters of my soul. 20
Consume my heart away; sick with desire
And fastened to a dying animal
It knows not what it is; and gather me
Into the artifice of eternity.

Once out of nature I shall never take 25
My bodily form from any natural thing,
But such a form as Grecian goldsmiths make
Of hammered gold and gold enamelling
To keep a drowsy Emperor awake;
Or set upon a golden bough to sing 30
To lords and ladies of Byzantium
Of what is past, or passing, or to come.

主語は単数の *Soul* ➡ [**9**] l. 8 注。**11-12** *louder sing For...its mortal dress*: 肉体が衰えれば、魂はその分いよいよ盛んに生を謳歌しなければならない。〈形容詞・副詞の比較級 (*louder*) + *For*〉は、「〜の故にもっと」の意。**13** *but* = except。**15-16** 魂の歌い方を学ぶため、自分ははるばる海を越えて聖なる都ビザンチウムにやってきたという。**17-19** 作者は 1917 年、北イタリアの古都ラヴェンナのサンタポリナーレ・ヌオヴォ聖堂で、壁面に居並ぶ男女の聖者(殉教者)たちのモザイク画(6世紀、東ローマ帝国時代)に感銘を受けた。**17** *God's holy fire*: モザイク画の金色の背景に浮かび上がる「賢者たち」が、神の火に灼かれ浄化されていると見た。**19** *pern*:「渦を巻く、螺旋を描く」。pirn「糸を巻く筒」(=bobbin) からの作者の造語。*gyre* ➡ [**80**] l. 1 注。作者は

聖なる火から立ち現われてくるくると渦を巻き、
わが魂に歌い方を教えてほしい。 20
わが心を灼(や)き尽くしてほしい(肉欲にうんざりし、
死にゆく獣に縛り付けられて、
わが心は自分の正体を忘れているのだ)。そして、
私を永劫(えいごう)の細工物に組み込んでもらいたい。

ひとたび自然から脱け出したら、私はどんな 25
自然物からも体形を借りることなく、
ギリシャの金細工師たちが打ち延ばした金と、
金のエナメル焼きで造ったような形を取るだろう——
眠たい「皇帝」の目を覚ましておくため、それとも
金の枝に据え付けてビザンチウムの殿方やご婦人方に 30
過ぎたこと、過ぎつつあること、来たるべきこと
                                          について
歌わせるように、彼ら細工師が拵(こしら)え上げたような形を。

螺旋のイメージを好むが、聖者の旋回が何を象徴するのかは明らかでない。fire と gyre は中間韻。**21** *sick* = being sick. **23** *It*: my heart (l. 21) を指す (*it* も)。*gather*:「~の中に引き入れよ (*into*)」。**27-32**『全詩集』(*Collected Poems of W. B. Yeats*, Macmillan, 1950) の注によれば、「ビザンチウムの皇居には、金銀細工の木や人工の歌う鳥があったとどこかで読んだ」(p. 532)。**32** 今だけにとらわれずに過去・現在・未来を見通す。

[82] Fifty Faggots

Edward Thomas (1878–1917)

There they stand, on their ends, the fifty faggots
That once were underwood of hazel and ash
In Jenny Pink's Copse. Now, by the hedge
Close packed, they make a thicket fancy alone
Can creep through with the mouse and wren. Next
               Spring   5
A blackbird or a robin will nest there,
Accustomed to them, thinking they will remain
Whatever is for ever to a bird:
This Spring it is too late; the swift has come.
'Twas a hot day for carrying them up: 10
Better they will never warm me, though they must
Light several Winters' fires. Before they are done
The war will have ended, many other things
Have ended, maybe, that I can no more
Foresee or more control than robin and wren.   15

---

[82] *Poems*(1917). 題名 *Faggots*:「薪用に、木や枝を適当な長さに切って縛った束」。日本の薪のように短く切り揃えたものとは異なる。**1** 打ち解けた口語体。*on their ends*:「直立して」。**3** *Jenny Pink's Copse*: 地元で通用している呼び名。**4** *fancy*: 直前で目的格の which が略されている。**8**「何であれ、鳥には永遠と思われるあいだ」。人間にとっては粗朶がなくなるまでの束の間だが、鳥にとっては永遠。時間感覚の差。**9** 鳥が巣を作るには、もう時節が遅すぎる。*swift*: 南方

[82]　五十本の粗朶

エドワード・トマス

ほら、そこに並んで立っている、五十本の粗朶が。
もとは「ジェニー・ピンクの雑木林」の榛とトネリコの
下生えだった。今は生垣のそばにぎっしり立ち並んで、
まるで低木の茂みのよう。空想以外にそこを潜り
抜けられるのは、ハツカネズミとミソサザイくらいだ。　　　5
来年の春にはクロウタドリか駒鳥が巣を作るだろう、
粗朶があるのに慣れっこになって、いつまでも──
鳥の目には未来永劫、そこにあるものと思い込んで。
今年の春はもう手遅れだ。アマツバメがやって来たし、
束を運び上げるには暑い一日だった。粗朶をくべたって、　10
とてもこう暖かくはならないが、それでも何度かの冬を
越すためには焚き付けが必要だ。粗朶がなくなる前に、
戦争は終わっているだろうし、恐らく他のいろんな
　　　　　　　　　　　　　　　　　　　　　　　ことも
そうかもしれないが、駒鳥やミソサザイと同様、
私にはそれを見通すことも、どうこうすることもできは
　　　　　　　　　　　　　　　　　　　　　　　しない。　15

で越冬する。**10** *'Twas* = It was. **11** *Better*: きょう粗朶を運んで暑い思いをした以上に。**12** *Light*:「～に火をつける」。*done*:「なくなって」。**13-14** *many other things Have ended, maybe*: 挿入節による付け加え。**14** *Have ended* = will have ended. *that*: 目的格の関係代名詞。先行詞は *The war will…things Have ended*(ll. 13-14)の内容を漠然と指す。**15** *robin and wren* ➡[**63**]ll. 18-20, l. 22 注。

[83] Anthem for Doomed Youth
Wilfred Owen (1893–1918)

What passing-bells for these who die as cattle?
   —Only the monstrous anger of the guns.
   Only the stuttering rifles' rapid rattle
Can patter out their hasty orisons.
No mockeries now for them; no prayers nor bells,   5
   Nor any voice of mourning save the choirs, —
The shrill, demented choirs of wailing shells;
   And bugles calling for them from sad shires.

What candles may be held to speed them all?
   Not in the hands of boys, but in their eyes   10
Shall shine the holy glimmers of good-byes.
   The pallor of girls' brows shall be their pall;
Their flowers the tenderness of patient minds,
And each slow dusk a drawing-down of blinds.

---

[83] *Collected Poems* (1920). 題名 *Doomed*:「敗北(破滅)を運命づけられた」。*Anthem* と *Doomed* は、皮肉を含む矛盾語法。**1** 主動詞のない差し迫った口調。*passing-bells*:「(死を告げて祈りを促す)鐘」。*these who*: 距離を置いた those who ではなく、目の前の人々を指す。**3–4** すさまじいライフル射撃の擬音語(*stuttering, rattle, patter out*)が、いずれも「早口で(祈りを)唱える」の意を含む。[r][t]音の頭韻。[æ]音の畳みかけ。**4** *orisons*:「(古)祈り」。*guns* (l. 2)とは凝似韻。**5** *No*

[83]　悲運の若者たちへの讃歌

　　　　　　　　　　　　　ウィルフレッド・オーエン

家畜のように死んでいくこの連中をどんな鐘が弔うのか。
　——大砲の化け物じみた怒号ばかり。
　ダダダダと吃るようなライフルの連射の音が、
せわしない祈りの言葉を吐き散らすだけ。
いまの彼らにふざけたまねは無用だ——祈りも鐘も　　　　　　　　　5
　哀悼の声もいらない、聖歌隊のほかには——
それは泣きわめく砲弾の狂ったように甲高い聖歌隊、
　そして悲しい田舎に彼らを呼び戻すラッパの音だ。

彼らを速やかに送るために、どんな蠟燭を捧げようか。
　少年たちの手の中ではなく、眼の中に　　　　　　　　　　　　10
聖らかな告別のきらめきが宿ればそれでいい。
　娘たちの蒼ざめた額の色が棺衣の代わりになればいい。
供える花こそないが、耐える心の優しさがある。そして
ブラインドに代わって、宵闇がゆるやかに下りればいい。

---

mockeries:「祈りや鐘」など、戦死者を悼み讃える儀式も、この悲惨な戦場を前にしては、むしろ死者への侮辱だという。「銃後」の愛国者や軍国主義者への皮肉。**6** *save*＝(文)except. *choirs*: *choirs* (l. 7)の同格。**8** *shires*:(英古)counties「州」。**9-14** 戦場の喧騒から一転、静かな悲しみの気配がただよう。**11** *Shall*: 話者の意志を含む3人称。**12** *pall*:「棺を覆うビロードの白い布」。pallor と pall の音声上・意味上の呼応。**13** *flowers*＝flowers shall be. **14** [d]音の頭韻。

[84] The Love Song of J. Alfred Prufrock
T. S. Eliot (1888–1965)

> *S'io credessi che mia risposta fosse*
> *a persona che mai tornasse al mondo,*
> *questa fiamma staria senza più scosse.*
> *Ma per ciò che giammai di questo fondo*
> *non tornò vivo alcun, s'i'odo il vero,*
> *senza tema d'infamia ti rispondo.*

Let us go then, you and I,
When the evening is spread out against the sky
Like a patient etherized upon a table;
Let us go, through certain half-deserted streets,
The muttering retreats 5
Of restless nights in one-night cheap hotels
And sawdust restaurants with oyster-shells:
Streets that follow like a tedious argument
Of insidious intent
To lead you to an overwhelming question... 10
Oh, do not ask, "What is it?"

---

[84] *Prufrock and Other Observations* (1917). 題名 *Love Song*: 皮肉なタイトル。*J. Alfred Prufrock*: ご大層だが、小心な堅物 (prude, frock-coat) を思わせる名前。詩はほぼこの人物の内的独白を装う。題詞 第 1 行の *S'io credessi* は、『神曲』原典では S'i' credesse. 第 3・6 行の *senza* は sanza、第 4 行の *Ma per ciò che giammai* は、ma però che già mai。作者が一部をわかりやすい現代イタリア語に改めたようだ。**1** *then*: いきなり「それじゃ」と切り出す。内心で交わしていた対話の先を続

[84] J・アルフレッド・プルーフロックの恋歌
T・S・エリオット

　　　もし私の返事が、また現世に戻っていく
　　　誰かの耳に入ると思ったら、この炎はもう
　　　これ以上ぴくりとも動きはしないだろう。
　　　だが、もし私の聞き違いでなければ、
　　　この深淵から生きて帰った者は誰もいないから、
　　　私がお前に答えても恥を恐れる必要はあるまい。

では行こうか、君とぼく。
いま夕暮れが空を背(バック)に手足を投げ出して、
まるで手術台で麻酔にかかった患者のよう。
さあ行こう、なかば人気(ひとけ)の絶えた通りを抜けて──
あたりは一晩泊まりの安ホテルや、カキ殻の散らばる　　　　5
おがくずだらけのレストランでの眠れぬ夜な夜なに
声がぶつぶつ漏れる場末の隠れ処(が)だ。
通りは退屈な議論みたいにだらだら続く──
まるで陰険にも
何か途方もない疑問に人を誘い込む議論みたいに……　　　　10
いや、「どんな疑問だ」なんて聞かないで、

けるような、くだけた口調(➡[51]l.1注)。以後この詩は、話者がどこかの夜会に向かう道筋と、道すがら脳裡に展開する想念とが交錯する(かのような)形で進行する。そうした最小限の筋書きさえ否定する見方もあるが、行き過ぎだろう。*you and I*: どちらも話者自身。自分を見る自分と見られる自分という二重構造を示すが、各々が固有の性格や立場を分担しているわけではない。近代人の自意識的な自問自答の呼吸を伝える、フランス詩人ラフォルグに学んだ筆法。**2-3** 名高

Let us go and make our visit.

   In the room the women come and go
Talking of Michelangelo.

   The yellow fog that rubs its back upon the window-
        panes, 15
The yellow smoke that rubs its muzzle on the window-
        panes,
Licked its tongue into the corners of the evening,
Lingered upon the pools that stand in drains,
Let fall upon its back the soot that falls from chimneys,
Slipped by the terrace, made a sudden leap, 20
And seeing that it was a soft October night,
Curled once about the house, and fell asleep.

   And indeed there will be time
For the yellow smoke that slides along the street
Rubbing its back upon the window-panes; 25
There will be time, there will be time
To prepare a face to meet the faces that you meet;

い比喩。故意にむさくるしい譬えだが、夕空のやるせない拡がりをあざやかに喚起する。**3** *table* = operating table. **5** *retreats*:「安心してくつろげる引っ込んだ場所」。streets (l. 4) と同格で、たがいに押韻する。**7** *sawdust*: 掃除のため床に「おがくず」を撒き散らす、安っぽい店などに見られた光景。**8** *Streets*: streets (l. 4), retreats (l. 5) と同格。**8–10** 迷路のような裏通りをたどっていくと、不意にどんな風景に出くわすかわかったものではない。入り組んだ細道と、話者の混然とした想念

さっさと行って訪ねよう。

　部屋の中では女性たちが、ミケランジェロを
語りながら行ったり来たり。

　窓ガラスに背中をこすり付ける黄色い霧、　　　　　　　　　15
窓ガラスに鼻づらをこすり付ける黄色い煙は、
夕暮れの隅々まで舌で舐めつくしてから、
下水溝によどむ水たまりの上をぐずぐず漂った
　　　　　　　　　　　　　　　　　かと思うと、
煙突から降ってくる煤を背中に浴びながら、
テラスの脇をすり抜けて、ぴょんとひと跳び、さて　　　　20
今夜は穏やかな十月の宵だと見てとると、
家のまわりをぐるっと一つ取り巻いて、そのまま
　　　　　　　　　　　　　　　　　眠り込んだ。

　それに実際、時間はまだたっぷりある――
黄色い煙が通りを這って行き、
窓ガラスに背中をこすり付ける時間だって。　　　　　　　25
時間はまだある、まだまだある――
これから出会う顔向けの顔を用意する時間、

とが重なり合う。内心の平静を乱されることを何より恐れる話者には、何であれ深刻な決断の場に立たされることなどまっぴらなのだ。**10** *overwhelming question*:「途方もない疑問」とは何か？　日ごろ避けている人生の大問題(愛を告白すべきか、自分とは何者か、人生とは何かなど)が一瞬頭をかすめ、引き込まれそうになるが、即座にそれをごまかして、平凡で気楽な日常に戻ろうとする。深刻さの1歩手前で冗談交じりにふだんの気分に戻ろうとする呼吸は、ラフォルグを思

There will be time to murder and create,
And time for all the works and days of hands
That lift and drop a question on your plate;   30
Time for you and time for me,
And time yet for a hundred indecisions,
And for a hundred visions and revisions,
Before the taking of a toast and tea.

   In the room the women come and go   35
Talking of Michelangelo.

   And indeed there will be time
To wonder, "Do I dare?" and, "Do I dare?"
Time to turn back and descend the stair,
With a bald spot in the middle of my hair —   40
(They will say: "How his hair is growing thin!")
My morning coat, my collar mounting firmly to the chin,
My necktie rich and modest, but asserted by a simple
      pin —
(They will say: "But how his arms and legs are thin!")
Do I dare   45

わせる。**12** 冒頭の気軽な口調に立ち戻る。**13-14** めざす夜会の情景が頭に浮かぶ。気の張る集まりのようだ。ただし、この2行は軽快な弱強4歩格で、go と Michelangelo との押韻が、かすかなからかいを含む。**15-22** ロンドンの「黄色い」煙霧を猫に見立てる絶妙な一節。[l]音の頭韻。**15-16** 同一構文を繰り返す弱強7歩格で、しなやかな猫の動きを写し出す。**23** *there will be time*: 時間はまだいくらもあるという逃げ口上。cf. there is...a time to every purpose under the

殺したり生み出したりする時間、
手が君の皿の上で疑問を上げ下ろしする
あらゆる「労働と日々」の時間、　　　　　　　　　　　　　30
君の時間にぼくの時間、
そしてトーストやお茶をいただく前にも
まだ時間がある——百もの優柔不断、
百もの予断や再決断の。

　部屋の中では女性たちが、ミケランジェロを　　　　　　35
語りながら行ったり来たり。

　だって実際、時間はある——
「ぼくにはやれるか」、また「勇気があるか」と問う時間、
みんなに背を向けて、頭の真ん中にできた禿を
さらしながら階段を下りる時間——　　　　　　　　　　　　40
(きっと言うんだ、「お頭（つむ）がなんて淋しくなったこと！」)
ぼくはモーニングを着込み、襟はしっかり顎まで締めて、
タイは贅沢で地味、だけどシンプルなタイピンが
　　　　　　　　　　　　　　　効いている——
(きっと言うんだ、「なんて腕や脚の細いこと！」)
ぼくには世界を　　　　　　　　　　　　　　　　　　　　45

---

heaven(「伝道の書」3: 1-8). **27** 夜会に身構える必要。**28**「伝道の書」の口ぶりを借りて大言壮語し、虚勢を張る。弱気なのに、ヒーローを演じたい気持ちは山々なのだ。**29** *works and days*: ギリシャのヘシオドス(BC 8 世紀ごろ)の叙事詩『労働と日々』の題名に引っ掛ける。**30** ナイフやスプーンの上げ下ろしの間にも、様々な問題を論じあう。cf. have a lot on one's plate「やるべきこと(心配の種)がどっさりある」。**32-33** *indecisions, visions, revisions*: それぞれの語の意

Disturb the universe?
In a minute there is time
For decisions and revisions which a minute will reverse.

    For I have known them all already, known them
           all—
Have known the evenings, mornings, afternoons,   50
I have measured out my life with coffee spoons;
I know the voices dying with a dying fall
Beneath the music from a farther room.
      So how should I presume?

    And I have known the eyes already, known them all—   55
The eyes that fix you in a formulated phrase,
And when I am formulated, sprawling on a pin,
When I am pinned and wriggling on the wall,
Then how should I begin
To spit out all the butt-ends of my days and ways?   60
      And how should I presume?

    And I have known the arms already, known them all—

味とともに、自分を茶化すようなわざとらしい -isions の語呂合わせが耳につく。**34** [t]音の頭韻。**38** *Do I dare?*:「思い切ってやれるか？」。これから会う誰かに恋心を打ち明けることを指すかもしれない。**39–41** そう考えたとたん、過剰な自意識が顔を出す。**42–43** 自分では身だしなみよく、好みも渋いつもり。**45–46** 大仰な言い方は、虚勢と怯えの表われ。[d]音の頭韻。**48** 再び *decisions, revisions, reverse* の響き合い。**49–69** 思い切った行動がとれず、ぐずぐず迷う理

[84] J・アルフレッド・プルーフロックの恋歌

お騒がせする勇気があるのか？
一分間には時間がある——
決断と再決断の時間。だが次の一分間がすべてを覆(くつがえ)す。

　だってぼくはもう百も承知、何でも知り尽くして
　　　　　　　　　　　　　　　　　　いるんだ——
夕暮れも朝も、午後もとうに知り尽くし、　　　　　　　　　　50
自分の一生をコーヒースプーンで計り尽くした。
あちらの部屋から聞こえてくる音楽にまぎれて
絶え絶えに消えていく声も知っている。
　それなのに、どうしてやってのけられようか？

　それにぼくは眼だって百も承知、よく知っている——　　　　55
出来合いのフレーズで人を決めつける視線だって。
そうしてぼくが決めつけられて、手足をピンで磔(はりつけ)にされ、
壁にピン止めされてじたばたしているときに、
いったいどうやって、ぼくの日々や行いの
吸い殻を吐き捨てることなどできようか。　　　　　　　　　　60
　どうしてやってのけられようか？

　それに腕だって知っている、よく知っているんだ——

由(言い訳)を述べる。〈そう若くはない今まで、何一つめざましいことのない人生を送ってきた。ただ苦い経験だけは、いやというほど積んでいる。女性の表情やしぐさに心を奪われたこともあるが、射すくめるような目で見つめられると、何を言い出す勇気も出なくなる〉。**49** *them*: 漠然と「それら」または「彼ら」。**51** 名高い隠喩。日々些事にこだわって、こせこせと計算して生きてきた人生。スプーンは、*measured out*「計測した」というからには、豆や粉をはかる計量ス

Arms that are braceleted and white and bare
(But in the lamplight, downed with light brown hair!)
Is it perfume from a dress   65
That makes me so digress?
Arms that lie along a table, or wrap about a shawl.
　　And should I then presume?
　　And how should I begin?

　　　　　・　　・　　・　　・　　・

　　Shall I say, I have gone at dusk through narrow streets   70
And watched the smoke that rises from the pipes
Of lonely men in shirt-sleeves, leaning out of
　　　　　　　windows?…

　　I should have been a pair of ragged claws
Scuttling across the floors of silent seas.

　　　　　・　　・　　・　　・　　・

　　And the afternoon, the evening, sleeps so peacefully!   75
Smoothed by long fingers,
Asleep…tired…or it malingers,
Stretched on the floor, here beside you and me.
Should I, after tea and cakes and ices,

ーンとも、またカップで砂糖やクリームをかき混ぜるコーヒースプーンともとれる。前者ならば、そうした凝り屋の一面がのぞく。**52–53** 向こうの部屋から絶え絶えに聞こえる声は魅力的だが、自分はそうして気をそそるものとその成り行きには、もう慣れっこだという。**52** *dying fall*: シェイクスピア『十二夜』冒頭のオーシーノー公の台詞から。*fall* = cadence「終止法」。**54** *should*: *how* などの疑問詞に始まる疑問文で、「〜するなどどうしてあり得ようか、考えられない」の意。

ブレスレットをはめて、あらわになった白い腕
(でもランプの光の下では、薄茶色の産毛(うぶげ)が!)
こんなに話がわき道にそれるのは、 65
誰かのドレスから漂ってくる香りのせいだろうか。
テーブルの上に伸びた腕、ショールをまとう腕。
  それなのに、どうしてやってのけられようか、
  そもそもどう切り出せばいいのか?

  こう言ってみるか——ぼくは暮れ方に狭い通りで、 70
シャツ一枚で窓から身を乗り出した
孤独な男たちのパイプから立ちのぼる
                                煙を眺めていたと……

  ぼくなんか、静かな海の底をかさこそと
這いまわるぎざぎざの鋏(はさみ)だったらよかったのに。

  それに午後は、夕暮れは、なんと安らかに 75
眠り込んでいることか!——長い指で撫(な)で撫でされて、
すやすやと……ぐったりと……それとも仮病(けびょう)で
床(ゆか)に長々と伸びている——ほら、君とぼくのすぐ傍で。
お茶やお菓子やアイスのあとで、ぼくは思い切って

---

presume:「図々しくも(勇敢にも)〜する(to)」。*Do I dare?* (l. 38)と同様、「思い切って」何をしたいのかは、明かされない。明言する勇気もないのだ。**56** *fix*:「固定する。じっと見据える」。**60** 見苦しい自分の人生を洗いざらい告白して求愛するの意か。故意にむさくるしいイメージ。*butt-ends* =「(葉巻やたばこの)吸い残り、吸い殻」。*days* と *ways* の押韻で冗談めかした口ぶり。深刻な状況に直面しそうになったとき、いつも冗談にまぎらわせて平静を装う。**64** 妙に生々しいイ

V モダニズム以降

Have the strength to force the moment to its crisis? 80
But though I have wept and fasted, wept and prayed,
Though I have seen my head (grown slightly bald)
          brought in upon a platter,
I am no prophet—and here's no great matter;
I have seen the moment of my greatness flicker,
And I have seen the eternal Footman hold my coat, and
          snicker, 85
And in short, I was afraid.

   And would it have been worth it, after all,
After the cups, the marmalade, the tea,
Among the porcelain, among some talk of you and me,
Would it have been worth while, 90
To have bitten off the matter with a smile,
To have squeezed the universe into a ball
To roll it towards some overwhelming question,
To say: "I am Lazarus, come from the dead,
Come back to tell you all, I shall tell you all"— 95
If one, settling a pillow by her head,
   Should say: "That is not what I meant at all.

メージ。自嘲的なカッコの中(➡ ll. 41, 44)に入っているので、揶揄を含むか。**65–66** *dress* と *digress* が押韻。強く心を動かされながら茶化すという、いつもの流儀。**70–72** 相手の女性への話の切り出し方を考えている。孤独感を伝えて共感を引き出そうとする。**74** [s]音の頭韻。**75–78** 再び猫のイメージ。今度は午後から夕方への時刻を譬える。**79–80** ぐずぐず生ぬるい人生を送るのではなく、ある一瞬にすべてを懸けて事を決するだけの勇気があるか。**79** *Should I* = would I.

一瞬を息づまる危機に追い込む勇気があるんだろうか？　　80
だがぼくは泣いて断食もし、泣いて祈りもした――
　（やや禿げた）自分の頭が大皿で運び込まれるのも
　　　　　　　　　　　　　　　　　　　見たとはいえ、
とても預言者の器(うつわ)じゃない――どうでもいいことだが。
ぼくの偉大なる瞬間が揺らぐのも見したし、
あの永遠の「従僕」が、ぼくにコートを着せかけながら、
　　　　　　　　　　　　　　　　　　鼻で笑ったのだ。85
つまるところ、ぼくは怖かったんだ。

　そして結局、やっただけの甲斐(かい)はあるんだろうか？
カップやマーマレードやお茶のあとで、
陶器類が並ぶなか、君やぼくの世間話にまぎれて、
やればやっただけの値打ちはあるんだろうか――　　　　90
問題を笑顔で嚙みちぎり、
全世界をこね固めて一丸とし、何か
途方もない疑問めがけて転がして行ったとしても――
たとえ「我はラザロ、死から甦(よみがえ)り、汝らに告げるべく
戻ってきた、今こそ語り聞かせよう」と言ったとしても――　95
もし誰かが頭の枕を直しながら
　　言うとしたら、「そんなつもりで言ったんじゃないの。

81-82 聖書のひびきを帯びる。ここでも自分がヒーローであるかのような見栄を張る。**81** cf. I fasted and wept（「サムエル記 下」12-22）. **82** ローマ帝国のガリラヤ領主ヘロデは弟の妻をめとったが、洗礼者ヨハネがそれを非難したので、彼を憎んだ。王の誕生日に娘サロメが美しく舞った褒美に、何でも欲しいものをやると王が言い、サロメはヨハネの首を望む。王は彼の首を切り、盆に載せて娘に与えた（「マタイによる福音書」14: 3-11、「マルコによる福音書」6: 14-29）。

    That is not it, at all."

　And would it have been worth it, after all,
Would it have been worth while,
After the sunsets and the dooryards and the sprinkled
　　　　streets,
After the novels, after the teacups, after the skirts that
　　　　trail along the floor—
And this, and so much more?—
It is impossible to say just what I mean!
But as if a magic lantern threw the nerves in patterns on a
　　　　screen:
Would it have been worth while
If one, settling a pillow or throwing off a shawl,
And turning toward the window, should say:
　　"That is not it at all,
　　That is not what I meant, at all."
　　　　・　　・　　・　　・　　・

　No! I am not Prince Hamlet, nor was meant to be;
Am an attendant lord, one that will do
To swell a progress, start a scene or two,

---

85 *eternal Footman*: 傍に控えてご用を務め、常にこちらを注視している存在。「死」あるいは「自意識」。*hold my coat*: 着せかけるため、背後でコートを捧げ持つ。「裾をつかむ」ではない。*snicker: flicker*(l. 84)との茶化すような押韻。**87** 〈思い切ってやったとしても、そもそもやってみる価値があったのだろうか〉。実行してもいないうちから、そもそもやる値打ちがあるかと、意気地なく自問する。**91** *matter*: 一気に解決してしまいたい「問題」を肉などの料理に譬える。**92-93**

そんなんじゃないの」と。

そして結局、やっただけの甲斐はあるんだろうか？
なんとかやってみただけの値打ちが——
日暮れや玄関前の植え込み、水を撒いた道路
　　　　　　　　　　　　　　　なんかのあと、
小説のあと、ティーカップのあと、床(ゆか)をさやさや
　　　　　　　引きずるスカートなんかのあと——
それやこれや、もっといろんなことのあとで——
自分の言いたいことなど、とても言い表わせっこない！——
まるで幻燈でスクリーンに神経の模様を映し出すように
　　　　　　　　　　　　　　　　　　　　しか。
やればやっただけの甲斐はあるんだろうか、もし
誰かが枕を直したりショールを脱ぎ捨てたりしながら、
窓のほうを向いて、こう言うのだとしたら——
　「そんなんじゃないの、
　　そんなつもりで言ったんじゃないの」と。

　　　　　　・　・　・　・　・

いや！　ぼくは王子ハムレットじゃないし、柄(がら)でもない。
せいぜいがお付きの家臣、行列の人数に加わったり、
一場か二場の皮切りを務めたり、王子に

若々しく総力を挙げて人生の大問題にぶつかったとしても（➡[26]ll. 41-44）。**93** *overwhelming question* ➡l. 10 注。**94-95** 実は本人が力みかえるほど重大な秘密ではない。**96-98** 思い切って恋心を打ち明けたとしても、もし誰か（話者は女性の名を口にする勇気もない）に、「そんなつもりで言ったんじゃないの」などと軽く受け流されたりするとすれば。**101-103** 安らかで平凡な日常の光景。なるべくなら、この平和をかき乱すことだけは避けたい。**105** *But* = except. *magic*

Advise the prince; no doubt, an easy tool,
Deferential, glad to be of use,   115
Politic, cautious, and meticulous;
Full of high sentence, but a bit obtuse;
At times, indeed, almost ridiculous —
Almost, at times, the Fool.

 I grow old…I grow old…   120
I shall wear the bottoms of my trousers rolled.

 Shall I part my hair behind? Do I dare to eat a peach?
I shall wear white flannel trousers, and walk upon the
  beach.
I have heard the mermaids singing, each to each.

I do not think that they will sing to me.   125

I have seen them riding seaward on the waves
Combing the white hair of the waves blown back
When the wind blows the water white and black.

---

lantern: ヴィクトリア朝の英国で流行した。自分のように微妙繊細な心理を表現するには、(ことばでなく)幻燈で神経回路網をスクリーンに映し出す他ないという。cf. Eliot「前奏曲集」Preludes (ll. 26-28)(『アメリカ名詩選』岩波文庫、1993, p. 215)。**111** *Prince Hamlet*: 優柔不断なハムレットも、最後には大胆な決断を下し、行動に出る。*nor was meant to be*:「それに、そう生まれついてはいない」。**112** *will do* = is sufficient, fitting. **113** *swell* = increase the size of. *progress*:

進言でもするのが関の山。まあ、人のいい使い走りで、
うやうやしく、喜んでご用を務め、 115
愛想よく用心深く几帳面で、
大言を吐くがちょっぴり鈍い、
ばかりか時には滑稽で——
いや、時にはまるで「道化」だ。

　ああ、ぼくも年だ……もう年だ。 120
ズボンの裾を上げてみるか。

　髪を後ろで分けようか？　桃を食べる度胸があるか？
白いフラノのズボンでもはいて、海岸を歩いてみるか。
ぼくは人魚たちが歌い交わすのを聞いたことがある。

まさかぼくに歌ってくれるとは思えない。 125

ぼくは見たことがある——風が吹いて波を白や黒に
　　　　　　　　　　　　　　　　　染めるとき、
人魚たちが波に乗って海に向かい、
吹き戻された波の白い髪の毛を梳(と)かすのを。

「(王侯・高官らが国中を視察する)巡行」。**114-119**『ハムレット』に登場する大臣ポローニアスを思わせる。**119** *Fool*:「(宮廷などでお抱えの)道化師」。**121-123** ズボンの裾上げ、髪の後ろ分け、白いフラノのズボンは、どれも人目をひきそうで、話者にはできそうにない。**122** *Do I dare to eat a peach?*: こんな些細なことでも、ためらいが先に立つ。**124** *mermaids*:「(半人半魚の)人魚」。美しい歌で舟人を誘い難破させる半人半鳥のサイレン(ギ神)とよく混同される。「歌う」(ll.

We have lingered in the chambers of the sea
By sea-girls wreathed with seaweed red and brown 130
Till human voices wake us, and we drown.

[85] **Not Waving but Drowning**
                Stevie Smith(1902–71)

Nobody heard him, the dead man,
But still he lay moaning:
I was much further out than you thought
And not waving but drowning.

Poor chap, he always loved larking 5
And now he's dead
It must have been too cold for him his heart gave way,
They said.

Oh, no no no, it was too cold always
(Still the dead one lay moaning) 10
I was much too far out all my life

124-125)点では後者を、「波に乗る」(l. 126)点では前者を思わせる。
129 *We* ➡ *you and I*(l. 1). **130** *sea-girls* = *mermaids*(l. 124). **131** 孤独な夢想にふけっていた話者は、突然割り込んだ人声(無神経な現実)に「溺れる」(茫然自失する)。

[85] *Not Waving but Drowning*(1957). **1-2** いきなり死んだ男がこぼす。彼を *him* と代名詞で呼び、後で *dead man* と言い直すのは、口語調。**3-4** 死者の言葉。**3** *out*: 唐突だが、*drowning*(l. 4)から「沖に

ぼくらは海の部屋に長居をして、
海の娘たちに赤や茶の海藻の花輪で頭を飾って
　　　　　　　　　　　　　　　もらっていたが、　130
人声にふと目が覚めて、ぼくらは溺れる。

[85]　手を振ってなんかいない溺れてたんだ
　　　　　　　　　　　　スティーヴィー・スミス

誰も聞いていなかった、死んだ男の声を。
でも彼は倒れたまんま、まだうめいていた。
おれは君らが思ったよりずっと沖に出て、
手を振ってなんかいない溺れてたんだ。

かわいそうに、いつもふざけるのが好きなやつ　　　　　　　　5
けど死んじゃった
よほど冷たかったんだろうそれで心臓が参ったんだ——
彼らは言った。

違う違う違う、冷た過ぎたのはいつものことだ
（倒れたまんま、死んだのがまだうめいていた）　　　　　　10
一生あんまり沖に出すぎて

出て」の意とわかる。**4** *waving, drowning*: 2 語間の音の類似と意味の落差が皮肉。**5–7** 死者を取り巻く仲間や野次馬の発言。**5** *chap* = guy. *larking*:「おふざけ」。**7** *gave way*:「参った、停止した」。**8** *They said*: 詩の話者の語り。**9–12** 死者の言葉 (l. 10 は話者の語り)。**9** *too cold always*: 今回に限らず、自分はいつも孤独で寒かった。**11** *much too*:「余りにも（ひどく）」。

And not waving but drowning.

[86] Funeral Blues

W. H. Auden (1907–73)

Stop all the clocks, cut off the telephone,
Prevent the dog from barking with a juicy bone,
Silence the pianos and with muffled drum
Bring out the coffin, let the mourners come.

Let aeroplanes circle moaning overhead   5
Scribbling on the sky the message He Is Dead,
Put crêpe bows round the white necks of the public
      doves,
Let the traffic policemen wear black cotton gloves.

He was my North, my South, my East and West,
My working week and my Sunday rest,   10
My noon, my midnight, my talk, my song;
I thought that love would last for ever: I was wrong.

---

[86] *Another Time* (1940). 題名 後の詩集に載るとき、何度も改題された。1-3 周囲一帯に、強引に静粛を迫る。**1** *cut off*:「～の接続を切れ」。**2** *juicy*:「(果物や食品が)汁気の多い」。**3** *muffled drum*:「消音のため黒い布で覆ったドラム」。軍隊の葬列などの慣例。5-8 ほとんど国葬並みの、ご大層で奇想天外な要求。話者の気持ちでは、それぐらいの手厚い扱いは当然なのだ。**5** *aeroplanes* [éərəplèinz] = (英) airplanes. **7** *crêpe* [kréip]:「喪服・喪章用の黒いちりめん」。*bows* = bow

手を振ってなんかいない溺れてたんだ。

[86]　葬送のブルース

W・H・オーデン

時計を止めろ、電話なんか引っこ抜け、
吠える犬の口を汁気たっぷりの骨でふさげ。
ピアノを黙らせ、音止めしたドラムに合わせて
棺桶を担ぎ出せ。会葬者たちに来てもらえ。

飛行機どもは頭上で呻きながら輪を描いて　　　　　　　　　　　5
空にお告げを書きなぐれ──「彼が死んだ」と。
公務専用鳩の白い首には、クレープ地の蝶ネクタイを
　　　　　　　　　　　　　　　　　　　　巻きつけ、
交通巡査には黒い木綿の手袋をはめさせろ。

彼は私の北と南、私の東と西だった、
私の平日の仕事、日曜日の憩いだった。　　　　　　　　　　　10
私の真昼、私の夜中、私のおしゃべり、私の歌だった。
恋は永遠に続くと思っていたが、思った私がばかだった。

---

ties. *public doves*: 式典などでいっせいに飛び立つ鳩を、しかつめらしくこう呼んだ。**9–11** 死んだ「彼」は、話者にとっては世界のすべて、時間のすべて、生活のすべて、この上ない人生の伴侶だった。**10** *working week*:「(週の)就業日」。ふつう月曜日から金(土)曜日まで。**10–11** この2行は弱強4歩格。**14–15** 強弱4歩格。**16** 弱強6歩格。

The stars are not wanted now: put out every one;
Pack up the moon and dismantle the sun;
Pour away the ocean and sweep up the wood.
For nothing now can ever come to any good.

[87] **Musée des Beaux Arts**

　　　　　　　　　　　　　　　　　　W. H. Auden

About suffering they were never wrong,
The Old Masters: how well they understood
Its human position; how it takes place
While someone else is eating or opening a window or just
　　　　　walking dully along;
How, when the aged are reverently, passionately waiting
For the miraculous birth, there always must be
Children who did not specially want it to happen, skating
On a pond at the edge of the wood:
They never forgot
That even the dreadful martyrdom must run its course
Anyhow in a corner, some untidy spot

---

[87] *Another Time*(1940). 題名 =(Fr.)Museum of Fine Arts. ブリュッセルのベルギー王立美術館で想を得た。**1** *they*: Old Masters (l. 2)を指す。さりげない口語調。**2** *Old Masters*: 15-18世紀ヨーロッパの大画家たち。**3** *Its human position*:「苦しみの人間的位置づけ」。先で意味が判明する。**3-8** *how it takes…edge of the wood*: 2つのhow節(l. 3以下とl. 5以下)は、*position*(l. 3)と同格。**4** 故意に間延びした構文とリズム。**5** *aged*:[éidʒid]. **6** *miraculous birth*: ベツレヘムの馬小屋で

もう星なんかに用はない、一つ残らず消してくれ。
お月さんを片づけろ、太陽もばらばらに解体しろ。
海をぶちまけ、森はさっさと掃き捨てろ。 15
どれもこれももう何の役にも立たないから。

[87] 美術館

W・H・オーデン

苦しみのことで間違えたためしはない、
昔の巨匠たちは。その人間界での相場を
知り抜いているのだ。誰かが苦しんでいる最中でも、
他人はものを食べたり窓を開けたりのろのろ歩いて
　　　　　　　　　　　　　　　　　　　　いたりする。
老人たちが敬虔に熱烈に奇蹟的な生誕を　　　　　　　　5
待ち焦がれているときも、いつだって
とくにそれを望んでもいない子供たちが、森のそばの
池でスケートをしているものだ。
巨匠たちは決して忘れない——
あの恐ろしい殉死でさえ、どうでもいいことのように　　10
どこかの隅っこ、散らかり放題の場所で終始することを。

のキリストの生誕を連想させる。その場合 the aged (l. 5) は、降誕を祝いに来た three magi [méidʒai]「東方の三博士」で、ピーテル・ブリューゲル（以下、いずれも父）『東方三博士の礼拝』を思わせる。だが生誕を渇望することがなぜ「苦しみ」なのかは不明。7-8 ブリューゲル『鳥罠のある冬景色』を思わせる。10-13 ブリューゲル『幼児虐殺』を連想させる。ベツレヘムに新しい王（イエス）が生まれたと聞いたヘロデ王は、付近の2歳以下の男児すべてを殺害させた（「マタ

Where the dogs go on with their doggy life and the
　　　　　　torturer's horse
Scratches its innocent behind on a tree.

In Brueghel's *Icarus*, for instance: how everything turns
　　　　　　away
Quite leisurely from the disaster; the ploughman may　　15
Have heard the splash, the forsaken cry,
But for him it was not an important failure; the sun shone
As it had to on the white legs disappearing into the green
Water; and the expensive delicate ship that must have
　　　　　　seen
Something amazing, a boy falling out of the sky,　　　　20
Had somewhere to get to and sailed calmly on.

[88]　**"Do not go gentle into that good night"**
　　　　　　　　　　Dylan Thomas (1914-53)

Do not go gentle into that good night,
Old age should burn and rave at close of day;

イによる福音書」2: 16。この絵は王立美術館にはない)。**10** *run its course*:「(一部始終が)進行する」。**11** *Anyhow* = carelessly. **12-13** 悲惨な出来事とは裏腹に構文とリズムがだらしない。**13** *behind*:(婉曲に)「尻」。**14-20** 文と行の切れ目がずれる不安定なリズム。**14** *Icarus*: ブリューゲル『イカロスの墜落のある風景』。how 節は、ゆるやかに上記2つの how 節(➡ ll. 3-8 注)と同格。**18** *As it had to*:「仕事なので否応なく」。**19** *delicate* = finely or exquisitely constructed.

そこでは犬どもが平気で犬どもの生活を続け、拷問役人
　　　　　　　　　　　　　　　　　　　　　　　　の馬が
無心な尻を木にこすりつけていたりする。

例えばブリューゲルの『イカロス』だ。何もかもが
　　　　　　　　　　　　　　　　　　　　この惨劇に
のんびりそっぽを向いている。農夫の耳には　　　　　　　　15
ざぶんという音や哀れな叫び声が聞こえそうなものだが、
こんなへまは取るにも足りないらしい。お日さまは
行き掛かり上、白い二本の脚が緑の海に沈んでいくのを
照らしただけだし、しゃれた贅沢な船は、きっと何か
驚くべきもの——若者が空から降ってくるのを見た
　　　　　　　　　　　　　　　　　　　はずなのに、　20
どこか行く当てがあるらしく、平気で航海を
　　　　　　　　　　　　　　　　　　続けていった。

[88]　「あの安らかな夜におとなしく」
　　　　　　　　　　　　　　　　　　　　ディラン・トマス

あの安らかな夜(よる)におとなしく踏み入ってはならない。
老年は黄昏(たそがれ)を迎えて、燃えさかり荒れ狂うがいい。

---

[88]　*In Country Sleep, and Other Poems* (1952).　**1** *gentle* = gently. 2 音節。*that*: 強い違和感・距離感を表わす（➡[81]l. 1 注）。*good night*:「死」を指す。以下「生涯は 1 日」の基本比喩に基づき、*close of day* (l. 2), *dying of the light* (l. 3), *dark* (l. 4) が「死」または「死に際」を意味する。have a good night は「安らかによく眠る」。**2-3** [éi]音の激越な畳みかけ。**4** *wise men*: 以下 *Good men* (l. 7), *Wild men* (l. 10), *Grave men* (l. 13)それぞれの、間近に迫った死に対する態度が語られ

Rage, rage against the dying of the light.

Though wise men at their end know dark is right,
Because their words had forked no lightning they 5
Do not go gentle into that good night.

Good men, the last wave by, crying how bright
Their frail deeds might have danced in a green bay,
Rage, rage against the dying of the light.

Wild men who caught and sang the sun in flight, 10
And learn, too late, they grieved it on its way,
Do not go gentle into that good night.

Grave men, near death, who see with blinding sight
Blind eyes could blaze like meteors and be gay,
Rage, rage against the dying of the light. 15

And you, my father, there on the sad height,
Curse, bless, me now with your fierce tears, I pray.
Do not go gentle into that good night.

る。*dark is right*:「闇(死)の言い分が正しい(その力には逆らえない)」。**5** 自分の発言が世を震撼させるような稲妻の閃光を放つことがなかったので。fork「(自)(稲妻が)ジグザグに走る→(他)(稲妻を)走らせる」。cf. forked lightning「ぎざぎざの稲妻」。**6** *Do not go*: 命令文の *Do not go* (l. 1)と異なる平叙文で、主語は *they* (l. 5)。命令文のような強い響きを帯びる。**7** *by* = close at hand. **9** *Rage, rage* ➡ l. 6 注 (主語は *Good men* (l. 7))。**10** *sang* = celebrated in song. **13–14** [b][I]

[88]「あの安らかな夜におとなしく」

日暮れを憎んで怒鳴り散らすのだ。

賢い連中は最期に臨み、闇には勝てぬと知りながらも、
自分の言葉が稲妻を走らせたことなど一度もないので、
あの安らかな夜におとなしく踏み入りはしない。

善良な連中は最後の波が迫ったとき、ひ弱な自分たちの
行いが、緑の湾ではさぞ舞い踊っただろうにと叫んでは、
日暮れを憎んで怒鳴り散らすのだ。

奔放な連中は、逃げる太陽を捕えては歌っていたが、
遅蒔ながら、ただ過ぎ行く日を嘆いていただけだと悟り、
あの安らかな夜におとなしく踏み入りはしない。

きまじめな連中は死を前にして、衰えてゆく眼をかっと
見開いて、
見えない眼も流星さながら陽気に燃え輝くことを見抜き、
日暮れを憎んで怒鳴り散らすのだ。

そしてあなた、そこの悲しい高みにおわすわが父よ、
お願いだ、今こそ猛々しい涙で私を呪い祝福してほしい。

音の頭韻。**16** *on the sad height*: もう半ば地上の生の世界を抜け出そうとしている、の意か。**17** *Curse, bless, me*: 往年は厳格だった父に、気力を取り戻して昔のように手荒く私を叱り、励ましてほしいと願う。[s]音の頭韻。

Rage, rage against the dying of the light.

[89]　Church Going

Philip Larkin (1922-85)

Once I am sure there's nothing going on
I step inside, letting the door thud shut.
Another church: matting, seats, and stone,
And little books; sprawlings of flowers, cut
For Sunday, brownish now; some brass and stuff　　　　5
Up at the holy end; the small neat organ;
And a tense, musty, unignorable silence,
Brewed God knows how long. Hatless, I take off
My cycle-clips in awkward reverence,

Move forward, run my hand around the font.　　　　10
From where I stand, the roof looks almost new —
Cleaned, or restored? Someone would know: I don't.
Mounting the lectern, I peruse a few
Hectoring large-scale verses, and pronounce

---

[89] *The Less Deceived* (1955). 題名「定期的に教会に通うこと」。ここではもっと軽い意味。**1** 礼拝や儀式の最中ではないか確かめて。**2** *thud shut*: *thud* は動詞で「バタンと鳴る」。*shut* は過去分詞で「閉まって」。cf. let the door bang shut; slam the door shut. **4** *sprawlings*:「(植物などが)不規則に伸び広がったもの」。**5** *and stuff*:「だの何だの」。**6** *Up at the holy end*: 話者は chancel「内陣」の語も知らない。**8** *God knows*: 教会では不謹慎な表現か。**9** *cycle-clips*:「(自転車用の)ズ

あの安らかな夜におとなしく踏み入ってはならない。
日暮れを憎んで怒鳴り散らすのだ。

[89] 教会通い

フィリップ・ラーキン

いま何もやってないのを確かめてから、
中に入る。ドアがバタンと閉まる。
また教会か。敷物や腰掛け、石、
それに小さな本。ばらけた花——
日曜のために切ったのがもう茶色だ。向こうの　　　　　　5
神々しい側には光り物やなんか。小ぎれいなオルガン。
そして張りつめてかび臭い、何かありそうな沈黙——
どれほど古いのか？　帽子をかぶらないぼくは、
ぎこちない敬意の印に裾留めのクリップをはずして

前に進み、洗礼盤のまわりに指を這わせる。　　　　　　10
ここから見上げると、天井はほぼまっ新だ——
掃除したか修復したか。誰か知ってるだろうが、ぼく
　　　　　　　　　　　　　　　　　　　　　じゃない。
聖書台に上り、居丈高に

ボンの裾留めクリップ」。**14** *verses*:「(聖書の)節」。**15** *Here endeth*:「ここに〜終わる」。朗読者が聖書の章句(日課)を朗読し終えた時の決まり文句。**17** *book*:「記帳簿」。「新来者ノート」とも。*Irish sixpence*: 不心得ないたずら半分。**18** *Reflect*: 直後の that を省略。**22** 無信心者のショッキングな疑問。**23–24** *keep A few...chronically on show*: 無遠慮な遺跡扱い。**24** *chronically*:「慢性的に」。無頓着な言いかた。**25** [p]音の頭韻。*plate*:「献金皿」。*pyx*:「(聖餐式で)聖体のパンの容

356　V　モダニズム以降

"Here endeth" much more loudly than I'd meant.　　　　　15
The echoes snigger briefly. Back at the door
I sign the book, donate an Irish sixpence,
Reflect the place was not worth stopping for.

Yet stop I did: in fact I often do,
And always end much at a loss like this,　　　　　20
Wondering what to look for; wondering, too,
When churches fall completely out of use
What we shall turn them into, if we shall keep
A few cathedrals chronically on show,
Their parchment, plate and pyx in locked cases,　　　　　25
And let the rest rent-free to rain and sheep.
Shall we avoid them as unlucky places?

Or, after dark, will dubious women come
To make their children touch a particular stone;
Pick simples for a cancer; or on some　　　　　30
Advised night see walking a dead one?
Power of some sort or other will go on
In games, in riddles, seemingly at random;

器」。30 *simples*:「(古)薬用植物」。31 *Advised*:「警告された、情報のあった」。わざとものものしい言いかた。*one*: *stone* (l. 29) との無理な脚韻はユーモラス。33 *In games, in riddles*: まぐれ当たりを願う神頼み、縁起かつぎの形で迷信は生き残るだろう。34 信仰どころか迷信さえ地を払う世の中が、いつかは来るという寒々しい予言。41 *tap and jot*: 素人が茶化すような言い方。*rood-lofts*:「内陣桟敷」。中世やルネッサンス初期の教会で、内陣と会衆席を隔てる障柵 (rood screen)

でかい字の文句を走り読みし、「終わり」と
口に出すと、思ったよりずっと大声で、　　　　　　　　　　15
短いこだまが、からかうようにひびく。入口に戻ると
台帳に名前を書き、アイルランドの小銭を寄進して、
思い返す——わざわざ立ち寄ることもなかったと。

だが来るには来たのだ。それに来るのはしょっちゅうで、
いつも最後には、こんなふうに途方にくれる——　　　　　20
何を見に来たんだろうと。そして思う、
教会という教会がみんな用ずみになったあと、ぼくらは
いったい何に利用するだろうかと。いくつかの
大聖堂だけは、ずるずると展示用にとっておき——
写本や皿や聖体入れを鍵付きの陳列棚に並べて——　　　25
他の教会はみんな無料で雨や羊の出入りに任せるのか。
縁起の悪い場所として、ぼくらは避けて通るだろうか。

それとも夜になると、うさん臭い女たちがやって来て、
子供たちに何かの石を手でさわらせ、
癌に利く薬草を摘んだり、また知らせのあった晩には、　　30
死人が歩くのを見物しに来たりするのだろうか。
ゲームや謎々では、ある種のパワーみたいなものが

の上に設けられた中二階。イギリスでは今も残るもの、復元されたものが少なくない。**42** *ruin-bibber*: bibber は「大酒飲み」。cf. wine-bibber, beer-bibber. *randy*:「〜に欲情する(*for*)」。**43** count は「〜を当てにする(*on*)」。**44** *gown-and-bands*:「(僧服一式としての)ガウンと幅の広い白襟」。**45** *he* = *the last*(l. 39). *my representative*:(未来における)「私」の「代弁者(同類)」。**46** *ghostly silt*:「霊的な微砂」。漂う霊気の類い。ただし silt は気体でなく、微細な粒子。*ghostly* は幽霊を

358   V　モダニズム以降

But superstition, like belief, must die,
And what remains when disbelief has gone?　　　　　　　　35
Grass, weedy pavement, brambles, buttress, sky,

A shape less recognisable each week,
A purpose more obscure. I wonder who
Will be the last, the very last, to seek
This place for what it was; one of the crew　　　　　　　　40
That tap and jot and know what rood-lofts were?
Some ruin-bibber, randy for antique,
Or Christmas-addict, counting on a whiff
Of gown-and-bands and organ-pipes and myrrh?
Or will he be my representative,　　　　　　　　　　　　　45

Bored, uninformed, knowing the ghostly silt
Dispersed, yet tending to this cross of ground
Through suburb scrub because it held unsplit
So long and equably what since is found
Only in separation—marriage, and birth,　　　　　　　　　50
And death, and thoughts of these—for which was built
This special shell? For, though I've no idea

思わせるぶしつけな表現。**47** tend は「おのずと〜に向かう(to)」。*this cross of ground* = this ground like a cross. 教会は十字架の形。cf. an angel of a wife「天使のような妻」、that brute of a fellow「あの獣みたいな奴」。**48** *suburb scrub*:「郊外の低木地帯」。*held unsplit*: 目的語は *what since is…thoughts of these* (ll. 49–51)。教会では教区民の出生(洗礼)、結婚、死(葬儀・埋葬)という人生の三大儀式が執り行われる。**52** *shell*: 教会の堅固な建物を、内部に壊れやすい貴重なものを包

生き残って、まぐれ当たりで頼りにされるだろう。
だが迷信でさえ信仰と同様、いつかは死に絶える。
不信心まで消え去ったあとには、何が残るのだろう。 35
草と雑草まじりの敷石、イバラと控え壁、空（そら）──

週また週と、形の見分けがつかなくなり、
正体はなお不明になる。もとは何だったのかを探ろうと、
この場所を最後に、いちばん最後に訪れるのは誰だろう。
こんこん叩いたりちょこちょこ書き留めたりして、 40
「内陣桟敷（ないじんさじき）」の意味もよくわかる調査隊のメンバーか。
古い物には目のないどこかの廃墟おたくか、
僧服や垂れ襟、オルガンのパイプ、没薬（もつやく）なんかの
匂いを嗅ぎに来るクリスマス中毒者か。
それともぼくの未来のなり代わりで──その彼が── 45

興味も知識もなく、霊気がとっくに四散したことを
承知していながら、それでも郊外のだだっ広い
緑地を通り抜けて、わざわざこの十字形（がた）の土地に足を
運ぶのは、今ではもうばらばらにしかお目にかかれない
もの──結婚、誕生、死、それらをめぐる思い──を、 50
この場所が長いことそっくりまとめて護ってきたからか？

み護る「貝殻」に譬える。**53** わざと勘定高い口を利いている。*accoutred*[əkúːtəd]:「装いをこらした」。**56-57** 話者は〈教会ではそのようにわれわれの欲望や行為すべてが容認される〉と想像しているようだ。**56** *blent* = mingled. **59** *always* などを伴う未来進行形は、「それが絶えず繰り返される」の意。*surprise* は「とつぜん見つける」。**61** *gravitate* は「（重力がかかったように）強く引き寄せられる (*to*)」。

What this accoutred frowsty barn is worth,
It pleases me to stand in silence here;

A serious house on serious earth it is, 55
In whose blent air all our compulsions meet,
Are recognized, and robed as destinies.
And that much never can be obsolete,
Since someone will forever be surprising
A hunger in himself to be more serious, 60
And gravitating with it to this ground,
Which, he once heard, was proper to grow wise in,
If only that so many dead lie round.

[90] **Love Songs in Age**

                              Philip Larkin

She kept her songs, they took so little space,
　The covers pleased her:
One bleached from lying in a sunny place,
One marked in circles by a vase of water,

---

[90] *The Less Deceived*(1955). **1–2** 3つのセンテンスを接続詞なしにつなぐ口語体。**5** *fit*:「(一時的な)～熱、癖」。**9** *Relearning*: 目的語は(過去完了時制の)*how each frank...sprawling hyphenated word*(ll. 9–11)。*frank*:「気取りのない」。*submissive* = humble. **10** *ushered in* = introduced. **11** = sprawling hyphenated word after word. *word* を修飾する *sprawling hyphenated* を、リズムの関係上、後ろの *word* に付ける。cf. From cloud to tumbling cloud(Yeats, Easter 1916, l. 47). *hy-*

この特殊な外殻(から)はそのために建てられたのか。なぜなら
この飾り立てたむっとする納屋(なや)の値打ちは見当も
つかないが、黙ってここに立っていると気分がいいのだ。

まじめな土地に立つまじめな家。 55
その入り混じった空気のなかで、ぼくらの衝動が出揃い、
正体を見極められ、宿命という衣装を着せてもらう。
その程度のことなら、決して時代遅れにならないだろう。
なぜならきっといつでも誰かが胸の奥の、もっと
まじめになりたいという渇望に気づき、その思いに 60
駆られて、この土地に引き寄せられるだろうから——
ここは賢くなるいい場所だと数えられて——たとえ
死者たちがまわりに大勢(おおぜい)いるというだけの話にしても。

[90]　老後のラヴ・ソング

フィリップ・ラーキン

彼女は歌の本をとっておいた。別に場所をとらないし、
　　カバーが気に入ったから。
一冊は陽差(ひざ)しを浴びて色あせ、
一冊は水差しの底の丸い痕だらけ、

---

phenated word:「ハイフン付きの語」(凝った、しばしばロマンチックな語)。キーツの例では、*deep-browed*([**55**]l. 6)、*death-pale*([**56**]l. 38)、*full-throated*([**57**]l. 10)など。**12** *unfailing*: これらのラヴ・ソングを歌えば「必ず生じる、起こるに決まっている(感情など)」。**13** *spring-woken*: しゃれた作者は、そっと *hyphenated word*(l. 11 注)の実例を詩の中に忍び込ませる。**14** *sung*: sing の過去形(*young*, l. 12 と押韻)。主語は *freshness*. **15** *certainty*: *freshness*(l. 14)と同格。**17** *much-men-*

One mended, when a tidy fit had seized her, 5
    And coloured, by her daughter—
So they had waited, till in widowhood
She found them, looking for something else, and stood

Relearning how each frank submissive chord
    Had ushered in 10
Word after sprawling hyphenated word,
And the unfailing sense of being young
Spread out like a spring-woken tree, wherein
    That hidden freshness sung,
That certainty of time laid up in store 15
As she played them first. But, even more,

The glare of that much-mentioned brilliance, love,
    Broke out, to show
Its bright incipience sailing above,
Still promising to solve, and satisfy, 20
And set unchangeably in order. So
    To pile them back, to cry,
Was hard, without lamely admitting how

---

tioned: hyphenated word をもう1つ。*love*: *brilliance* と同格。**18** *Broke out*:「(光が)ぱっと差した、にわかに降り注いだ」。**19–21** [s] 音の頭韻。**20–21** *solve, satisfy, set* は他動詞の絶対的用法(自明の目的語を省く)。**23** *Was*: 主語は *To pile them back, to cry* (l. 22)。不定詞の名詞的用法。*lamely*:「(米)世間知らずで、大人げなく」。

[90] 老後のラヴ・ソング

一冊はむかし修理の虫にとりつかれて 5
　手入れしてあったのを、娘に色を塗られた。
そうして待機していた歌の本が、夫を亡くしたあと
別の探し物の途中で見つかった。そこで立ったまま

おさらいをしてみると――素直で控えめな
　和音に乗って、 10
緩(ゆる)めで甘ったるい詩句が次々と流れ出し、
お約束の若さの感覚が
春に目覚めた木のように伸び拡がって、
　これまでどこかに潜(ひそ)んでいたあの初々(ういうい)しさ――
この先まだ時間はたっぷりあるというあの確信が、 15
初めて弾いた時同様に歌い出した。だがそれにも増して、

さかんに讃(たた)えられるあのまばゆい「恋」の燦然(さんぜん)たる
　光がにわかに差し込んで、
その輝かしい始まりが空にたなびき、
今も約束していた――解決しよう、満足させよう、 20
きっぱり整理をつけてあげようと。だから
　本を積み戻してちょっと泣き、いい年をして
認めるのはつらかった――恋はそんなことを

―――――――

It had not done so then, and could not now.

[91] The Jaguar

Ted Hughes (1930-98)

The apes yawn and adore their fleas in the sun.
The parrots shriek as if they were on fire, or strut
Like cheap tarts to attract the stroller with the nut.
Fatigued with indolence, tiger and lion

Lie still as the sun. The boa-constrictor's coil 5
Is a fossil. Cage after cage seems empty, or
Stinks of sleepers from the breathing straw.
It might be painted on a nursery wall.

But who runs like the rest past these arrives
At a cage where the crowd stands, stares, mesmerized, 10
As a child at a dream, at a jaguar hurrying enraged
Through prison darkness after the drills of his eyes

On a short fierce fuse. Not in boredom —

---

[91] *The Hawk in the Rain* (1957). 題名 *Jaguar* [dʒǽgjuə]: 南北アメリカに生息するネコ科ヒョウ属の動物。**1** *apes*: 大型で無(短)尾の猿(ゴリラ、チンパンジー、オランウータンなど)。*adore*:「(まるで崇めているかのように)つくづく眺める」。**2-3** やかましい鳴き声だけでなく、色彩や姿をもみごとに描き出す。**3** *tarts*:「あばずれ女、娼婦」。*stroller with the nut*:「ナッツを食べながらぶらぶら歩いている人」。**4** *tiger and lion* ➡[63]l. 22 *shot and shell* 注。**5** *boa-constrictor*: 熱帯アメ

してくれなかったし、今もできはしないと。

[91]　ジャガー

テッド・ヒューズ

猿どもは日向（ひなた）であくびをして自分の蚤（のみ）に見とれている。
オウムは火が付いたように金切り声を上げて、安っぽい
娼婦みたいに気取って歩く——客の気を引いてナッツを
　　　　　　　　　　　　　　　　　　　もらおうと。
ぐったりとものぐさに、虎やライオンは動かない、

お日様みたいに。とぐろを巻いたブラジル王蛇（ボア）はまるで　　5
化石だ。どの檻（おり）もまるでからっぽ同然か、でなければ
波立つ寝藁（ねわら）から、冬眠動物のくさい息が漏れている。
まるで子供部屋の壁に描（か）いた絵みたいだ。

だがまわりと一緒に駆け出してその辺を走り過ぎると、
ある檻の前にみんな立ってうっとり見とれている——　　10
夢を見ている子供みたいに。怒り狂う一頭の
ジャガーが牢獄の闇を駆けている。両の眼のドリルが
　　　　　　　　　　　　　　　　　闇を掘り進む——

リカ産の典型的な大蛇。**6** *fossil*: 微動もしない蛇のとぐろを、質感までまざまざと伝える。*Cage after cage*: 同一名詞の反復で、冠詞が省かれる。cf. week by week, between gentleman and gentleman. **8** *It might be painted*:「それが描かれていてもおかしくない」。**9** *who* =（古）the person who. この主語を受ける動詞は、行末の *arrives* など。**10** [st]音の頭韻。**12** *after the drills of his eyes*:「彼の眼のドリルを先立てて」。らんらんと光る眼が、ドリルのように目先の闇を掘り進む。**13**

The eye satisfied to be blind in fire,
By the bang of blood in the brain deaf the ear—
He spins from the bars, but there's no cage to him

More than to the visionary his cell:
His stride is wilderness of freedom:
The world rolls under the long thrust of his heel.
Over the cage floor the horizons come.

[92] **Digging**

Seamus Heaney(1939-2013)

Between my finger and my thumb
The squat pen rests; snug as a gun.

Under my window, a clean rasping sound
When the spade sinks into gravelly ground;
My father, digging. I look down

On a short fierce fuse: 眼のドリルは、「短い獰猛な導火線」につながって、そこから動力を得ている。いつ爆発するかわからない。[f]音の頭韻。**15** = the ear being deaf by the bang of blood in the brain.[b]の頭韻。**18-20** 檻の闇の中でのジャガーの疾走、1足ごとの歩幅のすさまじさ。
[**92**] *Death of a Naturalist*(1966). **1** *finger*: 親指以外の指。単数なので「人差し指」とする。**2** *squat*:「ずんぐりした」。*snug as a gun*: 意

短く獰猛な導火線(ヒューズ)の先端で。退屈どころの騒ぎではない。
火と燃える眼がくらむのは、もとより望むところ、
脳の血がどくんどくんと脈打って、耳も聞こえない。　　　15
鉄格子(てつごうし)でくるりと向き直るが、彼には檻など存在しない、

幻視者には庵(いおり)など目に入らないのと同様に。
彼の一跨(また)ぎは、果てしない自由の荒野だ。
かかとの長い一蹴りで、世界はくるりとまわる。
檻の床(ゆか)の上を地平線が駆けてくる。　　　20

[92] 掘る

シェイマス・ヒーニー

ぼくの人差し指と親指のあいだに
太いペンがおさまっている、銃みたいにしっくりと。

窓の下では、砂利まじりの土にシャベルが
ざくざく食い込む鮮やかな音が聞こえる。
父が掘っているのだ。見下ろすと、　　　5

表をつく比喩。詩人として未知の世界に踏み入る際の強い気構えを示す。北アイルランドで続いた暴力闘争を反映するという説は、うがち過ぎか。**3** *rasping*: 粗いやすりにかけたような、きしる音。**4** [s] [gr]音の頭韻。**6** *rump* = buttocks「尻」。**7** *twenty years away*: いま窓の下で庭仕事をしている父の、しゃがんでは伸び上がる動きが、20年前、父がせっせとじゃがいもを掘っていた姿を思い出させ、両者がいきなり時を越えて重なり合う。**8** *drills*: 種(ここではじゃがいもの

Till his straining rump among the flowerbeds
Bends low, comes up twenty years away
Stooping in rhythm through potato drills
Where he was digging.

The coarse boot nestled on the lug, the shaft   10
Against the inside knee was levered firmly.
He rooted out tall tops, buried the bright edge deep
To scatter new potatoes that we picked
Loving their cool hardness in our hands.

By God, the old man could handle a spade.   15
Just like his old man.

My grandfather cut more turf in a day
Than any other man on Toner's bog.
Once I carried him milk in a bottle
Corked sloppily with paper. He straightened up   20
To drink, then fell to right away

Nicking and slicing neatly, heaving sods

種芋)をまくための溝。**10** *nestled* = being settled「がっちり〜を踏みしめて(*on*)」。*lug*: シャベルの刃の(足をかける)肩の部分。刃の上端。**12** *rooted out*:「根こそぎにした」。*tops*:「頭、最上部」。**15** *old man*:「親父、父」。**17** *turf* = peat「(燃料用の)泥炭」。**18** *Toner's bog*:「トナーの湿地」。近隣での呼び名。**20** *Corked*: cork「(コルクで栓をするように)〜の栓をする」の過去分詞。**21** *fell to* = fell to it「仕事にかかった」。**22** nick は「刻み目をつける」。*sods*: 平たい四角に切り出した

[92] 掘る

花壇の中で、張りつめた腰が低く
しゃがみ込んでは伸び上がる——二十年のむかし、
父が調子よく身をかがめて、じゃがいもの
畝(うね)を掘っていた。

父は粗末なブーツでシャベルの足掛けを踏みしめ、
柄(え)を膝の内側にがっちりあてがった。そして長い芋づるを
頭からずるずる引っこ抜き、光る刃先を深く
突き立てて新芋(しんいも)をばらまくと、ぼくらはそれを拾って
いった——固く冷たい手触り(てざわ)を楽しみながら。

親父(おやじ)のシャベルさばきのみごとなことと言ったら。
まさに親父の親父に負けず劣らずだ。

祖父がトナーの湿地から一日で切り出す
泥炭の量は、ほかの誰よりも多かった。
ある日ぼくは、ミルクの瓶に紙でゆるく
栓をしたのを持って行った。祖父は背を伸ばして
飲んだが、すぐまた仕事に戻って、

刻み目を入れたりそぎ取ったり、肩越しに

「泥炭片」。**25** *mould*:「かび」。湿った場所でじゃがいもに発生する白い綿状のかび。有害ではないが、放置すると内部に浸透して芋を腐らせる。この匂いは少年時の懐かしい労働の記憶と共に、19世紀半ばにアイルランドを襲った壊滅的なじゃがいも飢饉(potato blight「じゃがいも胴枯れ病」による)で、住民が嘗めた多大な苦難を想起させるかもしれない。**25-26** [s][l][p][k]音の頭韻などで、泥炭掘りのびしゃびしゃという音を再現する。**25** *squelch*: 泥の中を歩くときのよ

Over his shoulder, going down and down
For the good turf. Digging.

The cold smell of potato mould, the squelch and slap
Of soggy peat, the curt cuts of an edge
Through living roots awaken in my head.
But I've no spade to follow men like them.

Between my finger and my thumb
The squat pen rests.
I'll dig with it.

うな、びちょびちょいう音。*slap*: 手のひらで平たいものを叩くときのような音。**26** *soggy*:「びしょびしょの」。*curt cuts*:「(手荒く)ざくっと切断する様子(音)」。[k]音の頭韻。**27** *living roots*: 父が切断したじゃがいもの蔓は「生きた根」だが、また比喩的に、祖父や父から脈々と伝わる一家の「ルーツ」、農民一家の結びつきの「生きた根」をも暗示する。**31** 代々過酷な自然を相手に生き抜いてきた家系に生まれながら、父祖の天職を継がず、詩人という知的職業を選んだ後ろ

土を放り投げたりしながら、いい泥炭層を求めて
どんどん深く入って行った——掘りに掘って。

芋かびの冷え冷えした匂い、水っぽい泥炭の
ぴしゃぴしゃべちゃべちゃいう音、生きた根に刃先が
ざっくり食い込むさまが、頭の中によみがえる。
だがこの男たちに続こうにも、ぼくにはシャベルがない。

ぼくの人差し指と親指のあいだに
太いペンがおさまっている。
ぼくはこれで掘るのだ。

めたさと共に、シャベルに代えて手に握ったペンを武器に、父祖と同様、人生を「掘り進む」のだという、詩人としての出発宣言。

解　説

I　ルネッサンス期

エドマンド・スペンサー　Edmund Spenser(?1552-99)
中世のチョーサーに続く、英ルネッサンス期最初の大詩人。古典古代やイタリア・フランス詩への深い造詣を、英語詩の伝統に生かした。主要作に(以下同じ)騎士道ロマンスに材をとるアレゴリー叙事詩の大作、未完の『妖精の女王』*Faerie Queen* (1590, 96)、ソネット連作『愛の歌』*Amoretti* と「祝婚歌」Epithalamion(共に 1595)。

[1] **"One day I wrote her name upon the strand"**
ペトラルカ風のソネット連作では、高貴で貞潔な美女を虚しく敬慕するのが定型だが、スペンサーは自身の求愛から結婚への経緯をありのままにたどる。形式は、のちのイギリス風ソネットを予告するスペンサー風ソネット。韻律は弱強 5 歩格、脚韻構成は abab|bcbc|cdcd|ee。 ➡韻律(p. 9)、脚韻(p. 10)、ソネット(p. 12)。

サー・フィリップ・シドニー　Sir Philip Sidney(1554-86)
生年は恐らくスペンサー([1])に遅れるが、活躍はずっと早く、スペンサーの庇護者でもあった。名家の出で文武両道に秀で、優雅なルネッサンス期廷臣の鑑(かがみ)と仰がれる。外交使節として大陸を巡り、宮廷に出仕して執筆に励む。対スペイン戦争中、オ

ランダで 31 歳で戦死。牧歌物語『アルカディア』*Arcadia*(死後 1590)、ソネット連作『アストロフィルとステラ』*Astrophil and Stella*(死後 1591)。英国初の本格的な文学論「詩の擁護」A Defence of Poetry(死後 1595)など。

[2]**"With how sad steps, O Moon, thou climb'st the skies!"**
Stella(星)への Astrophil(星を愛する者。-phel とも)のかなわぬ恋の成り行きを歌い、スペンサーに先立ってイタリア風ソネット流行のきっかけを作る。この詩は、蒼ざめた月を自分のような片思いの犠牲者に見立て、恋する者は地上と同様、天上でも冷たくあしらわれているかと問うて、ペトラルカ風の紋切り型を脱しようと試みる。韻律は弱強5歩格、脚韻構成は ab-ba|abba|cdc|dee.

クリストファー・マーロウ　Christopher Marlowe(1564-93)
シェイクスピアに先立つ(同年生まれ)エリザベス朝の大劇作家。靴屋の子。援助を得てケンブリッジ大学に学び、古典学に通暁する。劇作に投じ、波瀾に富む筋立てと勇壮な台詞で史劇・悲劇に新生面を開く。『フォースタス(＝ファウスト)博士』*The Tragical History of Dr Faustus*(1604)などで声価を確立。気が荒く喧嘩沙汰で投獄されるが、政府お雇いのスパイだった可能性もある。ロンドン郊外の酒場で刺され即死(29 歳)。

[3]**The Passionate Shepherd to His Love**
この牧歌(pastoral＝失われた純朴で平和な田園生活を理想化する)が絶大な人気を博した理由は、古代牧歌風の神話への言及や気取った表現、手の込んだ筋立て(片思いなど)を一掃し、軽快な文体で率直な求愛の歌に仕上げた点にある。ウォルタ

ー・ローリー(Walter Ralegh)による身も蓋もない返歌(The Nymph's Reply to the Shepherd)やダン([**11**]-[**15**])によるパロディ(The Bait)など、ここから想を得た作品は多い。韻律は弱強4歩格4行6連、脚韻構成は aabb.

ウィリアム・シェイクスピア　William Shakespeare(1564-1616)
シェイクスピアは詩でも傑出し、『ソネット』 *Sonnets* (1609) 154篇はイギリス風ソネット連作の珠玉とされる。美貌の貴公子(正体は不明)に向けた愛と賞讃の詩が100篇以上続いた後、Dark Lady(黒い婦人)との三角関係などがからまり、時がもたらす荒廃、詩による美と愛の永続化、欲望と意志など多彩なテーマが展開される。以下[**4**]-[**9**]はイギリス風ソネットで、韻律はすべて弱強5歩格、脚韻構成はすべて abab|cdcd|efef|gg ➡ ソネット(p. 12)。

[**4**] **"Shall I compare thee to a summer's day?"** (sonnet 18)
英国の夏は、5月半ばから8月半ばまでの1年で最も美しい季節。l. 4 では長母音(lease, all, too, short)と二重母音(date)の連なりが、夏の短さを嘆く溜息のように響く。*lease*(土地家屋の貸借契約)と *date*(有効期間)(l. 4)は、当時普及し始めた所有権関係の用語。possess(使用権をもつ)と owe(＝own)(所有する)(l. 10)は法的には意味が異なるが、ここでは「所有」の意味で、期限が切られる *lease*「借用」と対比される。

[**5**] **"When in disgrace with fortune and men's eyes"** (sonnet 29)
ll. 2-4 では *I* を主語とする4つの動詞(*beweep, trouble, look,*

curse)が、未練がましく *and* で連ねられる。しかもこの文は現在分詞や過去分詞の分詞構文(*Wishing, Desiring, contented*)を3つ重ねて、l. 8まで愚痴っぽく引き伸ばされる。身の不運を嘆く complaint(嘆き歌)の伝統を汲む泣き言の内容が、構文に反映されているのだ。だが l. 9 で volta(転じ)が来て、がらりと調子が変わる(その点だけはイタリア風ソネットに近い)。

[6] **"When to the sessions of sweet silent thought"**(sonnet 30)
冒頭の裁判用語に続き、会計(商業)関係の譬えが多用される。ll. 1–2 では[s]音の頻出が静かな回想の印象を伝える。〈すでに清算したはずの嘆きをまたまた蒸し返す〉という同じ内容が、角度を変え比喩を変えて、くどくど繰り返される。ここでも[5]と同様、形式が内容を体現している。*remembrance of things past*(l. 2)はプルースト『失われた時を求めて』の英訳(Scott-Moncrieff)のタイトル。

[7] **"Full many a glorious morning have I seen"**(sonnet 33)
このソネット連作によくあるように、2度現われる stain(l. 14)をどう受け取るかで、最終行の意味は大きく変わる。和訳の(1)「(自)翳る」の他に(2)「(自)穢れる」の意も含まれるが、stain を他動詞として(3)「(他)堕落させる」の意に解することもできる。地上の太陽である恋人が不貞を働けば、その行為が語り手をも道徳的に穢すからだ——天上の太陽が、雲に隠れることで地上の(4)「(古)(他)美を損なう」ように。

[8] **"That time of year thou mayst in me behold"**(sonnet 73)
「老い」で相手の気を引こうという意外な発想。冬の木の枝を、荒廃して露わになった聖歌隊席に譬える卓抜な比喩(枝では小鳥たちが、席では少年たちが、つい先日まで歌っていた)は、

エンプソン(William Empson)『曖昧の七つの型』*Seven Types of Ambiguity*(1930)の分析で知られる。ヘンリー8世による修道院解散(1536-39)以降、僧院や礼拝堂の廃墟が当時随所で見られた。ll. 9-12:〈盛んに燃えていた炭火は、やがて衰えて、次第に灰に変わっていく。火は灰という「死の床」に横たわり、自分を燃え立たせていたものに窒息させられるのだ〉。

[9]**"Let me not to the marriage of true minds"**(sonnet 116)
耳慣れた単音節語を連ね、凝った詩語はない。教会では結婚式前に3度banns(結婚予告)が行われ、「障害」(未成年、既婚、宗旨、強制、近親など)を知る者はそれを申告し、結婚する男女も当日告白することが求められた。cf.『祈禱書』*Book of Common Prayer*. この詩で讃えられる真の愛による結びつきには、そうした障害に妨げられるわけがないという。だが同性愛は当時、重大な「障害」と見なされ、死罪の恐れもあったので、*Sonnets*出版の経緯は謎。*I never writ*(l. 14):〈私の著作はみな嘘になり、私は何も書かなかったも同然〉。

トマス・ナッシュ　Thomas Nashe(1567-?1601)
マーロウ(p. 374)らと並び、1590年代に活躍した「大学才人」University Wits(オックスフォード大学またはケンブリッジ大学出身の劇作家)の1人。ページェント『夏の遺言』*Summer's Last Will and Testament*(1600)は、ロンドンで疫病が猛威を振るっていた1592-93年ごろ執筆された。

[10]**"Adieu, farewell earth's bliss"**
『夏の遺言』の劇中歌で、いまも広く愛誦される。わが身に迫る死の恐怖と現世のはかなさを、切迫したリズムと鮮烈なイメ

ージで、生々しく伝える。「疫病時の連禱」Litany in Time of Plague などのタイトルでも知られる。韻律は強弱3歩格を主体とする7行6連、脚韻構成は aabbccd（d はリフレーンの行末で不変）。

ジョン・ダン　John Donne (1572-1631)
父はロンドンの裕福なカトリック信徒の鉄器商。法による信仰への差別で辛酸をなめたが、国教に転じ、聖ポール大聖堂主任司祭となる。難しい理屈をこね、奇抜な比喩を用いる「形而上派詩人」Metaphysical Poets の筆頭。大航海による地理的発見、天文学・医学など当時の新知見や、中世のスコラ哲学・錬金術・占星術などの旧知識を総動員して、恋愛と肉欲の機微を捉え、懐疑と信仰の核心を突く。T・S・エリオットらが高く再評価。

[11] The Good-morrow
神への愛とは異なる男女の完全な愛と幸福を、知的かつユーモラスに真剣に謳歌する。ll. 19-21：当時まで権威を保った古代ギリシャのガレノスによれば、病や死は体内元素の不均衡から起きるという。中世の神学者トマス・アクィナスにも同様の説がある。韻律は弱強5歩格7行3連、脚韻構成は ababccc.

[12] The Sun Rising
l. 25：「君（太陽）はぼくらの半分しか幸福ではない」、そのわけは〈ぼくらは2人だが、君は孤独だから〉だと消極的に解する見方が少なくない。だが次行には「なぜなら（In that）地球がこんなに縮んだのだから」とあるだけで、〈太陽の孤独〉には全く触れられていない。したがって、〈世界がこんなに小さくな

ったのだから、君はもう地球をぐるぐる回らなくていい。年老いた君には楽でいいだろう〉、だから「(ぼくら2人の幸福にはとても及ばないが)君もその半分くらいは幸せだ」と積極的な意味に解する。韻律は弱強 4／2／5／5／4／4／5／5／5／5 歩格 10 行 3 連、脚韻構成は abbacdcdee.

[13] The Flea
蚤という嫌われる害虫をご大層な象徴に仕立て上げ、整然たる理屈をこねて女性を口説(くど)き落とそうとする、ダンならではの奇抜な傑作。芝居の台詞のように3段階で生き生きと展開される詩句は、語られない背後の出来事を読者に想像させ、19世紀の内的独白(➡[65][66])に通じる。9行3連のそれぞれでは、弱強4歩格と5歩格の詩行が4度交代し、弱強5歩格で締めくくられる。脚韻構成は aabbccddd.

[14] "Death, be not proud, though some have callèd thee"
恋愛詩・諷刺詩・エレジーなどとは別に、ソネット形式で罪や死、最後の審判や神の愛など宗教的なテーマを扱う詩群は Holy Sonnets と呼ばれる([14][15])。「死」の仕事は人を殺すことだが、その「死」に向かって、お前は人を殺せない、死ぬのはお前の方だと、理詰めで颯爽たる啖呵を切る。韻律は弱強5歩格。脚韻構成は abba|abba|cddc|ee.

[15] "Batter my heart, three-personed God; for you"
烈しい感情が炸裂し、荒々しい語気に満ちた作品。異端視されるカトリック教徒として道を見失っていたダンは、英国国教会への改宗を真剣に考えていた。あからさまな矛盾表現(ll. 3, 13, 14)が、胸中の激しい葛藤を伝える。熱を帯びた単音節の動詞が矢継ぎ早に繰り出される。イギリス風ソネットだが、3つめ

の4行連の脚韻が他と異なる。韻律は弱強5歩格、脚韻構成はabba|abba|cdcd|ee.

ベン・ジョンソン　Ben Jonson (1572/3-1637)

聖職者の遺子としてロンドン近郊に生まれる。喧嘩早い性格ながら、当代随一の劇作家・詩人・学者として知られた。生前の人気と評価はシェイクスピアを凌ぐ。喜劇『十人十色』*Every Man in His Humour*(1598)、『狐ヴォルポーネ』*Volpone, or The Fox*(1605-06)、『錬金術師』*The Alchemist*(1610)など市民諷刺喜劇で頂点をきわめた。多くの高名な友人のほか、「ベンの一族」Tribe of Benと呼ばれる若い作家たちに慕われた。

[16] To Celia

19世紀になってつけられたメロディーで広く知られる。ジョンソンが得意とする翻案詩で、古代ギリシャのフィロストラトゥス『書簡集』から得た題材を、軽妙で美しい英語のソングに仕立て上げた。韻律は弱強4歩格と3歩格が交代する4行4連をつなぎ合わせ、複数行で押韻する。

[17] On My First Son

同名の長男 Benjamin をペストのため7歳で亡くした際の痛恨の詩。生後すぐ亡くなった娘に寄せる詩 "On My First Daughter" もある。l. 12: *like* を他動詞と解すると、主語が見つからない。この詩の想を得た古代ローマの詩人マルティアリスのエピグラム VI. xxix (英訳) には whatever you may love may not **be too pleasing** とあり、*like* が自動詞であること(この語の最も古い意味)を強く示唆する。韻律は弱強5歩格12行、脚韻構成は aabbccdd...(平韻)。

解説　381

ロバート・ヘリック　Robert Herrick (1591-1674)
富裕な金細工師の子。「ベンの一族」(➡上記ベン・ジョンソン小伝)に連なる王党派詩人として多くの文人と交わったが、牧師に叙任されて、生涯の大部分をイングランド南西部の片田舎で過ごした。清教徒革命で僧職を追われて一時ロンドンに戻り、詩集『西方の楽園』*Hesperides* (1648) を出版。のち任地に復帰した。詩はしばしば享楽的・官能的だが、聖職者としての品行は方正だったようだ。洗練をきわめた短詩(ソング)で知られる。

[18] To the Virgins, to Make Much of Time
古典古代以来の定石的テーマ carpe diem (= seize the day)「今日をつかめ」(「命短し恋せよ乙女」の類い➡[21][26])の代表作として親しまれている。ローズ(William Lawes)作曲の歌もある。韻律はバラッド律(弱強4歩格と3歩格が交代する)4行4連、脚韻構成は abab.

[19] Upon Julia's Clothes
ヘリックの逸品とされる。彼が多くの詩を捧げたジュリアは、他の何人かの女性と同様、空想の産物。*Then, then* (l. 2), *Next* (l. 4), *That* (l. 5), *Oh, how...!* (l. 6), *that* (l. 6) など、急き込んだ讃嘆の息遣いが聞こえる口語調を背景に、*liquefaction* (l. 3), *vibration* (l. 5) が絶妙な効果を発揮する。韻律は弱強4歩格3行2連、脚韻構成は aaa.

ジョージ・ハーバート　George Herbert (1593-1633)
形而上派詩人(➡ジョン・ダン小伝, p. 378)の1人。名門の出でケンブリッジ大学に学びながら、宮廷や政界での立身に幻滅

して見切りをつけ、地方の教区司祭として40歳目前で生涯を終える。深い信仰に至る魂の葛藤をうたう詩集『聖堂』*The Temple*(1633)が死後出版されるや、熱烈な歓迎を受けた。平明な表現と口語のリズムはダン譲りだが、ダンの大胆な奇想や機知に引き替え、素直で典雅なスタイルが今日も広く愛されている。

[20] **Love**

峻厳な神とは裏腹に、被造物たる人間に無限の愛を注ぐ神を、「愛」と呼ぶ。弱く罪深い自身を恥じて信仰をためらう語り手に対し、神が穏やかに〈そもそもそういうあなたを造り、人々の罪を贖ったのは外ならぬ自分〉なのだから、〈あなたこそ救われる資格がある〉と諄々と諭す。語り手はついに心服し、帰依する。素朴な単音節語を連ねて息づまるドラマを展開。韻律は弱強5歩格と3歩格が交代する6行3連、脚韻構成は ababcc.

エドマンド・ウォーラー　Edmund Waller(1606-87)

ケンブリッジ大学を出て、国会議員としてクロムウェルの讃歌を書くが、王党派に転じ、王政復古を成就したチャールズ2世の讃辞を書く。詩筆の流麗さ、軽妙さをうたわれた。

[21] **"Go, lovely rose"**

つれない娘に密かな願いを込めてばらを贈る――〈ばらという似姿を見て娘が自分の美しさを悟り、ばらと同様、人に愛でられてこその美しさだと気づき、そして散るばらに美のもろさを読み取るように〉と。これも carpe diem (→[18]) を踏まえた詩だが、いかにも理路整然とした論法が、機知にあふれる。ローズ(Lawes)による曲がある。韻律は弱強2/4/2/4/4歩格5

行 4 連、脚韻構成は ababb.

ジョン・ミルトン　John Milton (1608-74)
ロンドンの富裕な公証人の子。ケンブリッジ大学に学び、早くから傑出した詩人と目されるが、20 年間詩を放棄して（ラテン語詩や[22][23]などを除く）、宗教的・政治的自由を求める運動に身を投じた。出版の自由を説く『アレオパジティカ』*Areopagitica*(1644) は今も読み継がれる。1649 年、クロムウェル共和政府のラテン語秘書に任命された。王政復古後逮捕、のち解放され、詩作に立ち返る。叙事詩『失楽園』*Paradise Lost*（初版 1667、改訂版 1674)[24]は英詩の最高峰に数えられる。その他、叙事詩『復楽園』*Paradise Regained*,『闘士サムソン』*Samson Agonistes*(共に 1671)。『詩集』*Poems*（初版 1645、再版 1673) など。

[22] On His Blindness
作者は若い頃からの無理がたたって、1652 年までに完全に失明した（後年の膨大な業績は、娘や秘書への口述による）。詩は 2 センテンスから成る。(1) *When I consider* (l. 1) 以下。主節は *I fondly ask* (l. 8)。(2) *But Patience, to* (l. 8) 以下。主節は *Patience...replies* (ll. 8-9)。イタリア風ソネットを変形したミルトン風ソネット（句跨ぎが多く、連の切れ目や「転じ」が不明確）。韻律は弱強 5 歩格、脚韻構成は abba|abba|cde|cde. 行末の子音は [t] か [d]。

[23] On His Dead Wife
古い律法に従って清められた人「のような」*as* (l. 5) 姿で作者の夢に現われたのは、3 人の妻のうち 2 人目の Katherine か。

顔がヴェールの陰で見えない(l. 10)のは、1656年結婚当時、作者はすでに失明していたから。固陋な旧約の掟に触れるのは、逆に亡き妻の清らかさを強調し、その「愛と優しさと善良さ」(l. 11)というキリスト教的美徳を讃えるためか。ミルトン独特のソネットで、韻律は弱強5歩格、脚韻形式は abba|abba|cdc|dcd. 前半8行の韻はすべて[-éi-]を(l. 7 の *have* は視覚韻)、後半6行は[-ái-]を含む。

[24] *Paradise Lost* (IV, ll. 73-113)

神に反逆し、多数の天使たちを率いて戦いを挑んだ天使サタンは、敗れて天国から追放され、地獄の深淵に落とされた。のち再び反逆を企てたサタンは、神が新たに創造した地球に住む人間を堕落させようと、偵察のため地球を見晴らす地点に到達する。だが、いざ「楽園」に向かおうとして、サタンはしばしためらい、この反逆がどうしても避けられないものかどうか自問する。韻律は弱強5歩格、無韻詩(blank verse)。詩全体では12巻10,565行。

サー・ジョン・サックリング　Sir John Suckling (1609-42)

ノーフォークの名家に生まれ、広大な地所を相続してケンブリッジ大学に学ぶ。チャールズ1世の廷臣となり、王党派詩人の花形として瀟洒な抒情詩やソングを書き、劇『アグラウラ』*Aglaura* (1638)を自費で上演・出版したが、反逆罪で投獄された Strafford 伯の救出に失敗、大陸に逃れて自殺した。

[25] **"Why so pale and wan, fond lover?"**

『アグラウラ』第4幕の挿入歌。恋に魂を奪われた若者をからかう。ローズ(Lawes)らによる4種の曲があって、詩の人気の

ほどが推し量られる。韻律は強弱4／3／4／3／3歩格5行3連。脚韻形式は ababb.

アンドルー・マーヴェル　Andrew Marvell(1621-78)
プロテスタント牧師の子。ハル(Hull)に育ち、12歳でケンブリッジ大学に入学、ギリシャ・ラテン語で詩を書く。内乱を避けて4年間大陸に滞在、数か国語を身に着けた。帰国後王党派の文人たちと交わり、のち議会派将軍家の住み込み家庭教師として詩「庭」The Garden や[26]などを書く。クロムウェル政府のラテン語秘書、のちハル選出の国会議員。チャールズ2世の宮廷と議会双方の腐敗を痛烈に諷刺し、どちらか一方の党派に偏らない融通無碍(むげ)な身の処し方は、謎めいている。T・S・エリオットが形而上派の代表的詩人に挙げた。

[26] To His Coy Mistress
ありふれた carpe diem のテーマ(➡[18]解説)を極端なまでに誇張拡大し、人を食った理屈や皮肉と、切実な死への恐怖を取り混ぜて女性を口説くという離れ業を演じて、時代を超える傑作とされる。韻律は弱強4歩格の英雄体2行連句(➡[28]解説)、脚韻構成は aabbccdd...(平韻)。

キャサリン・フィリップス　Katherine Philips(1631-64)
ロンドンで中産階級の富裕な清教徒の家に生まれ、寄宿学校に学ぶ。王党派の有力な文人や夫人たちと広く交流し、ことに女性どうしの友情・結束を唱えるプラトニックな「友愛会」Society of Friends を組織した。フランスのコルネイユ悲劇の英語訳がダブリンで上演され成功を収めたが、翌年天然痘にかか

って亡くなった。女性の創作活動が憚られる時代にあって、生前に詩人として確かな名声を得た最初の女性。

[27]**A Married State**
作者は16歳のとき38歳年上の縁者に嫁いだが、この詩は結婚以前に書かれたようだ。独身生活を謳歌するというのは、女性詩にしばしば取り上げられたテーマの1つだが、詩は明快で気取らない表現、シンプルで優雅な格調で好評を博し、多くの模倣作を生んだ。

II　王政復古から18世紀へ

ジョン・ドライデン　John Dryden(1631-1700)
ノーサンプトンシャー州の清教徒地主の子。ケンブリッジ大学に学び、クロムウェルの死を悼む詩、ついで対立するチャールズ2世の帰国を讃える詩で、大家としての声望を得た。劇作でも名を挙げ、『グラナダ征服』*The Conquest of Granada* (1670)や『すべて恋のため』*All for Love*(1677)で人気作家となる。痛烈な諷刺詩[28]の他、散文でも明晰かつバランスの取れた文体の範を示し、『劇詩について』*Of Dramatick Poesy: An Essay*(1668)で英国批評の父と呼ばれた。

[28]*Mac Flecknoe*(ll. 1-28)
10歳ほど年少の劇作家シャドウェル(Thomas Shadwell, 作者に続く桂冠詩人)を痛罵する。両者の不和の経緯は不明。作者が得意とする荘重華麗な英雄体2行連句(heroic couplet)を連ねて他愛ない対象を重々しく語る擬似英雄詩体(mock-heroic)

(形式と内容の落差で諷刺の切れ味は倍加する)は、[**29**]やポープの『髪の毛盗み』*The Rape of the Lock*(1712-14)、『愚物列伝』*The Dunciad*(1728-43)への道を開いた。

ジョナサン・スウィフト　Jonathan Swift(1667-1745)
ダブリンで英国系の家庭に生まれ、ダブリン大学に学ぶ。渡英して宗派争いを諷刺する『桶物語』*A Tale of a Tub*(1704)などを出版、文名を上げた。たびたびアイルランドからロンドンに出て数々の痛烈な政治パンフレットを書くが、政変で失意のうちに帰郷、教会の主任司祭となった。以後英本国への反撃を開始、『ドレイピア書簡』*The Drapier's Letters*(1724)で暴利のからむ通貨発行を阻止し、郷土の英雄として喝采された。人類告発の書『ガリバー旅行記』*Gulliver's Travels*(1726)、貧窮児の食用飼育を皮肉に推奨する『ささやかな提案』*A Modest Proposal*(1729)など。

[29] A Description of a City Shower
当時流行した古代田園詩・叙事詩風の荘重な英雄体2行連句(➡[28]解説)を駆使しながら、理想的な田園生活とは裏腹に、シティのにわか雨という今日的・散文的な出来事を生き生きと皮肉たっぷりに描く、18世紀詩には稀な実景スケッチの傑作。ドライデン([28])が英訳したウェルギリウス『農事詩』*Georgics*(1697)、Book 1 にも同様に、嵐の襲来の描写があり、クライマックスでの3行連およびアレクサンダー格の最終行がある。韻律は弱強5歩格、脚韻構成は aabbccdd....

アレグザンダー・ポープ　Alexander Pope (1688-1744)

ロンドンで、厳しい差別を受けるカトリック教徒の富裕な亜麻布商の家に生まれる。脊椎カリエスによる障害を抱えながら独学、古典などの該博な学殖に基づいて詩を書き、[30]で早くも名声を得た。『髪の毛盗み』 *The Rape of the Lock* (1712-14) で、名家の恋愛スキャンダルを擬似英雄詩体(➡[28]解説)で壮大に描き、両家を和解に導いた。ホメロスの叙事詩英訳の大成功で生活の足場を固め、『愚物列伝』 *The Dunciad* (1728-43) で学問芸術における愚鈍の支配を叙事詩風の荘重なスタイルで諷刺した。

[30]*An Essay on Criticism* (ll. 201-32)

ポープ21歳以前の作品。古今の詩、趣味、批評を通観して、古典主義の立場から良識の涵養を説く。ホラチウス(ローマ)、ボワロー(フランス)に倣って、韻文(ここでは英雄詩2行連句➡[28]解説)で書かれ、その絶妙な詩句のいくつかは、今も格言として残る。道理に外れた批評や創作を舌鋒鋭く槍玉に上げたため、生涯にわたる多くの敵を作った。韻律は弱強5歩格、脚韻構成はaabbccdd....

トマス・グレイ　Thomas Gray (1716-71)

ロンドンの代書人の子。伯父が教えるイートン校に入学、首相の子ウォルポール(Horace Walpole)ら友人に恵まれる。ケンブリッジ大学を中退、のち特別研究生として学寮に住む。早くからラテン語詩などを書いたが、[32]が熱烈に歓迎されて、一躍文名が轟いた。同大学の近代史近代語教授に就任後は、大古典学者、[32]の作者として周囲の尊敬を一身に集めながら、

極度の社交嫌いから「ケンブリッジの隠者」と称される孤高の生涯を送った。

[31] Ode on the Death of a Favourite Cat, Drowned in a Tub of Gold Fishes

親友ウォルポール(ゴシック小説『オトラントの城』*The Castle of Otranto*(1764)の作者)の飼い猫が溺死し、依頼されて追悼詩を書いた。夏目漱石『吾輩は猫である』の猫の溺死は、この詩から発想を得たかもしれない。厳かな叙事詩の口調で不似合いな出来事を語る擬似英雄詩体(➡[28]解説)。韻律は軽快な弱強4/4/3/4/4/3歩格6行7連、脚韻構成は aabccb.

[32] Elegy Written in a Country Churchyard

イギリス詩の中で最も愛される作品の1つ。18世紀擬古典主義の理知的・高踏的なスタイルと、当時芽生え始めたロマン主義的感性とがみごとに溶け合う。時代に先んじて感情や個性を重んじ、自然に没入し、不正や不平等を憎み、地位や贅沢には目もくれず、名もない人々に共感する。明治維新後初の翻訳・創作詩集『新体詩抄』(1882)に矢田部 尚今訳の「グレー氏墳上感懐の詩」が載り、愛読された。韻律は弱強5歩格4行32連、脚韻構成は abab.

ウィリアム・コリンズ　William Collins (1721-59)

イングランド南部の帽子屋兼市長の子。少年時から詩を書き、オックスフォード大学在学中に詩集を出版。のちロンドンに出て文壇に活路を求め、代表作[33]を含む『描写的・寓意的主題をめぐるオード集』*Odes on Several Descriptive and Allegoric Subjects*(1746, 名目は 1747)を出すが、反響が乏しいため

憂鬱症に陥り、のち精神を病んだ。詩的感興の高まりを重視するその作品は、ロマン主義の先駆に数えられる。

[33] Ode to Evening

作者はグレイより遅く生まれたが、この作品の執筆は[32]より二十数年早く、18世紀特有の古典愛、構築性、観念性、修辞性の傾向が著しい(ただし自然への関心の芽生えは、時代を先取りする)。詩の大意は〈夕暮れよ、もし牧歌の一節(ひとふし)がお望みなら、その奏で方を教えてほしい(この詩自体がその「一節」)。暮れ方の自然に私を導き、風雨の日には窓から眺めを楽しむ小高い隠れ処(が)を用意してほしい。四季はそれぞれにあなたの魅力を引き立て、あなたになじみの「空想」や「友情」があなたを賞讃し続けるだろう〉。弱強5歩格2行と3歩格2行が交代する40行連と12行連(続けて1連とする版も)、抒情詩には珍しい無韻の詩。

Ⅲ ロマン主義の時代

ウィリアム・ブレイク　William Blake(1757-1827)
ロンドンの靴下商の子。幼時から神や天使の幻視を体験。彫版師の徒弟を経てロイヤル・アカデミー付属美術学校に学ぶ。1784年版画店を開き、彩色印刷(エッチングで刷った絵と字に手で彩色する)を考案、膨大な作品を自費出版するが、ほぼ無視または奇人視された。まず詩集『無垢の歌』*Songs of Innocence*(1789)を刊行、のち『経験の歌』*Songs of Experience*と合本で出版した(1794)。謎めいた神話を展開する「預言書」

群、アフォリズム集『天国と地獄の結婚』*The Marriage of Heaven and Hell*(1790-93 ごろ) など。19 世紀後半から注目をひき始め、典型的なロマン派の幻視詩人・思想家として高い評価を受けている。

[34] **The Lamb**

『無垢の歌』と『経験の歌』は、共に童謡風の素朴な形式・リズムを用いつつ、極端な明暗の対照を示す (➡[36]解説)。『無垢の歌』は子供の素直な喜びと愛、信心と美しい自然を歌う。小羊は純朴で柔和な存在の典型。韻律は強弱 3/3/4/4/4/4/4/4/3/3 歩格 10 行 2 連。脚韻構成は aabbccddaa.

[35] **The Sick Rose**

フランス革命後に出た『経験の歌』は、一転して工業化社会と宗教による民衆や子供への抑圧と搾取を痛烈に告発する。夜嵐をついて飛ぶ見えない虫が、ばらの真紅の褥(しとね)を求めて密かに通ってくる。その邪(よこしま)な愛がばらを蝕(むしば)み、やがて命を奪うという。ブレイクの最も衝撃的で謎めいた詩の 1 つだが、ばらと虫が何を「象徴」するかについては、諸説がある (➡[37]解説)。冷たい宣告のように不吉な響きをもつ弱強 2 歩格 4 行 2 連(弱弱強格が多い)、脚韻構成は xaya.

[36] **The Tiger**

無力な小羊 ([34]) と、狂暴な破壊力を秘めた虎。これらの 2 詩は、『無垢の歌』『経験の歌』の詩風や展望の極端な違いを凝縮する。前者の和やかな語りかけと、後者の恐怖で凍り付いたかのような驚嘆と畏怖。虎が組み上げられていく有様は、巨大な製鉄工場の鍛造工程を思わせる。この禍々(まがまが)しい存在を生んだのは、小羊を生んだのと同じ創造者なのか。もしそうなら、それ

はどんな意図からか(➡[**37**]解説)。韻律は強弱(ときに弱強)4歩格4行6連、脚韻構成は aabb.

[37] London

作者はただひたすら幼い子供の無垢の愛と喜びを礼讃し、奴隷労働や貧困を強いる社会の不正や冷酷さを非難しているだけではない。実は両者は人間の対極的な両面の表われにすぎない。謎めいたブレイクの思想を数行に約言するのは至難の業だが、あえて言えば、彼が求めるのは一切の束縛からの自由、霊と肉の調和した自己実現であり、敵視するのは理性による抑圧、教会による欲望の規制だろう。か弱い小羊([**34**])を生んだのと同じ神が、獰猛な虎([**36**])をも生んだのだ。[**35**]でばらを蝕むのは純潔を強要する教会の掟かもしれず、娼婦は(貧困に加え)結婚制度に伴う拘束と不公平の犠牲者かもしれない。韻律は弱強4歩格4行4連(第3連は強弱4歩格、第4連は両者の混合)、脚韻構成は abab.

ロバート・バーンズ　Robert Burns (1759-96)

スコットランド、エアシャー(Ayrshire, 現 Strathclyde)州の貧しい小作農の子。各地の農場を転々としながら辛うじて初等教育を受け、英文学やフランス語を独習した。早くから詩を書き、『主としてスコットランド方言による詩集』*Poems, Chiefly in the Scottish Dialect* (1786)の大成功で、ロマン主義的でハンサムな農民詩人として社交界の人気を集めた。『スコットランド民謡館』*The Scots Musical Museum* (1787-1803)全6巻の編集顧問として古い民謡を蒐集・修正し、作詞した。ワーズワスらに感化を与えたロマン主義の先駆者。37歳で他界。スコット

解説　393

ランドの「国民詩人」。

[38]John Anderson My Jo
耄碌した夫を妻がなじる古い猥雑な歌を、同じメロディーとタイトル、同じ老化のテーマを借りながら、作者はみごとにしみじみした夫婦愛の歌に書き換えた。『スコットランド民謡館』の歌詞の3分の1は作者の創作。歌は今日も広く愛唱される。韻律は弱強3歩格8行2連、偶数行が押韻する。

[39]A Red, Red Rose
恋人を赤いばらや美しい調べに譬え、海の水が涸れるまでと永遠の愛を誓う。今では耳慣れたこれらの詩句は、当時主流を占めた高尚な古典的詩風([28]-[33])に比べ、素朴で真摯な感情表現が新鮮だった。農民出身で故郷スコットランドの民謡を愛し蒐集に努めた作者は、自分の奏するヴァイオリンで旋律になじんでから、歌詞を改作した。韻律は弱強4歩格と3歩格が交代する4行4連。偶数行が押韻する。

Ballad(バラッド)
中世から17-18世紀ごろまでに作られ歌われ、伝承された劇的な物語詩。典型的には4行連を連ねる。近来の研究は実際に歌われたままの歌詞と曲の復元を重んじ、後世の編者による修正の痕を厳しく排除する。

だが、そうして確定されるテクストには、スコットランド方言や古語が大量に含まれ、一般読者がふつうに読んで楽しむのは容易ではない。例えばいま信頼されているテクストの1つによれば、[40]の ll. 81-84 は次の通り。O our Scots nobles wer richt laith/To weet their cork-heil'd schoone;/Bot lang owre a' the play wer play'd,/Thair hats they swam aboone.

　そこで、より親しみやすく詩情豊かなテクストとして、あえて編者の大幅な「介入」がきびしい批判を浴びているスコット(Walter Scott)の歴史的名著『スコットランド境界地方民謡集III』(Longman and Rees, 1803)を底本とする。詩人スコットの英国人読者への細やかな気配りの結果、英語を母語としない読者にもはるかに近づきやすい、面白い作品になっているからだ。

　もっと深くバラッドの世界に踏み込もうとする読者は、*The Oxford Book of Ballads*(Oxford, 1982)や、チャイルド(Francis J. Child)の画期的な集大成(*English and Scottish Popular Ballads*, 5 vols, 1882-98)などに就かれたい。バラッドの伝承は長年月にわたるが、初めて広く世に知らしめたのはパーシー(Thomas Percy)編の『イギリス古詩拾遺』*Reliques of Ancient English Poetry*(1765)なので、本書でのバラッドの掲出順は18世紀後半、ロマン主義が名乗りを上げる直前とする。

[40] **Sir Patrick Spens**

上記パーシーの『古詩拾遺』にも収録されたバラッドの名作。スコット版では嵐による遭難の経緯など、編者が他のバラッドから抜き出して嵌め込んだらしい痕跡もあるが、むしろそのお陰でバラッドらしい劇的な迫力に富む。次の[**41**]と共に、バラッドへの道案内としてはうってつけの作品ではないか。Sir Patrick Spensという人物は実在しないが、このバラッドの背景には、ノルウェー往還の航海で過去に起きた2つの難破事件があるようだ。韻律は弱強4歩格と3歩格が交代するバラッド律4行26連、脚韻構成はxaya.

解　説　395

[41]Lord Randal
毒殺の話題は珍しく、恐らくイタリアから伝わったもの。世に拡めたのはスコットの『民謡集』。現行の諸版では、ランドル卿が誰にどんな遺産を贈るかという質問とその答え(いわゆるtestament)が延々と続く(恐らく後世の付け足し)。韻律は弱強格を交えた弱弱強4歩格4行5連。厳密には無韻だが、どの行もそれぞれ〈母音(ʌ́, ǽ, úː, または áu) + n〉で終わる。

ウィリアム・ワーズワス　William Wordsworth(1770-1850)
イングランド北西部湖水地方の事務弁護士の子。父母の早世で苦労をなめた。ケンブリッジ大学在学中に革命後のフランスを訪れて共和主義への情熱を掻き立てられ、結婚して娘を儲けたが、生活難で単身帰国した。1795年、サマセット州で近くに住むコールリッジ([48])と親交を結び共著『抒情バラッド集』*Lyrical Ballads*(1798)を出版、英国ロマン主義の幕を開け、再版(1800)への序文で、とりすました「詩語」poetic dictionの追放と真情の吐露を説いた。アーノルド([67])によれば、約60年にわたる作者の詩業のうち、ほぼすべての傑作は1798年以降の10年間に書かれたという。長編詩の傑作に、心情的・詩的自叙伝『序曲』*The Prelude*(死後1850)がある。

[42]"She dwelt among the untrodden ways"
孤独な少女への愛とその死をうたう、シンプルだが謎めいたバラッド体の小品数篇が「ルーシー詩篇」と呼ばれ、とりわけこの詩が愛読される。作者は少女について、それとなく匂わせながら確かなことは何も明かさなかった。前時代の詩のように朗々と讃美するのではなく、胸中の強い真情を少ない言葉、聞

き慣れたシンプルな語彙で読者にまざまざと伝え、実感させる点に、作者の抒情詩の本領がある。韻律は弱強4歩格と3歩格が交代するバラッド律4行3連、脚韻構成は abab.

[43] "A slumber did my spirit seal"

注に記した解釈(過去時制の第1連と、現在時制の第2連との間に彼女の死がある)の他、もう1つ有力な解釈がある(詩以前に彼女は既に死んでいて、そのため話者は魂が麻痺したように死への恐れを感じなくなり、彼女の方も歳月のもたらす災厄に遭わずにすんだ)。いずれにせよ、前者の底には絶望が感じられるのに対し、後者には穏やかな達観があるようだ(ただし前者にも、アニミズム的な解脱(げだつ)があるかもしれない)。「ルーシー詩篇」中ただ一つ、ルーシーの名が出ないこの暗示的な短詩は、近来とみに関心を集めている。韻律は弱強4歩格と3歩格が交代する4行2連、脚韻構成は abab.

[44] "My heart leaps up when I behold"

〈幼いとき自然とじかに接して得た輝かしい喜びは、天上に住んだ過去の栄光を思い出させ、魂の不滅を信じさせる。人は成長すると幼時の記憶を失って、索漠たる日常に埋没していく。だが時にはほんの束の間、(虹を見てどきどきするように)かすかな思い出が蘇り、光と喜びに包まれる。子供こそ大人の親なのだ〉(詩「幼時の回想からの不死の暗示」Intimations of Immortality from Recollections of Early Childhood(1802)の大意)。前世の存在を匂わせるこの考え方は、キリスト教の教義に反すると批判されたが、作者はインドなど多くの国やプラトンに見られる思想を詩に生かしただけだと反論した(1843年の注記)。韻律は弱強4歩格9行(第2行は弱強3歩格、第6行

は 2 歩格、第 9 行は 5 歩格)、脚韻形式は abccabcdd.

[45] **Composed upon Westminster Bridge, Sept. 3, 1802**

自然との交感を歌い続けた作者の目に、ロンドンの風景が自然を上回って見えたのは、工業化で大気汚染の原因となった煙突の煙さえ出ていない、爽やかな初秋の早朝の一瞬だった。「個別」にこだわるロマン派詩人らしく、タイトルには日付(1803)まで入る。だがこれは彼の記憶違いで、この詩が橋上で書き始められたのは前年の 7 月 31 日(妹ドロシーの日記による)。晩年になって作者が年を 1802 に訂正した。弱強 5 歩格のイタリア風ソネット、脚韻構成は abba|abba|cdc|dcd.

[46] **The Solitary Reaper**

話者は哀愁を帯びた娘の歌の調子から中身を想像して、民衆に歌い継がれてきた新旧のバラッド(➡[40][41])のテーマを、第 3 連で巧みに言い留めている。l. 29 は原案の *I listened, till I had my fill* から、のちに改作された。韻律は〈弱強 4 歩格 3 行と 4 行が 3 歩格 1 行を挟む〉4 連、脚韻構成は ababccdd.

[47] **"I wandered lonely as a cloud"**

「水仙」Daffodils というタイトルでも知られる。作者によれば「詩とは強い感情が自然にあふれ出すこと——その出所は、心静かに回想される過去の感動だ」(『抒情バラッド集』再版序)。この詩は第 1〜3 連で過去に味わった深い感動を伝え、第 4 連でそれを静かに回想するという構成を取る。*Poems* (1815) で第 2 連が追加され、数語が修正された。韻律は弱強 4 歩格 6 行(4 行連＋2 行連句(couplet))4 連、脚韻構成は ababcc.

サミュエル・テイラー・コールリッジ　Samuel Taylor Coleridge(1772-1834)

デヴォン州の牧師の子。ケンブリッジ大学に学ぶが、大酒と失恋で行き詰まり従軍し、兄に救出される。詩人サウジー(Robert Southey)と米植民地ペンシルヴァニアに「万民平等主義」pantisocracy 共同体の創設を図るも挫折、定収入のないまま詩集(1796)を出した。翌年ワーズワス([**42**]-[**47**])と妹を訪ね、以後文学史上に稀な交友関係を結び、共著『抒情バラッド集』*Lyrical Ballads*(1798)でロマン主義の烽火(のろし)を上げた。ドイツ文学・哲学に打ち込むが結婚生活が破綻、阿片中毒が悪化した。その他詩集に『クリスタベルその他の詩』*Christabel and Other Poems*(1816)。『文学的自叙伝』*Biographia Literaria*(1817)は詩論・批評論から哲学・自伝に及ぶ、ロマン主義を代表する散文集。

[48]Kubla Khan

ロマン主義の一面を代表する名品。阿片吸引後の夢で、この世のものならぬ驚異を次々に目撃し、その様を夢中で口走る感嘆と畏怖の入り混じる口調がこの詩の生命だ(間投詞 *O*(l. 12)と、以後繰り返される感嘆符(*!*))。うたた寝の前にたまたま作者が読んでいたのは、マルコ・ポーロの『東方見聞録』を素材とするパーチャス(Samuel Purchas)の『パーチャスの巡歴記』*Purchas His Pilgrimage*(1613)の一節だった。西洋の読者には、クビライの名はモンゴル軍による東欧侵攻(1241)の恐怖を想起させるだろう。韻律は弱強4歩格と5歩格を自在に交え(l. 5は3歩格)、脚韻は平韻(aabb)や交韻(abab)、抱擁韻(abba)を中心に、自由だが濃密。

ジョージ・ゴードン・バイロン　George Gordon Byron (1788-1824)

ロンドン生まれ。軍人の夫に資産を濫費された母との貧困生活ののち、男爵家を継ぐ。並外れた美貌と足の障害が激動の生涯を運命づけた。ケンブリッジ大学で放蕩にふけり、ヨーロッパ旅行後長詩『チャイルド・ハロルドの巡礼』*Childe Harold's Pilgrimage* 第 1-2 巻(1812)で大歓迎を受けた(「ある朝目覚めると、私は有名になっていた」)。異母姉との不義の疑いで妻に去られ、永久にイギリスを離れた。イタリアで『ドン・ジュアン』*Don Juan* 第 1-2 巻(1819)を出版。トルコからのギリシャ独立に共鳴、ミソロンギでバイロン旅団を組織したが、マラリアのため 36 歳で急死。誇り高く反逆的、奔放でシニカルな「バイロン的ヒーロー」は、作者自身の言動を色濃く反映する。バイロン熱は 19 世紀初頭、広くロシアや日本にまで波及した。

[49] She Walks in Beauty

ある女性の魅力的な容姿がそのまま美しい内心の反映であることを、絶妙な比喩を尽くして語る。浮名を流したバイロンだが、長編の諷刺詩とは異なって、こうした抒情小曲(ソング)のいくつか([51]も)では、磨き抜かれた措辞とリズムでひたむきな愛をうたう。韻律は弱強 4 歩格 6 行 3 連。脚韻構成は ababab.

[50] The Destruction of Sennacherib

弱弱強格(anapaest)の代表的作品。攻め込むアッシリア軍のすさまじい蹄の音をダダダン、ダダダンのリズムで模倣する。ソロモンの死後イスラエル王国が分裂、南部のユダ王国はヒゼキヤ王のとき、アッシリア王セナケリブの軍勢に、エルサレムを

包囲された。セナケリブはエホバ神を侮って挑発するが、「その夜、主の使が出て、アッスリヤの陣営で十八万五千人を撃ち殺した」(「列王紀 下」19-35)。韻律は弱弱強4歩格4行6連、脚韻構成は aabb.

[51] So We'll Go No More A-Roving

友人トマス・ムア(Thomas Moore)宛ての手紙にあった詩。ヴェニスのカーニヴァルで夜遊びをした作者は二日酔いで疲れ果て、まだ29歳早々なのに、刀に使いつぶされた鞘のような気分だと打ち明けている。そのため、放埓の果てに早くも老いを自覚した作者の苦い心境を、ここに読み取る見方もある。だが詩そのものは、あくまで純粋な恋の思いをうたう、甘い大きな吐息のような絶唱の1つ。韻律は弱強4歩格と3歩格が交代するバラッド格4行3連、脚韻構成は abab(a は擬似韻)。

パーシー・ビッシュ・シェリー　Percy Bysshe Shelley(1792-1822)

裕福な国会議員(のち准男爵)の子。天性の詩才に加えて、早くから啓蒙思想に心酔し、激烈な反逆と革新の精神で短い生涯を駆け抜けた。オックスフォード大学では友人とパンフレット「無神論の必然性」を出して放校された。妹の同級生(16歳)と駆け落ち結婚。のち無政府主義者ゴドウィン(William Godwin)の娘メアリーらと大陸で同棲生活を送る。帰国後妻が自殺するとメアリーと結婚、負債や醜聞に追われてイタリアに移住し、詩「西風へのオード」Ode to the West Wind や[53](共に 1820)、詩論「詩の擁護」A Defence of Poetry(死後 1840)を書いた。ヨットで帆走中嵐に襲われ、29歳で死亡。

[52] Ozymandias

権勢並びない太古の王の巨大な像が、砂漠に砕け散っている。顔に浮かぶ傲慢な冷笑は、彫工が王の表情から読み取り、石に刻み残したもの。台座に見える不遜な宣言は、一時の威光の虚しさを物語る。韻律は弱強5歩格、型破りのイタリア風ソネット、脚韻構成は abab|acdc|ede|fef（一部は擬似韻）。

[53] To a Skylark

「西風へのオード」と並び最も親しまれている作者の抒情詩。空高く翔け上り、嬉々として疲れを知らず、きらきらと輝く歌を天地にまき散らすひばりの中に、及びがたい理想の詩人を見出す。擬似韻や行頭余剰音が頻出するが、そこにも作者独特の自由奔放な魅力がある。韻律は〈強弱3歩格4行＋アレクサンダー格（弱強6歩格）1行〉21連、脚韻構成は ababb.

[54] "One word is too often profaned"

妻メアリーのノートに書き残された晩年(1821)の詩の1つ。第1連の主眼は、「あなたを愛している」と言いたい気持ちは山々だが、love という語はとかく安売りされやすいので、（あなたならきっと馬鹿にはしないだろうと思いつつも）その語を一切使うまいとする点にある。韻律は弱強3歩格と2歩格が交代する8行2連、脚韻構成は ababcdcd.

ジョン・キーツ　John Keats (1795-1821)

ロンドンの貸馬車屋の子。早くに両親を亡くし、3人の弟妹と苦労をなめた。15歳で外科医見習いとなり、詩を書く。ガイズ(Guy's)病院助手として1816年薬剤師の資格を得るが、詩作のため断念、シェリーらと知る。1817年第1詩集を出すが売

れ行きは低調、*Blackwood's Edinburgh Magazine* で出自を揶揄された。物語詩『エンディミオン』*Endymion*(1818)を出版、またしても同誌で酷評を受けた。同年ファニー・ブローン(Fanny Brawne)と恋に落ちる。1819年一気に才能が開花して、[56]や名高いオード群([57][58][59]他)を書き、*Lamia... and Other Poems*(1820)で好評を得るが、肺結核が悪化してイタリアに転地、翌年ローマで客死した。

[55] On First Looking into Chapman's Homer

早くも本領を遺憾なく発揮した21歳の作。わくわくするような驚異の感覚を、雄渾華麗な措辞で表現する。チャップマン(George Chapman)はシェイクスピアと同時代の劇作家・詩人。ホメロスの『イーリアス』と『オデュッセイア』を英語訳した(1616)。作者は友人からこれを読み聞かされて感動、早朝帰宅してこの詩を書き、朝のうちに友人宅に持参したという。典型的なイタリア風ソネットで、韻律は弱強5歩格、脚韻構成は abba|abba|cdc|dcd.

[56] La Belle Dame sans Merci

A Ballad という副題をもつ版もある。ただし[40][41]のような伝承バラッドではなく、詩人の創意や字句の洗練を伴う「文学的バラッド」literary ballad。この美女は、森で「ランドル卿」([41])を魅了し、毒を飲ませた魔女の類いだろうか。騎士はすでに死相を示している。作者もこの詩を書いた2年後に、結核で亡くなった。韻律は〈弱強4歩格3行＋弱強2歩格1行〉12連、複数行で押韻する。

[57] Ode to a Nightingale

傑作オード群6篇の1つ(➡[58][59])。作者は索漠たる現実を

逃れるため、鳥の歌声が誘う美的世界の夢にひたる。だがその一方で、現実の冷酷さ、死の恐怖をも知り尽くしており、ナイチンゲールにかけた現世脱出(＝安楽な死)の夢は、もろくも破れる。作者は完璧な詩形といわれるソネット(イタリア風)に飽き足らず、そこから４行連１つを抜いた連を重ねる独自の形式を工夫した。韻律は弱強５歩格 10 行(第８行は弱強３歩格)８連、脚韻構成は abab|cde|cde.

[58] Ode on a Grecian Urn

音楽(鳥の歌[57])に次いで、美術(壺の浮彫)に思いをめぐらす──生の無常と形象の永遠、想像の力、「美は真、真は美」など。作者は博物館などで古典古代の壺に親しんでいた。形式上は[57]とほぼ同じで、５連から成る。脚韻形式は abab|cde のあと、cde をさまざまに組み替える。

[59] To Autumn

豊かな成熟の初秋(植物)、収穫と貯蔵の仲秋(人間)、不毛の冬に向かう晩秋(虫と鳥)が、３連でうたわれる。美しい夢にしばし酔った後、冷たい現実に引き戻される他の２つのオード([57][58])とは異なり、死に向かう人生を静かに受け入れる、穏やかで冷めた口調が印象的。珍しい 11 行連で、韻律は弱強５歩格、脚韻構成は abab|cde|dcce(第１連)。第２・３連の末尾４行は cdde.

IV　ヴィクトリア時代

エリザベス・バレット・ブラウニング　Elizabeth Barret Browning(1806–61)

ジャマイカのイギリス系大農園主の長女。故国イギリスで育ちギリシャ語・ラテン語・フランス語、哲学・歴史・宗教を学ぶ。重病を抱えながらロンドンで詩作を続け、『詩集』*Poems* (1844)で評価を確立した。多くの文人・画家と交流、1845年6歳年下のほぼ無名の詩人ブラウニング[65][66]を知る。父親の強硬な反対を押して翌年結婚、亡くなるまでイタリア(ピサとフィレンツェ)に腰を据えた。詩集『ポルトガル女のソネット』*Sonnets from the Portuguese*(1850)は人気が高い。

[60]**"How do I love thee? Let me count the ways"**
恋愛詩の名作として愛誦されるが、ヴィクトリア朝風の敬虔なひたむきさ、熱っぽさが際立つ。『ポルトガル女のソネット』は、恋に落ちてから結婚するまでの思いを書き綴ったソネット連作で、恥じらう彼女が夫に見せ、出版に至ったのは結婚数年後のこと。詩集名は、作者が正体を隠すため、夫ロバートがつけたあだ名「ポルトガル女」を利用した(「ポルトガル語から訳された」とも解せる)。イタリア風ソネットで、韻律は弱強5歩格、脚韻構成は abba|abba|cdc|dcd.

アルフレッド・テニソン　Alfred Tennyson(1809–92)

牧師の子。早くから詩を書き、ケンブリッジ大学に入学後、21歳で『詩集——主として抒情的』*Poems, Chiefly Lyrical*

(1830)で一挙に名を馳せた。父の死後大学を中退し、『詩集』 *Poems*(1832)を出す。翌年親友アーサー・ヘンリー・ハラム(Arthur Henry Hallam)が急死、長い沈黙をへて、長詩『王女』*The Princess*(1847)、ハラムを悼む哀歌集『イン・メモリアム』*In Memoriam*(1850)を出して激賞された。続く『モードその他の詩』*Maud, and Other Poems*(1855)と叙事詩『国王牧歌』*Idylls of the King*(最初の4篇は1859、完成版は1891)は、詩集として破格の売れ行きを示し、作者は国民詩人として敬愛を集めた。モダニズムの到来以降、世評が低落したが、近来ふたたび評価が高まりつつある。

[61] Mariana

若き作者が絶讃を浴びた最初の傑作。過去にマリアナの身に何があったのか、説明は何もない。彼女がリフレーンで漏らす嘆き以外、その姿や動作はほとんど示されず、暗鬱な風景や場面が彼女の気分や心情を映し出す。独特の手法はラファエル前派の画家に影響を及ぼした(e.g. ジョン・エヴァレット・ミレイ(John Everett Millais)『マリアナ』)。ほぼ全篇が、なじみ深い響きをもつ単音節語で書かれている。〈弱強4歩格8行＋リフレーン(弱強4歩格と3歩格)4行〉7連、脚韻構成はababcddcefef.

[62] "Break, break, break"

作者の妹の許嫁だったハラムは、22歳でウィーンで急死した。(『イン・メモリアム』とは別に)作者の深い喪失感を語るこの詩は、恐らく友の死から間もない1834年に書かれたようだ。のどかな海辺を背景に、激しく打ち寄せる波が内心の激動を伝え、末尾2連に至って、悲しみの理由が明かされる。亡き人

の顔や姿ではなく、手のぬくもりと声の響きだけに「痛惜」の焦点が絞られる。韻律は弱弱強3歩格(l. 11 と l. 15 のみ4歩格)4行4連、第2・4行が押韻する。

[63] The Charge of the Light Brigade

強弱弱格(dactylic)という特異な韻律(ダンダダ、ダンダダ)は、軽騎兵隊の突撃の勢いを伝えるが、肩で大きく息をつくようなリズムは、無残な敗北を承知で死の虎口めざして突進した兵士たちの重い覚悟を表わすようでもある。ヴィクトリア朝風愛国詩の典型。韻律は強弱弱2歩格(行の後半ではまれに強弱格)、脚韻は不規則。『新体詩抄』(1882)で外山正一が訳出した。

[64] Crossing the Bar

作者は後に出る彼のすべての詩集で、この詩が巻末に据えられるよう指示した。本土とワイト島との間のソーレント(Solent)海峡の船上で20分で書かれたという。韻律は、弱強3歩格と5歩格の詩行が交錯する(ただし l. 12 は2歩格)。脚韻構成は abab.

ロバート・ブラウニング　Robert Browning(1812–89)

富裕な英国銀行員の子。ロンドン郊外で贅沢な家庭教育を受けた。父の膨大な蔵書を耽読し6歳で詩を書く。数冊の詩集で一部に注目されたが、難解ゆえ20年以上不遇に甘んじた。エリザベス・バレット([60])の詩に感動、恋に落ちてイタリアに駆け落ちした。詩集『男と女』*Men and Women*(1855)、『登場人物』*Dramatis Personae*(1864)、長詩『指輪と本』*The Ring and the Book*(1868–69)など、晦渋なスタイルで人間心理の謎を追う型破りの詩が高く評価され、現代詩への道を開く先達と

してT・S・エリオットに重視された。

[65] Porphyria's Lover
作者が得意とする「劇的独白」dramatic monologue の第1作。架空の人物が架空の誰か(この詩では例外的に読者)に語りかける詩で、舞台上の独白と同様、当人も気づかない内心が見え隠れする。フロイトに先立って異常心理を取り上げた最初の作品でもあり、近来評価が上昇している。「神はまだ一言も発していない」(l. 60)には様々な解釈がある。(1)自分の行為が正しかった(それがポーフィリアの願いでもあった)。(2)すぐ裁きが下ると思ったのに、何も起こらないのはどうしたことか。(3)神の裁きなどあるものか。韻律は弱強4歩格、脚韻構成は不規則だが濃密。

[66] My Last Duchess
第5代フェラーラ公爵、デステ家のアルフォンソ2世(1533-97)は、傲慢冷酷なルネッサンス文学・美術の大パトロン。メディチ家から嫁いで早逝したルクレツィアの肖像(ブロンジーノ作)が、作者に着想を与えた。公爵は目障りな前夫人を始末した後、早くも持参金狙いで次の縁談を進めている。亡き妻の絵も、自慢の美術品の1つになってしまったらしい。韻律は弱強5歩格、脚韻構成は aabbcc.... 句跨ぎを多用して、緩急自在の呼吸を生み出している。

マシュー・アーノルド　Matthew Arnold (1822-88)
ヴィクトリア時代の教育制度改革に功績を残したラグビー校の校長トマス・アーノルド(Thomas Arnold)の子。同校からオックスフォード大学に進み、1851年から督学官として国内外

の学校を視察しながら数冊の詩集を出し、名声を博した。
1857年オックスフォード大学詩学教授。以後批評に専念して
英国人の地方性と俗物性を批判し、古典人文学に基づく精神文
化の必要を説き、現代批評の基盤を築いた。『批評論集』*Essays in Criticism*(1865, 88)、『教養と無秩序』*Culture and Anarchy*(1869)。

[67] Dover Beach

信仰という心の支えを失いつつある世界の虚しさと不安を、静
かな諦めの目で見据える。舌鋒鋭い文明批評家のイメージとは
裏腹に、極力雄弁を排したくだけた口調、かすかに哀調を帯び
た絶妙な自由詩のリズムは、すでに現代詩を思わせる。おそら
く、新婚旅行で泊まったドーヴァーの宿での印象に想を得たも
の。脚韻も濃密ながら不規則。

クリスティーナ・ロセッティ　Christina Rossetti(1830-94)

イタリア人の父は亡命炭焼き党員で、キングズ・カレッジ・ロ
ンドンのイタリア語教授。兄のダンテ・ゲイブリエル・ロセッ
ティ(Dante Gabriel Rossetti)は高名な画家・詩人。英国のイ
タリア人社会やラファエル前派運動の拠点として、知的・政治
的熱気みなぎる家庭に育つ。信仰篤き英国国教徒。病弱のせい
もあり、厳しい自制の中に生涯を自宅で送った。早くから詩
を書き、『『小鬼の市』その他の詩』*Goblin Market and Other Poems*(1862)で一躍文名を高めた。物語詩や抒情詩、童謡、宗
教詩など多岐にわたるその作品は、斬新な発想、卓越した技巧
で、女性詩人の筆頭として、今では兄を凌駕する高い評価を得
ている。

[68] Remember

話者は死後の肉体の腐敗を平然と見据える一方、この世に生きた人間の魂は死後にも何らかの痕跡を残すだろうと信じている。その愛は、求めることの多い自己中心的な愛ではなく、真に相手の幸せと心の安らぎを思いやる愛だ。韻律は弱強5歩格、イタリア風ソネットだが、後半6行の脚韻が破格。脚韻構成は abba|abba|cdd|ece.

[69] A Birthday

第1連では瑞々しい歓喜の情が自然の事物に譬えられ、第2連では祝宴のため、思いつく限りの贅沢な支度が次々に命じられて、弾む心を伝える。中世的な調度や華麗な色彩は、作者の兄ダンテ・ゲイブリエルらの画家たちが、中世絵画に心酔して結成したラファエル前派兄弟団(Pre-Raphaelite Brotherhood)の好みに通じるものがある。韻律は弱強4歩格8行2連、第2・4行と第6・8行がそれぞれ押韻する。

トマス・ハーディ　Thomas Hardy (1840-1928)

ドーセット州の石工の子。16歳で建築技師に弟子入りしてロンドンの建築事務所に勤め、猛烈な読書と観劇の傍ら大学で聴講した。帰郷後、建築業を続けながら詩や小説を書く。第4作『遥か群衆を離れて』*Far from the Madding Crowd* (1874) で脚光を浴び、文筆生活に入る。約20年間で十指に余る小説を書いて、名声と社交を楽しんだ。その反面、「皮肉で不道徳な厭世主義者」の批判が絶えず、『ダーバヴィル家のテス』*Tess of the D'Urbervilles* (1891)と『日陰者ジュード』*Jude the Obscure* (1895)が激しい攻撃を招いたのを機に詩作に転じ、8

冊の詩集を刊行。死後『全詩集』 Collected Poems (1930)が出た。一見粗削りで素っ気ない表現は、切実な感情と斬新な技巧に裏打ちされ、現代詩の源流の1つとして高い評価を受けている。

[70] The Darkling Thrush

ダーウィン『種の起源』(1859)を読んだ数年後、作者は信仰を捨てた。詩の末尾に記された日付によれば、この詩は19世紀最終日の夕刻の思いをうたう(実際には数日早く発表)。話者によれば〈いまの世界に希望の種など何一つ見出せないのに、1羽の老いさらばえた小鳥が闇の中で突然喜びの声を張り上げるのには、何か根拠があるのかもしれない。だが闇に向けて孤軍奮闘する鶫(つぐみ)の姿に暗示されるように、この微かな希望は絶望と背中合わせだ〉という。韻律は弱強4歩格と3歩格が交代する8行4連、脚韻構成は ababcdcd.

[71] A Broken Appointment

待ちに待ったデートに、とうとう来てくれなかった相手の女性に(年月を経てから)語りかける。作者らしい人間観察の深みと苦み。2連の各々で弱強2歩格各1行が、弱強5歩格6行の前後を挟む。凝りに凝った構文と韻律形式とは裏腹に、率直できびきびした現代語(一部を除き、ごく親しみやすい単音節語)を駆使する。各連の脚韻構成は aabcbcaa.

ジェラード・マンリー・ホプキンズ　Gerard Manley Hopkins (1844–89)

エセックス生まれ。父は敬虔な英国国教会の信徒で、裕福な海上保険業者。早くから詩を書き、給費生としてオックスフォー

ド大学に学ぶ。豊かな感性に恵まれながら、厳しい自制と禁欲に道を求め、1868 年イエズス会に入会、書き溜めた詩を放棄した。1875 年、奨められて詩作に戻り、「ドイチュラント号の難破」The Wreck of the Deutschland を書く。翌々年修道会の叙階を受けた後も密かに詩を書き続け、45 歳で死去。詩人ロバート・ブリッジズ(Robert Bridges)に送ってあった作品が世紀を越えて編集・出版され、衝撃を与えた。

[72] **The Windhover**

19 世紀末に異彩を放つ作者の詩は、翌世紀初頭に世に出て現代詩に大きな影響を与えた。独特の「はねるリズム」sprung rhythm は、弱強脚や強弱脚などを機械的に繰り返す韻律法の不自然さを避けて口語英語のリズムを生かすため、各行の強勢数だけを一定(例えば 5)とし、前後の弱拍数にはこだわらない(中世詩やナーサリー・ライムの伝統を踏まえる)。執拗な頭韻や中間韻、語句の反復でリズムを整える。結果として意外にも、シェイクスピアの力強い台詞の響きに似通う。イタリア風ソネットに近く、おおむね弱強 5 歩格を骨組みとする「はねるリズム」。8 行連の脚韻は 1 種(-ing)のみ、6 行連では[iə]と[iliən]が交代する。

ロバート・ルイ・スティーヴンソン　Robert Louis Stevenson(1850-94)

灯台設計士の子で、生地のエディンバラ大学を出た。弁護士の資格を得たが生来の肺病を抱え、保養のため世界各地を転々とした。エッセイ集『若き人々のために』*Virginibus Puerisque* (1881)や旅行記などで人気を集め、『宝島』*Treasure Island*

(1883)と『ジキル博士とハイド氏』*The Strange Case of Dr. Jekyll and Mr. Hyde*(1886)で世界的な名声を確立した。詩集に『子供の詩の園』*A Child's Garden of Verses*(1885)。妻や友人と南洋を航海し、1890年にサモアに居を構えたが、脳出血のため44歳で急死した。

[73]**Requiem**
作者の墓はサモアの一島の、彼の家を見下ろす裏山にあり、碑板にこの8行全体が刻まれている。韻律は〈強弱3歩格3行＋弱強3歩格1行〉2連、脚韻構成は aaab|cccb.

A・E・ハウスマン　Alfled Edward Housman(1859-1936)
事務弁護士の子。早くから英仏語やギリシャ・ラテン語で詩作し、奨学金でオックスフォード大学に入学。成績抜群ながら、同級生への報われぬ愛に苦しんで卒業試験に落第(翌年合格)。特許局に勤めながら大英博物館で古典古代の研究を続け、学術誌に論文25篇を掲載。1892年ユニヴァーシティ・カレッジ・ロンドンのラテン語教授に就任。自費出版した詩集『シュロップシャーの若者』*A Shropshire Lad*(1896)が一世を風靡し、今も広く愛読される。1911年ケンブリッジ大学のラテン語教授に任命された。『最後の詩集』*Last Poems*(1922)。

[74]**"Loveliest of trees, the cherry now"**
詩集『シュロップシャーの若者』は、静かな田舎に住む青年の胸のうち——時のうつろいや人生のはかなさへの憂いに満ちた思いを、絶妙な措辞と軽やかなリズムで描き出す。中でもこの詩は、溜息一つで成り立っているような秀作で、古典古代以来の carpe diem の伝統を汲む(→[18]解説)。韻律は弱強4歩格

4行3連。脚韻構成は aabb.
[75] To an Athlete Dying Young
評判の高い傑作の1つ。淡々とした口調、ぎりぎりまで絞り込んだ絶妙な表現のなかに、意表をつく苦い人生訓を盛り込む。スポーツマンの典型としての走者を取り上げ、優れた若者の早すぎる死を、愛情をこめて惜しむ。

ラディヤード・キップリング　Rudyard Kipling (1865-1936)
ボンベイ大学建築彫刻科のイギリス人教授の子。教育のため妹と英国に送られ、冷厳な里親のもと辛い5年間を送る。1882年からインドの新聞に小説や詩を発表して人気を得た。1889年渡英、英軍兵士の哀歓を俗語でうたう詩集『兵営の歌』Barrack-Room Ballads (1892) が爆発的に売れた。インドを舞台とする物語集『ジャングル・ブック』The Jungle Book (1894) 他を書く。新聞特派員として各地を巡りながら、詩「白人の重荷」The White Man's Burden (1899) などで英帝国主義の代弁者に祭り上げられた。のち好戦的愛国主義が批判の的となったが、近年秀抜な文才が再評価されつつある。

[76] If—
大英帝国の臣民(ことに支配層)の人格的理想像――stiff upper lip (上唇を引き締める→窮地にも動じず、毅然として不平を言わない)をみごとに定着した詩として今も愛誦され、諸方で引用される。ll. 11-12 は、国際テニス選手権大会の開催地ウィンブルドンのセンターコートへの選手口の上に掲げられている。作者が旅立つ息子にはなむけとした詩。全体が1文でできている。韻律は弱強5歩格8行4連、脚韻構成は ababcdcd.

V　モダニズム以降

ウィリアム・バトラー・イェイツ　William Butler Yeats (1865-1939)

ダブリン生まれ。父は英国系アイルランド人画家。毎夏をスライゴー州の母の実家で過ごし、土地の自然と伝承に魅せられる。美術学校を経て詩に専念、夢想的な抒情詩(➡[77])や祖国の神話・伝説に基づく物語詩を書く。独立運動の女性闘士への絶望的な愛(➡[78])を通じて故国の現状に目を開かれた。グレゴリー夫人らとアイルランド演劇の振興に熱を注ぎ、魔術や神秘学にも並々ならぬ関心を抱く。[79]の頃から、同時代を生きる精神的葛藤を、奔放自在な口語体で語る傑出した現代詩人に変貌を遂げた(➡[80][81])。

[77] The Lake Isle of Innisfree

大都会の喧騒の中で、幼時を過ごした故郷の湖を回想し、その小島にひとり住む幸せを夢想する。ソロー『ウォールデン』読書の余響もあったらしい。もっとも帰郷の決意はすぐ実行されるわけではなく、作者はロンドンの舗道をさ迷いながら、甘美な夢に浸り続ける。〈弱強6歩格3行+4歩格1行〉3連で、この珍しい韻律は、詩句の微妙な繰り返しや頻繁な頭韻とも相まって、作者の耳について離れない *lake water lapping* (l. 10)のゆらめくリズムを伝える。

[78] When You Are Old

詩を捧げられた相手の *you* は、美貌の女優でアイルランド独立の過激な運動家、モード・ゴン(Maud Gonne)。作者は23

歳のとき恋に落ち、以後数十年にわたりたびたび求婚、ことごとく拒絶された。作者独自の夢見るような恋愛詩。韻律は弱強5歩格4行3連、脚韻は abba.

[79] **The Wild Swans at Coole**
作者が初めてクールを訪れた1897年(31歳)から、この詩が出た1917年(51歳)までに、世界もアイルランドも、彼の境遇も激変をとげた。第1次世界大戦が始まり、ダブリンで英国の統治に抵抗する「イースター蜂起」Easter Rising (1916) があり、愛するゴンの結婚した活動家がそれにかかわって処刑され、クール荘園が存亡の危機に見舞われた。だがこうした幻滅と苦悩、老いの嘆きを味わえばこそ、[77]の若き夢想家が、たくましく奔放な大詩人に変貌したともいえる。韻律は弱強4歩格を軸とする6行5連の自由詩、脚韻は xayabb.

[80] **The Second Coming**
作者は第1次世界大戦直後の混乱と惨状を目にして、この詩を書いた。とはいえそれから第2次世界大戦の惨禍を経ていながら、なお過酷な戦争や騒乱が止むことのない今日の世界でも、この詩の予言的な迫力は、少しも衰えていない。韻律は弱強5歩格の無韻詩、8行と14行の2連。

[81] **Sailing to Byzantium**
老いを激しく憎む61歳の作者は、若者や鳥、魚が青春を謳歌する祖国を見限り、無機的で永続的な知の所産に惹かれて、ビザンチウムへの旅を思い描く。ユスティニアヌス帝(在位527-565)治下の聖都ビザンチウムは、「宗教、美、実際生活が溶け合った」ビザンチン文化の精髄だと作者はいう。だが一方、そうして否定される「生」とその謳歌が、第1連では音とイメ

ージで圧倒的な印象を残す。この詩はむしろ、若さと肉体に執着する老詩人が、時を超越した不死の世界に抱く見果てぬ夢の結晶ではないか。詩では「鳥」や「歌」や「金(色)」などのモチーフが、形を変えて繰り返される。韻律は弱強5歩格8行4連。イタリアの8行連(ottava rima)に倣うが、各行11音節ではなくイギリス風に10音節。脚韻構成はおおむね ababbcc.

エドワード・トマス　Edward Thomas(1878-1917)

ロンドンの公務員の子。森林生活の味わいを語る書を出版した後、オックスフォード大学に入る。結婚して2年で退学、筆で立つことを志す。自然探索の案内書やエッセイ、書評、伝記など多数の著作を出す。1913年アメリカの新進詩人フロスト(Robert Frost)と親交を結び、その励ましで詩を書き始めた。翌年第1次世界大戦が勃発すると、フロストとアメリカに渡る計画を捨てて従軍、その間も詩を書き続けたが、2年足らずでフランスのアラスで戦死した。

[82] Fifty Faggots

雑木林の下生えが薪用に刈り取られ、ぎっしり束ねられて立ち並び、来春は低木の茂みのように鳥の巣を宿すだろう。粗朶はくべられて、いくつかの冬を温めてくれるはずだが、戦争が終わるまでそれが持つかどうか、自分の暮らしもどうなることか、誰にもわからない(トマスは2年後に戦死)。ごくさりげない口語だが、細やかに選び抜いた措辞にそこはかとない憂いをたたえて、さまざまにスケールの異なる時間経過の意識と、日常生活の機微をとらえる。韻律は弱強5歩格、ソネットを引き延ばしたような15行の無韻詩。

解　説　417

ウィルフレッド・オーエン　Wilfred Owen(1893-1918)
シュロップシャー州生まれ。実業中等学校を出て、大学入学をめざし教区司祭助手を務めたが、奨学金を得られずフランスで英語個人教師となった。すでに詩を書き始めていたが、1915年帰国して従軍。4か月で重傷を負って軍事病院に入院中、反戦詩人サスーン(Siegfried Sassoon)と知り合い、キーツ風の詩から一転して戦争の悲惨な現実、兵士たちの過酷な運命を如実に伝える詩を書き始めた。1918年8月フランスの前線に戻り、終戦のわずか1週間前に25歳で戦死。

[83] Anthem for Doomed Youth
l. 14 の解釈には諸説あるが、以下が妥当と思われる。前行までのメッセージ(実情にふさわしい追悼のしかた)の続きとして、〈死者の出た家では、窓のブラインドを下ろす慣わしがある。そんな型通りの作法は無用だが、その代わりに彼らの故郷の日暮れには、闇のブラインドが静かに下りればそれでいい〉。韻律は弱強5歩格のイタリア風ソネット。脚韻構成は abab|cdcd|eff|egg.

T・S・エリオット　Thomas Stearns Eliot(1888-1965)
米東部の名門の子としてミズーリ州セントルイスに生まれる。ハーヴァード大学からパリ大学、オックスフォード大学に学ぶ。ロンドンで詩人パウンド(Ezra Pound)と出会い、彼の助力で[84]を発表した。英国に移住してロイズ銀行に勤めながら文学雑誌を創刊。長詩『荒地』 *The Waste Land*(1922)で大きな反響を呼ぶ。のち Faber 社で文学部門を主管した。1927年

英国籍を取得、英国国教会に改宗した。『四つの四重奏曲』 *Four Quartets*(1943)などで信仰(英国国教会)と伝統的価値観への立ち返りをうたい、『聖なる森』 *The Sacred Wood*(1920)や『批評集』 *Selected Essays*(1932)などの鋭利な文学批評で、モダニズム詩論を展開し、他方17世紀形而上派詩人やダンテなど古典の再評価にも力を揮った。のち社会・文化批評や詩劇にも筆を進め、絶大な権威を確立した。

[84] The Love Song of J. Alred Prufrock

英詩の世界に初めてモダニズムの衝撃を伝え、詩の通念を一変させた作品。一見支離滅裂なイメージや想念を積み重ねて、現代社会の不毛、虚しい人生、傷つきやすい自尊心などを、硬軟自在の語彙や神経質なリズムで皮肉に浮かび上がらせる。フランスの近代詩人ラフォルグ(Jules Laforgue)に心酔していたハーヴァード大学院生時代に書き始められ、ロンドン移住後の1915年に雑誌発表された。

題詞はダンテ『神曲』「地獄篇」第27歌の一部(ll. 61-66)で、亡者グイド・ダ・モンテフェルトロ(Guido da Montefeltro)が、自分の恥ずべき生涯を告白するのは、誰もここから現世に帰って言いふらす恐れがないからだという。同様にこの詩の語り手も、他人にはとても語れない見苦しい胸の内を、そっと読者に明かそうというつもりらしい。自由詩だが、随意に頻繁に韻を踏む。

実はこの詩はすべて語り手の空想で、彼はまだ1歩も部屋を出ていないとする見方もある。また一説では、語り手の大言壮語(ll. 81-83, ll. 91-95)はただの虚勢ではなく、彼は実際(のちのエリオットのように)「途方もない疑問」にかかわる人類

解説　419

への重大なメッセージを抱懐していながら、それを口にする勇気がないだけだという。

スティーヴィー・スミス　Stevie Smith(1902-71)
ハル(Hull)の海運業者の父は、事業が破綻して家族を捨てた。母や姉とロンドン北部に移り、のち伯母と生涯を共にした。5歳で結核性腹膜炎にかかり、以後死の観念にとりつかれる。名門北ロンドン女学校に学び、雑誌社で社長秘書を勤める傍ら、小説や詩を書き、イラストを添えた。職を辞した後、放送や会合で自作の詩を朗読した。戦前から書き続けた自由奔放なようで繊細な独特の詩は、戦後にわかに高い人気と評価を集めた。

[85] Not Waving but Drowning
型破りの自由詩。話者自身はほとんど何も語らず、死者や周囲の雑然とした発言を不愛想に記録するのみ(引用符もない)。*far out*「遠く沖に出て」(l. 11)は、死者のつぶやきをよく聞くと、「仲間や集団から遠く離れて」の意を含むことがわかる。彼は生涯孤独の寒さに凍え、助けを求めて手を振っていたのに、ふざけていると誤解されて放置され、とうとう人生に溺死したのだ。それでも誰ひとり、耳を傾けそうにない。waving と drowning の取り違えが滑稽でいたましい。

W・H・オーデン　Wystan Hugh Auden(1907-73)
ヨーク生まれ。父は医師(のちバーミンガム大学教授)。理系の奨学金でオックスフォード大学に進み、詩作に転じた。第1次大戦後の社会不安の中、マルクスとフロイトへの傾倒を示す卓抜な詩で、新世代詩人の筆頭と目された。卒業後エリオット

([**84**])に認められて『詩集』*Poems*(1930)を出し、劇やオペラ台本など多彩な創作活動を展開。1939年渡米、著名な詩の多くを含む『またいつか』*Another Time*(1940)([**86**][**87**])を出す。米市民権を得て詩風は一変、強い宗教色を帯びるようになった(『アキレスの盾』*The Shield of Achilles*(1955))。1956年オックスフォード大学詩学教授として帰英した。

[86]Funeral Blues

ヒュー・グラント主演のロマンチック・コメディ『フォー・ウェディング』*Four Weddings and a Funeral*(1994)で、急死した男の恋人(男性)がこの詩を弔辞として読む。その場面が感動を呼び映画が大ヒットして、英米で作者の詩集の売れ行きが飛躍的に伸びたという(ブリテン(Benjamin Britten)による合唱曲がある)。最終連は、再びやけっぱちの命令口調で、恋の歌には付き物のロマンチックな景物を、荒っぽく「処分」してしまえという。「彼」亡きいま、愛の舞台装置など不要なのだ。星や月や森は家電製品か家具のように扱われ、動詞と目的語の不釣り合い(矛盾語法)が、絶望の大きさを伝える。韻律は緩やかな弱強5歩格4行4連で、脚韻構成は aabb.

[87]Musée des Beaux Arts

深い苦悩と苦痛を生む悲劇には、いつもそれにふさわしい舞台が整えられるとは限らない。ギリシャ神話のイカロスは、名工ダイダロスの子。父の発明した翼で飛び上がったが、高く飛びすぎたため、翼を貼り付けた蠟が太陽の熱で溶け、海に落ちて死んだ。ブリューゲルの『イカロスの墜落のある風景』では、畑を耕す農夫が前景に大きく描かれる一方、海に落ちたイカロスの方は皮肉にも、絵の片隅(立派な船の陰)に両脚が小さく見

えるにすぎない。自由詩で、不規則に押韻する。

ディラン・トマス　Dylan Thomas(1914-53)
ウェールズ州スウォンジー(Swansea)の教師の子。父の教える学校で英標準語による訓育を受け、在学時から詩を書き始める。『詩18篇』*18 Poems*(1934)や『詩25篇』*25 Poems*(1936)で注目された。執筆や放送などで生活を支えつつ極貧の中で結婚、一方で飲酒など底なしの乱行で知られた。詩集『死と入口』*Deaths and Entrances*(1946)は、ケルトの血を引くという奔放な情熱と言葉の魔術によって、広く歓迎される。『全詩集』*Collected Poems 1934-1952*(1952)はベストセラーになり、詩劇『ミルクウッドの下で』*Under Milk Wood*(死後 1954)と共に、アメリカでの大人気の素地を作った。朗読会を兼ねた米国旅行中、病状が悪化して急死。

[88]**"Do not go gentle into that good night"**
作者の父は誇り高い無神論者で、敬愛を集めるグラマースクール教師だった。初めは反抗、のちには深い敬意の対象だった父が、喉頭癌の手術を受け、徐々に視力を失って、以後別人のように気落ちしているのを見て、作者はこの詩を書いたが、父には見せず、死後に発表した。こみ上げる激情を抑制すべく、詩は超絶技巧を要するヴィラネル(villanelle)形式をとって、弱強5歩格の3行連句5つの後に4行連句1つが続く。第1連の第1行と第3行が、交互に後続連のリフレーンとして、また最終連最後の2行連句として、共に繰り返される。脚韻は全篇で2種のみ([-áit]と[-éi])。

フィリップ・ラーキン　Philip Larkin(1922-85)

イングランド中部コヴェントリー(Coventry)市収入役の子。オックスフォード大学で英文学を学び、イェイツ([**77**]–[**81**])とオーデン([**86**][**87**])に傾倒。公務員試験に落ちて地方の図書館に勤め、余暇に小説を書いたが注目されず、詩に専念した。1955 年からハル(Hull)大学図書館員。1950 年代に the Movement と呼ばれるグループの一員として、高尚難解なモダニズムに対し、肩肘張らないさめた(やや悲観的な)口ぶりで英国の日常生活を語る詩集『騙されにくいもの』*The Less Deceived* (1955)[**89**]を出す。『聖霊降臨祭の婚礼』*The Whitsun Weddings*(1964)と『高窓』*High Windows*(1974)で名声を確立したが、注目を嫌い桂冠詩人を辞退した。

[**89**]**Church Going**

信仰も知識もないが、時々ふと教会を訪れる俗人のあけすけな実感。ダン([**15**])やハーバート([**20**])の神との真摯な格闘ないし対話から、アーノルド([**67**])の信仰退潮への危機感、ホプキンズ([**72**])の並外れて熱い信仰告白をへて、宗教詩(もしこの詩をそう呼べれば)はここに至った。発表時は物議を醸した。話者は教会について、〈たまにはまじめになれる場所。なぜならまわりに死者が多いから〉(ll. 59–63)という程度の理解で納得しようとしている。*surprising* (l. 59)と *wise in* (l. 62)の強引な擬似韻も、茶化すような印象を与える。一部の論者が言うように、話者が詩の末尾でにわかに信仰に目覚めたわけではなさそうだ。韻律は弱強 5 歩格 9 行 7 連で、脚韻(擬似韻を含む)は ababcdece.

[90] Love Songs in Age

些細な日常生活の１コマながら、作者は初老の女性の微妙な心の揺れ動きにさりげなく、だがぴたりと寄り添う。スタイルは口語的で語彙はシンプルだが、詩の形式は厳格で、表現の隅々にまで神経が行き届く。作者がのち深く親しむようになったハーディの詩（[**70**][**71**]）を連想させる。韻律は弱強５歩格（第２行は弱強２歩格、第６行は弱強３歩格)8行３連、脚韻はabacbcdd（擬似韻も）。

テッド・ヒューズ　Ted Hughes (1930-98)

ヨークシャー州生まれ。父は大工で第１次大戦の帰還兵。少年時代、兄と釣りや狩猟に熱中し、獣や魚鳥の弱肉強食の世界、むき出しの狂暴さや美しさに魅せられた。ケンブリッジ大学在学時代から野生の生物を題材に、激しい感情や卓越した技巧の際立つ詩を書き始めた。最初の詩集『雨中の鷹』 *The Hawk in the Rain*(1957)で一躍脚光を浴び、『ルペルカリア祭』 *Lupercal*(1960)、『烏』 *Crow*(1970)で、世代を代表する詩人として声名を確立した。子供向けの詩や劇も書き、ラジオ放送でも知られた。

[91] The Jaguar

檻の中で安逸をむさぼる虎やライオンとはうって変わって、獰猛な野生の本能そのままに、激しい怒りをむき出しにするジャガー。けばけばしいオウムの奇声や足運び（ll. 2-3)、蛇のとぐろの色や肌触り（ll. 5-6)、計り知れぬヴィジョンに駆り立てられたジャガーの大股の疾駆(ll. 18-20)を描き出す絶妙な比喩。韻律は弱強５歩格４行５連、脚韻構成は擬似韻のabba（第５連

は abab)。

シェイマス・ヒーニー　Seamus Heaney(1939–2013)

北アイルランド、デリー州の農家に生まれ、ベルファストのクイーンズ大学で文学を学び、抜群の成績を収める。教職を得て若い詩人グループに加わり、クイーンズ大学講師のとき第1詩集『ナチュラリスト(自然愛好家)の死』*Death of a Naturalist*(1966)で、名声を確立した。1972年に南のアイルランド共和国に移り住み、多くの詩集を出した。ハーヴァード大学やオックスフォード大学でも教壇に立つ。『ものを見る』*Seeing Things*(1991)、『水準器』*The Spirit Level*(1996)など。

[92]Digging

『ナチュラリストの死』の冒頭を飾る詩。父の庭仕事から家族総出のじゃがいも掘り、そして祖父の泥炭掘りへと、代々シャベル1本で生きてきた一家の歴史を次々にさかのぼる。視覚・聴覚・触覚・嗅覚に直接訴える鮮やかな筆致、みずみずしい感覚描写が冴える。韻律は弱強5歩格を主体としながら、緩やかに4歩格や2歩格の詩行を交える。無韻詩。

あ と が き

　30年前、『アメリカ名詩選』(岩波文庫)をご一緒に編んだ先輩の亀井俊介さんが、去年の夏、急逝された。『新編 イギリス名詩選』の出るのが楽しみだと言って下さっていたのに、私がぐずぐずしていたため、それもかなわぬ願いとなった。

　高校時代に英語の詩に熱を上げて以来、やがては自分なりのイギリス詩のアンソロジーを編んでみたい——それも網羅的な大部の選集というより、どこにでも気軽に携えていける、手ごろな楽しいアンソロジーにしたいと願ってきた。また外国語詩の日本語訳は、もしスペースに余裕がありさえすれば、かゆいところに手の届くような詳しい注や解説と共に、原詩のかたわらに座を占めるのが理想的だと考えていたので、この対訳シリーズこそ、まさに願ったりかなったりの形態だという他はない。

　東京大学大学院教授(英文学)新井潤美さんは、『詩をどう読むか』(2011)に続いて、原詩と訳詩の全体に目を通し、大小の語感のずれをチェックして下さった。ご帰国間もないころ論文指導を担当して以来のご厚誼に、衷心から謝意を表したい。また、今はアイルランド共和国南西部コーク(Cork)近郊にお住まいの、もと同大学客員教授ジョージ・ヒューズ(G. E. H. Hughes)さんには、さまざまな質問にお答えいただいた。記してお礼を申し上げたい。

　本書でもまた、『岩波講座文学4 詩歌の饗宴』(2003)でお世話になって以来の編集の名手、古川義子さんの掌の上で、のび

のびと存分に仕事を進めることができた。適切なご指摘で、何度も再考を促され、新たな発想に導かれた。心から感謝したい。

  2024 年 11 月

川 本 皓 嗣

新編 イギリス名詩選

2025年1月15日　第1刷発行

編　者　川本皓嗣

発行者　坂本政謙

発行所　株式会社 岩波書店
　　　　〒101-8002 東京都千代田区一ツ橋2-5-5

　　　　案内 03-5210-4000　営業部 03-5210-4111
　　　　文庫編集部 03-5210-4051
　　　　https://www.iwanami.co.jp/

印刷・理想社　カバー・精興社　製本・中永製本

ISBN 978-4-00-322732-9　Printed in Japan

読書子に寄す
—— 岩波文庫発刊に際して ——

真理は万人によって求められることを自ら欲し、芸術は万人によって愛されることを自ら望む。かつては民を愚昧ならしめるために学芸が最も狭き堂宇に閉鎖されたことがあった。今や知識と美とを特権階級の独占より奪い返すことはつねに進取的なる民衆の切実なる要求である。それは生命ある不朽の書を少数者の書斎と研究室とより解放して街頭にくまなく立たしめ民衆に伍せしめるであろう。近時大量生産予約出版の流行を見る。その広告宣伝の狂態はしばらくおくも、後代にのこすと誇称する全集がその編集に万全の用意をなしたか。千古の典籍の翻訳企図に敬虔の態度を欠かざりしか。さらに分売を許さず読者を繋縛して数十冊を強うるがごとき、はたしてその揚言する学芸解放のゆえんなりや。吾人は天下の名士の声に和してこれを推挙するに躊躇するものである。このときにあたって岩波書店は自己の責務のいよいよ重大なるを思い、従来の方針の徹底を期するため、すでに十数年以前より志して来た計画を慎重審議この際断然実行することにした。吾人は範をかのレクラム文庫にとり、古今東西にわたって文芸・哲学・社会科学・自然科学等種類のいかんを問わず、いやしくも万人の必読すべき真に古典的価値ある書をきわめて簡易なる形式において逐次刊行し、あらゆる人間に須要なる生活向上の資料、生活批判の原理を提供せんと欲する。この文庫は予約出版の方法を排したるがゆえに、読者は自己の欲する時に自己の欲する書物を各個に自由に選択することができる。携帯に便にして価格の低きを最主とするがゆえに、外観を顧みざるも内容に至っては厳選最も力を尽くし、従来の岩波出版物の特色をますます発揮せしめようとする。この計画たるや世間の一時の投機的なるものと異なり、永遠の事業として吾人は微力を傾倒し、あらゆる犠牲を忍んで今後永久に継続発展せしめ、もって文庫の使命を遺憾なく果たさしめることを期する。芸術を愛し知識を求むる士の自ら進んでこの挙に参加し、希望と忠言とを寄せられることは吾人の熱望するところである。その性質上経済的には最も困難多きこの事業にあえて当たらんとする吾人の志を諒として、その達成のため世の読書子とのうるわしき共同を期待する。

昭和二年七月

岩波茂雄

《イギリス文学》(赤)

書名	著者	訳者
ユートピア	トマス・モア	平井正穂訳
完訳カンタベリー物語 全三冊	チョーサー	桝井迪夫訳
ヴェニスの商人	シェイクスピア	中野好夫訳
トリストラム・シャンディ 全三冊	ローレンス・スターン	朱牟田夏雄訳
十二夜	シェイクスピア	小津次郎訳
ウェイクフィールドの牧師 ―だがはなし	ゴールドスミス	小野寺健訳
ハムレット	シェイクスピア	野島秀勝訳
幸福の探求 ―アビシニアの王子ラセラスの物語	サミュエル・ジョンソン	朱牟田夏雄訳
ロビンソン・クルーソー 全二冊	デフォー	平井正穂訳
オセロウ	シェイクスピア	菅泰男訳
ガリヴァー旅行記	スウィフト	平井正穂訳
ボズのスケッチ 短篇小説篇	ディケンズ	藤岡啓介訳
リア王	シェイクスピア	野島秀勝訳
ワーズワス詩集 ―イギリス詩人選(3)		山内久明編
アメリカ紀行 全二冊	ディケンズ	伊藤弘之・下笠徳次・隈元貞広訳
マクベス	シェイクスピア	木下順二訳
ブレイク詩集 ―イギリス詩人選(4)		松島正一編
イタリアのおもかげ	ディケンズ	伊藤弘之・下笠徳次訳
ソネット集	シェイクスピア	高松雄一訳
湖の麗人	スコット	入江直祐訳
大いなる遺産 全二冊	ディケンズ	石塚裕子訳
ロミオとジューリエット	シェイクスピア	平井正穂訳
キプリング短篇集		橋本槇矩編訳
荒涼館 全四冊	ディケンズ	佐々木徹訳
リチャード三世	シェイクスピア	木下順二訳
対訳 コウルリッジ詩集 ―イギリス詩人選(7)		上島建吉編
鎖を解かれたプロメテウス	シェリー	石川重俊訳
対訳 シェイクスピア詩集 ―イギリス詩人選(1)		柴田稔彦編
高慢と偏見	ジェイン・オースティン	富田彬訳
アイルランド 歴史と風土	オフェイロン	橋本槇矩訳
から騒ぎ	シェイクスピア	喜志哲雄訳
ジェイン・オースティンの手紙	ジェイン・オースティン	新井潤美編訳
ジェイン・エア 全三冊	シャーロット・ブロンテ	河島弘美訳
冬物語	シェイクスピア	桑山智成訳
マンスフィールド・パーク 全二冊	ジェイン・オースティン	宮丸裕二訳
嵐が丘	エミリー・ブロンテ	河島弘美訳
失楽園 全二冊	ミルトン	平井正穂訳
シェイクスピア物語	チャールズ・ラム、メアリー・ラム	安藤貞雄訳
サイラス・マーナー	ジョージ・エリオット	土井治訳
言論・出版の自由 他一篇 ―アレオパジティカ	ミルトン	原田純訳
エリア随筆抄	チャールズ・ラム	南條竹則編訳
アルプス登攀記 全二冊	ウィンパー	浦松佐美太郎訳
	シェイクスピア随筆抄 全五冊 デイヴィッド・コパフィールド	石塚裕子訳
		アンデス登攀記 ウィンパー 大貫良夫訳
		ジーキル博士とハイド氏 スティーヴンスン 海保眞夫訳
		南海千一夜物語 スティーヴンスン 中村徳三郎訳
		若い人々のために 他十一篇 スティーヴンスン 岩田良吉訳
		怪談 ―不思議なことの物語と研究 ラフカディオ・ハーン 平井呈一訳

2024.2 現在在庫 C-1

書名	著者	訳者
ドリアン・グレイの肖像	オスカー・ワイルド	富士川義之訳
サロメ	ワイルド	福田恆存訳
嘘から出た誠	ワイルド	岸本一郎訳
童話集 幸福な王子 他八篇	オスカー・ワイルド	富士川義之訳
分らぬもんですよ	バーナード・ショウ	市川又彦訳
ヘンリ・ライクロフトの私記	ギッシング	平井正穂訳
南イタリア周遊記	ギッシング	小池滋訳
闇の奥	コンラッド	中野好夫訳
密偵	コンラッド	土岐恒二訳
対訳 イェイツ詩集		高松雄一編
月と六ペンス	モーム	行方昭夫訳
読書案内 —世界文学—	W・S・モーム	西川正身訳
人間の絆 全三冊	モーム	行方昭夫訳
サミング・アップ	モーム	行方昭夫訳
モーム短篇選 全二冊	モーム	行方昭夫訳
アシェンデン —英国情報部員のファイル	モーム	岡田久雄訳
お菓子とビール	モーム	中島賢二訳
ダブリンの市民	ジョイス	結城英雄訳
荒地	T・S・エリオット	岩崎宗治訳
オーウェル評論集		小野寺健編訳
パリ・ロンドン放浪記	ジョージ・オーウェル	小野寺健訳
カタロニア讃歌	ジョージ・オーウェル	都築忠七訳
動物農場 おとぎばなし	ジョージ・オーウェル	川端康雄訳
キーツ詩集		宮崎雄行編
対訳 キーツ詩集 —イギリス詩人選10		宮崎雄行編
オルノーコ 美しい浮気女	アフラ・ベイン	土井治訳
解放された世界	H・G・ウェルズ	浜野輝訳
大転落	イヴリン・ウォー	富山太佳夫訳
回想のブライズヘッド 全二冊	イーヴリン・ウォー	小野寺健訳
愛されたもの	イーヴリン・ウォー	出淵博訳
対訳 ジョン・ダン詩集 —イギリス詩人選(2)		湯浅信之編
フォースター評論集		小野寺健編訳
白衣の女 全三冊	ウィルキー・コリンズ	中島賢二訳
アイルランド短篇選		橋本槇矩編訳
灯台へ	ヴァージニア・ウルフ	御輿哲也訳
狐になった奥様	ガーネット	安藤貞雄訳
フランク・オコナー短篇集		阿部公彦訳
たいした問題じゃないが —イギリス・コラム傑作選		行方昭夫編訳
真昼の暗黒	ケストラー	中島賢二訳
文学とは何か —現代批評理論への招待 全二冊	テリー・イーグルトン	大橋洋一訳
D・G・ロセッティ作品集		松村伸一編訳
真夜中の子供たち 全三冊	サルマン・ラシュディ	寺門泰彦訳
英国古典推理小説集		佐々木徹編訳

2024.2 現在在庫　C-2

岩波文庫の最新刊

折々のうた 三六五日 ―日本短詩型詞華集
大岡信著

現代人の心に響く詩歌の宝庫『折々のうた』。その中から三六五日それぞれにふさわしい詩歌を著者自らが選び抜き、鑑賞の手引きを付しました。〔カラー版〕
〔緑二〇一-五〕　定価一三〇九円

カヴァフィス詩集
池澤夏樹訳

二〇世紀初めのアレクサンドリアに生きた孤高のギリシャ詩人カヴァフィスの全一五四詩。歴史を題材にしたアイロニーの色調、そして同性愛者の官能と哀愁。
〔赤N七三五-一〕　定価一三六四円

走れメロス・東京八景 他五篇
太宰治作／安藤宏編

誰もが知る〈友情〉の物語「走れメロス」、自伝的小説「東京八景」ほか、「駈込み訴え」「清貧譚」など傑作七篇〈太宰入門〉として最適の一冊。〈注・解説＝安藤宏〉
〔緑九〇-一〇〕　定価七九二円

過去と思索（五）
ゲルツェン著／金子幸彦・長縄光男訳

家族の悲劇に見舞われたゲルツェンはロンドンへ。「四八年」が遠のく中で、革命の夢をなお追い求める亡命者たち。彼らを見る目は冷え冷えとしている。〈全七冊〉
〔青N六一〇-六〕　定価一五七三円

――今月の重版再開――

神々は渇く
アナトール・フランス作／大塚幸男訳
〔赤五四三-三〕　定価一三六四円

女性の解放
J・S・ミル著／大内兵衛・大内節子訳
〔白一一六-七〕　定価八五八円

定価は消費税10％込です　　2024.12

岩波文庫の最新刊

新編 イギリス名詩選
川本皓嗣編

〈歌う喜び〉を感じさせてやまない名詩の数々。一六世紀のスペンサーから二〇世紀後半のヒーニーまで、愛され親しまれている九二篇を対訳で編む。待望の新編。
〔赤二七三-二〕 定価一二七六円

絵画術の書
チェンニーノ・チェンニーニ/辻 茂編訳/石原靖夫・望月一史訳

フィレンツェの工房で伝えられてきた、ジョット以来の偉大な絵画技法を伝える歴史的文献。現存する三写本からの完訳に、詳細な用語解説を付す。(口絵四頁)
〔青五八八-一〕 定価一四三〇円

気体論講義(上)
ルートヴィヒ・ボルツマン著/稲葉肇訳

気体分子の運動に確率計算を取り入れ、統計的方法にもとづく力学理論を打ち立てた、ルートヴィヒ・ボルツマン(一八四四―一九〇六)の集大成といえる著作。(全三冊)
〔青九五九-一〕 定価一四三〇円

良寛和尚歌集
相馬御風編注

良寛(一七五八-一八三一)の和歌は、日本人の心をとらえて来た。良寛研究の礎となった相馬御風(一八八三―一九五〇)の評釈で歌を味わう。(解説=鈴木健一・復本一郎)
〔黄二二二-二〕 定価六四九円

――― 今月の重版再開 ―――

マリー・アントワネット(上)
シュテファン・ツワイク作/高橋禎二、秋山英夫訳
〔赤四三七-二〕 定価一一五五円

マリー・アントワネット(下)
シュテファン・ツワイク作/高橋禎二、秋山英夫訳
〔赤四三七-三〕 定価一一五五円

定価は消費税10％込です　　2025.1